Wolfgang Hohlbein

THOR GARSON

Der Dämonengott

UEBERREUTER

ISBN 978-3-8000-5353-7

Umschlaggestaltung von Init, Büro für Gestaltung, Bielefeld,
unter Verwendung von Fotos von Getty Images (2)
und akg-images/Richard Fleischhut (1)

Druck: Druckerei Theiss GmbH, St. Stefan i. L.
1 3 5 7 6 4 2

Ueberreuter im Internet: www.ueberreuter.at
Wolfgang Hohlbein im Internet: www.hohlbein.com

PIEDRAS NEGRAS/YUCATÁN
1935

Vom Himmel regnete es noch immer Feuer. Das letzte schwere Beben war jetzt fünf Minuten her, aber die Erde hatte noch lange danach gezittert und gegrollt. Und der Urwald stand in hellen Flammen – nicht nur unten am Fuße des Vulkans, wo ihn der Strom aus weiß glühender Lava getroffen hatte, sondern der ganze Wald, so weit er blicken konnte. Die Luft roch nach Schwefel und brennendem Stein und war so heiß, dass jeder Atemzug zur Qual wurde. Hier und da schwelte der Boden, und selbst hier unten, über zwei Meilen vom Feuer speienden Herz des Vulkans entfernt, schimmerte es da und dort rot durch die Erde; ein Netz dünner, gezackter Risse durchzog den Boden, und manchmal traf ihn ein Hauch so kochend heißer, ätzender Luft, dass Thor vor Schmerz aufstöhnte.

Er war nicht sicher, ob er es schaffen würde. Direkt vor ihm, vielleicht noch eine oder anderthalb Meilen entfernt, ragte ein steiler Hügel aus dem Wald; eine gezackte Kuppe aus schwarzer, glasartig erstarrter Lava, auf der keine Pflanzen hatten Fuß fassen können und wo es somit auch nichts gab, was brennen konnte. Aber diese eineinhalb Meilen konnten genau eineinhalb Meilen *zu viel* sein.

Aus der Flanke des Vulkankegels lösten sich immer wieder große und kleine Felstrümmer, die wie tödliche Wurfgeschosse eines zornigen Maya-Gottes auf sie herabflogen; der Boden zitterte und bebte so stark, dass Thor manchmal Mühe hatte, sich auf den Beinen zu halten. Er bekam kaum noch Luft und glaubte ersticken zu müssen, und immer wieder explodierten rings um ihn herum kleine, brüllende Geysire aus kochendem Stein und erstickenden, glühend heißen Dämpfen.

Und Swanson war schwer.

In den ersten Minuten hatte Thor sein Gewicht kaum gespürt, denn er war in schierer Todesangst losgerannt, und allein der Gedanke an den glühenden Lavastrom, der direkt aus der Hölle zu kommen schien und sie verfolgte – nicht besonders schnell, aber mit der unerbittlichen Beharrlichkeit der Naturgewalt –, hatte ihm fast unermessliche Kräfte verliehen.

Doch selbst die übermenschliche Kraft der Angst hatte Grenzen, und Thor Garson spürte, dass er diese Grenze wohl bald erreicht haben würde. Er stolperte immer öfter. Zweimal war er bereits gestürzt und hatte Swanson nur mit Mühe und Not festhalten können, und der reglose Körper auf seiner Schulter schien mittlerweile Tonnen zu wiegen. Und als ahnten die finsteren, uralten Mächte, die sie mit ihrem Frevel aufgeweckt hatten, dass ihre Opfer ihnen im letzten Moment entkommen könnten, waren die Eruptionen jetzt stärker geworden. Nicht nur der Berg, das ganze Land schien unter seinen Füßen zu zucken und sich zu winden wie ein riesiges waidwundes Tier.

Thor erreichte den Fuß der Lavahalde und wandte sich hastig nach links, als dort, wo er gerade hatte hinauflaufen wollen, der Boden aufbrach und ein mannsdicker Strahl flüssigen Gesteins in die Höhe schoss. Instinktiv zog er den Kopf zwischen die Schultern. Zwei, drei Tropfen der glühenden Lava trafen ihn und brannten winzige, rauchende Löcher in seine Jacke und die Haut darunter.

Thor keuchte vor Schmerz und verdoppelte seine Anstrengungen. Der Waldrand lag jetzt scheinbar zum Greifen nahe vor ihm. Aber so schnell er auch lief, die Apokalypse, vor der er floh, folgte ihm. Und als spiele sie ein grausames, böses Spiel mit ihm, war sie immer um eine Winzigkeit schneller, als er sich bewegte.

Auch hier züngelten bereits Flammen aus dem Unterholz. Die Blätter des mannshohen Farns hatten sich braun gefärbt und eingerollt, schwarzer Qualm verdunkelte den Himmel, und durch das Prasseln der Flammen drang ein Chor kreischender Tierstimmen. Als der Vulkan ausbrach, waren die Tiere voller Panik aus der unmittelbaren Umgebung des Berges geflohen, aber die Naturgewalten waren einfach schneller. In einem Umkreis von drei, vielleicht sogar vier oder fünf Meilen regneten Flammen und brennender Stein vom Himmel. Und es gab nichts mehr, wohin sie sich wenden konnten. Der ganze Dschungel schien zu einer einzigen riesigen Falle geworden zu sein. Nicht nur für seine tierischen Bewohner.

Thor blieb einen Moment lang stehen, um Atem zu schöpfen. Gehetzt blickte er sich um. Er konnte den Hügel von hier aus nicht mehr sehen. Flammen und schwarzer, fettiger Qualm verwehrten ihm den Blick. Auch aus dem Dschungel schlug ihm eine Woge erstickender, trockener Hitze entgegen, aber er wusste, dass die Anhöhe unmittelbar vor ihm liegen musste. Sie musste einfach dort sein – denn wenn nicht, dann konnte er genauso gut hier stehen bleiben und auf den Tod warten.

Er verlagerte Swansons Gewicht auf seiner Schulter und versuchte, mit einem raschen Blick einen wenigstens halbwegs sicheren Weg durch den brennenden Dschungel auszumachen. Dann stürmte er los.

Der Weg vom Vulkankrater herab war schlimm gewesen; er hatte gedacht, es könnte nicht schlimmer kommen. Aber das hier war noch schlimmer. Der ganze Wald stand in Flammen. Der Boden war so heiß, dass er trotz der dicken Stiefelsohlen kaum noch auftreten konnte, und immer wieder fiel brennendes Geäst auf Swanson und ihn herab. Die Hitze und das grelle, flackernde Licht trieben ihm die Tränen in die Augen, sodass er fast blind wurde. Er stürmte einfach geradeaus, prallte schmerzhaft gegen einen Baum, der so abrupt aus dem Rauch auftauchte, dass Thor nicht schnell genug reagieren konnte, und fiel schwer zu Boden. Swanson glitt von seiner Schulter und stürzte mit einem schmerzerfüllten Keuchen in einen Busch. Für einen Moment blieb Thor benommen liegen.

Als er sich mühsam wieder in die Höhe stemmte, glaubte er plötzlich eine Gestalt zu sehen.

Es war nur ein Schatten, den er aus den Augenwinkeln wahrnahm, kaum mehr als ein flacher, verzerrter Umriss vor dem Hintergrund der brüllenden Flammenwand, wie ein Dämon, riesig und schwarz und mit einer verzerrten, blutig roten Teufelsfratze, den die Hölle selbst ausgespien zu haben schien, um ihn im letzten Moment doch noch am Entkommen zu hindern. Thor fuhr erschrocken hoch und herum, aber im selben Moment stieß der Berg eine neue, brüllende Explosion aus und überzog den Himmel mit sengender Weißglut, und als Thor wieder hinsah, war die Gestalt verschwunden.

Eine Sekunde lang starrte er die Stelle an, an der sie gestanden hatte, dann kam er zu dem Schluss, dass es wohl doch nur ein Trugbild gewesen war, und er beugte sich zu Swanson, um ihn aufzuheben.

Swanson stöhnte vor Schmerz, als Thor ihn ächzend auf seine Schultern hievte. Seine Fingernägel zerkratzten Thors Gesicht, als er instinktiv versuchte der Qual zu entgehen. Thor ignorierte den neuerlichen brennenden Schmerz, balancierte Swansons Gewicht auf den Schultern aus, so gut er konnte, und wankte weiter.

Dass er den Felshügel fand, war ein reiner Zufall. Sein Fuß stieß plötzlich gegen etwas Hartes, er stolperte, fand im letzten Moment sein Gleichgewicht wieder und griff Halt suchend mit der freien Hand nach vorn. Seine Finger schrammten über schwarze, glasharte Lava, die wie mit Messerklingen in seine Haut schnitt, und durch den Vorhang aus Rauch und grauer Asche konnte er die steil in die Höhe strebenden Flanken eines zerschundenen Hügels erkennen, der plötzlich vor ihnen aufragte.

Selbst unter normalen Umständen wäre es schwierig gewesen, diesen Hügel hinaufzuklettern; mit Swansons Gewicht auf der Schulter war es beinahe unmöglich. Aber die Angst gab ihm noch einmal zusätzliche Kraft und irgendwie brachte er auch dieses Kunststück fertig.

Keuchend, halb blind vor Erschöpfung und Schmerz und mit dem letzten bisschen Energie kroch er den zerfurchten Hang hinauf und schleppte sich in den Schutz eines mächtigen schwarzen Lavabrockens. Gegen den Feuerregen vom Himmel bot der Felsen keine Deckung, aber er hielt wenigstens die Flammen und den glühenden Wind ein wenig zurück.

Thor brach vor Erschöpfung zusammen. Eine Weile blieb er einfach so liegen, atmete keuchend ein und aus und wartete darauf, dass die Welt endlich aufhörte, sich um ihn herum zu drehen. Minutenlang konnte er nichts anderes tun, als einfach dazuliegen, zu atmen und dem rasenden Stakkato seines eigenen Herzens zu lauschen, das in seiner Brust hämmerte, als würde es jeden Moment zerspringen. Es schien keinen einzigen Knochen in seinem Körper zu geben, der nicht schmerzte, keinen einzigen Muskel, der nicht gezerrt war, und keinen Quadratzentimeter Haut, der nicht verbrannt, verbrüht oder aufgeschürft war. Der bittere Geschmack von Erbrochenem war in seinem Mund, und seine Augen tränten von dem Qualm und dem gleißenden Licht, in das er immer wieder hatte sehen müssen.

Dabei hatte alles wie ein harmloser Spaziergang begonnen, war dann als Abenteuer weitergegangen und hatte sich schließlich in ein Inferno verwandelt. Er erinnerte sich kaum mehr, wie es angefangen hatte – alles war so schnell gegangen und scheinbar gleichzeitig passiert, dass die Bilder in seiner Erinnerung durcheinandergerieten und zu einem einzigen irren Kaleidoskop des Schreckens wurden. Obwohl er versuchte sich mit aller Macht gegen die Erinnerung zu wehren, stieg immer wieder dasselbe Bild vor seinem geistigen Auge auf: Swanson, der plötzlich aufschrie und sich mit seinem eigenen Körper zwischen Thor und die Feuerlohe warf, die ohne irgendeine Vorwarnung aus dem Krater des Vulkans emporschoss.

Dabei waren sie sehr wohl gewarnt worden, dachte Thor bitter. O ja, man hatte sie gewarnt, und das mehr als einmal. Die erste Warnung war von seinem Vater gekommen, dabei war gerade er es, von dem Thor die Abenteuerlust geerbt hatte. Früher hatte Paul Garson selbst fast die ganze Welt bereist, doch die Emigration von Deutschland nach Amerika aus Protest gegen die Politik der Nazis und wenig später der Tod seiner Frau, Thors Mutter, schienen ihm jegliche Kraft geraubt zu haben. Seither begnügte er sich damit, die Tage in seinem kleinen Antiquitätengeschäft in New York weitgehend tatenlos an sich vorbeiziehen zu lassen und mit seinem Schicksal zu hadern. Thor hatte ihm von der geplanten Reise nach Mexiko zusammen mit Swanson erzählt, obwohl er gewusst hatte, dass dies nur zu einer weiteren sinnlosen Diskussion über Swansons angeblich zweifelhaften Ruf führen würde und darüber, dass der Reporter einen schlechten Einfluss auf ihn ausübe und die Freundschaft zu ihm eines Tages sein Verderben sein würde, bis Thor den Streit mit einem Hinweis auf seine Volljährigkeit und einer lautstark hinter sich zugeschlagenen Tür beendet hatte. Er liebte seinen Vater, doch er verstand ihn einfach nicht mehr, wie auch umgekehrt.

Die nächste Warnung war wesentlich konkreter gewesen und sie hatte Swanson und ihm gleichermaßen gegolten, aber sie hatten ja nicht hören wollen. Für einen Moment glaubte er noch einmal das Gesicht des alten Indios vor sich zu sehen, der sich ihrem Lastwagen mit ausgebreiteten Armen in den Weg gestellt hatte; eine schmale, zerlumpte Gestalt, deren Anblick fast mitleiderregend war, wie sie so auf der staubigen Hauptstraße von Piedras Negras stand und ganz allein den dröhnenden Koloss aus einer anderen Zeit aufzuhalten versuchte.

»Was willst du?«, hatte Swanson ihn angefahren, kaum dass er den Wagen zum Stehen gebracht hatte und aus dem Fahrerhaus auf die Straße hinabgesprungen war, wo der Indio noch immer mit ausgebreiteten Armen stand, zitternd, das Gesicht ohne jedes bisschen Farbe und die dürren Beine unter dem zerschlissenen Poncho nur noch Zentimeter von der Stoßstange des Wagens entfernt, aber ohne zu weichen und trotz aller unübersehbaren Furcht in seinen Augen von einer Würde, die Thor vollkommen verwirrte.

»Bist du lebensmüde, du verrückter alter Mann?«, brüllte Swanson. Auch er war bleich und zitterte am ganzen Leib, aber Thor begriff auch, dass das, was er im ersten Moment für Zorn gehalten hatte, nur der Ausdruck seines Schreckens war. Es hätte nicht viel gefehlt und der fünf Tonnen schwere Laster hätte den alten Mann niedergewalzt.

Der Indio antwortete auf Swansons erregte Worte mit ruhiger, volltönender Stimme, die im krassen Gegensatz zu seinem erbarmungswürdigen Äußeren stand. Thor konnte nicht verstehen, was er sagte, denn der Alte bediente sich eines Dialekts, den Thor niemals zuvor gehört hatte. Zweimal glaubte er das Wort Quetzalcoatl zu verstehen, war aber nicht sicher, denn Swanson unterbrach den Indio sofort wieder, und diesmal brüllte der Reporter wirklich vor Wut und in derselben kehligen Sprache wie der Alte.

Einen Moment lang blickte der Indio Swanson noch mit einem Ausdruck an, der merkwürdig zwischen Trauer und Zorn schwankte, dann drehte er sich um und schlurfte mit hängenden Schultern davon.

»Was hat er gewollt?«, fragte Thor, als Swanson in den Wagen zurückkletterte und mit einer zornigen Bewegung den Anlasser betätigte; so heftig, dass der altersschwache Hebel um ein Haar abgebrochen wäre.

»Nichts«, antwortete Swanson – mehr als nur eine Spur zu hastig, um überzeugend zu klingen. »Gar nichts.«

Thor sah ihn fragend an. »Gar nichts?«, wiederholte er zweifelnd. »Du meinst, er hätte sich wegen gar nichts um ein Haar überfahren lassen?«

Swanson hatte den Motor endlich gestartet und hämmerte den Gang so grob hinein, dass das Getriebe hörbar knirschte. »Du weißt doch, wie abergläubisch diese alten Indios sind«, sagte er. Er lachte verkrampft. »Er hat den Lastwagen gesehen und behauptet, wir würden heiligen Boden entweihen, wenn wir mit dieser Teufelsmaschine in die Berge fahren.«

»Und dann hat er dir mit Quetzalcoatls Fluch gedroht«, vermutete Thor.

Swanson fuhr kaum merklich zusammen und gab so heftig Gas, dass Thor in den Sitz zurückgeschleudert wurde. Der uralte Motor des Lkw kreischte protestierend. »Quetzalcoatl? Wie kommst du darauf?«

»Weil er es gesagt hat«, antwortete Thor.

»Hat er nicht«, knurrte Swanson. »Du musst dich getäuscht haben.«

»Aber ich habe es ganz deutlich gehört«, widersprach Thor. »Zwei Mal.«

»Dann hast du dich eben zwei Mal getäuscht«, behauptete Swanson. »Der Alte war verrückt, mehr nicht.«

Aber er war nicht verrückt gewesen und Thor hatte sich nicht getäuscht. Sie hatten den Zorn der alten Maya-Götter heraufbeschworen und jetzt lag Swanson im Sterben, und wenn kein Wunder geschah, dann würde auch Thor nur wenige Augenblicke länger leben als er.

Er verscheuchte dieses düstere Bild, als er neben sich ein Geräusch hörte, das er erst nach wenigen Augenblicken als das qualvolle Stöhnen eines Menschen identifizierte. Swanson bewegte sich. Seine verbrannte Hand hob sich mühsam, tastete zitternd einen Moment blind herum und berührte schließlich Thors Schulter. Langsam, mit mühevollen Bewegungen kroch sie weiter, glitt über seinen Hals und erreichte schließlich sein Kinn. Es war die Bewegung eines Blinden, der das Gesicht seines Gegenübers ertastet, weil er es nicht sehen kann.

Und Swanson *war* blind.

Ich habe gar kein Recht mehr, am Leben zu sein, dachte Thor entsetzt, als sein Blick auf das zerstörte Gesicht seines Freundes fiel. Swansons Antlitz war schwarz, nicht dunkel, nicht voller Ruß, sondern schwarz. Nur hier und da schimmerte durch die Schlacke- und Rußschichten auf seinen Zügen das helle Rot verbrannten Fleisches, erinnerte eine Linie an das Gesicht, das er kannte, bahnte sich ein Tropfen Blut durch schwarz verbranntes Fleisch. Es war ein Anblick, der Thor die Kehle zuschnürte; und nicht nur, weil dieses Gesicht so furchtbar entstellt war.

Eigentlich müsste ich an seiner Stelle sein, dachte er matt. Er war es gewesen, der als Erster an den Kraterrand getreten war, und er war es gewesen, nach dem der Vulkan seinen feurigen Atem gespien hatte. Swanson hatte ihm das Leben gerettet und sein eigenes dabei geopfert.

Thor wusste, dass der Freund sterben würde, so unfassbar ihm dies auch erschien. Swanson war schon seit vielen Jahren sein Idol gewesen, noch bevor sie sich persönlich kennengelernt hatten und schließlich Freunde geworden waren; der Reporter, der auch die letzten weißen Flecken auf der Landkarte bereiste und dessen Reportagen wie die keines anderen einen Hauch von Abenteuer pur verströmten. Nie hätte Thor gedacht, dass ausgerechnet Swanson etwas zustoßen könnte, doch kein Arzt der Welt würde den Reporter noch retten können. Und selbst wenn es denkbar wäre – bis in die Stadt waren es sieben, wenn nicht acht oder neun Stunden Fußmarsch. Den Wagen hatten sie schon auf dem Herweg verloren, und Thors Kräfte würden einfach nicht ausreichen, ihn so weit zu tragen.

»Thor?«

Thor lächelte, obwohl die erloschenen Augen seines Freundes es nicht mehr sehen konnten. Behutsam griff er nach Swansons Hand, nahm sie und hielt sie fest. Er spürte, wie heiß die Haut des Sterbenden war. Sein Herz schlug ganz langsam, aber so schwer, dass Thor jeden einzelnen Schlag wie eine vibrierende Erschütterung spürte.

»Ich bin hier«, sagte er.

Swanson versuchte zu lächeln, aber das, was mit seinem Gesicht geschehen war, machte eine fürchterliche Grimasse daraus. »Bist du … okay?«, fragte er mühsam.

Thor nickte. Erst dann fiel ihm ein, dass Swanson auch das nicht mehr sehen konnte, so wie er überhaupt nichts mehr sehen konnte. »Mir fehlt nichts«, sagte er. »Ich habe nur ein paar Kratzer abgekriegt. Aber dich hat es ganz schön erwischt, alter Junge.«

»Ich weiß«, flüsterte Swanson. »Es ist … schlimm.«

»Ja«, antwortete Thor. »Aber du kommst schon durch. Keine Angst.«

Swanson hustete: ein grässlicher, röchelnder Laut, der Thor schier das Blut in den Adern gerinnen ließ. »Belüg … mich nicht«, flüsterte er. Und wie um diese Worte zu unterstreichen, stieß der Berg im selben Moment eine weitere brüllende Feuerwolke aus. Thor sah instinktiv auf.

Diese Bewegung rettete ihm das Leben.

Wie beim ersten Mal sah er die Gestalt wieder nur aus den Augenwinkeln und nur als verzerrten schwarzen Schatten. Aber irgendetwas sagte ihm mit unerschütterlicher Gewissheit, dass sie alles andere als ein Schatten war, und ließ ihn reagieren.

Den Bruchteil einer Sekunde, nachdem Thor sich zur Seite hatte kippen lassen, zerbrach die Schneide einer Obsidian-Axt dort an dem Lavafelsen, wo sich gerade noch sein Gesicht befunden hatte.

Thor stürzte, rollte sich auf den Rücken und zog die Beine an. Mit aller Macht trat er nach der riesenhaften Gestalt, die plötzlich über Swanson und ihm emporwuchs.

Er traf. Die Gestalt taumelte zurück, kämpfte einen Moment lang mit wild rudernden Armen um ihr Gleichgewicht auf der glasglatten Lava und stürzte schließlich schwer zu Boden. Thor und der Angreifer kamen gleichzeitig wieder auf die Füße. Allerdings bezweifelte Thor im allerersten Moment fast, dass er wirklich aufgestanden war, denn der andere überragte ihn um einen guten halben Meter! Und es war nicht nur seine enorme Größe, die Thor den Atem anhalten ließ …

Der Mann war ein Riese mit einer Schulterbreite, die fast das Doppelte der eines normal gewachsenen Mannes betragen musste. Unter der Haut seiner Arme und Beine wölbten sich Muskelstränge, die ihn beinahe missgestaltet aussehen ließen, und um seiner ohnehin schon Furcht einflößenden Erscheinung noch das i-Tüpfelchen aufzusetzen, war er nur mit einem Lendenschurz bekleidet, dafür aber von Kopf bis

Fuß mit grellen Farben beschmiert. Sein Gesicht war eine Teufelsfratze; unter dem schreiend grün und rot und gelb gemalten Dämonengesicht waren seine wirklichen Züge kaum noch zu erkennen.

Thor verschwendete allerdings keine Sekunde darauf, dieser Kriegsbemalung des Indios die gebührende Aufmerksamkeit zu schenken. Denn der sprang mit einem wütenden, fast tierischen Knurren auf ihn zu, und Thor flankte mit einer ebenso raschen Bewegung zur Seite. Die Waffe des Indios war zerbrochen und er hatte den nutzlosen Stiel davongeschleudert – aber dieser Riese brauchte keine Waffe, um mit einem normal gewachsenen Gegner fertig zu werden. Oder auch mit fünf.

Der Indio schien das Kräfteverhältnis ähnlich einzuschätzen, denn er packte blitzartig Thors Schultern, noch bevor dieser erneut ausweichen konnte. Thor fühlte sich in die Höhe gerissen und herumgewirbelt und eine Sekunde später mit solcher Wucht zwischen die scharfkantigen Felsen geschleudert, dass ihm schwarz vor Augen wurde.

Der Aufprall trieb ihm die Luft aus den Lungen, sodass aus seinem schmerzerfüllten Schrei nur ein pfeifendes Keuchen wurde. Für einen Sekundenbruchteil drohten ihm die Sinne zu schwinden, und als sich sein Blick wieder klärte, war der Maya bereits wieder über ihm. Der Mann war ein Gigant, aber er hatte nichts von der plumpen Schwerfälligkeit der meisten großen Männer, sondern bewegte sich mit der kraftvollen Eleganz einer Raubkatze. Thor hob in einer schwachen Abwehrbewegung die Hände, aber der Indio schlug seine Arme einfach beiseite, warf sich auf ihn und presste ihn mit den Knien gegen den Boden, während sich seine gewaltigen Pranken wie die Backen eines Schraubstockes um Thors Hals schlossen und unbarmherzig zuzudrücken begannen.

Thor bäumte sich verzweifelt auf. Drei-, vier-, fünfmal hintereinander schlug er dem Riesen die Fäuste ins Gesicht, aber der schien die Schläge gar nicht zu spüren. Thors Lungen schrien nach Luft. Vergeblich versuchte er den Indio abzuschütteln, warf sich hin und her und griff schließlich mit letzter Kraft nach seinen Händen, um die Daumen zurückzubiegen und so den Griff zu sprengen. Aber er spürte sehr bald, dass seine Kraft dazu nicht mehr reichte. Seine Sinne begannen sich bereits zu verwirren. Die Gestalt des Maya verschwamm vor seinen Augen, sein Gesicht schien sich aufzublähen, bis es sein gesamtes Blickfeld ausfüllte …

Und dann geschah etwas völlig Unerwartetes. Der Griff des Indios lockerte sich. Zuerst noch zögernd, aber nach einer Sekunde zog er endgültig die Hände von Thors Kehle zurück und starrte seinen Hals an.

Thor rang keuchend nach Luft. Der Indio stand auf, blickte ihn noch einen Moment lang verstört an und wandte sich dann mit einer schwerfälligen Bewegung um.

Thor sprang ihn an, als er sich über Swanson beugte.

Er legte jedes bisschen Kraft, das sich noch in seinem geschundenen Körper regte, in diese Bewegung, und sein Aufprall reichte, selbst diesen Giganten von den Füßen zu reißen.

Doch zu mehr auch nicht. Der Riese fiel, aber er drehte sich noch im Sturz herum und packte Thor, und eine Sekunde später fand der sich zum zweiten Mal auf dem Rücken liegend, mit einem mindestens fünf Zentner schweren lebenden Berg aus Muskeln und Knochen auf seiner Brust. Und sein Gesichtsausdruck machte klar, dass er diesmal Ernst machen würde.

Der Indio ballte die Faust, um der Sache (und wahrscheinlich auch Thors Leben) ein für alle Mal ein Ende zu bereiten. Blitzschnell stieß ihm Thor Zeige- und Mittelfinger der rechten Hand ins Auge.

Der Maya brüllte vor Schmerz, schlug beide Hände vor das Gesicht und kippte rücklings von Thors Brust herunter. Thor half der Bewegung mit einem gezielten Tritt nach, sprang auf die Füße – und stürzte zum dritten Mal, als der Maya nach seinem Fußgelenk griff und ihn mit einem harten Ruck aus dem Gleichgewicht brachte.

Diesmal kamen sie gleichzeitig auf die Füße. Thor tauchte unter einem Fausthieb des Maya hindurch, schlug ihm drei-, viermal hintereinander gegen Brust und Leib und machte einen entsetzten Hüpfer zur Seite, als die Arme des Riesen wie Dreschflegel nach ihm schlugen.

Er war nicht schnell genug. Die Fäuste des Indios verfehlten ihn, doch seine Arme schlossen sich mit tödlicher Kraft um seinen Oberkörper und drückten zu.

Thor versuchte seinen Griff zu sprengen, aber ebenso gut hätte er auch versuchen können, die Backen einer Fünfzig-Tonnen-Presse mit bloßen Händen auseinanderzudrücken. Seine Rippen knackten hörbar. Pfeifend entwich die Luft aus seinen Lungen. Der Indio zerrte ihn in die Höhe und wirbelte ihn herum, wobei sich der Druck auf Thors Brustkorb noch weiter verstärkte. Verzweifelt hob Thor die Arme und schlug dem Riesen die flachen Hände gegen die Ohren; mehrmals und mit aller Gewalt. Der Indio stöhnte vor Schmerz, ließ aber nicht los, sondern drückte noch fester zu. Vor Thors Augen begannen bunte Kreise zu tanzen, und er glaubte sein Rückgrat knirschen zu hören. Mit einer letzten, verzweifelten Bewegung riss er das rechte Knie in die Höhe und stieß es dem Indio mit aller Kraft zwischen die Oberschenkel.

Der Maya brüllte auf, ließ Thor fallen und stolperte in einer grotesken, halb zusammengekrümmten Haltung rückwärts. Aber aus seinem schmerzerfüllten Kreischen wurde schon nach wenigen Augenblicken ein zorniges Knurren, und als Thor sich taumelnd auf die Füße stemmte, war das Flackern in seinem Blick kein Schmerz mehr, sondern pure Mordlust. Wenn er ihn jetzt in die Finger bekäme, das begriff Thor, dann würde er ihn umbringen. Schnell und gnadenlos und wahrscheinlich ohne dass Thor auch nur das Geringste dagegen tun konnte.

Aber zumindest konnte er es versuchen.

Als sich der Maya aufrichtete, stürmte Thor los und rammte ihm mit aller Kraft seinen Schädel in den Magen.

Es war ein Gefühl, als wäre er geradewegs gegen etwas von der Größe und Massigkeit der Cheopspyramide gelaufen. Ein dumpfer Schmerz raste durch seinen Kopf, jagte sein Rückgrat entlang und explodierte in seinem Rücken. Sein Mund war plötzlich voller Blut, als er sich selbst auf die Zunge biss.

Der Indio wankte nicht einmal.

Thor brach wie in Zeitlupe in die Knie, sackte nach vorne und fing den Sturz im letzten Moment mit den Händen ab. Alles drehte sich um ihn herum. Stöhnend hob er den Kopf und blickte zu dem riesigen Maya empor, den er nur noch schemenhaft, aber ungeheuer groß über sich aufragen sah.

Der Indio rührte sich noch immer nicht.

Eine Sekunde verging, dann noch eine und noch eine, und der Riese verzichtete noch immer darauf, sowohl die Gelegenheit als auch Thor beim Schopf zu ergreifen und ihm kurzerhand den Kopf von den Schultern zu reißen. Er starrte einfach auf ihn herab; aus großen, sonderbar starren Augen.

Dann fiel Thor zweierlei auf.

Der Indio blickte eigentlich gar nicht ihn an, sondern sah aus weit aufgerissenen Augen ins Leere.

Und der Geruch.

Der Gestank von schmorendem Haar und verbranntem Fleisch.

Trotzdem hätte er fast zu spät reagiert, als der Indio zu stürzen begann.

Stocksteif, in der gleichen starren Haltung, in der er dagestanden hatte, kippte der Maya nach vorne, und Thor fand gerade noch Zeit, sich mit einer hastigen Bewegung zur Seite zu werfen, ehe der Riese wie ein Meteor aus Fleisch und Knochen dort aufprallte, wo er noch eben gekniet hatte.

Zwischen seinen Schulterblättern steckte wie die abgebrochene Klinge einer Axt ein dreieckiger, rot glühender Lavasplitter.

Thor starrte das entsetzliche Bild eine Sekunde lang fassungslos an, dann sprang er mit einem entsetzten Hüpfer in die Höhe und wich zwei, drei Schritte von dem Toten zurück.

Alarmiert sah er sich um. Der Berg spie noch immer Feuer und brennende Steine aus, und das Schicksal des Maya zeigte deutlich, wie trügerisch die Sicherheit war, die der Lavahügel bot. Trotzdem überzeugte er sich gewissenhaft davon, dass dieser Maya der einzige war und sich zwischen den Spalten und Rissen des Hügels nicht noch mehr tödliche Überraschungen verbargen. Erst dann ging er zu Swanson zurück.

Sein Freund hatte das Bewusstsein verloren. Aber zumindest lebte er noch: Seine Brust hob und senkte sich mit schnellen, unregelmäßigen Stößen, und seine Lippen zitterten. Als Thor neben ihm niederkniete und ihm die Hand auf die Stirn legte, öffnete er die Augen und versuchte den Kopf zu heben.

»Nicht bewegen«, sagte Thor hastig.

»Was war … los?«, murmelte Swanson schwach. »Wo

bist du ... gewesen? Ich ... ich habe ... gehört. Ist noch jemand ... hier?«

Thor blickte einen Herzschlag lang zu dem toten Maya hinüber. Er hatte gehofft, dass Swanson vielleicht gar nichts von dem mitbekommen hätte, was geschehen war.

Schließlich schüttelte er den Kopf und sagte laut: »Nein. Es ist nichts. Ich habe mich nur rasch umgesehen.«

»Und wie sieht es aus?«, fragte Swanson.

»Nicht gut«, gestand Thor nach kurzem Zögern. »Aber wir kommen schon durch. Ich glaube, dieser verdammte Berg beruhigt sich allmählich.«

»Hau ab, Thor«, murmelte Swanson. »Verschwinde, solange du es noch kannst. Rette dich.«

»Blödsinn. Du glaubst doch nicht im Ernst, dass ich dich hier einfach liegen lasse?«

»Ich sterbe«, sagte Swanson. Seine Stimme klang beinahe erleichtert und es war nicht die mindeste Spur von Furcht darin.

»Unsinn!«, widersprach Thor. »So schnell stirbt es sich nicht. Lass mich nur ein paar Minuten ausruhen, dann bringe ich dich in die Stadt. Die Ärzte werden dich schon wieder zusammenflicken.«

Es war eine Lüge und sie wussten es beide. Aber für einen Moment glaubte Thor selbst daran, einfach weil er es glauben wollte.

»Lass mich ... hier«, sagte Swanson mühsam. Seine Stimme wurde leiser. Sie zitterte jetzt, aber nicht vor Furcht, sondern nur vor Schwäche. Thor brachte sein Ohr ganz dicht an das verwüstete Gesicht seines Freundes heran, um die Worte überhaupt noch verstehen zu können.

»Rette dich!«, flüsterte Swanson. »Bring dich in Sicherheit. Ich sterbe sowieso.«

Thor sagte kein Wort. Aber er rührte sich auch nicht

von der Stelle. Er wusste, dass Swanson die nächsten Minuten nicht überleben würde, und Swanson seinerseits schien zu spüren, dass Thor nicht gehen würde. Er konnte es nicht. Das Mindeste, was Thor seinem Freund schuldete, war, hier neben ihm sitzen zu bleiben, bis alles vorbei war.

Er hob den Kopf und blickte zum Berg hinauf. Der Gipfel des Vulkans war in blutiges, flackerndes Rot getaucht; dieselbe Farbe, die sich auf der Unterseite der brodelnden Wolken widerspiegelte, die den Himmel über dem Berg bedeckten. Immer wieder schossen Flammen und ganze Lawinen glühender Gesteinsbrocken aus dem Krater empor, und überall an seinen Flanken brachen neue glutrote Risse auf. Der Wald brannte, so weit er blicken konnte, aber sie hatten trotz allem noch Glück im Unglück gehabt: Die Regenzeit hatte vor wenigen Tagen mit aller Macht eingesetzt und der tropische Regenwald war vollgesogen mit Feuchtigkeit, sodass selbst das Höllenfeuer des Vulkans ihn nicht vollständig in Brand setzen konnte.

Vielleicht hatte er noch eine Chance. Er.

Thor wurde beinahe zornig. Es war einfach nicht gerecht! Für einen Moment hasste er sich fast selbst dafür, noch am Leben zu sein. Dann begriff er, wie absurd dieser Gedanke war und wie falsch. Denn er machte all das, was Swanson für ihn getan hatte, zunichte. Er schämte sich für seine eigenen Gedanken.

Thors Augen füllten sich mit Tränen, als er seinen Blick vom Feuer speienden Gipfel des Berges losriss und wieder seinen sterbenden Freund ansah.

Wären sie doch niemals hierhergekommen! Er hatte kein gutes Gefühl dabei gehabt, von Anfang an nicht, aber der Abenteurer in ihm war stärker gewesen als die schwache Stimme seiner Vernunft, und der Streit mit seinem Vater hatte ein Übriges dazu getan. Swanson hatte sich nicht einmal sonderlich anstrengen müssen, um ihn zu dieser improvisierten Expedition zu überreden. Allein die Vorstellung, in den Krater eines erloschenen Vulkans hinabzusteigen und einigen vagen Andeutungen Swansons nach dort vielleicht etwas zu finden, was seit hundert Jahren oder mehr keines Menschen Auge mehr erblickt hatte, hatte auch seine letzten Bedenken beseitigt.

Erloschener Vulkan …

Die Worte hallten wie böser Spott hinter Thors Stirn nach. Der letzte Ausbruch dieses Vulkans war mehr als zweihundert Jahre her. Jedenfalls hatte man ihm das gesagt. Und dann musste er ausgerechnet in dem Moment wieder ausbrechen, in dem sie sich dem Kraterrand näherten!

Er verscheuchte auch diesen Gedanken, fuhr sich mit dem Handrücken über das Gesicht, um die Tränen fortzuwischen, von denen er sich vergeblich einzureden versuchte, dass sie nur durch Rauch und Hitze entstanden waren, und beugte sich wieder zu Swanson hinab. Dessen Lippen bewegten sich. Im ersten Moment hatte Thor Mühe, die geflüsterten Worte überhaupt noch zu verstehen. Swansons Stimme war nur noch ein Hauch.

»… Tochter«, verstand Thor. Swanson sagte noch mehr, aber dieses eine Wort war das einzige, das er wirklich identifizieren konnte.

Swansons Hand löste sich aus der Umklammerung, kroch langsam über seinen Oberkörper und versuchte etwas unter dem Hemd hervorzuziehen. Thor sah ein dünnes goldenes Blitzen und streckte ebenfalls die Hand aus. Sehr behutsam, um Swanson nicht noch mehr Qualen zu bereiten, löste er die dünne Kette mit dem kleinen goldenen Anhänger vom Hals seines Freundes und ließ sie in dessen offene Hand fallen. Swansons Finger schlossen sich mit einem

Ruck darum, hielten sie für einen Moment mit aller Kraft fest und öffneten sich wieder.

»Gib das … meiner … Tochter«, sagte er. Er schien all seine Kraft mobilisiert zu haben, um diese vier Worte zu sprechen, denn seine Stimme wurde noch einmal klar und verständlich. »Bring es … ihr. Sag ihr … dass …«

Er sprach nicht weiter.

Und es dauerte fast zehn Sekunden, bis Thor begriff, dass er den Satz nie beenden würde.

Er war tot.

Wieder füllten sich Thors Augen mit Tränen, und diesmal versuchte er nicht mehr, sie zurückzuhalten. Minutenlang saß er einfach da und ließ seinem Schmerz freien Lauf, bis er sich wieder so weit in der Gewalt hatte, die Hand auszustrecken und vorsichtig die Kette mit dem kleinen Goldanhänger aus Swansons Fingern zu nehmen.

Der Anhänger war winzig, beinahe unscheinbar; kaum größer als der Nagel seines kleinen Fingers. Auf den ersten Blick wirkte er wie wertloser Tand, aber wenn man genauer hinsah, dann konnte man eine verborgene Eleganz und Kunstfertigkeit unter den scheinbar groben Linien erkennen. Er stellte eine zusammengerollte Schlange dar, aus deren Schädel ein weit gespreizter Federbusch wuchs: Quetzalcoatl, der gefiederte Schlangengott der Maya.

Die Geschichte der alten süd- und mittelamerikanischen Völker war Swansons Spezialgebiet gewesen. Thor erinnerte sich gut an die zahllosen Abende und Nächte, die sie zusammengesessen und über die Geheimnisse dieser versunkenen Hochkultur geredet hatten. Und sie war letztendlich auch der Grund ihres Hierseins. Swanson hatte ihm bis zum letzten Moment nichts wirklich Definitives erzählt, aber er hatte gewisse Andeutungen gemacht, aus denen Thor geschlossen hatte, dass es nicht allein um eine Reportage ging, sondern Swanson im Inneren dieses erloschenen Vulkankraters etwas Sensationelles zu finden hoffte.

Das Einzige, was er gefunden hat, dachte Thor bitter, ist der Tod.

Zwei endlose Minuten saß er einfach da und blickte den winzigen, blitzenden Anhänger an, dann richtete er sich auf, wollte die Kette in die Tasche stecken und überlegte es sich im letzten Moment anders. Mit einer raschen Bewegung streifte er sie über den Kopf und verstaute den Anhänger sorgsam unter dem Hemd.

Thor ging noch einmal zu dem toten Maya hinüber. Er war jetzt sicher, dass er sich die Gestalt unten im Wald nicht eingebildet hatte, sondern dass es sich um denselben Mann handelte. Er musste ihnen vom Berg aus bis hierher gefolgt sein; und vielleicht schon vorher.

Vorsichtig und von dem absurden, aber sehr intensiven Gefühl erfüllt, etwas zu tun, was er besser nicht tun sollte, ließ er sich neben dem toten Riesen auf die Knie sinken und drehte ihn auf den Rücken.

Das Gesicht des Riesen war im Tode verzerrt, aber nicht einmal die für alle Zeit erstarrte Qual und die dicke Farbschicht konnten die charakteristischen Züge verbergen: die scharfe Nase, das breite Kinn und die leicht fliehende Stirn. Der Mann war tatsächlich ein Maya.

Thor blieb so lange sitzen und blickte abwechselnd das Gesicht des toten Indios, den winzigen Quetzalcoatl-Anhänger und den Feuer speienden Vulkankegel an. Was um alles in der Welt hatte Swanson dort oben zu finden gehofft?

Er zögerte noch ein letztes Mal, ehe er sich erhob und langsam den Hügel hinabstieg. Swanson einfach hier liegen zu lassen kam ihm wie ein Verrat vor, aber er hatte gar keine andere Wahl. Und Swanson hätte nicht gewollt, dass er jetzt etwas Dummes tat und vielleicht doch noch starb.

Dafür war der Preis, den er selbst für Thors Leben gezahlt hatte, entschieden zu hoch.

Und plötzlich fühlte Thor fast so etwas wie Trotz. Es war, als gehöre sein Leben jetzt nicht mehr ganz ihm. Mit dem, was Swanson getan hatte, hatte er es ein bisschen auch zu seinem eigenen gemacht, und er würde nicht zulassen, dass dieser verdammte Berg seinen Freund zum zweiten Mal umbrachte.

Rings um ihn herum stand der Wald in Flammen, bebte die Erde und regneten Asche, glühendes Gestein und Flammen vom Himmel, und vielleicht verbargen sich irgendwo in diesem Dschungel noch mehr Nachkommen Montezumas, die ihm nach dem Leben trachteten, aber irgendwie würde er es schon schaffen, hier herauszukommen.

Irgendwie.

NEW ORLEANS
3 MONATE SPÄTER

Das *Palladium* war eine Kaschemme. Das einzig Vornehme an ihm war der Name, der allerdings nicht einmal Überbleibsel aus besseren Zeiten, sondern schlicht und einfach dem Größenwahn seines Besitzers zuzuschreiben war. Das Lokal bot normalerweise Platz für dreißig, mit viel gutem Willen auch vierzig Gäste, aber der Türsteher draußen sorgte dafür, dass selten weniger als siebzig oder auch achtzig Personen anwesend waren. Das wiederum führte zu einem solchen Gedränge, Geschiebe und Durcheinander, dass es den Anwesenden einfach gar nicht möglich war, die Tür wieder zu erreichen, wenn sie erst einmal den Fehler begangen hatten, sich hereinlocken zu lassen. Die Luft war so dick und verräuchert, dass es völlig sinnlos war, dem Mann hinter der Theke mit Gesten etwas zu verstehen zu geben; man musste schon brüllen, um etwas zu bestellen. Was allerdings die wenigsten Gäste taten. Es hätte auch nicht viel Sinn gehabt – es gab sowieso nur die Wahl zwischen zwei Getränken: lauwarmem Bier und Whisky, von dem die Rede ging, dass der Besitzer des *Palladium* ihn jede Nacht aus den Resten nicht ausgetrunkener Gläser selbst zusammenbraute. Seinem Geschmack nach zu schließen entsprach das der Wahrheit.

Thor Garson achtete im Moment aber weder auf das Gedränge rings um sich herum noch auf den goldbraunen Magenvernichter, dessen Farbe wahrlich das Einzige war, was an diesem Getränk wirklich an Whisky erinnerte. Er konzentrierte sich voll und ganz auf das Blatt in seiner Hand.

Es war ein Full House. Dazu das schönste Full House, das er seit Jahren gesehen hatte. Drei Asse und zwei Könige, die er auf die Hand bekommen hatte, ohne ein einziges Mal tauschen zu müssen: eine Eins-zu-einer-Million-Chance.

Sein Gegenüber schien etwas in dieser Art zu befürchten, denn die Blicke, mit denen er Thor schier durchbohrte, waren in den letzten Minuten immer nervöser geworden. Von den ursprünglich fünf Teilnehmern an der Pokerrunde waren nur noch sie beide übrig geblieben. Die anderen waren ausgestiegen und beobachteten das stumme Duell gespannt; ebenso wie zwanzig oder dreißig Schaulustige, die den Tisch in einem dichten Kreis umstanden.

Was auch weiter kein Wunder war: Das *Palladium* war zwar dafür bekannt, eine Spielhölle zu sein, in der manchmal auch große Beträge über den Tisch gingen – aber einen Einsatz wie den, der jetzt zwischen Thor und seinem Gegenüber auf dem Tisch lag, sah man selbst hier nicht jeden Tag. Thor hatte längst die Übersicht verloren, wie viel es war. Er selbst war an diesem Abend mit hundert Dollar in der Tasche hierhergekommen, wie immer, wenn er spielen wollte. Ein Betrag, der ihm zwar wehtun, ihn aber nicht ruinieren würde, sollte er ihn verlieren. Aber er hatte ihn nicht verloren, sondern beständig gewonnen. Im Laufe des Abends war seine Barschaft von hundert zuerst auf tausend, dann auf zwei-, schließlich drei- und am Ende sogar mehr als viertausend Dollar angewachsen – und das alles lag jetzt zwischen ihnen. Das, derselbe Betrag, den sein Gegner dazugelegt hatte, und noch einmal mindestens dasselbe: die Einsätze der anderen Pokerspieler, die nach und nach ausgestiegen waren. Selbst Thor, der aus nicht gerade ärmlichen Verhältnissen stammte und sich normalerweise nicht allzu viel aus weltlichen Gütern machte, wurde beim Anblick des gewaltigen Haufens zerknitterter grüner Dollarnoten ein wenig flau im Magen.

Seinem Gegenüber anscheinend etwas mehr als nur ein wenig.

Josés Augen hatten sich geweitet, auf seiner Stirn perlte Schweiß, und die Hände, mit denen er seine Karten hielt, zitterten. Es war nicht das erste Mal, dass Thor sich mit José zu einer Pokerpartie traf, und bisher hatte er ihn für einen kühlen, überlegenen Spieler gehalten, den nichts aus der Ruhe bringen konnte. Aber auch er spielte selten um solche Beträge. Eigentlich hatte Thor ihn niemals um mehr als zwei- oder dreihundert Dollar auf einmal spielen sehen. Doch durch den Anblick dieses schon mittleren Vermögens, das sich zwischen ihnen häufte, war auch seine sprichwörtliche Ruhe erschüttert worden.

Dabei hatte eigentlich keiner von ihnen vorgehabt, so viel zu riskieren. Im Grunde hatte es wie bei früheren Treffen mehr als Geplänkel zwischen ihnen begonnen: Die Karten wurden ausgeteilt und Thor hatte nur den Kopf geschüttelt, als ihn der Geber fragte, wie viele neue er wolle, und José, der Thor eher als Gelegenheitsspieler denn als Profi kannte, hatte spöttisch die linke Augenbraue gehoben und ihm zugelächelt. Wahrscheinlich hatte er die zehn Einhundertdollarnoten, die er dann mit einer lässigen Geste auf den Tisch warf, einzig eingesetzt, um Thor zu beweisen, was er von seinem vermeintlichen Bluff hielt. Und auch Thor hatte eigentlich nur aus purer Schadenfreude bei dem Gedanken, welches Gesicht sein alter Studienfreund wohl machen würde, wenn er dieses Superblatt erst sähe, die gleiche Summe von dem Stapel Geldscheine vor sich abgezählt und dazugelegt.

Und dann … Dann hatte es sie wohl beide erwischt, wie man so schön sagt.

Dieses eine Spiel dauerte nun schon fast zwei volle Stunden und sie hatten sich unerbittlich gegenseitig hochgeschaukelt. Die anderen Spieler waren nach und nach ausgestiegen, obwohl auch einige von ihnen erhebliche Beträge eingesetzt hatten, und aus dem freundschaftlichen Zweikampf der beiden war ein erbittertes Ringen geworden. Seit Thor noch die letzten beiden Hundertdollarscheine vor ihm auf dem Tisch gesetzt hatte, um Josés Einsatz auszugleichen, waren gut fünf Minuten vergangen. Keiner von ihnen hatte in dieser Zeit ein Wort gesprochen, aber die Spannung war beinahe ins Unerträgliche gestiegen.

José legte die Karten aus der Hand und griff in die Brieftasche. Das hatte er während der letzten Viertelstunde mehrmals getan und das Bündel Geldscheine darin war immer dünner geworden. Thor betrachtete das nicht ohne Sorge. Er kannte José. Sie waren keine Freunde, aber doch gute Bekannte, und er wusste, dass der Mexikaner normalerweise auf die gleiche Art zu spielen pflegte wie er: mit einem relativ geringen Einsatz nämlich, den er entweder verspielte, woraufhin er dann nach Hause ging, oder verdoppelte oder verdreifachte, um dann den Gewinn auch wieder zu verspielen, oder – wenn auch äußerst selten – mit nach Hause zu nehmen. Aber jetzt wich José von dieser Gewohnheit ab. Er hatte sein Spielkapital ebenso aufgezehrt wie Thor, und was in seiner Brieftasche war, das war wahrscheinlich sein letzter Monatslohn.

»Tu das lieber nicht«, sagte Thor, als José zweihundert Dollar aus der Brieftasche nahm und sie auf den Tisch warf. »Wenn du das auch noch verlierst, dann muss ich dich den ganzen Monat durchfüttern und habe dich am Hals«, fügte er mit einem spöttischen Lächeln hinzu.

José blieb ernst. »Hältst du nun mit oder nicht?«, fragte er. Seine Stimme klang gepresst und sein Blick flackerte.

Thor war versucht Nein zu sagen. Der Tisch vor ihm war leer, alles, was er an diesem Abend gewonnen hatte, inklusive des Hunderters, mit dem er hergekommen war, lag jetzt im Pot. Seine Vernunft sagte ihm, dass er aufhören sollte.

Wenn er verlor, dann hatte er genau einhundert Dollar verloren, nicht mehr und nicht weniger. Wenn José verlor, dann war er für die nächsten Monate ruiniert.

Auch sein Aussehen bereitete Thor jetzt Sorge. Bis zu diesem Abend war José ein Gelegenheitsspieler gewesen wie Thor auch. Was er jetzt in seinen Augen sah, war das Flackern eines besessenen Spielers, der einfach nicht aufhören kann. Vielleicht würde ihm ein kleiner Dämpfer guttun. Thor entschloss sich, ihm später zumindest einen Teil des Gewinns wiederzugeben, damit er in den nächsten Wochen über die Runden kommen könnte. Wahrscheinlich tat José ein kleiner heilsamer Schock ganz gut.

Er legte ebenfalls sein Blatt aus der Hand, griff unter die Jacke und klappte die Brieftasche auf. Darin befanden sich drei Hunderter und ein Fünfzigdollarschein. Er nahm zweihundert Dollar heraus, legte sie auf den Tisch und sah José fragend an. »Du solltest aufhören«, sagte er noch einmal.

José schürzte trotzig die Lippen und griff abermals nach seiner Brieftasche. Thor sah, dass darin noch genau zweihundert Dollar waren.

»Tu das nicht«, sagte er warnend. »Du ruinierst dich, mein Freund.«

José blickte ihn beinahe hasserfüllt an, nahm die zwei Geldscheine und warf sie auf den Tisch. »Hältst du mit oder steigst du aus?«, fragte er trotzig.

Thor blickte in seine eigene Brieftasche. Er konnte nicht mithalten. Seine Barschaft reichte nicht aus. »Nimmst du einen Schuldschein von mir?«, fragte er. Ohne Josés Antwort abzuwarten, zog er einen Bleistift hervor und suchte nach einem Stück Papier – aber José schüttelte den Kopf.

»He, he«, protestierte Thor. »Ich bin dir doch wohl für fünfzig lausige Dollar gut, oder?«

»Kein Schuldschein«, sagte José knapp. »Leg das Geld auf den Tisch oder steig aus.«

»Das ist nicht fair«, erwiderte Thor. »Du versuchst mich rauszudrängen.«

José zuckte gleichmütig mit den Achseln. »Wer hoch spielt, sollte genug Bargeld mithaben«, sagte er. »Hast du es?«

Allmählich wurde Thor wirklich wütend. »Nein«, antwortete er gepresst. »Aber wenn du mir eine Minute Zeit gibst, besorge ich es.« Er deutete mit einer ärgerlichen Kopfbewegung auf die Bar. »Ich denke, so viel Kredit habe ich sogar hier.«

Er wollte aufstehen, aber plötzlich hob José die Hand und winkte ab. »Spar dir die Mühe«, sagte er.

Thor setzte sich wieder und sah ihn fragend an.

José wirkte ein bisschen verlegen. Offensichtlich taten ihm seine eigenen Worte bereits wieder leid. »Entschuldige«, sagte er. »Selbstverständlich bist du mir für fünfzig gut. Willst du mithalten?«

Thor nickte.

José presste die Lippen aufeinander, blickte die Rückseiten seiner Karten, die nebeneinander vor ihm auf dem Tisch lagen, sekundenlang durchdringend an und griff in die Jackentasche. Als er die Hand wieder hervorzog, hielt sie ein Bündel zerknitterter Dollarnoten. Er glättete sie sorgsam vor sich auf dem Tisch, zählte sie ab und warf sie dann oben auf den Haufen mit Geldscheinen. »Das sind jetzt noch einmal siebenundachtzig«, sagte er.

Thor seufzte. »Du bist völlig wahnsinnig«, murmelte er. »Aber gut, wenn du es nicht anders willst – ich halte mit.«

José blickte ihn an.

»Das macht dann einhundertsiebenunddreißig, die ich dir schulde, wenn ich verliere«, sagte Thor, schon wieder zornig.

»Würde es dir viel ausmachen, mir ein Pfand zu geben?«, fragte José.

Thor merkte, dass es ihm in der Tat viel ausmachte. Er fühlte sich gekränkt durch dieses völlig grundlose Misstrauen. Wütend streifte er den Ärmel zurück, um seine Uhr abzuschnallen, aber José schüttelte den Kopf.

»Nein«, sagte er.

Thor erstarrte mitten in der Bewegung und blickte José über den Tisch hinweg wütend an. Der Südamerikaner deutete auf die Kette, die unter Thors Hemd zu sehen war. »Was ist das da?«, fragte er.

Thor zögerte. Einen Moment lang war er versucht, einfach aufzustehen und José samt seinem verdammten Geld sitzen zu lassen, aber dann griff er doch unter sein Hemd und zog die Kette hervor, sodass José den kleinen Maya-Anhänger sehen konnte.

»Das ist Gold, nicht wahr?«, fragte José.

Thor nickte grimmig. »Ja, und das ist verdammt viel mehr wert als die lumpigen hundertsiebenunddreißig«, sagte er.

»Dann setze ich noch mal tausend«, sagte José und fügte mit einem dünnen, hämischen Lächeln hinzu: »Falls ich dir dafür gut bin, heißt das.«

»Aber natürlich«, antwortete Thor gepresst. »Du hast unbegrenzten Kredit bei mir, mein Freund.«

Mit einem Ruck zog er die Kette über den Kopf, warf sie auf den Tisch und starrte José an. »Dann zeig mal, was du hast.«

»Zuerst du«, sagte José.

Thor zuckte mit den Achseln, deckte seine beiden Könige und die drei Asse auf und lehnte sich zurück. Eigentlich hatte er den Moment genießen und die Karten eine nach der anderen herumdrehen wollen, und zwar in einer Reihenfolge, die José bis zum letzten Moment im Unklaren darüber gelassen hätte, was er wirklich hatte. Aber diese Pokerpartie machte ihm längst keinen Spaß mehr. Es war ihm eigentlich auch gleichgültig, ob er gewann oder nicht. Das Einzige, was er wollte, war, José eine Lektion zu erteilen.

Ein paar Sekunden später begriff er, dass er es war, der an diesem Abend eine Lektion bekam.

Josés Augen weiteten sich, als sie das Full House sahen, aber es war kein Schrecken, der sich darin widerspiegelte, sondern ein wilder Triumph. Einen Moment lang lächelte er, dann begann er schallend zu lachen, griff nach seinen eigenen Karten und warf sie Thor über den Tisch zu. Thor fing sie auf, drehte sie herum und stieß enttäuscht die Luft zwischen den Zähnen aus, als er sah, welches Blatt José hatte.

Es war ein Straight bis zum Ass; dem letzten, das Thor noch gefehlt hatte.

»Tja, *Herr* Garson«, sagte José spöttisch. »Sieht so aus, als könnten Sie sogar von mir noch etwas lernen.« Grinsend beugte er sich über den Tisch und raffte den Einsatz an sich – weit mehr als zehntausend Dollar, schätzte Thor. »Ich wusste doch immer, dass ihr Krauts nicht pokern könnt.«

Thor unterdrückte mühsam seinen Zorn. Er wusste, dass José seine Bemerkung nicht böse meinte, sondern lediglich im Freudentaumel über die Stränge schlug, dennoch fiel es ihm immer schwerer sich zu beherrschen. Mit ausdruckslosem Gesicht sah er zu, wie José das Geld vor sich zu kleinen, gleichmäßigen Stapeln sortierte, aber als der Mexikaner auch nach der Kette greifen wollte, hielt Thor seine Hand zurück. »Das war nur ein Pfand«, erinnerte er ihn.

José nickte. »Ich weiß. Du bekommst es zurück – sobald du mir die elfhundertsiebenunddreißig Dollar bringst, die du mir schuldest.«

Thor sparte sich eine Antwort. Das mit der Lektion hat ja prima geklappt, dachte er zornig. Nur dumm, dass er selbst es gewesen war, dem er sie erteilt hatte.

Er stand auf. »Morgen früh«, sagte er wütend. »Ich bringe dir das Geld ins Hotel. Wäre dir zehn Uhr recht?«

José schüttelte den Kopf. »Komm lieber um zwölf«, sagte er. »Ich habe das Gefühl, dass es heute Nacht spät wird. Ich habe Grund zu feiern, weißt du?«

Thor drehte sich so abrupt um, dass er in der Bewegung einen Stuhl umwarf, und stürmte davon. Es war fast Mitternacht, als er auf die Straße hinaustrat. Sein Kopf dröhnte, seine Augen brannten und er hatte zu viel getrunken. Aber die klare, kalte Nachtluft half ihm. Er entfernte sich ein paar Schritte von dem Lokal, blieb stehen und lehnte sich mit geschlossenen Augen an eine Mauer, um einen Moment lang nichts anderes zu tun, als die frische Luft einzuatmen.

Und wieder zu sich selbst zu finden.

Er war zornig – und dieser Zorn galt sehr viel mehr ihm selbst als José. Dabei war es nicht einmal das verlorene Geld, das ihn so wütend machte. Er würde auch das überstehen, ohne ins Armenhaus gehen oder sich erschießen zu müssen. Was viel schlimmer war – er war von einem seiner eisernen Prinzipien abgewichen, nämlich dem, niemals mehr zu verspielen, als er bei sich hatte. Und was das Schlimmste war, er hatte etwas verspielt, was ihm nicht einmal gehörte.

Thor hatte das Versprechen keineswegs vergessen, das er Swanson gegeben hatte. Er hatte den kleinen Anhänger die letzten drei Monate ununterbrochen bei sich getragen. Und es lag auch allein an diesem Anhänger, dass er in New Orleans war: Für den nächsten Tag hatte er eine Verabredung mit einem Rechtsanwalt, dem er schon vor drei Monaten schriftlich den Auftrag erteilt hatte, Swansons Tochter ausfindig zu machen.

Nun ja, bis dahin war Zeit genug, das Schmuckstück wieder auszulösen.

Er ging weiter. Es war dunkel; am Himmel stand kein Mond, und während der Stunden, die er im *Palladium* verbracht hatte, waren Wolken aufgezogen. Auf der anderen Seite des Hafens regnete es bereits, und die Luft, die ihm noch vor Augenblicken so erfrischend vorgekommen war, wurde nun bereits unangenehm kühl.

Thor schlug den Jackenkragen hoch, rammte die Hände in die Taschen und ging mit gesenktem Kopf und schneller werdenden Schritten weiter. Er würde sich beeilen müssen, um rechtzeitig ins Hotel zu kommen und sich nicht nach der Pleite am Pokertisch auch noch eine kalte Dusche einzuhandeln.

Er überquerte die Straße, wandte sich nach rechts und blieb einen Moment unschlüssig stehen. Der Weg zum Hotel war nicht sehr weit, aber es wurde jetzt immer kälter und der Wind wurde schneidender. Offensichtlich kam der Regen schneller heran, als er geglaubt hatte. Aber es gab eine Abkürzung. Nur wenige Schritte entfernt konnte er eine schmale Gasse zwischen zwei Häusern erkennen – eigentlich kein richtiger Weg, sondern nur eine Lücke, die aus irgendeinem Grund nicht zugebaut worden war – und dahinter eine nicht einmal ganz zwei Meter hohe Ziegelsteinmauer. Auf der anderen Seite, das wusste er, befand sich die Straße, an der sein Hotel lag.

Er bog in die Gasse ein und näherte sich der Mauer, wobei er im Slalom gehen musste, um überquellenden Mülltonnen und leeren Pappkartons auszuweichen. Sein Fuß stieß im Dunkeln gegen einen Mülltonnendeckel, der scheppernd davonflog. Einen Augenblick später ertönte aus dem hinteren Teil der Gasse ein wütendes Fauchen, und ein struppiger Schatten verschwand in der Dunkelheit.

Thor erreichte die Mauer, streckte die Hände nach ihrer Krone aus – und drehte sich mit einem Ruck wieder herum.

Hinter ihm war etwas.

Er sah nichts. Er hörte nicht einmal etwas Verdächtiges, aber er spürte einfach, dass ihn jemand belauerte. Sein Blick bohrte sich in die Dunkelheit. Dieser Schatten dort – war das wirklich eine Mülltonne oder eine zusammengekauerte Gestalt? Und die Bewegung gerade – er war jetzt nicht mehr sicher, dass das wirklich eine Katze gewesen war.

»Ist da jemand?«, rief er in die Dunkelheit.

Keine Antwort.

»He – Freundchen!«, rief Thor. »Wenn du es auf meine Brieftasche abgesehen hast, spar dir die Mühe. Sie ist leer.«

Er bekam auch jetzt keine Antwort, aber das Gefühl, angestarrt zu werden, wurde immer intensiver.

Und plötzlich ging alles rasend schnell.

Ein schepperndes Geräusch erklang, als eine der Mülltonnen umgestoßen wurde, dann sprang ein Schatten blitzschnell auf Thor zu und versuchte ihn von den Füßen zu reißen. Im letzten Moment wich er dem Angriff aus und duckte sich. Etwas zischte haarscharf über seinen Kopf hinweg und riss Funken aus der Wand hinter ihm, und fast gleichzeitig traf ein Faustschlag seine Schulter und ließ ihn zurücktaumeln.

Der schattenhafte Angreifer fuhr herum, schlug ein zweites Mal nach ihm – und diesmal traf er. Thor taumelte unter einem heftigen Schlag zurück, stieß ein zweites Mal sehr unsanft gegen die Wand und brach in die Knie. Sein Kopf dröhnte. Seine linke Gesichtshälfte war taub und er konnte nicht mehr richtig sehen. Der Kerl musste entweder Kräfte wie ein Ochse haben oder er hatte mit einer Waffe zugeschlagen.

Eine Hand packte Thor an den Rockaufschlägen, riss ihn

mit einem Ruck wieder in die Höhe und warf ihn zum dritten Mal gegen die Wand. Sein Hinterkopf prallte gegen hartes Mauerwerk, und der Schmerz ließ bunte Sterne und Kreise vor seinen Augen tanzen. Aber das machte ihn auch wütend.

Er duckte sich instinktiv, als er einen weiteren Hieb mehr spürte, als dass er ihn kommen sah, und machte einen Schritt zur Seite. Ein dumpfes Krachen erklang, gefolgt von einem halb unterdrückten Schmerzenslaut. Und Thor gestattete sich den Luxus eines flüchtigen Grinsens, als er sich vorstellte, dass die Faust, die eigentlich sein Gesicht hätte treffen sollen, mit ziemlicher Wucht gegen die Wand gekracht sein musste.

Doch der Triumph hielt nicht lange vor. Er konnte seinen Gegner in der Dunkelheit immer noch nicht richtig erkennen, aber er sah zumindest, dass es sich um einen wahren Riesen handeln musste. Ein Kerl von weit mehr als zwei Metern Größe und einer Schulterbreite, die jeder Beschreibung spottete. Und wenn ihm der Hieb gegen die Wand wehgetan hatte, dann hatte das seine Wut höchstens noch geschürt. Thor musste sich plötzlich unter einem wahren Hagel von Schlägen ducken und taumelte rückwärts vor dem Angreifer zurück. Zwei, drei der wütenden Schwinger durchbrachen seine Deckung, und er hatte jedes Mal mehr Mühe, auf den Beinen zu bleiben.

Sein Fuß verhakte sich an etwas. Er stolperte, kämpfte eine Sekunde lang mit wild rudernden Armen um sein Gleichgewicht und stürzte schließlich nach hinten. Es gelang ihm zwar, den Sturz abzufangen und ihm wenigstens seine größte Wucht zu nehmen, aber der andere nutzte die sekundenlange Schwäche aus, um sich sofort auf ihn zu werfen und seinen Körper mit den Knien an den Boden zu pressen. Ein riesiges, irgendwie sonderbares Gesicht tauchte über Thor auf und eine noch riesigere Faust ballte sich zum entscheidenden Schlag.

Thors wild herumtastende Hände ergriffen etwas Hartes. Blindlings packte er es, raffte jedes bisschen Kraft zusammen, das er noch fand, und schlug zu.

Es gab ein Geräusch wie ein Paukenschlag, als der Mülleimerdeckel höchst unsanft im Gesicht des Angreifers landete. Im ersten Moment fürchtete Thor schon, nicht einmal dieser Hieb würde den Riesen aufhalten – aber dann begann die Gestalt über ihm zu wanken. Er hörte ein leises, seufzendes Stöhnen, und nach einer weiteren Sekunde kippte der Kerl einfach von ihm herunter und blieb liegen.

Thor rappelte sich mühsam auf, wich vorsichtshalber drei, vier, fünf Schritte von der reglosen Gestalt zurück und rang keuchend nach Atem. Er war alles andere als ein Schwächling, aber er wusste, dass er den ungleichen Kampf nur noch wenige Sekunden lang durchgestanden hätte.

Aber er hatte gewonnen – das allein zählte. Das versöhnte ihn schon wieder ein bisschen mit dem Pech vorhin.

»Siehst du, Freund«, sagte er feixend zu dem Bewusstlosen. »Manchmal triumphiert der Geist doch über die brutale Gewalt.«

Oder auch nicht.

Das Letzte, was Thor Garson für die nächsten zwei oder auch drei Stunden bewusst wahrnahm, war der Anblick des gleichen Mülleimerdeckels, mit dem er den Angreifer niedergeschlagen hatte. Nur dass er plötzlich in der Hand eines zweiten riesigen Schattens lag und sich schnell, sehr schnell auf sein Gesicht zubewegte.

Rasend schnell sogar.

Selbst am nächsten Morgen hatte Thor noch Kopfschmerzen. Irgendwann im Laufe der Nacht war er in der schmutzigen Gasse aufgewacht und hatte sich zum Hotel geschleppt, wo ihn ein höchst verschreckter Portier in Empfang genommen und auf sein Zimmer geführt hatte. Nicht, ohne ihn mindestens zwanzigmal zu fragen, ob er die Polizei oder einen Arzt oder besser gleich beide holen solle, was Thor nur mit Mühe und Not hatte verhindern können.

Irgendwann, lange nach Sonnenaufgang, war er dann mit dröhnendem Kopf und einem widerwärtigen Geschmack im Mund wach geworden, noch mit Hose, Hemd und Stiefeln auf dem Bett liegend. Und dann, nachdem er ins Bad getaumelt war und den Kopf fünf Minuten lang unter eiskaltes Wasser gehalten hatte, hatte er eine Überraschung erlebt.

Er war nicht ausgeraubt worden.

Seine Uhr war noch da, seine Brieftasche mit allen Papieren und dem Kreditbrief der Bank of America, den er als Reserve für Notfälle stets mit sich führte, und auch der übrige Inhalt seiner Taschen.

Dafür hatten die Angreifer ihm das Hemd in Fetzen gerissen.

Er verstand das nicht – warum hatten sich die beiden Strauchdiebe solche Mühe mit ihm gemacht, um ihm dann nicht einmal seine Wertgegenstände abzunehmen?

Aber so lange er auch darüber nachdachte, er fand keine Antwort. Vielleicht hatte er die beiden ja mit seinem unerwartet heftigen Widerstand so eingeschüchtert, dass sie froh gewesen waren, davonzukommen, und ihn einfach liegen gelassen hatten.

Er ahnte, dass das nicht die ganze Wahrheit war, aber er fühlte sich viel zu miserabel, um jetzt weiter über diese Frage nachzudenken. Die nächste halbe Stunde verbrachte er damit, lang und ausgiebig und eiskalt zu duschen und seine ramponierte Kleidung in Ordnung zu bringen. Als er sich endlich wieder halbwegs menschlich fühlte, war es fast elf. Und der Blick auf die Uhr erinnerte ihn daran, dass am vergangenen Abend noch mehr geschehen war als der missglückte Raubüberfall auf ihn.

Er hatte eine Verabredung mit José. Und da sich dessen Hotel nahezu am anderen Ende der Stadt befand und sein Magen mittlerweile hörbar knurrte, sollte er vielleicht nicht noch mehr Zeit damit vertrödeln, hier herumzustehen und sich selbst leidzutun.

Thor suchte das letzte bisschen Bargeld zusammen, das er noch in seinen verschiedenen Kleidungsstücken fand – alles in allem nicht einmal zehn Dollar –, verließ das Zimmer, ging in die Halle hinunter und betrat einen Frühstücksraum, in dem zwei übellaunig aussehende Kellner gerade damit beschäftigt waren, das letzte Geschirr abzuräumen. Nachdem er einen von ihnen mit einer zusammengefalteten Fünfdollarnote dazu überredet hatte, ihm doch noch ein Frühstück zu servieren – kalten Kaffee, pappige Brötchen und zwei Scheiben Wurst, die eindeutig älter waren als der Whisky im *Palladium* –, schlang er alles lustlos hinunter und verließ das Hotel. Er hatte jetzt noch eine halbe Stunde Zeit, um zur Bank zu gehen und dann noch pünktlich zu seiner Verabredung mit José zu kommen. Knapp, aber er konnte es schaffen.

Wie immer, wenn man wirklich eines braucht, war kein Taxi in der Nähe, und um ihm den Tag vollends zu vergällen, hatte sich der Himmel mit dunklen Wolken überzogen; es sah nach Regen aus. Thor seufzte ergeben, rammte die Hände in die Jackentaschen, zog die Schultern hoch und ging los.

Die Bank war nur zwei Straßenzüge entfernt. Er brauchte knapp zehn Minuten, um sie zu erreichen, und dann nicht einmal eine Dreiviertelstunde, bis die Schlange an dem einzigen geöffneten Schalter so weit vorgerückt war, dass er seinen Kreditbrief zücken und sein Konto um die Kleinigkeit von eintausendfünfhundert US-Dollar erleichtern konnte.

Der Anblick der sauber gebündelten Geldscheine erinnerte ihn wieder daran, wie närrisch er sich am vergangenen Abend benommen hatte. Für jemanden von gerade einmal einundzwanzig Jahren war er ziemlich wohlhabend, aber das bedeutete längst nicht, dass er das Geld mit vollen Händen zum Fenster hinauswerfen konnte – oder wollte. Das war bestimmt nicht, was seine Mutter im Sinn gehabt hatte, als sie es ihm hinterließ. Laura Rosenheim entstammte einer reichen jüdischen Familie aus Boston und besaß auch selbst ein nicht unbeträchtliches Vermögen aus einem Treuhandfonds, den ihr Großvater für sie eingerichtet hatte. Sein Vater hatte sie bei einer seiner Amerikareisen kennengelernt und sich in sie verliebt. Gegen den Willen ihrer Familie hatte sie ihn geheiratet, war zu ihm nach Deutschland gezogen und hatte fast zwei Jahrzehnte mit ihm in Berlin gelebt, wo auch Thor aufgewachsen war, wenn er seine Eltern nicht gerade auf einer ihrer vielen Reisen begleitete.

Thor seufzte, während er ungeduldig darauf wartete, dass der Kassierer endlich damit fertig wurde, das Geld abzuzählen.

Er mochte Berlin, aber schon während seiner Jugend war er viel gereist und hatte nie vorgehabt, sein Leben in Deutschland zu beschließen. So war ihm der Abschied nicht sonderlich schwergefallen, als seine Eltern vor nunmehr gut vier Jahren beschlossen hatten das Land zu verlassen. Nach der Machtergreifung der Nazis und aufgrund des immer stärker um sich greifenden Fremdenhasses und Antisemitismus hatte seine Mutter sich als Jüdin amerikanischer Abstammung nicht mehr sicher gefühlt, und sie waren nach New York ausgewandert, um sich dort eine neue Existenz aufzubauen. Stattdessen jedoch war seine Mutter dort nur ein knappes Jahr später einem Krebsleiden erlegen. Das Geld, das sie Thor vererbt hatte und über das er seit seinem einundzwanzigsten Geburtstag verfügen durfte, war dazu gedacht, ihm den Start ins Berufsleben zu erleichtern, gewiss nicht, um es leichtfertig beim Pokern zu verspielen. Aber was geschehen war, war nun einmal geschehen, und er konnte höchstens versuchen aus seinem Fehler zu lernen.

Und eigentlich hatte er noch Glück gehabt: Wäre José nicht zufällig ein alter Bekannter von ihm, dann hätte er jetzt nicht einmal das Amulett auslösen können. Der Goldwert des winzigen Anhängers betrug zwar nicht annähernd die eintausendeinhundert Dollar, für die er es als Pfand hergegeben hatte, aber unter Sammlern würde es unter Umständen wesentlich mehr bringen.

Thor verdrängte seine Schuldgefühle, stopfte das Geld in die Jackentasche und wandte sich um. Allmählich wurde die Zeit doch knapp. Zu seiner Verabredung mit José kam er ohnehin schon zu spät, aber wenn er weiter so herumtrödelte, dann würde er auch noch seinen Termin mit dem Rechtsanwalt verpassen. Er hoffte nur, dass José ihn nicht allzu lange aufhalten würde.

Als er durch die große marmorverkleidete Halle lief, prallte er mit einer hochgewachsenen Gestalt zusammen. Thor murmelte eine Entschuldigung, lief weiter – und blieb noch einmal stehen.

Irgendetwas an dieser Gestalt war …

Er wusste nicht, was – aber irgendetwas erregte seine Aufmerksamkeit. Unauffällig drehte er sich noch einmal um und musterte den großen, breitschultrigen Mann genauer, den er um ein Haar über den Haufen gerannt hätte.

Er konnte sein Gesicht nicht sehen. Der Mann schlenderte scheinbar ziellos durch die Halle, hatte die rechte

Hand in der Jackentasche und hielt in der linken den Stummel einer brennenden filterlosen Zigarette. Aber das, was Thor von hinten sah, das war an sich schon ungewöhnlich genug: Der Mann war ein Riese, weit über zwei Meter groß und mit der entsprechenden Schulterbreite. Er trug einen maßgeschneiderten Anzug, der sich an Oberarmen und Brust über mächtigen Muskelpaketen wölbte, und auf Hochglanz polierte schwarze Lackschuhe. Sein Haar war von der gleichen Farbe: ein dunkles, fast schon blau schimmerndes Schwarz, wie man es nur selten zu sehen bekam.

Und er bewegte sich merkwürdig.

Es dauerte einen Moment, bis Thor begriff, was an seiner Art zu gehen so störend war: Es waren die Bewegungen eines Mannes, der weder diese Umgebung noch die Kleidung gewohnt war. Er wirkte unsicher, ungeschickt und beinahe ängstlich. Auf einmal blieb er ebenfalls stehen und drehte sich zur Seite. Und Thor konnte ihn zumindest im Profil erkennen.

Und was für ein Profil!

Die kräftigen, ausgeprägten Kiefer, die leicht hervortretenden Wangenknochen, die scharfe Adlernase und die ganz leicht fliehende Stirn: Der Mann war ein Indianer, ein südamerikanischer Indianer, seiner Hautfarbe und dem charakteristischen Profil nach zu schließen ein Maya oder Azteke. Und Thor glaubte jetzt auch zu verstehen, warum er sich so linkisch und unsicher bewegte. Selbst in einer Stadt wie New Orleans, die Fremde gewohnt war, musste ein Mann wie er auffallen, noch dazu ein solcher Riese.

Der Fremde vollendete seine Drehung und sah Thor direkt ins Gesicht. Und nach ein paar Sekunden wurde Thor klar, dass er ihn angestarrt hatte. Er lächelte verlegen, deutete ein Nicken an und beeilte sich, die Bank endgültig zu verlassen.

Diesmal fand er ein Taxi und er hatte Glück – der Fahrer verzichtete darauf, den offensichtlich ortsunkundigen Passagier kreuz und quer durch die Stadt zu kutschieren, sondern gab sich mit dem Trinkgeld zufrieden, das Thor ihm vorsichtshalber schon vor Antritt der Fahrt in die Hand gedrückt hatte, und fuhr auf direktem Wege zu Josés Hotel.

Thor hatte erwartet, José schon unten in der Halle anzutreffen, denn sie hatten sich fest verabredet, aber die Hotelhalle war leer bis auf eine dunkelhaarige südamerikanische Schönheit, die auf einer kleinen Chaiselongue neben dem Eingang saß und ihn forschend musterte, als er sich dem Empfang näherte.

Er nannte Josés Namen und erwartete eine Zimmernummer als Antwort, aber stattdessen sah ihn der Mann hinter der Theke einen Moment lang beinahe erschrocken an und sagte dann:

»Sie sind Mister Garson, nehme ich an.«

Thor nickte verblüfft. Er konnte sich plötzlich des Gefühls nicht mehr erwehren, dass auch dieser Tag noch unangenehme Überraschungen für ihn bereithielt.

»Es tut mir leid, Mister Garson«, fuhr der Empfangschef fort. »Aber Señor Perez ist heute Morgen abgereist.«

»Abgereist?«, wiederholte Thor überrascht.

Der Empfangschef nickte. »Ja. Aber sehen Sie die Lady dort neben der Tür?« Er hob die Hand und deutete auf die Südamerikanerin, die Thor immer noch wie hypnotisiert anstarrte, und Thor nickte. »Sie hat eine Nachricht für Sie, Mister Garson.«

Thor bedankte sich, drehte sich um und ging auf die Frau zu. Sie sah ihm entgegen, rührte sich aber nicht, sondern blieb reglos sitzen, bis er bei ihr angekommen und wieder stehen geblieben war. Zwischen ihren Augenbrauen entstand eine steile Falte, und der Ausdruck auf ihrem Gesicht war … sonderbar. Fragend, aber auch ein bisschen unsicher, fand Thor; beinahe ängstlich.

Er räusperte sich gekünstelt und endlich brach die Dunkelhaarige ihr Schweigen. »Mister Garson?«

Thor nickte. »Ja. Ich war mit …«

Sie unterbrach ihn mit einer Geste. »Sie sehen genauso aus, wie José Sie mir beschrieben hat«, sagte sie. »Ich war nur nicht ganz sicher. Entschuldigen Sie, wenn ich Sie nicht gleich angesprochen habe.«

»Das macht doch nichts«, antwortete Thor automatisch. »Darf ich fragen, wer Sie …?«

»Oh, ich habe mich noch gar nicht vorgestellt«, sagte die Schwarzhaarige mit einem raschen, flüchtigen Lächeln. »Mein Name ist Anita. Ich bin Josés Frau.«

Jetzt war es Thor, der überrascht war. »Ich wusste gar nicht, dass er verheiratet ist«, sagte er – und bedauerte die Worte fast auf der Stelle wieder, denn die Frau vor ihm hatte sich nicht gut genug in der Gewalt, als dass nicht ein kurzer, betroffener Ausdruck über ihre Züge gehuscht wäre. Wie es aussah, hatte er da einen wunden Punkt getroffen.

»Entschuldigung«, murmelte er.

Anita machte eine wegwerfende Handbewegung und deutete fast übergangslos auf den Sessel ihr gegenüber. Thor setzte sich und sah sie fragend an. Sekundenlang sagte keiner von ihnen etwas. Und das Schweigen, das sich in diesen wenigen Augenblicken zwischen ihnen ausbreitete, war irgendwie unangenehm. Thor ahnte, dass das, was Josés Frau ihm sagen wollte, nicht besonders erfreulich sein würde.

»Ist irgendetwas … mit José?«, fragte er unsicher.

Anita schüttelte den Kopf. »Nein«, sagte sie. »Oder doch. Ja. Wie man es nimmt.« Sie lächelte flüchtig und fuhr mit einer erklärenden Geste fort: »Bitte verzeihen Sie, dass mein

Mann nicht selbst mit Ihnen sprechen kann, Mister Garson. Aber er musste überraschend aufbrechen. Und auch ich habe leider nicht allzu viel Zeit.«

»Das macht doch nichts«, sagte Thor. »Es ist nur …«

Er wurde wieder unterbrochen. »Ich weiß, weshalb Sie hier sind«, sagte Anita. Sie griff in ihre Handtasche und holte ein weißes Papiertütchen heraus. »Sie wollen das hier«, sagte sie.

Thor streckte die Hand aus und nahm das Päckchen entgegen. Er wusste bereits, was es enthielt, noch ehe er es auswickelte. Überrascht nahm er die Goldkette hoch, hielt sie einen Moment reglos fest und ließ sie dann in der geschlossenen Hand verschwinden. »José hat Ihnen erzählt, was passiert ist?«

Wieder nickte Anita und wieder sah ihr Gesicht aus, als bedeute seine Frage für sie viel mehr, als er ahnte. »Ja«, sagte sie. »Sie haben gespielt und Sie haben verloren, Mister Garson.«

Thor lächelte zerknirscht, ließ die Kette mit dem goldenen Anhänger rasch in der Jacke verschwinden und zog das Geld, das er von der Bank geholt hatte, aus der anderen Tasche.

Zu seiner Überraschung schüttelte Anita beinahe erschrocken den Kopf. »Das ist nicht nötig, Mister Garson«, sagte sie hastig.

»Nicht nötig?« Thor runzelte überrascht die Stirn. »Sie meinen, dass José …«

»Sie hätten niemals um dieses Medaillon spielen dürfen«, unterbrach ihn Anita. »Was gestern Abend geschehen ist, tut José sehr leid. Ich soll Ihnen sagen, dass er sein Benehmen bedauert und sich bei Ihnen entschuldigt.«

»Aber ich war es, der …«, begann Thor, aber nur, um schon wieder unterbrochen zu werden:

»Er hätte dieses Pfand nicht annehmen dürfen. Ich bin nur hiergeblieben, um es Ihnen zurückzugeben.«

»Und das ... Geld?«, fragte Thor zögernd.

Anita winkte ab. »Ich glaube, José hat gestern Abend genug gewonnen«, sagte sie. Dann stand sie auf, mit einer raschen, beinahe schon hastigen Bewegung, und Thor entging keineswegs, dass sie sich sehr schnell, aber auch sehr aufmerksam umsah. Ihr Blick glitt rasch durch die Halle, blieb einen Moment am Treppenaufgang hängen und fiel dann auf die Straße jenseits der hohen Fenster des Hotels. Draußen herrschte sehr wenig Verkehr. Nur auf der anderen Straßenseite stand jemand, der über die große Entfernung bloß als Schatten erkennbar war. Dennoch blieb Anitas Blick einen Moment dort hängen, und Thor sah, wie sich ihre Pupillen weiteten. Der Anblick dieser Gestalt überrascht sie nicht, dachte Thor alarmiert, aber er erschreckt sie. Was ging hier vor?

»Ich muss jetzt gehen«, sagte Anita. »Es hat mich gefreut, Sie kennenzulernen, Mister Garson.«

»He!«, rief Thor. Er sprang auf, aber Josés Frau war bereits auf der Stelle herumgefahren und schritt so rasch zum Ausgang, wie sie gerade noch gehen konnte, ohne zu rennen.

Verblüfft blickte Thor ihr nach, machte einen Schritt, um ihr zu folgen, und besann sich dann eines Besseren. Er blieb stehen und wartete, bis sie das Hotel verlassen und in eines der auf der Straße wartenden Taxis gestiegen war. Dann ging er noch einmal zum Empfang zurück und wandte sich an den Mann hinter der Theke.

»Wann ist Señor Perez genau abgereist?«, fragte er.

Der Empfangschef blickte ihn fragend an und schien der amerikanischen Sprache plötzlich nicht mehr mächtig zu sein.

Thor seufzte, griff in die Tasche, zog einen seiner gerade

wiedererlangten elfhundertsiebenunddreißig Dollar heraus und schob ihn über die Theke. Der Geldschein verschwand wie durch Zauberei und der Empfangschef fand auch im gleichen Moment seine Sprache wieder.

»Heute Morgen, Mister Garson«, sagte er. »Noch vor dem Frühstück. Ich selbst war noch nicht im Dienst, aber ich glaube, es muss sechs Uhr oder noch früher gewesen sein.«

»Hatte er geplant, heute abzureisen?«, erkundigte sich Thor.

Der Mann schüttelte den Kopf. »Das Zimmer ist bis Ende der Woche reserviert – und im Voraus bezahlt«, fügte er hinzu.

»Und Sie wissen nicht, warum Señor Perez so übereilt aufgebrochen ist?«, fragte Thor und legte eine zweite Dollarnote auf den Tisch.

Der Empfangschef ließ auch sie in seiner Jackentasche verschwinden, ehe er den Kopf schüttelte und antwortete: »Nein.«

Thor war enttäuscht. Er spürte, dass hier irgendetwas nicht stimmte. Die Frau – wenn sie wirklich Josés Frau war – hatte sich mehr als nur ein bisschen sonderbar benommen. Er war mittlerweile sicher, dass der Ausdruck, den er auf ihrem Gesicht gesehen hatte, als sie auf die Straße hinausgesehen und die Gestalt auf der anderen Seite erblickt hatte, Angst gewesen war.

Er verließ das Hotel und sah konzentriert in die gleiche Richtung. Der Bürgersteig auf der anderen Straßenseite war leer. Wenn dort überhaupt jemand gestanden hatte, dann war er jetzt verschwunden. Die ganze Angelegenheit begann immer merkwürdiger zu werden.

Aber die Hauptsache war, er hatte sein Amulett wieder.

Er versenkte die linke Hand in die Tasche, schloss die

Finger darum und winkte mit der anderen ein Taxi herbei. Er hatte noch fast eine Stunde Zeit, um seine Verabredung mit dem Rechtsanwalt einzuhalten, der Swansons Tochter aufgespürt hatte. Aber der Tag hatte so unglücklich begonnen, dass er das Schicksal nicht noch weiter herausfordern wollte. Auf einem Sessel im Wartezimmer einer Rechtsanwaltskanzlei, überlegte er, würde ihm wahrscheinlich am wenigsten passieren.

Das war nicht der erste Irrtum, der ihm unterlief. Übrigens auch nicht der letzte.

Die Anwaltskanzlei Marten, Marten, Marten & Marten residierte im vierten Stock eines wuchtigen Sandsteingebäudes, das wie ein Fremdkörper zwischen den zierlichen Holzbauten von New Orleans aufragte. Die Straße befand sich in der Nähe des Hafens, und durch das geöffnete Fenster im Warteraum drangen Salzwassergeruch und das Schreien einer einsamen Möwe herein. Wenn Thor sich die Mühe gemacht hätte, ans Fenster zu treten, dann hätte er den Hafen und einen großen Teil der Stadt überblicken können, denn das Gebäude erhob sich auf einem der höchsten Hügel New Orleans'.

Aber er machte sich nicht die Mühe. Er war verwirrt, er war zornig und außerdem war er viel zu sehr damit beschäftigt, sein Gegenüber anzublicken: ein äußerst reizendes Gegenüber überdies.

Sie war eine Handspanne kleiner als er, hatte hellblondes, kurz geschnittenes Haar und befand sich genau in dem Alter, in dem sie nicht mehr ganz Mädchen, aber auch noch nicht ganz Frau war. Ihr schmales Gesicht wurde von einem Paar großer, sehr wacher hellblauer Augen beherrscht, das Thor einen Moment lang kühl und abschätzend gemustert und sich dann wieder der Lektüre der Zeitschrift gewidmet hatte, die auf ihren übereinandergeschlagenen Knien lag. Ihre Hände waren schlank, wirkten aber nicht zerbrechlich, und an ihrem Hals glitzerte eine dünne Goldkette mit einem Anhänger, der unter ihrer Bluse verschwand.

Es war eigentlich nicht Thors Art, Frauen anzustarren, aber irgendetwas war an diesem Mädchen, das ihn interessierte, vielleicht sogar faszinierte. Es war etwas schwer in Worte zu Fassendes, aber Deutliches. Es war wie ein Gefühl, sie zu kennen, obwohl er eben ganz genau wusste, ihr noch niemals begegnet zu sein. Aber etwas sagte ihm, dass er sie kennen sollte.

Nach einer Weile räusperte er sich und beugte sich leicht in dem ebenso teuren wie unbequemen Sessel vor, auf den er sich gesetzt hatte: »Entschuldigen Sie«, begann er. »Aber ...«

Es schien an diesem Tag sein Schicksal zu sein, niemals zu Ende reden zu können, denn die Blonde ließ mit einem Ruck ihre Zeitung sinken, hob mit einem ebenso heftigen Ruck den Kopf und blitzte ihn so zornig aus ihren hellblauen Augen an, dass ihm der Rest des Satzes im wahrsten Sinne des Wortes im Halse stecken blieb.

»Wenn Sie mich jetzt fragen, ob es möglich ist, dass wir uns schon einmal gesehen haben«, sagte sie mit einem Lächeln, das ungefähr so warm war wie ein Eisberg, »dann werfe ich mit einem Stuhl nach Ihnen.«

Thor richtete sich verschreckt wieder auf und klappte den Mund zu.

Aber die Blonde, einmal in Fahrt gekommen, funkelte ihn weiter zornig an. »Sie sitzen seit geschlagenen fünfzehn Minuten dort und starren mich an«, sagte sie. »Hab ich vier Augen im Gesicht oder ein drittes Bein unter dem Rock, oder warum?«

Thor lächelte schief, versuchte sich in einer Ritze des Sessels zu verkriechen und murmelte ein halblautes »Entschuldigung«.

Was eindeutig nicht genug war, denn das Mädchen blickte ihn noch wütender an und holte sichtlich Atem für eine neue Attacke.

Thor zog es vor, dem drohenden Streit auszuweichen und stand auf. Rasch durchquerte er das Wartezimmer, trat, ohne anzuklopfen, durch die angrenzende Tür und handelte sich damit schon wieder einen vorwurfsvollen Blick ein; diesmal von der ältlichen Sekretärin, die ihn vor einer Viertelstunde empfangen und gebeten hatte, draußen im Wartezimmer Platz zu nehmen.

»Entschuldigung«, sagte er mit einem gekünstelten Räuspern, »aber ist Mr Marten jetzt frei?« Er machte eine erklärende Geste. »Ich habe nicht allzu viel Zeit, wissen Sie.«

Die Sekretärin seufzte ergeben und schüttelte den Kopf, stand aber trotzdem auf und kam mit kleinen, trippelnden Schritten hinter ihrem Schreibtisch hervor. Nachdem sie Thor mit einer Handbewegung zu verstehen gegeben hatte, dass er warten solle, trat sie an eine der insgesamt fünf Türen, die aus dem weitläufigen Empfangszimmer hinausführten, klopfte an und trat ein, ohne eine Antwort abzuwarten. Sie schloss die Tür wieder hinter sich, aber Thor hörte sie leise mit jemandem reden, und als sie wieder hereinkam, wirkte sie schon nicht mehr ganz so verärgert wie vorher.

»Dr. Marten kann Sie jetzt empfangen«, sagte sie. »Bitte treten Sie ein.«

Marten saß in einem Ledersessel, der so riesig war, dass seine Gestalt darin zu versinken schien, und telefonierte, als Thor eintrat. Er sah genau so aus, wie man sich einen Rechtsanwalt vorstellt: grauhaarig, klein und in einem altmodischen Anzug mit Fliege. Aber ganz gegen diesen verstaubten Eindruck hob er die Hand und lächelte Thor jovial zu, er solle Platz nehmen, während er weitertelefonierte. Er unterbrach sein Gespräch aber auch nicht, sondern drehte sich von seinem gewaltigen Sessel zum Fenster herum, wobei er um ein Haar das Telefon vom Schreibtisch gerissen hätte, schwang die Füße hoch und legte sie übereinander auf das Fensterbrett, um weiterzureden. Und weiterzureden. Und weiterzureden.

Der Anwalt sprach ungefähr fünf Minuten lang, schnell und laut, aber in einem solch breiten Slang, dass Thor kaum ein Wort verstand – obwohl er zweisprachig aufgewachsen war und Englisch wie eine Muttersprache beherrschte –, ehe er sich endlich dazu bequemte, sich wieder herumzudrehen, den Telefonhörer einzuhängen und Thor mit einem verzeihungheischenden Lächeln anzusehen.

»Mister Garson. Es tut mir leid, dass Sie warten mussten«, sagte er. »Aber wir waren für …« – er griff in die Tasche, zog eine Deckeluhr heraus und sah sehr lange auf das Zifferblatt – »… für zwei verabredet«, sagte er dann.

Thor sah demonstrativ auf die große Standuhr, die sich unweit des Schreibtisches erhob. Es war drei Minuten vor zwei.

»Nun gut, das macht ja nichts«, fuhr Marten gönnerhaft fort. »Wenn Sie einmal da sind, können wir auch gleich anfangen. Wie es der Zufall will, habe ich gerade ein paar Minuten frei.«

Er riss eine Schreibtischschublade auf, zog einen schmalen Aktenordner hervor und klappte ihn auf. Der Blick, den er darauf warf, war eindeutig nicht lang genug, als dass er mehr als zwei oder drei Worte hätte lesen können, aber er nickte trotzdem zufrieden, und Thor beschloss, ihm seinen kleinen Auftritt zu gönnen. Wenn es ihm Spaß machte, warum nicht?

»Sie haben die Anwaltskanzlei Marten, Marten, Marten & Marten beauftragt, die Tochter eines gewissen Greg Swanson ausfindig zu machen, die irgendwo in der Umgebung von New Orleans leben soll«, begann er umständlich.

Thors Geduld neigte sich nun tatsächlich bald dem Ende zu. »Das habe ich«, sagte er eine Spur unfreundlicher, als er ursprünglich vorgehabt hatte.

Marten lächelte, als hätte er ihm ein Kompliment gemacht. »Sie haben eine gute Wahl getroffen, Mister Garson«, sagte er. »Sie müssen wissen, dass die Anwaltskanzlei Marten, Marten, Marten & Marten eine der ältesten und – wie ich nicht ohne berechtigten Stolz sagen kann – wohl auch renommiertesten in New Orleans ist. Unsere Kunden …«

»Haben Sie sie gefunden?«, unterbrach ihn Thor.

Marten schwieg eine halbe Sekunde und blickte ihn vorwurfsvoll an. Er schien ein bisschen irritiert; aber nicht sehr – zumindest nicht so sehr, dass es seinen Redefluss nennenswert eingedämmt hätte. »Wir sind ein Unternehmen, das es sich zur obersten Maxime gemacht hat, seine Klienten immer zufriedenzustellen«, antwortete er, »selbst wenn es sich um einen etwas ungewöhnlichen Auftrag wie diesen handelt.«

Thor seufzte. »Sie haben sie also gefunden?«, fragte er.

Marten nickte. Ein zufriedenes Lächeln überzog sein schmales Gesicht. »Wie ich Ihnen bereits eingangs sagte, Mister Garson«, antwortete er, »war es eine gute Wahl, sich an die Anwaltskanzlei Marten, Marten, Marten & …«

»Marten«, unterbrach ihn Thor gereizt. »Ich weiß.«

»… & Marten zu wenden«, fuhr Marten ungerührt fort und faltete die Finger vor sich auf der Schreibtischplatte. »Nun«, sagte er, »es ist uns gelungen, den Aufenthaltsort von Joana Swanson ausfindig zu machen, obwohl es nicht leicht war, wie ich zugeben muss.«

Thor dachte an die gesalzene Rechnung, die er bereits von dem Anwaltsbüro erhalten hatte, und schluckte im letzten Moment eine entsprechende Bemerkung hinunter. Was konnte so schwer daran sein, das Kind eines nicht gerade unbekannten Reporters zu finden? Swansons Frau war tot, wie er wusste, also hatte er die Kleine angesichts des Lebens, das er geführt hatte, aller Wahrscheinlichkeit nach in die Obhut ihrer Großeltern gegeben, was für einen guten Anwalt sicherlich ohne Weiteres herauszufinden war. Aber Thor hatte wenig Lust, sich einen ein- oder auch zweistündigen Vortrag anzuhören, wie viel Arbeit und wie viele Unkosten Marten, Marten, Marten & Marten entstanden waren.

»Hören Sie, Mister Marten«, begann er.

»Doktor Marten«, unterbrach ihn Marten. »So viel Zeit muss sein.«

»Also gut, Doktor Marten«, sagte Thor gereizt. »Ich danke Ihnen herzlich für Ihre Bemühungen, aber es reicht vollkommen, wenn Sie mir sagen, wo ich Miss Swanson jetzt finde. Alles andere schaffe ich dann schon allein.«

»Aber das ist doch gar nicht nötig«, sagte Marten. »Sie brauchen sie nicht zu suchen, Miss Swanson ist hier.«

»Hier?«, wiederholte Thor überrascht.

Marten nickte so heftig, dass Thor eigentlich erwartete, sein Kopf würde ein paarmal auf der Tischplatte aufschlagen. »Wir dachten uns nach Ihrem Anruf, dass Ihnen daran gelegen ist, Miss Swanson so schnell wie möglich zu finden. Deswegen habe ich mir die Freiheit genommen, ein Zusammentreffen hier bei uns zu arrangieren«, sagte er lächelnd.

Thor überkam plötzlich ein sehr ungutes Gefühl. Aber er sagte nichts, und Marten schien sein Schweigen wohl mehr als Überraschung zu deuten, denn sein Lächeln wurde noch breiter. Er stand auf – wobei er nicht größer, sondern kleiner wurde, denn der wuchtige Ledersessel, in dem er gesessen hatte, war tatsächlich so groß, wie Thor im ersten Moment angenommen hatte – und breitete die Hände aus, als wolle er Thor vor lauter Freude umarmen. Thor versteifte sich leicht in seinem Stuhl, als Marten mit kurzen Schritten um seinen Schreibtisch herumtrippelte.

»Mary«, rief er laut. »Bitte holen Sie doch Miss Swanson herein.«

Wenige Augenblicke später ging die Tür zu Martens Büro auf, und Thors ungutes Gefühl wurde zur Gewissheit, denn niemand anderes als die blonde Schönheit aus dem Vorzimmer kam herein.

Ihre Augen weiteten sich erstaunt, als sie Thor erblickte, und diesmal schien sogar Marten mitzubekommen, dass der Ausdruck darin alles andere als freudige Überraschung war, denn er wirkte für einen Moment sehr hilflos.

»Darf ich vorstellen«, begann er unsicher. Und mit einer Geste auf das Mädchen: »Miss Joana Swanson.« Er deutete auf Thor: »Und das ist Thor Garson. Ich habe Ihnen von ihm erzählt, Miss Swanson.«

»Das haben Sie«, antwortete Joana. »Aber ich muss gestehen, Dr. Marten, dass ich mir nach Ihren Worten Mister Garson etwas … anders vorgestellt habe.«

Umgekehrt erging es Thor ebenso. Joana entsprach in nichts alldem, was er sich vorgestellt hatte. Swanson und er waren gute Freunde gewesen, aber es war eine Freundschaft, die sich einzig auf ihren Beruf und ihr Hobby (was für sie dasselbe gewesen war) beschränkt hatte. Sie hatten sehr wenig privat miteinander geredet. Thor hatte zwar gewusst, dass er eine Tochter hatte, aber nicht, wie alt sie war. Und Swanson war noch relativ jung gewesen, zwar deutlich älter als er selbst, aber keinesfalls so alt, dass man annehmen konnte, er hätte bereits erwachsene Kinder. Infolgedessen hatte Thor auch ein Kind erwartet, ein zehn-, vielleicht auch zwölfjähriges Mädchen, nicht eine fast erwachsene Frau.

Marten räusperte sich übertrieben. »Ich sehe schon«, sagte er, »die Freude scheint Sie ja beide zu überwältigen.«

Er lächelte verlegen, als Joana ihm einen zornsprühenden Blick zuwarf, und fügte hastig hinzu: »Ich denke, es wird das Allerbeste sein, ich lasse Sie beide einfach einen Moment allein. Da wir ja ohnehin einen Termin für zwei Uhr hatten, Mister Garson, brauche ich das Büro für die nächste Viertelstunde nicht. Sie entschuldigen mich also.« Er wartete die Antwort nicht ab, sondern verließ beinahe fluchtartig den Raum.

»Sie sind also Mister Garson«, begann Joana nach einer Weile. Sie wirkte ein bisschen verlegen.

»Thor Garson«, sagte Thor. »Richtig. Und Sie sind Joana. Ihr Vater hat viel von Ihnen erzählt«, fügte er hinzu, was eine glatte Lüge war, aber er hatte das Gefühl, sie sei im Moment angebracht.

»Von Ihnen auch«, antwortete Joana. Sie kam näher, sah sich einen Moment suchend um und ließ sich schließlich in Ermangelung einer anderen Möglichkeit auf den gleichen Sessel sinken, in dem Marten bisher gesessen hatte.

Wieder vergingen Sekunden, in denen keiner von ihnen ein Wort sagte. Sie sahen sich nur stumm über den gewaltigen Schreibtisch hinweg an und ein sonderbares Gefühl überkam Thor.

Jetzt war ihm klar, warum er geglaubt hatte, dieses Mädchen kennen zu müssen. Die Ähnlichkeit mit ihrem Vater war unübersehbar. Natürlich – sie war eine Frau, sie war sehr jung, allerhöchstens achtzehn oder neunzehn Jahre alt, aber der wache Blick, der energische Zug um ihren Mund und die kleinen zielbewussten Bewegungen, das alles war Greg Swanson par excellence. Er hätte sie gleich erkennen müssen. Und im Grunde hatte er das ja auch.

»Ich … es tut mir leid, wenn ich vorhin etwas grob zu Ihnen war«, begann Joana nach einer Weile von Neuem, als Thor keine Anstalten machte, von sich aus das Gespräch zu eröffnen. »Aber ich hatte einen unangenehmen Morgen. Das scheint einer von diesen Tagen zu sein, die man am besten aus dem Kalender streicht.«

Dem konnte Thor nur zustimmen. Laut sagte er: »Es macht nichts. Ich habe Sie wirklich angestarrt. Bitte entschuldigen Sie. Aber ich …« Er suchte einen Moment krampfhaft nach Worten. »Ich hatte wirklich das Gefühl, Sie schon einmal gesehen zu haben. Sie sehen Ihrem Vater sehr ähnlich.«

Joana machte eine wegwerfende Handbewegung und lächelte, und zum ersten Mal wirkte es wirklich echt. »Ich mache Ihnen einen Vorschlag, Mister Garson«, sagte sie. »Wir vergessen den hässlichen Zwischenfall und fangen einfach noch einmal von vorne an. Einverstanden?«

»Einverstanden«, nickte er.

»Ich habe mich gefragt, was für ein Mensch Sie wohl sind«, setzte sie erneut an. »Mein Vater hat sehr viel von Ihnen erzählt, wissen Sie das?«

Thor schüttelte den Kopf und Joana fuhr mit einem heftigen Nicken fort: »Er hat nur in den höchsten Tönen von Ihnen gesprochen. Er meinte, auch wenn Sie noch nicht viel geschrieben hätten, seien sie ein Naturtalent. Der Einzige, der vielleicht sogar einmal zu einer ernsthaften Konkurrenz für ihn werden könnte.«

»Unsinn«, protestierte Thor ohne sonderlichen Nachdruck. Dafür war er viel zu verblüfft. *Nicht viel* war eine gewaltige Übertreibung, er hatte bislang gerade mal ein halbes Dutzend Artikel geschrieben, nicht einmal richtige Reportagen, und ausschließlich für unbedeutende, kleine Magazine, die es sich nicht annähernd leisten konnten, Swansons Honorare zu bezahlen, auf diese Art aber wenigstens aus zweiter Hand mit Beschreibungen seiner Reisen glänzen konnten. »Greg war …«

»Aber er meinte das ernst«, unterbrach ihn Joana. »In Ihnen glaubte er nicht nur einen Freund, sondern eine Art Seelenverwandten gefunden zu haben. Er wollte Sie fördern, deshalb hat er sie auf seinen letzten Expeditionen mitgenommen.« Plötzlich flog ein Schatten über ihr Gesicht, und ihre Stimme wurde ein wenig leiser und hörbar trauriger. »Aber das wissen Sie ja wahrscheinlich besser als ich.«

»Ja«, sagte Thor leise. »Es tut mir leid, dass wir uns aus diesem Anlass kennenlernen müssen.«

Joana seufzte, starrte eine Sekunde an Thor vorbei ins Leere und zwang sich dann zu einem neuerlichen Lächeln. »Das macht nichts. Es ist genug Zeit vergangen. Ich bin über den Schmerz hinweg.« Aber ihr Blick und die Tränen, die plötzlich in ihren Augen schimmerten, behaupteten das Gegenteil.

Thor sah taktvoll weg und räusperte sich ein paarmal. »Ich bin aus einem ganz bestimmten Grund hier, Joana«, begann er. »Sie wissen vermutlich, dass ich dabei war, als Ihr Vater starb.«

Joana nickte. Sie sagte nichts, sondern sah ihn nur fragend an.

»Es war schrecklich«, sagte Thor. »Wissen Sie, ich gebe mir ein bisschen selbst die Schuld an dem, was passiert ist.«

»Es war ein Vulkanausbruch, oder?«, fragte Joana.

Thor nickte.

»Niemand kann etwas für einen Vulkanausbruch«, sagte Joana.

Thor sah sie sehr ernst an. Es fiel ihm schwer weiterzusprechen, aber gleichzeitig konnte er auch nicht mehr aufhören. Er hatte es zu lange mit sich herumgetragen. Zu lange mit niemandem wirklich darüber reden können, um jetzt noch zu schweigen. »Wissen Sie, dass er sein eigenes Leben geopfert hat, um meines zu retten?«, platzte er heraus.

Joana presste die Lippen zu einem schmalen Strich zusammen und deutete ein Kopfschütteln an. »Woher?«, fragte sie. »Aber ich glaube Ihnen. So etwas sieht ihm ähnlich.«

Wieder schwieg Thor lange Zeit. Diesmal nicht Sekunden, sondern mehrere Minuten, in denen Joana ihn nur ansah und gar nicht mehr versuchte gegen die Tränen zu kämpfen, die lautlos über ihr Gesicht rollten.

Und schließlich begann er mit leiser Stimme zu erzählen. Er berichtete Joana von der letzten gemeinsamen Reise, von der Fahrt durch den Dschungel und dem Ausflug zum Krater des Vulkans, in dem ihr Vater ein uraltes Geheimnis vermutete. »Als der Vulkan dann plötzlich ausbrach«, schloss er endlich, »da stand ich unmittelbar am Krater. Es ging alles so schnell, dass keiner von uns noch etwas tun konnte. Ich wäre verloren gewesen, hätte Greg mich nicht zurückgerissen und sich selbst schützend vor mich gestellt.«

»War er … sofort tot?«, fragte Joana leise.

Thor schüttelte traurig den Kopf. »Nein. Ich hätte Ihnen gern erzählt, dass er nicht gelitten hat, aber das wäre nicht die Wahrheit. Er war schwer verletzt. Ich habe ihn den Berg hinuntergetragen und versucht ihn durch den Dschungel zu schleppen, aber es ging nicht. Unser Wagen war defekt, und meine Kräfte reichten nicht, um ihn bis zur Stadt zurückzutragen. Er starb in meinen Armen.« Eine Sekunde lang überlegte er, ihr auch von dem Maya zu erzählen, tat es dann aber nicht. Es war lange her und es spielte auch keine Rolle mehr.

Langsam griff er in die Tasche, schloss die Hand um den

kleinen goldenen Anhänger, zog ihn aber noch nicht hervor. »Seine letzten Worte galten Ihnen, Joana«, sagte er. »Er bat mich, Ihnen etwas zu geben, das ...«

Draußen im Vorzimmer ertönte ein spitzer Schrei, ein Poltern, und einen Sekundenbruchteil später traf ein fürchterlicher Schlag die Tür zu Martens Büro und riss sie fast aus den Angeln. Krachend flog sie gegen die Wand und blieb zitternd stehen, und in der Öffnung erschien eine riesenhafte Gestalt.

Thor war im ersten Moment so verblüfft, dass er kaum reagieren konnte. Es war nicht nur die Größe des Mannes, der sich gewaltsam Zutritt verschafft hatte. Es war die Tatsache, dass er ihn kannte!

Es war der Riese, dem er vor wenigen Stunden in der Bank begegnet war.

Und er verschwendete keine Sekunde darauf, Thor so verblüfft anzustarren wie der ihn, sondern stürmte mit einem zornigen Knurren auf ihn zu. Und plötzlich blitzte in seiner Hand das gewaltigste Messer, das Thor je gesehen hatte.

Joana schrie gellend auf, und Thor ließ sich instinktiv seitwärts aus dem Stuhl fallen, als die Machete des Indianers eine pfeifende Bahn durch die Luft schnitt und von der Lehne seines Stuhles die oberen zwanzig Zentimeter absäbelte.

Blitzschnell rollte er sich herum und versuchte auf die Füße zu kommen. Doch so schnell er auch war, der andere war schneller. Er schlug abermals mit seiner Machete nach ihm. Thor warf sich mitten in der Bewegung herum und verlor dadurch wieder das Gleichgewicht, und was sein eigener Schwung nicht schaffte, das holte der Riese mit einem Fußtritt nach, der zielsicher in Thors Gesicht landete. Der Schlag schmetterte ihn mit furchtbarer Wucht zu Boden, ließ ihn hilflos über den gebohnerten Holzfußboden schlittern und mit solcher Wucht gegen den Schreibtisch prallen, dass bunte Sterne und Kreise vor seinen Augen erschienen. Für einen Moment wich alle Kraft aus seinen Gliedern. Er sackte zusammen, versuchte vergeblich, die Augen offen zu halten, und spürte, wie dunkle Bewusstlosigkeit nach seinen Gedanken griff.

Doch dann hörte er Joana abermals schreien und Augenblicke später die polternden Geräusche eines verbissenen Zweikampfes. Und er begriff, dass gar nicht er, sondern sie es gewesen war, der der Angriff wirklich galt.

Mit aller Macht zwang er sich die Augen zu öffnen, blinzelte die grellen Kreise und Punkte weg, die noch immer davor tanzten, und taumelte auf die Füße.

Der Riese hatte nun seine Machete auf den Schreibtisch geworfen und rang mit bloßen Händen mit Joana. Ihre Kräfte waren den seinen hoffnungslos unterlegen, aber sie wehrte sich mit der Kraft der Verzweiflung und sie war erstaunlich geschickt. Der Indianer hielt sie unerbittlich gepackt, aber sie wand sich und zappelte in seinem Griff, und gleichzeitig versuchte sie ihm die Augen auszukratzen. Mit einem ärgerlichen Knurren drehte er hastig den Kopf weg, aber Joanas Fingernägel hinterließen trotzdem tiefe, blutige Spuren auf seinen Wangen. Gleichzeitig trat sie ihm immer wieder abwechselnd mit dem rechten und dem linken Fuß vor das jeweilige Schienbein.

Thor war mit zwei Schritten um den Schreibtisch herum und sprang den riesigen Indianer an. Seine Hände schlossen sich von hinten um seinen Hals, während er ihn gleichzeitig mit den Beinen umklammerte und versuchte, ihn mit aller Gewalt aus dem Gleichgewicht zu zerren.

Es blieb bei dem Versuch.

Ebenso gut hätte er versuchen können, einen Baum mit bloßen Händen aus dem Boden zu ziehen. Der Maya wankte nicht einmal. Er knurrte nur etwas wütender, versuchte Thor abzuschütteln und drehte sich schließlich mit einem Ruck herum, als es ihm nicht gelang. Mit aller Macht warf er sich nach hinten und quetschte Thors Körper zwischen seinem eigenen und der Schreibtischkante ein.

Ein furchtbarer Schmerz schoss durch Thors Rücken. Aber er ließ nicht los, sondern klammerte sich nur noch fester an den Riesen und versuchte seinen Kopf in den Nacken zu ziehen. Gleichzeitig zerkratzte Joana weiter sein Gesicht – und auch Thors Hände, die sich mit aller Kraft am Gesicht des Riesen festhielten.

Der Maya schüttelte sich, machte einen Schritt nach vorn und warf sich dann blitzschnell ein zweites Mal nach hinten. Diesmal versuchte er nicht, Thor gegen die Schreibtischkante zu schleudern, sondern warf sich einfach rückwärts über den Tisch.

Thor hatte das Gefühl, unter einem zusammenbrechenden Berg begraben zu werden. Der Aufprall trieb ihm die Luft aus den Lungen, sodass er nicht einmal schreien konnte, und lähmte ihn fast völlig. Seine Arme erschlafften. Er spürte, wie seine Hände vom Gesicht des Riesen heruntergiltten, dann traf ein heftiger Ellbogenstoß des gigantischen Maya seine Rippen und ließ sie knacken, und vor seinen Augen entstanden abermals bunte Kreise und Sterne. Mit einem Ruck richtete der Indio sich auf, fuhr mit einem wütenden Knurren herum und ballte eine seiner gewaltigen Fäuste, um sie Thor ins Gesicht zu schlagen.

Joana kreischte, warf sich ihm in den Arm und wurde kurzerhand mitgerissen. Aber ihre Bewegung nahm dem Hieb des Riesen immerhin so viel Schwung, dass Thor es fertigbrachte, im letzten Moment den Kopf zur Seite zu drehen, sodass der Schlag nicht sein Gesicht, sondern nur die Tischplatte daneben zerschmetterte.

Der Indio wich mit ein paar wütenden Schritten zurück, wobei er Joana, die sich immer noch an seinen Arm klammerte, einfach mit sich zerrte, griff auch mit der zweiten Hand zu und schüttelte sie so heftig, dass Thor ihre Zähne aufeinander klappern hören konnte. Dann holte er aus und versetzte ihr eine fürchterliche Ohrfeige.

Joana hörte auf zu kreischen. Haltlos taumelte sie zurück, prallte gegen Martens Ledersessel und riss ihn mit sich zu Boden, als sie bewusstlos zusammenbrach.

Irgendwie brachte Thor das Kunststück fertig, sich noch einmal in die Höhe zu arbeiten, obwohl er das Gefühl hatte, im ganzen Körper keinen einzigen Knochen zu haben, der nicht gebrochen war. Aber die Angst um Joana gab ihm noch einmal Kraft. Als sich der Indio herumdrehte und sich dem bewusstlosen Mädchen näherte, sprang er vor, packte ihn an der Schulter und riss ihn herum. Gleichzeitig schlug er mit aller Kraft zu, die er aufbringen konnte.

Der Hieb traf genau. Aber er hatte nicht die mindeste Wirkung – sah man von der neuerlichen Explosion greller Schmerzen ab, die durch Thors Faust ins Ellbogengelenk und dann bis in die Schulter hinaufschoss. Der Indio blinzelte, blickte ihn einen Moment lang mit unbewegtem Gesicht an – und versetzte ihm dann eine ebensolche Ohrfeige, wie sie Augenblicke zuvor noch Joana einstecken musste.

Und wie sie taumelte Thor hilflos drei, vier, fünf Schritte zurück durch das Zimmer, bis er über irgendetwas stolperte und der Länge nach hinschlug. Er verlor auch jetzt nicht das Bewusstsein, aber er blieb benommen liegen und war unfähig, sich zu rühren. Er konnte hören, wie der Riese wieder um den Schreibtisch herumging, Martens schweren Sessel einfach zur Seite fegte, sodass er gegen die Wand prallte und krachend zerbrach, und sich dann neben Joana auf die Knie fallen ließ. Ein schleifendes Geräusch erklang. Stoff zerriss.

Was weiter geschah, konnte Thor hinterher nicht mehr sagen, denn ihm schwanden nun doch die Sinne. Er verlor nicht wirklich das Bewusstsein, aber minutenlang balancierte er auf dem schmalen Grat zwischen Ohnmacht und Wachsein entlang und nahm nichts von dem wahr, was rings um ihn herum vorging.

Als die grauen Spinnweben über seinen Gedanken endlich wieder zerrissen, hörte er ein leises Schluchzen.

Seufzend öffnete er die Augen, stemmte sich in die Höhe und verbarg für einen Moment ächzend das Gesicht zwischen den Händen. Er fühlte sich, als wären Attilas Hunnenreiter über ihn hinweggaloppiert. Zwölfmal. Aus zwölf verschiedenen Richtungen. Er wollte nichts anderes, als sich auf die Seite legen und leiden. Aber da war noch immer dieses Stöhnen, und er begriff plötzlich, dass es Joana war, die vielleicht verletzt war und seine Hilfe brauchte.

Mühsam stemmte er sich hoch, machte einen unsicheren Schritt und musste sich an der Schreibtischkante festhalten, weil ihm schwindelig wurde. Schritt für Schritt schleppte er sich weiter, bis er das Möbelstück umkreist hatte und Joana auf dem Boden liegen sah.

Sie wimmerte leise. Ihr Gesicht war rot und würde wahrscheinlich in einer Stunde blau sein, und ihr linkes Auge begann sich zu schließen. Ihre Bluse war zerrissen und um ihren Hals lief eine dünne rote Linie. Mehr taumelnd als gehend schleppte sich Thor zu ihr, fiel neben ihr auf die Knie und hob ihren Kopf an.

Sie öffnete die Augen, als sie die Berührung fühlte, blinzelte – und versetzte Thor blitzartig einen Fausthieb auf die Nase.

Thor plumpste schwer zu Boden und schlug die Hand vor die Nase, während Joana ihn einen Moment lang völlig irritiert anblinzelte, ehe sich ihr Blick ganz allmählich klärte.

Im ersten Moment sah er nichts als Schrecken in ihren Augen, dann erkannte sie ihn, und aus ihrem angstvollen Wimmern wurde endlich ein ungehemmtes Schluchzen. Sie streckte die Arme aus, klammerte sich an ihn und begann haltlos zu weinen.

Thor wehrte sich nicht gegen ihre Umarmung, versuchte aber den Kopf zur Seite zu drehen, um ihre Bluse nicht mit dem Blut zu besudeln, das aus seiner Nase lief.

»Bist du okay?«, fragte er. Angesichts der Umstände war das eine ziemlich dämliche Frage, aber Joana nickte trotzdem, während ihre Tränen Thors Hemd durchnässten und Thors Blut hässliche Flecken auf ihrer Bluse hinterließ.

Er gab ihr ein paar Augenblicke, um sich auszuweinen und mit dem schlimmsten Schrecken fertig zu werden, dann stand er auf, zog sie vorsichtig mit sich in die Höhe und führte sie zu dem Stuhl, auf dem er zuvor selbst gesessen hatte. Behutsam setzte er sie darauf, ließ sich vor ihr in die Hocke sinken und hob ihr Gesicht mit der Hand an, um es zu untersuchen. Ihr Auge sah schlimm aus – sie würde ein wunderschönes Veilchen bekommen, noch ehe eine Stunde vergangen war. Aber sie schien – zumindest äußerlich – wenigstens nicht schwer verletzt zu sein.

»Alles in Ordnung?«, fragte er noch einmal.

Joana verbarg das Gesicht zwischen den Händen und schluchzte noch lauter. Aber sie nickte und nach ein paar Augenblicken nahm sie die Hände wieder herunter und sah ihn voller Schrecken an. »Wer war das?«, fragte sie.

Thor zuckte mit den Achseln. Er hatte den Mann zwar am Morgen gesehen, aber er wusste ebenso wenig wie sie, wer er war, geschweige denn warum er sie überfallen hatte.

»Ich weiß es nicht«, sagte er. »Ich habe den Burschen heute Morgen gesehen, aber ich dachte, das wäre Zufall.«

Joana sah ihn verstört an. »Sie auch?«

»Wieso ich auch?«, fragte Thor verwirrt.

»Ich ... hab ihn auch gesehen«, sagte Joana. »Er ist mir gefolgt, durch die halbe Stadt. Ich hatte schon Angst.«

Thor schwieg einen Moment. Das konnte kein Zufall mehr sein. Aber noch gelang es ihm nicht, Sinn in dieses Puzzle zu bringen.

Sein Blick streifte wieder Joanas zerrissene Bluse und er räusperte sich verlegen. Sie war vielleicht noch ein Kind, aber körperlich schon fast eine Frau; und sie trug weder Unterhemd noch einen Büstenhalter. »Deine Bluse ...«, sagte er.

Joana hob erschrocken die Hand, um ihre zerrissene Bluse zu schließen, und dann fuhr sie noch einmal erschrocken zusammen und griff an ihren Hals. »Meine Kette!« Sie sprang auf, vergaß ihre zerfetzte Bluse und tastete einen Moment lang wie wild mit beiden Händen über ihren Hals und die dünne rote Linie darauf. »Meine Kette ist fort!«, rief sie. »Er hat mir meinen Anhänger gestohlen!«

»Was für einen Anhänger?«

»Mein Vater hat ihn mir geschenkt!«, sagte Joana. Sie war völlig aufgelöst. Der Verlust der Kette schien sie mehr zu erregen als das, was erst vor Augenblicken passiert war. »Es war eine dünne Goldkette mit einem Anhänger, der irgendeinen indianischen Gott zeigte. Quedsa...«

»Quetzalcoatl«, sagte Thor und zog die linke Hand aus der Tasche. Zwischen seinen Fingern sah der kleine goldene Anhänger an der Kette heraus, den Greg ihm gegeben hatte. »Quetzalcoatl«, sagte er noch einmal. »Die gefiederte Schlange.«

Joanas Augen weiteten sich. Sie streckte die Hand aus, um nach der Kette zu greifen, führte die Bewegung aber nicht zu Ende. »Da ist sie ja. Aber wie ...?«

»Das ist nicht deine Kette«, sagte Thor ernst. »Das ist der Grund, aus dem ich hier bin.«

Joana sah ihn fragend an.

»Aber das muss sie sein. Ich erkenne sie ganz genau.«

Thor schüttelte den Kopf. »Du hattest dieselbe?«

Joana nickte. Ihr Blick wanderte verwirrt zwischen dem kleinen goldenen Anhänger und Thors Gesicht hin und her. »Ja, aber wieso ... Ich meine ... wie kommen Sie daran?«

»Dein Vater hat ihn mir gegeben«, antwortete Thor. »Es war das Letzte, worum er mich noch bitten konnte. Er hat ihn mir gegeben, damit ich ihn dir bringe. Das ist der einzige Grund, aus dem ich überhaupt hier bin.«

»Aber warum sollte er ... das tun?«, wunderte sich Joana. »Ich meine, wenn ich doch schon denselben Anhänger hatte.«

»Das frage ich mich auch«, sagte Thor. »Vor allem frage ich mich, warum dieser Kerl hierher kommt, nur um dir diese Kette abzunehmen. Und noch etwas«, fügte er nachdenklich hinzu. »Ich bin gestern Abend ebenfalls überfallen worden. Sie haben mich niedergeschlagen und meine Taschen durchsucht, aber sie haben mir nichts gestohlen. Nur mein Hemd zerrissen.«

Joana sah ihn aus großen Augen an. »Du meinst ... Verzeihung, Sie meinen ...«

»Bleib ruhig dabei«, sagte Thor. »Bei *Mister Garson* fühle ich mich immer so alt.«

Joana lächelte und begann noch einmal: »Du meinst, sie hätten es auf diese Kette abgesehen?«

»Hast du eine bessere Erklärung?«, gab Thor zurück.

Joana schüttelte den Kopf, doch sie wirkte nicht sehr überzeugt. »Sie ist völlig wertlos«, sagte sie. »Ich meine, sicher, sie besteht aus Gold, aber so wertvoll ist sie nun auch wieder nicht.«

»Ich glaube nicht, dass der Bursche es auf das Gold abgesehen hatte«, sagte Thor nachdenklich.

»Aber worauf dann?«

Thor zögerte noch einen Moment. Dann berichtete er ihr von seiner ersten, drei Monate zurückliegenden Begegnung mit einem mordlustigen Riesen mit Maya-Gesicht. »Ich habe es dir nicht erzählt, weil ich es für bedeutungslos hielt«, schloss er. »Aber jetzt ... weißt du, je länger ich darüber nachdenke, desto sicherer bin ich eigentlich, dass auch dieser Indianer damals die Kette haben wollte, mehr nicht. Er hatte mich ja schon. Ich meine, ich war wehrlos. Er hätte mich umbringen können, wenn er gewollt hätte. Aber dann hat er plötzlich jedes Interesse an mir verloren und sich deinem Vater zugewandt. Es muss ... etwas mit diesem Anhänger zu tun haben.«

Thor zuckte mit den Schultern, schloss wieder die Hand um den Anhänger und ließ ihn nach kurzem Zögern erneut in der Tasche verschwinden. Ihn Joana zu geben oder auch wieder selbst am Hals zu tragen, beides erschien ihm im Moment nicht besonders ratsam.

»Ich glaube, ich werde dieser Señora Perez noch einmal einen Besuch abstatten«, sagte er.

Zumindest in den nächsten beiden Stunden wurde jedoch nichts aus Thors Vorhaben. Marten hatte die Polizei gerufen, und Thor und Joana mussten die Geschichte von dem Überfall und dem Handgemenge mit dem Indio mindestens ein Dutzend Mal einem Dutzend Polizeibeamten erzählen. Sie hatten sich, bevor die Beamten eintrafen, auf eine Geschichte geeinigt, die die beiden Medaillons unerwähnt ließ. Thor wusste nicht genau, warum, aber er hatte das Gefühl, dass es im Moment noch besser war, wenn er dieses Geheimnis für sich behielt, und Joana hatte sofort zugestimmt. Vielleicht spürte sie es so wie er, vielleicht war sie auch einfach noch Kind genug, um sich dem Gefühl von Abenteuer hinzugeben, das dieses Verschweigen eines wichtigen Details für sie bedeuten musste.

So hatten sie sich einfach auf die Version geeinigt, dass der Indio hereingestürmt sei und versucht hätte, Joana Gewalt anzutun, und es Thor schließlich gelungen wäre, ihn in die Flucht zu schlagen. Eine Geschichte, die ihnen keiner der Polizisten glaubte, wie unschwer auf ihren Gesichtern abzulesen war.

Trotzdem mussten sie sich wohl oder übel damit zufriedengeben, denn sowohl Thor als auch Joana beharrten auf dieser Version, und nachdem man ihnen eingeschärft hatte, dass sie erstens am Nachmittag auf der zuständigen Polizeiwache erscheinen und das Protokoll unterschreiben und zweitens die Stadt in den nächsten achtundvierzig Stunden nicht verlassen sollten, durften sie gehen.

Thor winkte ein Taxi herbei und fuhr mit Joana ins nächstbeste Kaufhaus, wo er eine Bluse für sie erstand. Danach verfrachtete er das Mädchen wieder in dasselbe Taxi und nannte dem Fahrer die Adresse des Hotels, in dem Joana wohnte. Sie protestierte zwar und bestand darauf, ihn zu begleiten, aber Thor blieb eisern. Der Zwischenfall von gestern Abend und der von gerade hatten ihm eindeutig bewiesen, dass das hier kein Spaß war. Der Indio hätte keine Sekunde gezögert, ihn zu töten, wäre es nötig gewesen. Es reichte völlig, wenn sich einer von ihnen in Lebensgefahr begab.

Er versprach Joana, sie noch am gleichen Tag zu besuchen und ihr zu erzählen, was er herausgefunden hatte, wartete, bis das Taxi abgefahren war, und winkte dann einen anderen Wagen herbei. Nicht einmal zehn Minuten später stieg er vor Josés Hotel wieder aus und beschied dem Fahrer, auf ihn zu warten.

Der Mann hinter der Theke blickte erstaunt auf, als Thor

zum zweiten Mal an diesem Tag auf ihn zukam. »Mister Garson? Kann ich noch irgendetwas für Sie tun?«

Thor nickte, sah sich sichernd nach rechts und links um und fragte dann mit gesenkter Stimme: »Ist das Zimmer, in dem Señor Perez und seine Frau gewohnt haben, schon sauber gemacht worden?«

Verwirrt schüttelte der Mann den Kopf. »Noch nicht.«

»Das ist gut«, sagte Thor und legte diesmal gleich zehn Dollar auf die Theke. »Wissen Sie, es wäre für mich sehr wichtig, wenn ich einmal einen Blick hineinwerfen dürfte.«

Der Mann steckte die zehn Dollar ein und starrte Thor mit unbewegtem Gesicht an. »Das ist ein sehr ungewöhnlicher Wunsch, Mister Garson.« Thor schob ihm zehn weitere Dollar zu. »Ich weiß. Aber wissen Sie, Señor Perez und ich sind gute Freunde. Wir haben uns leider verpasst, und ich weiß nicht, wohin er abgereist ist. Möglicherweise hat er irgendetwas zurückgelassen, was mir weiterhilft.«

Der Mann zögerte noch immer. Sein Blick streifte kurz und gierig die Tasche, aus der Thor die beiden Zehndollarnoten herausgezogen hatte, und Thor tat ihm den Gefallen, einen dritten Zehner zu zücken, den er allerdings in der Hand behielt. »Ich habe nicht vor, irgendetwas zu beschädigen oder mitzunehmen«, sagte er. »Sie können mich gern begleiten. Ich möchte mich einfach nur umsehen.« Einige wenige Sekunden lang schwankte der Ausdruck im Blick des Mannes noch zwischen Pflichtbewusstsein und Gier, aber zu Thors Erleichterung gewann seine Gier die Oberhand. Er drehte sich um, nahm einen Zimmerschlüssel vom Haken und kam hinter seiner Theke hervor.

Sie fuhren mit dem Aufzug in die dritte Etage, wo der Portier sich abermals kurz und prüfend umsah, ehe er die Tür des Zimmers ganz am Ende des Korridors aufsperrte und Thor mit einer einladenden Geste an sich vorbeiließ.

Thor überreichte ihm den Zehndollarschein, und der Mann war taktvoll genug, ihn zu nehmen und zu erklären: »Ich lasse den Schlüssel von außen stecken. Schließen Sie bitte ab und bringen ihn mir zurück, sobald Sie fertig sind, Mister Garson.«

Thor schloss mit einem dankbaren Nicken die Tür hinter ihm und wandte sich dann um.

Das Hotelzimmer war überraschend groß und hell. Durch ein Fenster, das fast die gesamte Südseite einnahm, strömte helles Sonnenlicht herein. Die Möblierung war zwar sparsam, aber von auserlesenem Geschmack.

Und es war völlig leer.

Thor kämpfte das Gefühl der Enttäuschung nieder, das ihn beim Anblick des vollkommen aufgeräumten Zimmers überkam, drehte sich einmal im Kreis und sah sich dabei aufmerksam um, ehe er das Zimmer sorgfältig zu durchsuchen begann.

Er öffnete jede Schublade, schob die Bettdecke zurück, schaute sogar unter das Bett und ging schließlich in das kleine Bad, um sich auch dort gründlich umzusehen.

Aber er fand nichts und seine Enttäuschung wuchs. Perez schien entweder damit gerechnet zu haben, dass jemand das Zimmer gründlich durchsuchte, oder er war ein durch und durch ordentlicher Mensch – was eigentlich nicht zu dem José passte, den Thor kannte. Er fand nicht den winzigkleinsten Hinweis auf seinen Verbleib, keine Notiz, keinen Schmierzettel, kein vergessenes Stückchen Papier – nichts. Wenn nicht der Hotelportier gelogen hatte und das Zimmer schon aufgeräumt worden war, so musste Perez jede noch so winzige Spur seiner Anwesenheit getilgt haben. Und das wiederum ließ darauf schließen, dass er einen Grund hatte, seine Spur zu verwischen. Einen sehr wichtigen Grund.

Aber vielleicht gab es doch etwas.

Thors Blick fiel auf einen Notizblock, der auf einem der beiden Nachttische lag, und den Bleistift daneben. Auch auf dem anderen Nachttisch lagen ein Notizblock aus feinem weißem Papier und ein Bleistift. Aber dieser Stift war spitzer. Offensichtlich war er nicht benutzt worden, der andere dagegen schon.

Plötzlich war Thor aufgeregt, ging um das Bett herum und warf einen Blick auf den Notizblock. Das obere Blatt war offensichtlich beschrieben und abgerissen worden, aber sah man ganz genau hin, konnte man die Abdrücke, die der Bleistift hinterlassen hatte, auf dem nächsten Blatt noch erkennen. Thor grinste still in sich hinein. Wenn da nicht der alte Trick funktionierte, dachte er, den Conan Doyle schon weiland Sherlock Holmes hatte ausprobieren lassen, dann wollte er nicht mehr Thor Garson heißen. Vielleicht hatte der ach-so-vorsichtige José nun doch einen Fehler gemacht.

Thor streckte die Hand nach dem Bleistift aus, fuhr damit vorsichtig über das Blatt und beugte sich vor, und fast gleichzeitig schlug etwas klirrend durch die Fensterscheibe und sauste so dicht über seinen Nacken hinweg, dass er den Luftzug spüren konnte, ehe es mit einem dumpfen Klatschen in die Wand über dem Bett fuhr.

Thor ließ sich instinktiv fallen.

Mit angehaltenem Atem wartete er darauf, dass irgendetwas geschah – ein zweites Geschoss auf ihn abgefeuert wurde oder jemand hereinkam oder sonst irgendetwas.

Aber alles blieb ruhig.

Trotzdem blieb er länger als eine Minute eng gegen den Boden gepresst liegen und wagte es gerade, den Kopf zu heben, um das zerschossene Fenster zu betrachten.

Aus seinem Blickwinkel heraus konnte er nichts als den Himmel erkennen. Der Schuss musste aus einem der gegenüberliegenden Häuser abgegeben worden sein. Von dort oder von einem Dach.

Thor drehte vorsichtig den Kopf und besah sich das, was ihn beinahe getroffen hätte. Es war ein winziger, kaum fingerlanger Pfeil mit drei rot-grün gestreiften Federn an dem hinteren Ende. Er war nicht viel dicker als eine Stricknadel. Aber irgendwie sah er bösartig aus, fand Thor.

Langsam kroch er um das Bett herum, arbeitete sich auf Knien und Ellbogen zum Fenster vor und zog sich vorsichtig an der darunter angebrachten Heizung in die Höhe. Er rechnete jeden Sekundenbruchteil damit, sich wieder in Deckung werfen zu müssen, aber auch jetzt geschah nichts.

Schließlich wagte er es, ganz behutsam den Kopf über seiner Deckung hochzuheben und das gegenüberliegende Haus anzusehen.

Es war ein Hotel wie das, in dem er sich selbst befand. Die meisten großen Gebäude in dieser Straße waren Hotels oder Geschäftshäuser. Einige der Thor zugewandten Fenster waren offen, aber dahinter war nichts zu erkennen. Wenn der heimtückische Schütze noch dort stand und auf ihn wartete, dann hatte er sich gut getarnt.

Thor kroch zurück zum Nachttisch, hob vorsichtig die Hand und klaubte den Notizblock herunter. Dann arbeitete er sich Zentimeter für Zentimeter auf das Bett hoch, mit bis zum Zerreißen angespannten Nerven und jederzeit darauf gefasst, sich schnell in Deckung zu werfen. Vorsichtig streckte er die Hand aus und zog den Pfeil aus der Wand.

Er war mit solcher Wucht in den Putz gefahren, dass Thor ihn nicht völlig herausbekam und ihn schließlich abbrach. Wahrscheinlich ist es auch besser so, dachte er. Das Ding war mit Sicherheit vergiftet.

Er steckte den abgebrochenen Pfeil in die rechte und das zusammengefaltete obere Blatt des Blocks in die linke Hand und kroch, noch immer auf Knien und Ellbogen, zur Tür. Und selbst dann richtete er sich nicht auf, sondern hob nur blitzschnell den Arm, drückte die Klinke herunter und kroch auf den Flur hinaus, ehe er es wagte, aufzustehen und hastig die Tür hinter sich zuzuziehen. Auf der anderen Seite fuhr etwas mit einem dumpfen Laut in die Tür und er beglückwünschte sich innerlich zu seiner Vorsicht. Pech gehabt, mein Freund, dachte er.

Mit einem hörbar erleichterten Aufatmen drehte Thor den Schlüssel herum, zog ihn ab und ließ ihn ebenfalls in der Tasche verschwinden.

Als er sich herumdrehte, bemerkte er, dass er nicht allein war. Ein älteres Ehepaar war aus einem der Zimmer auf den Flur herausgetreten und blickte ihn mit großen Augen an.

Thor lächelte schief, tippte sich grüßend an den Hut und ging mit raschen Schritten zum Lift. Die beiden alten Leute sahen ihm verdattert nach und er sagte lächelnd: »Es ist ein sehr kleines Zimmer, wissen Sie? Ich hatte darum gebeten, aber irgendwie müssen die das falsch verstanden haben.«

Die Augen des alten Mannes wurden so groß und rund vor Erstaunen, als würden sie jeden Moment aus den Höhlen quellen, und der Unterkiefer der Frau klappte herunter. Thor lächelte noch einmal zum Abschied und beeilte sich, in die Liftkabine zu treten. Die beiden machten nicht einmal den Versuch, ihm zu folgen, obwohl sich die Tür nur sehr langsam schloss.

Thors Lächeln erlosch wie abgeschnitten, kaum dass sich die Liftkabine in Bewegung gesetzt hatte. Es gehörte nicht allzu viel Fantasie dazu, sich auszumalen, wer diese Pfeile auf ihn abgeschossen hatte. Nachdenklich drehte er den abgebrochenen Pfeil in der Hand, den er aus der Wand des Hotelzimmers gezogen hatte.

Es war kein normaler Pfeil, sondern eines jener nadeldünnen, fast immer vergifteten Geschosse, wie es die südamerikanischen Indianer mit ihren Blasrohren verschossen.

Von südamerikanischen Indios genau wie dem, der ihm heute Morgen in der Bank begegnet war. Demselben, der vor etwas mehr als zwei Stunden versucht hatte, ihm den Scheitel mit einer Machete gerade zu ziehen.

Thor konnte sich zwar nicht erklären, warum es so war, aber es gab keinen Zweifel: Irgendjemand trachtete ihm nach dem Leben. Und dieser Jemand war dabei nicht besonders wählerisch in der Wahl seiner Mittel. Dafür aber sehr fantasievoll …

Er trat aus der Liftkabine und ging mit raschen Schritten auf die Empfangstheke zu. Dabei schweifte sein Blick durch die Halle. Sie war nicht mehr so leer wie am Morgen. Zwei, drei Paare saßen an den kleinen Tischen und unterhielten sich leise; auf der Chaiselongue, auf der Anita am Morgen gesessen hatte, saß jetzt ein grauhaariger Mann und studierte aufmerksam seine Zeitung, und vor der Tür lümmelte ein abgerissener Bursche wie ein Tagedieb herum, der vielleicht darauf wartete, dass jemand herauskam, dem er für einen Penny den Koffer zum Taxi tragen konnte. Oder auch stehlen, je nachdem.

»Alles in Ordnung, Mister Garson?«, fragte der Hotelportier, als er den Schlüssel auf den Tisch legte.

Thor nickte. »Ja. Warum fragen Sie?«

Der Mann schien verlegen, er lächelte flüchtig und nicht besonders echt. »Sie sind ein wenig blass«, sagte er.

»Das ist nur die Enttäuschung«, log Thor. »Ich habe leider nichts gefunden. Mein Freund ist ein sehr ordentlicher Mensch, müssen Sie wissen.«

»Wenn Sie mir sagen, wonach Sie gesucht haben …«

Thor zögerte. Der Mann war ihm ein bisschen zu neugierig für seinen Geschmack. Aber vielleicht begann er auch schon Gespenster zu sehen nach allem, was passiert war. »Eigentlich nach nichts Besonderem«, gestand er. »Wie gesagt, ich muss Señor Perez unbedingt sprechen. Ich dachte, er hätte irgendeinen Hinweis hinterlassen, aber das Zimmer ist völlig leer.«

Der Portier zögerte einen Moment, während sich ein nachdenklicher Ausdruck auf seinen Zügen breitmachte. »Vielleicht gibt es doch eine Möglichkeit«, sagte er.

Thor wurde hellhörig. »Ja?«

»Wie gesagt«, begann der Portier, »ich selbst war noch nicht im Dienst, aber ich weiß von meinem Kollegen, dass Señor Perez mit einem Taxi weggefahren ist. Und ich kenne eigentlich alle Fahrer, die hier auf der Straße ihren Standort haben. Ich könnte mich umhören.«

»Das wäre fantastisch«, sagte Thor. Seine Hand kroch schon wieder in die Tasche, doch dann begriff er, dass er auf dem besten Weg war, die Preise zu verderben, und zog sie leer wieder heraus. Der Portier schien ein ganz kleines bisschen enttäuscht, ließ sich aber nichts anmerken.

»Vielleicht tun Sie das«, sagte Thor. »Ich werde später noch einmal vorbeikommen und sehen, was Sie herausgefunden haben. Es wird nicht Ihr Schaden sein.«

Dann verließ er mit raschen Schritten das Hotel, überquerte die Straße und betrat das gegenüberliegende Haus; eben das Hotel, von dem aus der unbekannte Schütze auf ihn angelegt haben musste. Es war ja nicht etwa so, dass er nachtragend war – aber er brannte doch darauf, dem Indio die eine oder andere Frage zu stellen. Zum Beispiel, warum er immer wieder versuchte ihn umzubringen …

Das Hotel war wesentlich größer und teurer als das, in dem Perez gewohnt hatte. Hinter der Empfangstheke standen gleich drei Portiers, die in ihren goldbetressten Fantasieuniformen einen sehr offiziellen Eindruck machten, und ganz und gar nicht den, dass sie Thor bereitwillig oder für ein kleines Bakschisch jede Auskunft geben würden wie ihr Kollege von gegenüber.

Thor ging zum Empfang, suchte sich den ältesten der drei Männer aus – eine hochgewachsene Gestalt mit grauen Schläfen und dem Gesicht einer schlecht gelaunten Bulldogge – und versuchte so hilflos wie möglich auszusehen.

»Entschuldigung«, begann er.

Der Portier maß ihn mit einem kurzen, abschätzenden Blick, dessen Ergebnis nicht allzu positiv auszufallen schien, zauberte aber ein berufsmäßiges Lächeln auf sein Gesicht und kam näher. »Kann ich Ihnen helfen?«

»Ich hoffe, Sie können es«, antwortete Thor. »Wissen Sie, ich habe ein kleines Problem.«

»Und das wäre?«

»Nun, es ist ein wenig delikat.« Thor räusperte sich. »Ich kann mich doch auf Ihre Verschwiegenheit verlassen?«

Der Portier sah zugleich beleidigt wie auch geschmeichelt drein. »Selbstverständlich, mein Herr«, sagte er.

Thor atmete sichtbar und übertrieben auf und senkte die Stimme zu einem halblauten Verschwörerflüstern. »Sehen Sie, es ist Folgendes: Ich war gestern Abend mit einigen Freunden in einem gewissen … Etablissement, wenn Sie verstehen, was ich meine.«

Er grinste verlegen, und der Portier beantwortete seine Worte mit einem pflichtschuldigen Lächeln und einem angedeuteten Nicken, während seine Augen Thor mit einem verächtlichen Blick musterten, der deutlich verriet, wie wenig er davon hielt, wenn jemand ein solches Etablissement besuchte, erst recht jemand in Thors Alter.

»Nun ja«, fuhr der fort. »Und wie es nun einmal so ist, ich habe mich mit einigen der dortigen Damen amüsiert und wohl etwas über die Stränge geschlagen. Am Schluss blieb mir jedenfalls nicht genug Bargeld übrig, um die Rechnung in der Bar zu bezahlen.«

»Das war gewiss sehr unangenehm, mein Herr«, sagte der Portier und sein Blick fügte lautlos hinzu: Und was zum Teufel geht mich das an?

»Nun, ich hatte Glück im Unglück«, fuhr Thor fort. »Ein Fremder war so freundlich, mir mit einigen Dollars auszuhelfen. Ein Mann, den ich noch nie zuvor gesehen hatte, stellen Sie sich das vor. Es gibt tatsächlich noch echte Hilfsbereitschaft unter den Menschen. Er hat mir seinen Namen genannt, aber leider habe ich ihn vergessen.« Er lächelte wieder, und diesmal musste er sich nicht einmal anstrengen, um dabei verlegen auszusehen. Er war es mittlerweile wirklich. Die Geschichte, die er dem armen Burschen aufband, war tatsächlich haarsträubend. Aber er hatte die Erfahrung gemacht, dass man manchmal mit verrückten Geschichten sehr viel eher durchkam als mit solchen, die glaubhafter waren.

»Wissen Sie, ich hatte ein wenig über den Durst getrunken und konnte mir seinen Namen einfach nicht merken. Aber er sagte, dass er in diesem Hotel wohne, und eigentlich müssten Sie ihn kennen, wenn ich ihn beschreibe. Er ist sehr groß, über zwei Meter schätze ich, und breitschultrig wie ein Preisboxer. Ich glaube, er war Mexikaner oder irgend so etwas.«

»Sie meinen Señor Guzman«, vermutete der Portier. »Ja, der wohnt tatsächlich seit ein paar Tagen hier.« Er drehte sich herum und warf einen Blick auf das Schlüsselbord hinter sich. »Er ist in seinem Zimmer. Wenn Sie möchten, schicke ich einen Boy hinauf, der ihm das Geld bringt.«

Thor winkte hastig ab. »Das ist nicht nötig«, sagte er. »Ich wollte mich ohnehin noch selbst bei ihm bedanken. Vielleicht sagen Sie mir einfach, in welchem Zimmer ich ihn finde, und ich gehe rasch hinauf.«

Seine Worte schienen nicht unbedingt auf Begeisterung zu stoßen, und im Blick des Portiers flackerte Misstrauen auf. Thor beeilte sich hinzuzufügen: »Oder der Boy begleitet mich nach oben. Ist vielleicht sowieso besser, ehe ich mich in diesem Riesenhaus verlaufe.«

Der Portier zögerte noch immer, aber dann winkte er doch einen Jungen in einer beige-blauen Fantasieuniform herbei, und Augenblicke später trat Thor zusammen mit ihm in den Aufzug, um in den fünften Stock hinaufzufahren.

Er gab dem Jungen ein Trinkgeld, woraufhin ihm dieser die Zimmernummer des Indios verriet und diskret zurückblieb, als der Aufzug anhielt und die Türen auseinanderglitten. Zu seiner Erleichterung war der Hotelflur leer. Hinter einigen Türen drangen gedämpfte Stimmen heraus, aber er sah niemanden, als er sich dem Zimmer mit der Nummer 538 näherte und vor der Tür stehen blieb. Einen Moment zögerte er noch. Höchstwahrscheinlich war der Indio sowieso nicht mehr da. Er musste gesehen haben, dass sein Anschlag misslungen war, und hatte entweder die Flucht ergriffen – oder lag hier irgendwo auf der Lauer, weil er Thor dabei beobachtet hatte, wie er das andere Hotel verließ und dieses hier betrat.

Er klopfte.

Niemand antwortete.

Er klopfte noch einmal, zählte in Gedanken bis fünf und drückte dann langsam die Klinke hinunter.

Die Tür war nicht abgeschlossen. Thor öffnete sie vorsichtig, überzeugte sich mit einem raschen Blick davon, dass niemand hinter der Tür stand und auf ihn lauerte, und schlüpfte dann hindurch.

Das Zimmer ähnelte dem Josés, war aber weitaus größer und komfortabler eingerichtet – und es war ebenso leer. Als hätte der Indio gewusst, dass Thor hier auftauchen und nach Spuren suchen würde, und hätte ihm die Mühe ersparen wollen, standen sämtliche Schranktüren und Schubladen offen und gewährten ihm einen Blick auf leer geräumte Fächer und Bretter. Das Fenster stand offen, und als Thor hinüberging, erkannte er, dass man von hier aus tatsächlich einen hervorragenden Blick auf das gegenüberliegende Hotel und Josés Zimmer hatte. Er konnte sogar das Loch erkennen, das der Pfeil in der Scheibe hinterlassen hatte.

Er schauderte. Hätte er sich nicht durch einen reinen Zufall im richtigen Moment vorgebeugt, dann hätte er durch dieses Fenster jetzt mehr erkennen können als ein leeres Zimmer: nämlich eines, auf dessen Bett eine zusammengesunkene, tote Gestalt mit blau angelaufenem Gesicht lag.

Er durchsuchte das Zimmer genauso gründlich wie das Josés. Aber das Ergebnis war noch magerer. Er fand auch hier in Schränken und Schubladen nichts, und der angebliche Señor Guzman war nicht einmal freundlich genug gewesen, ihm eine versteckte Notiz auf einem durchgedrückten Blatt Papier zu hinterlassen. Das Zimmer war so aufgeräumt, als wäre es nie bewohnt gewesen.

Enttäuscht verließ er es wieder und ging zum Aufzug zurück. Die Kabine war nicht da. Thor drückte den roten Knopf und trat ein paar Schritte zurück, als der Lift wenige Augenblicke später heraufgefahren kam. Die Türen glitten auf. Thor erwartete halbwegs, den Liftboy wiederzusehen, der ihn heraufgebracht hatte, aber der Aufzug war leer. Er trat hinein, drückte den Knopf fürs Erdgeschoss und lehnte sich mit über der Brust verschränkten Armen gegen die Wand, als die Türen sich wieder schlossen und der Lift sich rasselnd in Bewegung setzte.

Thors Blick glitt über die Leuchtanzeige über der Tür. Die gelb leuchtende 5 erlosch, machte der 4 Platz, dann der 3 – und dann kam der Aufzug mit einem so harten Ruck zwischen dem dritten und zweiten Stockwerk zum Stehen, dass Thor um ein Haar von den Füßen gerissen worden wäre und erst im letzten Moment wieder an der Wand Halt fand.

Fluchend richtete er sich auf, sah sich einen Moment hilflos um und drückte dann mehrmals hintereinander den Knopf für das Erdgeschoss. Jedes Mal erklang ein helles Klingelzeichen, aber das war auch alles: Der Lift rührte sich nicht.

Thor fluchte ungehemmt vor sich hin. Das hatte ihm an diesem Tag wirklich noch gefehlt: in einem verdammten Lift stecken zu bleiben und unter Umständen stundenlang zu warten, bis ein Mechaniker kam und ihn befreite!

Plötzlich ertönte vom Dach der Liftkabine ein dumpfes Poltern, und nur Augenblicke später wurde direkt über Thors Kopf eine getarnte Klappe geöffnet und ein dunkles, von glänzendem blauschwarzem Haar umrahmtes Gesicht blickte zu ihm herein. Der Ausdruck darauf war nicht besonders freundlich …

Thor ahnte die Bewegung mehr, als dass er sie wirklich sah. Ganz instinktiv ließ er sich zur Seite kippen, zog die Knie an den Körper und versuchte mit einer Rolle wieder auf die Füße zu kommen, was in der Enge der Liftkabine allerdings schlecht möglich war. Aber immerhin brachte ihn die Bewegung aus der Flugbahn der kleinen Axt, die der Indio mit erstaunlicher Präzision nach ihm geschleudert hatte; und mit ebenso erstaunlicher Kraft, denn das Beil fuhr fast mit der ganzen Schneide ins Holz der Rückwand und blieb zitternd stecken.

Ein ärgerliches Knurren erklang, während Thor noch versuchte, den Knoten aus seinen Beinen zu bekommen und sich wieder auf die Füße zu arbeiten. Es gelang ihm tatsächlich, doch bevor er sich herumdrehen konnte, erklang abermals ein dumpfes Poltern und diesmal zitterte die gesamte Kabine unter riesigen Füßen. Als er seine Drehung vollendet hatte, blickte er genau auf den Adamsapfel des Indios, der sich zu ihm herabgeschwungen hatte, um mit bloßen Händen das zu vollenden, was er mit Blasrohr und Wurfaxt begonnen hatte.

Thor duckte sich unter einem wahren Hagel von Schlägen und Hieben, die ihn einzig aus dem Grund nicht sofort niederstreckten, weil die Liftkabine einfach nicht groß genug für den Indio war, um mit seinen langen Armen richtig auszuholen. Trotzdem taumelte er gegen die Wand und musste zwei, drei schwere Treffer an Brust und Gesicht hinnehmen, die ihm die Luft aus den Lungen trieben und nicht zum ersten Mal an diesem Tag bunte Sterne vor seinen Augen tanzen ließen. Hilflos hob er die Hände und versuchte, wenigstens sein Gesicht vor den ärgsten Schlägen zu schützen.

Der Indio packte ihn mit einem zornigen Knurren bei den Rockaufschlägen und riss ihn in die Höhe, sodass Thors Füße plötzlich zwanzig Zentimeter über dem Boden pendelten. Dann holte er aus und schmetterte sein hilfloses Opfer gegen die geschlossenen Aufzugtüren. Und Thor mobilisierte sein letztes bisschen Kraft, um mit aller Gewalt das rechte Knie in die Höhe zu reißen und es dem Angreifer dorthin zu rammen, wo auch zweieinhalb Meter große Maya-Krieger besonders empfindlich sind.

Die Augen des Indios wurden rund. Ein quietschender, fast komischer Ton kam über seine Lippen, und sein Gesicht verlor unter der Sonnenbräune jedes bisschen Farbe. Er taumelte, machte zwei, drei mühsame Schritte zurück – alles, ohne Thor loszulassen –, prallte gegen die rückwärtige Kabinenwand und begann wie in Zeitlupe in die Knie zu brechen.

Thors Füße berührten endlich wieder festen Boden. Mit einem heftigen Ruck sprengte er den Griff des Indios, riss seine Arme in die Höhe und ließ beide Hände flach auf die Ohren des Riesen klatschen.

Der Indio brüllte vor Schmerz, warf den Kopf in den Nacken und griff sich an die Schläfen, und die Stellung, in der er eine halbe Sekunde lang reglos dahockte und keuchte, war einfach zu verlockend, als dass Thor der Einladung widerstehen konnte: Er schmetterte dem Riesen die Handkante vor den Kehlkopf, sprang rasch einen Schritt zurück und setzte drei, vier, fünf kurze, kraftvolle Faustschläge in seinen Magen hinterher.

Der Indio klappte zusammen wie ein zwei Meter zwanzig großes Taschenmesser und Thor riss erneut sein Knie in die Höhe. Es traf mit aller Wucht ins Gesicht des Maya und ließ seinen Kopf zum zweiten Mal nach hinten und eine Sekunde später mit unangenehmer Wucht gegen die Kabinenwand knallen.

Und das war selbst für diesen Riesen zu viel.

Der Maya verdrehte die Augen, gab noch einmal diesen quietschenden Ton von sich und sackte zusammen.

Keuchend trat Thor einen Schritt zurück und sah sich um. Der Maya war bewusstlos, aber Thor war nicht davon überzeugt, dass dieser Zustand sehr lange anhalten würde. Er hatte zwar mit aller Gewalt zugeschlagen, aber der Indio hatte die Kraft von zehn Männern; und für den Moment, an dem er aufwachte, konnte Thor sich auf Anhieb ungefähr vierundzwanzigtausend andere Orte vorstellen, an denen er lieber wäre als zusammen mit ihm in dieser Aufzugkabine.

Er sparte sich die Mühe, noch einmal den Knopf zu drücken, sondern legte den Kopf in den Nacken und sah nach oben zu der geöffneten Klappe, durch die der Indio zu ihm hereingesprungen war. Er stellte sich auf die Zehenspitzen und streckte die Arme aus, aber er war nicht groß genug: Die Ränder der Klappe waren noch gut zwanzig Zentimeter von seinen ausgestreckten Fingern entfernt. Thor federte zwei-, dreimal in den Knien ein, sammelte alle Kraft und stieß sich ab.

Beim ersten Mal sprang er daneben, aber beim zweiten Versuch bekam er mit der linken Hand den Rand der Klappe zu fassen und fand Augenblicke später auch mit der anderen Halt. Mit zusammengebissenen Zähnen zog er sich in die Höhe, strampelte wild mit den Beinen, um sich irgendwo abzustützen, und trat dabei auf etwas Weiches, Nachgiebiges, das auf die grobe Behandlung mit einem wütenden Knurren reagierte.

Thors Herz machte einen erschrockenen Hüpfer. Der Indio war wieder aufgewacht!

Die bloße Vorstellung verlieh ihm genug Kraft, sich mit einem einzigen Ruck nach oben und auf das Dach der Liftkabine zu ziehen. Hastig kroch er ein Stück von der Klappe weg, stieß mit der Schulter gegen eines der riesigen Umlenkräder, die die Stahltrosse, an der die Kabine hing, hielten, und hörte eine Reihe polternder, scharrender Geräusche aus der Liftkabine. Die Hände des Indios erschienen in der Klappe. Er war so groß, dass er nicht einmal zu springen brauchte, um festen Halt zu finden.

Thor fluchte, sprang auf die Füße, suchte mit der rechten Hand an den Stahltrossen neben sich Halt und trat mit aller Kraft zu. Ein knirschendes Geräusch erklang, als er mit dem Absatz auf die Finger des Indios hieb, aber der Maya stieß einen mehr wütenden als schmerzerfüllten Schrei aus.

Die Hand verschwand aus der Öffnung. Thor holte aus, trat noch einmal und mit noch größerer Kraft auch auf die andere Hand und registrierte befriedigt, dass der Indio auch sie zurückzog.

Aber sein Triumph währte nur eine Sekunde. Plötzlich schien der Boden unter ihm zu explodieren, und in der gewaltsam geschaffenen gezackten Öffnung erschien eine geballte Faust, die fast so groß war wie Thors Kopf. Thor schrie vor Schreck auf, machte einen entsetzten Hüpfer zur Seite und griff mit beiden Händen nach den Stahlseilen. Unter ihm wiederholte sich das splitternde Bersten, und auch die zweite Hand des Indianers durchbrach die Kabinendecke so mühelos, als bestünde sie aus Pappe, nicht aus zollstarkem Eichenholz.

Mit verzweifelter Hast begann Thor in die Höhe zu klettern. Die Stahlseile waren dick und ölig und mit Millionen winziger scharfer Grate übersät, die seine Haut zerschnitten. Aber die pure Todesangst verlieh ihm für einen Moment übermenschliche Kräfte. Schnell und mit einer Geschicklichkeit, die er normalerweise gar nicht besaß, kletterte er an den schlüpfrigen Stahlseilen in die Höhe und entfernte sich rasch von der Kabine.

Sein Blick tastete durch das undurchdringliche Dunkel des Aufzugschachtes. Wenn er es schaffte, die nächste Etage zu erreichen, dann konnte er vielleicht die Tür von innen öffnen.

Er schaffte es nicht.

Thor war noch gut zwei Meter von der Tür entfernt, als plötzlich ein solcher Ruck durch das Stahlseil lief, dass er um ein Haar den Halt verloren hätte. Mit einer verzweifelten Bewegung klammerte er sich fest und sah nach unten.

Der Indio war aus dem herausgestiegen, was er vom Dach der Liftkabine übrig gelassen hatte. Er blickte aus böse funkelnden Augen zu Thor hinauf. Mit der linken Hand zerrte er an dem Drahtseil, an dem Thor sich festhielt, spannte es immer wieder an und ließ es los, wie die Saiten einer übergroßen stählernen Harfe. Und bei jedem einzelnen Ruck fiel es Thor schwerer, sich festzuhalten. Noch drei-, viermal, schätzte er, und er würde einfach den Halt verlieren und in die Tiefe stürzen. Nicht einmal besonders weit, vielleicht fünf oder sechs Meter, aber selbst wenn er sich beim Aufprall auf das Kabinendach nicht alle Knochen brach, würde der Maya den Rest erledigen.

Doch offensichtlich ging seinem Kontrahenten dies nicht schnell genug. Denn plötzlich hörte er auf, an dem Seil zu reißen, und zog etwas aus dem Gürtel: die Axt, mit der er nach Thor geworfen hatte.

Thors Augen weiteten sich entsetzt, als er sah, wie der Indio das kurzstielige Beil mit beiden Händen ergriff und die Schneide dann mit aller Gewalt gegen das Stahlseil prallen ließ.

Das Kabel riss. Einen Moment lang hatte Thor das fürchterliche Gefühl, schwerelos im Nichts zu hängen, als die durchschnittene Drahtschleife sich von der Kabeltrommel fünf oder sechs Stockwerke über ihm unter dem Dach des Hotels abzuwickeln begann. Und für eine kostbare halbe Sekunde klammerte er sich noch an das nutzlose Seil. Im letzten Moment, als er schon fast zu stürzen begann, warf er sich herum und ergriff eines der anderen Taue.

Der Ruck schien seinen Körper in zwei Teile zu reißen. Das Stahlseil scheuerte seine Hände endgültig auf, und das Kabel war plötzlich schlüpfrig von Thors eigenem Blut. Aber er ignorierte den Schmerz, biss die Zähne zusammen und klammerte sich mit aller Macht fest.

Ungefähr fünfundvierzig Sekunden lang.

Genauso lange nämlich brauchte der Indio, um dem stürzenden Stahlseil auszuweichen, erneut festen Stand zu suchen und seine Axt ein zweites Mal zu schwingen.

Diesmal griff Thor sofort nach einem anderen Seil.

Auch das Tau, an dem er gerade noch gehangen hatte, zersprang mit einem peitschenden Knall, und eine Sekunde später erscholl von oben ein sirrendes, immer lauter werdendes Geräusch. Thor hob den Blick und zog dann erschrocken den Kopf zwischen die Schultern, als er das schwirrende Kabel erkannte, das wie eine stählerne Peitsche durch den Schacht heruntergestürzt kam.

Der Indio unter ihm brachte sich mit einer erschrockenen Bewegung in Sicherheit, um nicht von dem Drahtseil erschlagen zu werden, und Thor nutzte die winzige Atempause, wieder einen Meter in die Höhe zu klettern. Seine Hände schmerzten fürchterlich. Er hatte kaum noch Kraft und seine aufgerissenen Finger bluteten jetzt so heftig, dass das Drahtseil noch schlüpfriger wurde. Trotzdem zwang er sich, Hand über Hand weiter in die Höhe zu steigen. Die Liftkabine hing jetzt nur noch an zwei von ursprünglich vier Trossen, und der Moment war abzusehen, an dem ihr Gewicht auch diese beiden einfach zerreißen würde; zumal diesem Wahnsinnigen durchaus zuzutrauen war, auch noch das dritte Kabel durchzuschlagen.

Als hätte er nur auf diesen Gedanken gewartet, tat der Indio in diesem Moment ganz genau das. Thor griff mit einer fast verzweifelten Bewegung nach dem letzten verbliebenen Seil, hangelte sich gleichzeitig einen halben Meter weiter in die Höhe und warf sich herum, als auch das dritte Kabelende vom Dach herabgestürzt kam. Diesmal entging er ihm nicht ganz. Die Trosse streifte ihn und riss sein linkes Hosenbein von der Hüfte bis zum Stiefelansatz auf, aber wie durch ein Wunder verletzte sie die Haut darunter nicht einmal.

Thor sah nach unten. Die Kabine hing jetzt nur noch an einem einzigen Seil. Er glaubte ein schwaches Zittern zu erkennen, war aber nicht sicher, und er verschwendete auch nicht viel Zeit damit, sich genauer zu überzeugen, denn in diesem Augenblick richtete sich der Maya wieder auf, blickte kurz zu ihm hoch und bückte sich, um seine Axt aufzuheben, die er fallen gelassen hatte.

Thor starrte ihn fassungslos an. Sekundenlang weigerte er sich einfach zu glauben, was er sah. Was der Kerl da unten tat, das war Selbstmord!

»*Lass das sein, du Idiot!*«, brüllte er.

Tatsächlich zögerte der Maya einen Moment. Er legte den Kopf schräg, sah zu ihm hoch und machte eine angefangene Bewegung, wie um seine Axt zu schleudern, aber er führte sie nicht zu Ende, sondern grinste plötzlich, schob das Beil unter den Gürtel seiner Hose und begann mit fast affenartiger Geschicklichkeit, an der Stahltrosse emporzuklettern.

Thor fluchte und verdoppelte seine Anstrengungen, die Tür zu erreichen. Der Indio bewegte sich erstaunlich schnell und mit einem Geschick, das man einem Mann seiner Größe und Masse kaum zugetraut hätte. Aber Thor hatte fünf oder sechs Meter Vorsprung. Die geschlossene Tür zur nächsten Etage befand sich jetzt schon fast zum Greifen nahe. Mit zusammengebissenen Zähnen kletterte er weiter, schlang das Bein um die Stahltrosse und suchte mit der linken Hand sicheren Halt, dann streckte er die rechte aus und tastete nach dem Hauch von einem Spalt zwischen den beiden Türhälften.

Er brach sich drei Fingernägel ab, bevor er einsah, dass es so nicht ging. Gehetzt blickte er nach unten. Der Indio war kaum mehr als eine Armeslänge von ihm entfernt. Er stieg mit so selbstverständlicher Gelassenheit an der Stahltrosse empor, als hätte er sein Lebtag lang nichts anderes getan.

Thor setzte alles auf eine Karte. Als der Maya die Hand ausstreckte, um nach seinem Fuß zu greifen, ließ er sich einfach mit weit ausgestreckten Armen zur Seite kippen. Für einen kurzen Moment sah es so aus, als würde er abstürzen. Aber im allerletzten Augenblick fanden seine Finger Halt an einer schmalen Zementstufe unterhalb der Tür. Mit aller Kraft klammerte er sich fest, biss abermals die Zähne zusammen, als seine Knie schmerzhaft gegen die Schachtwand stießen, und zog sich Zentimeter für Zentimeter in die Höhe. Der Indio hinter ihm knurrte enttäuscht, aber natürlich gab er nicht auf.

Ganz im Gegenteil: Er löste seine Hand und einen Fuß von seinem Halt und versuchte mit der anderen Faust nach Thor zu schlagen. Trotz seiner enorm langen Arme und der damit verbundenen Reichweite erreichte er ihn nicht ganz. Seine Finger berührten nur ganz sacht Thors Rücken, und er zog die Hand mit einem enttäuschten Laut wieder zurück. Allerdings nicht, um nun wirklich aufzugeben, wie Thor einen Sekundenbruchteil später voller Schrecken erkannte, sondern einzig, um die Axt aus dem Gürtel zu ziehen und damit seine Reichweite genau um die zwanzig Zentimeter zu verlängern, die ihm fehlten, um ihm endgültig den Garaus zu machen.

Thor duckte sich verzweifelt, als die Axt heranzischte und dicht neben seiner Wange Funken aus dem Stein schlug. Hastig arbeitete er sich ein Stück weiter nach rechts, aber der Indio vollführte die Bewegung mit, schwang, wie Tarzan an seiner Liane nur an einem Arm und Fuß hängend, an dem Stahlseil herum und schlug zum zweiten Mal mit dem Beil nach ihm. Die Axtschneide fuhr splitternd eine Handbreit über Thor ins Holz der Tür und verkantete sich darin.

Der Maya begann wütend am Stiel seiner Waffe zu zerren und Thor riskierte noch einmal alles und löste seinerseits die rechte Hand von der schmalen Betonstufe.

Mit aller Gewalt ließ er seine Handkante auf das Gelenk des Maya krachen. Der Maya brüllte vor Schmerz auf und öffnete die Hand leicht. Hastig packte Thor die Axt.

Er zwang sich, nicht zu dem Indio zurückzusehen und auch nicht an den Abgrund zu denken, der unter ihm lauerte, sondern schwang das Beil und ließ es zielsicher auf den Türspalt krachen.

Wahrscheinlich war es reiner Zufall, dass er genau traf; aber die Klinge fuhr direkt zwischen die beiden Türhälften und vergrößerte den haarfeinen Riss zu einem fingerbreiten Spalt. Thor griff mit beiden Händen zu, quetschte und zog und zerrte so lange, bis die Türen widerstrebend weiter auseinanderglitten, und schließlich bekam er einen Arm in den Spalt. Jetzt hatte er einen Hebel, den er ansetzen und durch den er seine ganze Kraft nutzen konnte. Schleifend öffneten sich die beiden Türhälften und Thor machte einen taumelnden Schritt auf den Korridor hinaus. Die Axt fiel polternd neben ihm zu Boden.

Als er den zweiten Schritt machen wollte, stolperte er, denn eine Hand hatte sich um sein Fußgelenk gelegt und hielt ihn mit unerbittlicher Kraft fest.

Thor warf sich herum, trat blindlings um sich und sah, dass der Indio wie er zuvor alles riskiert und sich einfach nach vorn geworfen hatte. Seine linke Hand hatte die Zementstufe ergriffen, an der auch Thor Halt gefunden hatte, während sich seine rechte mit der Kraft eines Schraubstockes um Thors Fußgelenk schloss und ihn langsam, aber unerbittlich wieder zurück auf den Schacht zu zerrte.

Thor grub die Hände in den Teppich und trat mit dem freien Fuß zu. Drei-, viermal hintereinander traf er das Gesicht des Indios. Dessen Lippen platzten auf und auch aus seiner Nase floss nun Blut, aber er gab nicht auf. Im Gegenteil; der Schmerz schien ihn eher noch wütender zu machen. Immer heftiger zog und zerrte er an Thors Fuß, sodass der weiter auf den Liftschacht zu gerissen wurde.

Auf einmal fiel sein Blick auf die Axt, die neben ihm auf dem Teppich lag. Ohne wirklich zu überlegen, ergriff er sie, drehte sie herum und ließ das stumpfe Ende wuchtig auf die Hand herunterkrachen, die seinen Fuß umklammerte.

Der Indio heulte vor Schmerz auf, ließ Thors Fuß los und hing einen Moment lang nur noch an den Fingerspitzen der linken Hand über dem Abgrund; ganz genau so lange, wie Thor brauchte, um sich auf die Knie hochzustemmen und das stumpfe Ende des Beils ein zweites Mal auch auf diese Finger runterkrachen zu lassen.

Mit einem keuchenden Schrei kippte der Indio nach hinten und verschwand in der Tiefe. Thor beugte sich vor, um ihm nachzublicken. Der Maya stürzte wie ein Stein, prallte auf halber Strecke gegen das einzige noch verbliebene Stahlseil der Liftkabine und schlug mit solcher Wucht auf ihrem Dach auf, dass er es glatt durchbrach. Den Bruchteil einer Sekunde später ertönte ein gellender Schrei und ein lang anhaltendes Splittern und Krachen und Bersten aus dem Inneren der Liftkabine. Und plötzlich war auch der Boden des Aufzuges verschwunden. Ein gezacktes Loch gähnte dort, wo der Indio eigentlich hätte liegen sollen …

Der Lift zitterte. Das letzte Stahlseil begann wie eine Bogensehne zu schwirren, und für einen Augenblick rechnete Thor ernsthaft damit, dass es reißen und die ganze Kabine abstürzen würde. Aber wie durch ein Wunder hielt diese eine Trosse den Aufzug trotz seines Gewichts immer noch.

Thor richtete sich auf, stemmte die Hände auf die Oberschenkel und atmete keuchend mehrmals hintereinander sehr tief ein und aus. Alles um ihn herum drehte sich. Seine Hände brannten wie Feuer, und die Muskeln in seinen Armen fühlten sich an wie überdehnte Gummibänder. Dass er überhaupt noch am Leben war, war schlicht und einfach Glück. Der Indio hatte möglicherweise die Kraft von drei Männern, aber so clever wie drei war er nicht. Wäre es anders gewesen, dann hätte Thor kaum eine Chance gehabt, ihm zu entkommen.

Er stand auf, bückte sich dann noch einmal, um das kleine Beil aufzuheben, und drehte es einen Moment nachdenklich in der Hand. Es war keine Indio-Waffe, sondern eine ganz normale Axt mit kurzem Stiel, wie man sie in jedem Eisenwarengeschäft erstehen konnte. Enttäuscht zuckte er mit den Schultern und warf sie in den Liftschacht.

Das Beil prallte klirrend gegen das zertrümmerte Aufzugdach und sprang davon ab wie ein Querschläger, und im gleichen Moment ertönte ein mahlendes, knirschendes Geräusch, das helle Quietschen von Eisen und das Kreischen überanspruchter Nieten und Schraubverbindungen. Thor hatte gerade noch Zeit genug, mit einem entsetzten Schritt zurückzuweichen, als das überlastete Stahlseil endgültig nachgab und die zerrissenen Enden wie eine stählerne Peitsche durch den Schacht fuhren und tiefe Gräben in den Stein rissen. Mit einem urgewaltigen Poltern und Krachen begann die Liftkabine den Schacht hinabzustürzen, wobei sie immer wieder gegen die Wände prallte und sich auf dem Weg nach unten bereits in ihre Bestandteile auflöste. Dann ertönte ein letzter, ungeheurer Schlag, der das gesamte Hotel in seinen Grundfesten zu erschüttern schien.

Jetzt, als alles vorbei war, fingen Thors Hände und Knie plötzlich an zu zittern. Er war in Schweiß gebadet und seine Handflächen meldeten sich mit bohrenden, brennenden Schmerzen protestierend zu Wort und erinnerten daran, dass er sie über die Maßen grob behandelt hatte. Er griff in die Jacke, zog mit spitzen Fingern ein Taschentuch hervor und begann, mit zusammengebissenen Zähnen das Gemisch von Blut und Schmieröl von seinen Handflächen abzutupfen. Der Schmerz trieb ihm die Tränen in die Augen, und er machte es eher schlimmer als besser, sodass er nach einigen Augenblicken aufgab und auch das Taschentuch zusammengeknüllt in den Aufzugschacht hinunterwarf. Dann sah er sich nach beiden Seiten um – unglaublich, aber auf dieser Etage schien niemand von dem Höllenlärm Notiz genommen zu haben – und wandte sich zur Treppe. Verständlicherweise war er im Moment nicht besonders erpicht darauf, den zweiten Aufzug zu benutzen.

Der Lärm schlug ihm bereits entgegen, als er auf der Höhe der ersten Etage war, und in der Empfangshalle angekommen gewahrte er einen wahren Menschenauflauf vor den offen stehenden Türen einer der beiden Liftkabinen. Rasch, aber nicht so schnell, dass seine Hast aufgefallen wäre, durchquerte er die Halle, wandte pflichtschuldig den Kopf, um mit geschauspielerter Neugier nach dem Grund der Aufregung zu sehen, und näherte sich dabei unauffällig dem Ausgang. Ein paar von den Leuten, die sich um die Lifttüren drängten, blickten ihn erstaunt an. Natürlich fiel er in seiner zerfetzten, blut- und ölverschmierten Kleidung auf. Aber offensichtlich war das, was mit dem Aufzug geschehen war, noch interessanter als ein Mann in zerrissenen Hosen und mit blutenden Händen, denn niemand nahm wirklich Notiz von ihm, und Thor nutzte die Gelegenheit, noch schneller auszuschreiten und sich dem Ausgang zu nähern. Aber dann blieb er doch noch einmal stehen. In dem aufgeregten Durcheinander aus Stimmen und Schreien hatte sich plötzlich etwas geändert. Mit einem Mal wich die Menge mit einem überraschten Murmeln zurück und bildete eine Gasse, durch die Thor die Lifttüren sehen konnte.

Sie – und die riesenhafte, blutige Hand, die sich um die Schwelle klammerte!

Plötzlich hatte er es sehr eilig, das Hotel zu verlassen. Ohne nach rechts oder links zu schauen, überquerte er die Straße und steuerte den Taxistand an der gegenüberliegenden Ecke an, als sich plötzlich die Glastüren von Josés Hotel öffneten und ein aufgeregter Portier herausgestürmt kam und ihm zuwinkte.

»Mister Garson!«

Thor verdrehte die Augen, sah aber ein, dass der Mann, wenn er nicht stehen blieb, höchstens noch lauter brüllen und seinen Verfolger damit unweigerlich auf seine Spur lenken würde. Resigniert wandte er sich um.

Der Portier kam mit weit ausgreifenden Schritten auf ihn zugerannt und blieb kurzatmig vor ihm stehen. »Mister Garson! Ich hab die Information.«

Im ersten Moment wusste Thor gar nicht genau, worauf der Mann hinauswollte. Dann begriff er: das Taxi.

»Gut«, sagte er und griff in die Tasche. Der Blick des Portiers folgte der Geste. Sein Gesicht verzog sich überrascht, als er Thors geschundene, blutige Hände sah und bemerkte, in welch desolatem Zustand sich dessen Kleidung befand. Aber das gierige Funkeln in seinen Augen wurde kein bisschen schwächer.

Wortlos wartete er, bis Thor ihm eine Zehndollarnote ausgehändigt hatte, steckte sie ungeachtet des Schmieröls und Blutes daran in die Jackentasche und sagte: »Señor Perez ist heute Morgen zum Hafen gefahren. Er hatte es ziemlich eilig.«

»Und das ist alles?«, fragte Thor enttäuscht.

Der Portier nickte, aber er lächelte weiter. »Das ist gar

nicht so schlecht«, sagte er. »Ich habe mit dem Taxifahrer gesprochen, müssen Sie wissen. Señor Perez hat ihm ein hohes Trinkgeld geboten, wenn er vor sieben den Hafen erreicht.«

Thor begriff. Es gab für diese Hast nur einen einzigen Grund, der Sinn ergab, nämlich den, dass José ein Schiff erreichen musste, das um sieben auslief. Wenigstens hoffte er, dass es so war; denn wenn nicht, dann hatte er seine einzige Spur in dieser immer undurchsichtiger werdenden Geschichte ebenso rasch verloren, wie er sie gefunden hatte.

Er bedankte sich mit einem Nicken bei dem Mann und wollte weitergehen, aber der Portier hielt ihn noch einmal zurück. »Ich habe all das bereits Ihrer Assistentin gesagt«, sagte er.

Thor blieb wie vom Donner gerührt stehen. »Meiner was?«, fragte er ungläubig.

»Ihrer Assistentin«, wiederholte der Portier. »Das war doch richtig, oder?«

Thor zog die Augenbrauen zusammen. »Einer jungen Dame?«, fragte er. »Siebzehn oder achtzehn, mit kurz geschnittenem blondem Haar?«

Das Gesicht des Portiers hellte sich auf. »Genau das war sie«, sagte er.

»Wie lange ist das her?«, fragte Thor.

»Nicht sehr lange. Fünf Minuten, allerhöchstens. Sie ist gleich in ein Taxi gestiegen, um zum Hafen zu fahren.«

Thor fluchte halblaut, fuhr auf der Stelle herum und rannte, so schnell er konnte, zur Ecke. Wahllos stürzte er in das erste Taxi und bellte ein »Zum Hafen!!!«, noch bevor er die Tür ganz hinter sich schließen konnte. »Und schnell!«, fügte er im gleichen Tonfall hinzu.

Was er kaum eine Sekunde später schon bedauerte, denn der Taxifahrer gab so rücksichtslos Gas, dass Thor nach hinten geworfen und in die Polster gedrückt wurde, während der Ford mit durchdrehenden Reifen losschoss.

Mühsam rappelte er sich wieder auf, warf dem Mann hinter dem Lenkrad einen schrägen Blick zu und ballte seine blutigen Hände zu Fäusten, damit der sie nicht sah.

»Auf der Flucht oder hinter jemandem her?«, fragte der Taxifahrer feixend. Thor warf ihm einen feindseligen Blick zu und ersparte sich jede Antwort, aber der Mann gab so rasch nicht auf: »Ich frag ja nur, weil es heute jedermann eilig zu haben scheint«, fuhr er fort. »Die Kleine, die vor ein paar Minuten mit dem Spanier in den Wagen gestiegen ist …«

Thor richtete sich kerzengerade auf. »Welche Kleine?!«

Der Taxifahrer zuckte mit den Achseln und bog mit kreischenden Reifen in eine Seitenstraße ein. Ein Fußgänger brachte sich mit einem entsetzten Sprung in Sicherheit und schickte dem Wagen einen Schwall von Verwünschungen und Beschimpfungen hinterher, aber das schien er gar nicht zu bemerken. »Ein junges Ding eben«, antwortete er achselzuckend. »So sechzehn, vielleicht achtzehn Jahre alt. Schien es verdammt eilig zu haben.«

»Schlank? Blond?« vergewisserte sich Thor.

Der Mann nickte. »Genau die. Kennen Sie sie? Sind Sie hinter ihr her? Oder hinter dem Kerl, der sie begleitet?«

Thor blickte fragend.

»So ein riesiger Kerl«, sagte der Fahrer. »Muss ein Mexikaner oder Spanier gewesen sein oder sonst was.«

»An die zwei Meter groß? Schwarzes Haar und Maßanzug?«, fragte Thor mit klopfendem Herzen.

Ein neuerliches Nicken. »Genau der. Und er ging, als liefe er auf Eiern.«

Thor ließ sich in den Sitz zurücksinken und schloss die Augen. Für einen Moment hatte er das Gefühl, den Boden unter den Füßen zu verlieren. Irgendetwas stimmte hier nicht. Der Indio konnte schließlich schlecht an zwei Orten zugleich sein. Davon abgesehen, dass sein Maßanzug mittlerweile bestimmt nicht mehr wie ein Maßanzug aussah …

»Sind Sie sicher, dass sie zum Hafen gefahren sind?«, fragte er.

»Hundertprozentig. Ich war noch wütend, wissen Sie? War eigentlich meine Fuhre.« Der Taxifahrer machte eine erklärende Handbewegung und ließ den Wagen auf zwei Rädern um die nächste Kurve schlittern, während Thor sich verzweifelt am Türgriff festklammerte. »Das geht bei uns alles schön der Reihe nach. Der Erste in der Reihe bekommt auch den ersten Fahrgast, der Zweite den zweiten und so weiter«, sagte der Fahrer. »Aber dieser große Tölpel ist einfach in den Wagen hinter mir gesprungen, hat dem Fahrer einen Zehner hingehalten, und schon waren sie weg.«

Thor begriff.

Zähneknirschend langte er in die Tasche und zog einen weiteren Geldschein heraus. »Den Zehner kriegen Sie von mir auch«, sagte er, »wenn Sie Ihren Kollegen einholen.« Der Fahrer grinste und trat das Gaspedal bis zum Boden durch, und Thor fügte hastig hinzu: »Und einen weiteren Zehner, wenn wir es lebend schaffen.«

Sie schafften es. Thor wusste hinterher selbst nicht, wie, aber irgendwie kamen sie lebendig und beinahe unversehrt am Hafen an. Er hörte irgendwann auf mitzuzählen, aber bevor er einhielt, registrierte er ungefähr zweiundvierzig Verkehrsübertretungen und mindestens sieben, wahrscheinlich aber acht oder neun Situationen, in denen sie sich in akuter Lebensgefahr befanden – die, die er gar nicht mitbekam, nicht einmal mitgerechnet. Aber die Götter schienen an diesem Tag auf seiner Seite zu sein, wenigstens was diese Fahrt anging. Nicht einmal zehn Minuten später hielt der

Wagen mit kreischenden Bremsen vor der Hafenmeisterei und Thor torkelte mit zitternden Knien und grüner Nase ins Freie.

Er verschwendete noch einmal kostbare zwei Minuten darauf, eine Toilette zu suchen und sich wenigstens den schlimmsten Schmutz von den Händen zu waschen. Dann fragte er den Erstbesten nach dem Büro des Hafenmeisters und stürmte die drei Treppen hinauf. Er rannte durch die Tür, ohne anzuklopfen – und blieb wie vom Donner gerührt stehen.

Der Raum bot einen Anblick fast vollkommener Verwüstung. Mehrere Stühle und ein Schreibtisch waren zertrümmert und einer der großen Aktenschränke war umgeworfen worden, sodass sich sein Inhalt im ganzen Raum verteilt hatte; Tausende von eng beschriebenen weißen Blättern, die ein heilloses Chaos auf dem Fußboden, den Möbeln und sogar den Fensterbrettern bildeten. Inmitten dieses Tohuwabohu hockte ein kleiner, grauhaariger Mann in weißem Hemd, Weste und Ärmelschonern, der sich stöhnend den Kopf hielt und aus der Nase blutete. Ein zweiter Mann, auf eine ähnliche Art gekleidet, der zwar nicht grauhaarig, dafür aber vor Schreck grau im Gesicht war, saß auf den Knien neben ihm und tastete mit spitzen Fingern seine Schneidezähne ab, als sei er nicht ganz sicher, ob sie noch da waren.

Als Thor hineinstürmte, blickten beide hoch, und zumindest im Gesicht des Grauhaarigen erkannte er einen Ausdruck abgrundtiefen Schreckens, der sich erst nach einigen Sekunden in vorsichtige Erleichterung verwandelte.

»Was ist denn hier passiert?«, fragte Thor – obwohl er glaubte, die Antwort schon zu wissen.

»Ein Verrückter«, nuschelte der Graugesichtige. »Kam einfach hereingestürmt und hat hier alles kurz und klein geschlagen, nur weil er eine Auskunft haben wollte.«

»Ein riesiger Kerl mit schwarzem Haar, der ein Mädchen mit sich schleifte?«, vergewisserte sich Thor.

Der Schrecken im Gesicht des Grauhaarigen flackerte neu auf und auch der andere sah ihn mit mehr Misstrauen als Überraschung an. »Genau der«, sagte er. »Woher wissen Sie das?«

»Ich brauche ebenfalls eine Auskunft«, antwortete Thor, die Frage des Mannes ignorierend. »Heute Morgen ist ein Freund von mir auf ein Schiff gegangen. Ich muss wissen, wie es hieß und wohin es ausgelaufen ist.«

»O nein«, stöhnte der Graugesichtige, »nicht schon wieder.«

Thor sah ihn verwirrt an.

»Es ist die Santa Roga«, sagte der Mann sehr hastig. »Sie ist nach Kuba ausgelaufen, um fünf Minuten nach sieben.«

»Aber das dürfen wir Ihnen eigentlich gar nicht …«

Thor blickte den Grauhaarigen drohend an und der Mann verstummte mitten im Satz.

»Schon gut«, sagte er. »Wenn das alles ist, was Sie möchten …«

»An welchem Pier hat sie gelegen?«, fragte Thor.

»Siebenundzwanzig«, antwortete der Grauhaarige hastig. »Und bevor Sie fragen, das nächste Schiff in diese Richtung geht in vier Tagen.«

Thor bedankte sich mit dem freundlichsten Lächeln, das er zustande bringen konnte, drehte sich auf der Stelle herum und verließ das Büro. So leise er konnte, zog er die Tür hinter sich zu, ging, um nicht aufzufallen, mit gemessenen Schritten über den Flur bis zur Treppe – und rannte dann los. Den Worten des Taxifahrers und vor allem dem Zustand des Büros und seiner beiden unglücklichen Bewohner zufolge konnten Joana und der Indio nur noch wenige Minuten Vorsprung haben. Hätten sie den Hafen bereits wieder verlassen, dann hätte er sie gesehen, denn es gab nur diese eine Straße hier, über die ihn der Amok laufende Taxifahrer kutschiert hatte.

Und außerdem hatte er verdammt wenig Zeit. Die beiden dort oben würden früher oder später ihren Schrecken überwinden und das einzig Logische tun, nämlich die Polizei alarmieren, und Thor hatte keine Lust, schon wieder Dutzende von neugierigen Fragen zu beantworten; oder gar einfach auf Verdacht erst einmal eingesperrt zu werden – nach allem, was sich in den letzten vierundzwanzig Stunden in seiner unmittelbaren Umgebung zugetragen hatte, war das die wahrscheinlichste Reaktion der Polizei.

Er rannte aus dem Haus, wandte sich nach rechts dem Hafenbecken zu und sah sich im Laufen um, ohne sein Tempo herabzusetzen. Pier 27 – das lag fast am anderen Ende des Hafens. Wenn Joana und der Indio dorthin unterwegs waren, dann hatte er eine gute Chance, sie einzuholen. Obwohl er Joana noch nicht besonders gut kannte, konnte er sich einfach nicht vorstellen, dass Swansons Tochter sich so völlig widerstandslos mitzerren lassen würde.

Es sei denn, flüsterte eine dünne, böse Stimme hinter seiner Stirn, sie gehört mit dazu. Letztendlich hatte er keinen Beweis, dass der Überfall in Martens Büro wirklich Joana gegolten hatte und nicht ihm. Schließlich hatte der Indio zweimal versucht ihn umzubringen, nicht sie.

Er verscheuchte den Gedanken und lief noch schneller, wobei er die irritierten Blicke ignorierte, die ihm von Hafenarbeitern und Passanten zugeworfen wurden. Thor war sich darüber im Klaren, dass er auffallen musste. Seine Kleidung war völlig zerrissen und voller Schmutz und Blut, und sein Gesichtsausdruck war wahrscheinlich auch alles andere als heiter.

Er näherte sich der Kaimauer und damit dem ersten Pier,

warf einen raschen Blick in die Runde und hetzte weiter. Sein Mut sank, als er sah, wie viele Schiffe hier im Hafen lagen. Es waren nur drei oder vier wirklich große, aber dafür Dutzende, wenn nicht Hunderte von kleinen Jachten, Kähnen und Motor- und Ruderbooten, und auf jedem einzelnen konnten sich der Indio und Joana mühelos verstecken und ihn einfach an sich vorüberlaufen lassen.

Doch er hatte gar keine andere Wahl, als blindlings weiterzusuchen. Wenn er Joana verlor, dann war alles aus. Kuba war groß, entschieden zu groß, um einen einzelnen Indio dort aufzuspüren, noch dazu, wenn dieser sich nicht aufspüren lassen wollte.

Aber er hatte auch diesmal Glück. Er rannte noch ein paar hundert Meter und sein Atem wurde bereits knapp, als er plötzlich stehen blieb. Er sah Joana und den riesigen, schwarzhaarigen Indio.

Sie befanden sich in einem kleinen Ruderboot, das genau in diesem Moment vom Kai ablegte, nicht einmal besonders weit von Thor entfernt. Joana lag vornübergesunken im Bug des Schiffchens – wahrscheinlich hatte der Indio sie gefesselt oder bewusstlos geschlagen –, während der Maya pullte, dass sich das Schiffchen fast mit der Geschwindigkeit eines Motorbootes bewegte. Thor versuchte seinen Kurs in Gedanken zu verlängern und fuhr überrascht zusammen, als er sah, wohin er sich wandte.

Es war kein Schiff, sondern ein kleines Flugzeug, das auf zwei gewaltigen Schwimmkufen im Hafenbecken dümpelte. Der Motor lief bereits und hinter der Kabinenscheibe konnte Thor einen verzerrten Schatten wahrnehmen.

Er rannte los, so schnell er konnte. Er wusste, dass er keine Chance hatte, den Indio auf dem Wasser einzuholen. Selbst wenn er innerhalb von Sekunden ein Motorboot gefunden hätte, hätte der Lärm den Maya aufgeschreckt, und

Thors erste Erfahrungen aus dem Faustkampf mit diesem Riesen waren nicht so, dass er Lust auf eine zweite Runde hatte. Doch es gab einen schmalen Landungssteg, der bis auf dreißig oder vierzig Meter an die Position des Wasserflugzeugs heranreichte, aber so lag, dass der Mann hinter dem Steuer ihn kaum einsehen konnte.

Thor raste los, vergrößerte sein Tempo noch einmal und stieß sich mit einem gewaltigen Satz ab, als er das Ende des Steges erreicht hatte. Mit einem eleganten Hechtsprung landete er im Wasser, tauchte unter und legte gute zehn oder fünfzehn Meter unter Wasser zurück, bis er prustend wieder auftauchte und mit raschen, kraftvollen Zügen zu schwimmen begann. Das Ruderboot hatte sich auf der anderen Seite dem Wasserflugzeug jetzt auf ungefähr die gleiche Distanz genähert. Er hatte keine Ahnung, ob man ihn bereits entdeckt hatte oder nicht, aber darauf musste er es einfach ankommen lassen. Thor atmete noch einmal tief ein, tauchte unter und legte den Rest der Strecke abermals unter Wasser zurück.

Mit kreischenden Lungen und klopfendem Herzen tauchte er zwischen den Kufen der Dornier wieder auf, rang einen Moment würgend nach Luft und streckte die Hand aus. Seine Finger fanden festen Halt an einem der Schwimmkörper, während hinter ihm das Ruderboot mit einem dumpfen Laut gegen die andere Kufe prallte. Thor hörte Worte in einer ihm unverständlichen Sprache und dann ein raues Lachen. Entdeckt hatte man ihn also offensichtlich noch nicht. Wenigstens hoffte er, dass das Lachen nicht der Tatsache seines Hierseins galt …

Vorsichtig arbeitete er sich auf die Oberseite des Schwimmkörpers hoch, sah sich noch einmal um und richtete sich auf, so gut er konnte. Die Tür auf der linken Seite der Dornier war geschlossen, aber nicht verriegelt. Ganz behutsam zog Thor sich hoch, warf einen raschen Blick durch das Fenster ins Innere der Maschine und sah, dass der Pilot sich auf der anderen Seite durch die geöffnete Tür hinabgebeugt hatte, um eine sich heftig wehrende und um sich schlagende Joana in die Kabine zu ziehen.

Mit einem Ruck riss er die Tür auf und schwang sich ins Innere des Flugzeuges. Der Pilot richtete sich überrascht auf und drehte den Kopf – freundlicherweise ganz genau im richtigen Moment und im richtigen Winkel, dass Thors Faust sein Kinn mit aller Kraft treffen konnte.

Der Mann verdrehte die Augen und brach lautlos zusammen. Gleichzeitig ließ er Joana los, die mit einem spitzen Schrei wieder nach hinten kippte.

Thor warf sich über den Sitz und den reglosen Piloten, ergriff im letzten Moment Joanas Hand und zog sie mit einem derben Ruck wieder in die Höhe und halbwegs in die Kabine herein. Der Indio unten im Boot rief irgendetwas, aber seine Tonlage verriet Thor, dass er noch gar nicht mitbekommen hatte, was überhaupt geschah. Während Joanas Augen groß vor Staunen wurden, legte Thor den Zeigefinger warnend auf die Lippen und zerrte sie hastig ganz in die Kabine hinein.

Einen Augenblick später erschien eine gewaltige Hand an der Unterkante der Flugzeugtür und klammerte sich fest, dann eine zweite und dann ein Paar Ehrfurcht gebietende breite Schultern, über denen ein braun gebranntes Gesicht mit schwarzem Haar thronte.

Thor platzierte seinen rechten Stiefelabsatz zielsicher genau eine Handbreit unter diesem schwarzen Haar und hörte zufrieden, wie das Nasenbein des Indios unter dieser groben Behandlung nachgab. Der Maya brüllte vor Schmerz und Wut, riss instinktiv beide Hände ans Gesicht und kapierte einen Sekundenbruchteil zu spät, dass er keine dritte hatte, um sich damit festzuhalten. Hilflos kippte er nach hinten und verschwand mit einem gewaltigen Platsch im Wasser.

Thor zerrte Joana hastig vollends zu sich herein, warf die Tür zu und legte den Riegel um. Fast in der gleichen Bewegung fuhr er herum, beugte sich über den bewusstlosen Piloten und hievte ihn ächzend und mit letzter Kraft auf der anderen Seite ins Freie. Auch bei diesem Mann handelte es sich um einen Indio. Und er ähnelte dem, der Joana entführt hatte, wie ein eineiiger Zwilling, nur dass er keinen Maßanzug, sondern einen einfachen blauen Overall trug. Er schien Tonnen zu wiegen. Es kostete Thor jedes bisschen Kraft, den reglosen Körper aus der Kabine hinauszuschieben und zu -schubsen, bis er sich zu seinem Bruder ins Wasser des Hafenbeckens gesellte. Mit einer letzten Anstrengung zog er auch die linke Kabinentür zu und verriegelte sie.

»Das war knapp«, sagte er keuchend, während er sich zu Joana umwandte. »Verdammt, was fällt dir ein, mir nachzuspionieren? Um ein Haar hätten sie dich erwischt!«

Joana schien ihm gar nicht zuzuhören. Nach vorn gebeugt und mit konzentriertem Gesichtsausdruck saß sie hinter dem Steuer des Flugzeuges und musterte die Instrumente.

»Was tust du da?«, fragte Thor unwillig. »Wir müssen weg. Die beiden kommen gleich zurück.«

Er machte sich nichts vor. Er hatte zwar die Türen verriegelt, aber der Indio war durchaus stark genug, um sie einfach aus dem Rahmen zu reißen. Und seine Aussichten, ihn ein zweites Mal zu überraschen, waren alles andere als gut.

»Hör mit dem Unsinn auf!«, sagte er, als Joanas Finger über die Kontrollen der Dornier zu huschen begannen. Joana reagierte auch jetzt nicht auf seine Worte. Aber ihr Gesichtsausdruck hellte sich plötzlich auf. Ohne ihn auch nur eines Blickes zu würdigen, beugte sie sich vor, betätigte rasch hintereinander einige Schalter und Hebel und legte beide Hände auf das Steuerruder.

»Was tust du da?«, wiederholte Thor seine Frage. In seiner Stimme war ein leichter, fast hysterischer Unterton. »Du hast doch nicht etwa vor ...«

Aber genau das hatte sie. Und sie tat es.

Der Motor der Dornier brüllte auf, als Joana den Gashebel nach vorn schob und gleichzeitig am Steuer drehte. Das Flugzeug setzte sich schwerfällig in Bewegung, vollführte einen zitternden Halbkreis und entfernte sich, immer schneller werdend, von den beiden Mayas, die heftig hinter ihnen im Wasser planschten.

Thors Zorn war wie weggeblasen. Und plötzlich konnte er sich eines schadenfrohen Grinsens nicht mehr erwehren. Auf die Idee, den beiden einfach mithilfe ihres eigenen Flugzeuges davonzufahren, hätte er auch selbst kommen können.

Schadenfroh beobachtete er, wie die beiden wütend im Wasser die Fäuste schüttelten. Aber das Flugzeug war mittlerweile schon gut dreimal so schnell wie auch der schnellste Schwimmer und es beschleunigte immer weiter.

»Mein Kompliment«, sagte er. »Das war keine schlechte Idee.« Er sah sich suchend um und deutete auf einen Punkt auf der anderen Seite des Hafens, vielleicht drei oder vier Meilen entfernt. Der dünne weiße Streifen dort drüben musste ein Sandstrand sein, an dem sie bequem an Land gehen und aus dem Flugzeug steigen könnten.

»Dort drüben«, sagte er. »Bis sie dorthin geschwommen sind, sind wir schon am anderen Ende der Stadt.«

Joana ignorierte ihn auch jetzt und zu Thors Entsetzen machte sie auch keinerlei Anstalten, die Nase des Flugzeuges auf den Strand auszurichten, sondern drehte die Dornier im Gegenteil weiter, bis vor ihnen nur noch das offene Meer lag

– und schob den Gashebel mit einem Ruck bis zum Anschlag durch.

Thor schrie erschrocken auf, als die Dornier einen regelrechten Satz machte und mit unerwartet hoher Geschwindigkeit durch das Wasser zu pflügen begann. »Bist du wahnsinnig geworden?«, kreischte er. »Was soll denn das?«

Zum ersten Mal sah Joana ihn an. Sie wirkte blass und sehr erschrocken, aber sie lächelte trotzdem. Sie antwortete auch jetzt nicht, aber das, was sie tat, beantwortete Thors Frage sehr viel besser, als sie selbst es gekonnt hätte: Das Flugzeug wurde immer schneller, und plötzlich begann sie sacht, das Steuerruder an sich heranzuziehen. Voller Entsetzen registrierte Thor, wie der Rumpf der Dornier zu vibrieren begann, sich aus dem Wasser hob, nach ein paar Metern mit einem heftigen Ruck wieder zurückklatschte – und dann vollends abhob.

»Das ist doch nicht dein Ernst«, brüllte er. »Hör sofort mit diesem Unsinn auf!«

Aber Joana zog ganz im Gegenteil die Nase des Flugzeuges immer höher. Unter ihnen waren plötzlich fünf Meter Luft, dann zehn, fünfzig, hundert … Und schließlich lag der Hafen wie eine Spielzeuglandschaft unter dem Flugzeug.

Joana legte die Dornier in eine sanfte Linkskurve, ging wieder etwas tiefer und flog eine weit gezogene Schleife über das gesamte Hafenbecken, ehe sie den Propeller in südliche Richtung ausrichtete und ein wenig Gas zurücknahm. Aus dem zornigen Brüllen des Motors wurde ein gleichmäßiges Summen, und die Maschine hörte auf zu zittern und zu bocken.

»Du … kannst so ein Ding fliegen?«, vergewisserte sich Thor.

Joana nickte. »Ich habe keinen Pilotenschein, wenn du das meinst«, sagte sie, »aber mein Vater war ein begeisterter

Hobbyflieger. Ich war elf Jahre alt, als ich das erste Mal hinter dem Steuer einer Maschine saß«, fuhr Joana ungerührt fort. »Und mit fünfzehn habe ich meine erste Landung geschafft.«

Thor blickte sie ungläubig an.

»Sagte ich nicht, dass du mich noch brauchen wirst?«, fragte Joana.

Thor schüttelte grimmig den Kopf. »Nein«, knurrte er, »das sagtest du nicht.«

»Dann tue ich es jetzt«, antwortete Joana fröhlich. »Also, so wie ich die Sache sehe, willst du deinen Freund José einholen, um ihm die eine oder andere Frage zu stellen.«

»Stimmt«, sagte Thor ärgerlich. »Und vielleicht auch, um ihm den einen oder anderen Knochen zu brechen. Aber du hast es ganz richtig gesagt: *Ich* will das tun.«

»Aber du weißt nicht, wo er ist?«, vermutete Joana.

Thor blickte sie böse an und nickte abermals.

»Siehst du«, sagte Joana fröhlich. »Ich weiß es.«

»Dann sag es mir«, antwortete Thor, »und dann bring diese verdammte Kiste wieder nach unten. Wir sind jetzt weit genug vom Hafen entfernt.«

Joana schüttelte den Kopf, warf einen Blick auf die Instrumente und schüttelte noch einmal und heftiger den Kopf. »Das wäre ziemlich dumm«, sagte sie. »Die Tanks sind voll, der Treibstoff reicht allemal.«

»Wozu?«, fragte Thor mit einem sehr unguten Gefühl.

»Um nach Kuba zu kommen«, antwortete Joana. »Wenn wir nicht in einen Sturm geraten oder einen Motorschaden bekommen, dann sind wir zwei Tage vor deinem Freund dort.«

Thor atmete tief ein. »Jetzt hör mir mal zu, Mädchen«, sagte er, so ruhig und ernst er konnte. »Das hier ist kein Spaß. Diese Männer wollten mich umbringen und sie werden keine Sekunde zögern auch dich zu töten, wenn es sein muss.«

»Ich weiß«, sagte Joana.

»Aber du weißt anscheinend nicht genug über mich«, antwortete Thor ernst. »Ich werde José finden und ihn fragen, was das alles zu bedeuten hat. Aber das werde ich allein tun, hast du das verstanden?«

»Sicher«, antwortete Joana. »Wenn du darauf bestehst, dann lande ich und lasse dich von Bord. Aber du wirst verdammt lange suchen müssen, um deinen Freund zu finden. Und vor allem wirst du nach Kuba schwimmen müssen. Ich glaube nicht, dass du ihn findest, wenn er erst einmal von Bord des Schiffes ist.«

»Warum überlässt du das nicht mir?«, knurrte Thor böse. »Ich werde ihn schon irgendwo auftreiben.«

»Sicher«, nickte Joana. »Aber ich weiß, wohin er will – du auch?«

Thor starrte sie eine geschlagene Minute lang zornig an. »Das ist Erpressung«, sagte er schließlich.

»Ich weiß«, antwortete Joana fröhlich.

KUBA

Entgegen dem, was Joana behauptet hatte, reichte das Benzin natürlich nicht für einen Nonstop-Flug von New Orleans nach Havanna. Sie mussten zweimal zwischenlanden, um die Tanks des Wasserflugzeugs wieder aufzufüllen, und zumindest einmal kostete es Thor all seine Überredungskunst (und einen nicht unerheblichen Teil seiner ohnehin schon arg zusammengeschrumpften Barschaft), um einen sehr misstrauischen Hafenmeister davon zu überzeugen, ihnen den nötigen Treibstoff auszuhändigen und außerdem den Umstand zu vergessen, dass am Steuer des Wasserflugzeuges ein Kind saß. Sie legten einen weiteren Zwischenstopp ein, als Joana müde wurde, und Thor bestand darauf, dass sie sich auf der hinteren Sitzbank der Dornier ausstreckte und acht Stunden ununterbrochen durchschlief.

Sie erreichten Kuba am frühen Abend des darauffolgenden Tages, und Joana erhob keine Einwände, als Thor vorschlug, nicht direkt im Hafen von Havanna, sondern in einer kleinen Bucht wenige Meilen entfernt zu wassern und das Flugzeug zu verstecken. Immerhin war es gut möglich, dass sie die Maschine noch brauchten, um die Insel auf demselben Wege wieder zu verlassen, auf dem sie sie erreicht hatten.

Obwohl sie noch gut drei oder vier Stunden Tageslicht erwarten konnten, war sie einverstanden, die Nacht hier zu verbringen und erst am nächsten Morgen in die Stadt zu gehen. Trotz all seiner dementsprechenden Versuche hatte Joana sich bisher beharrlich geweigert, ihm das Ziel ihrer Reise zu verraten; ebenso wie sie kein Sterbenswörtchen über das Geheimnis der Maya-Anhänger oder der beiden Indios verloren hatte. Obwohl Thor sicher war, dass sie es zumindest zum Teil kannte.

Aber immerhin waren sie sich während des langen Fluges ein wenig nähergekommen. Sie hatten viel miteinander geredet: Joana über sich und ihren Vater und Thor über sich und Joanas Vater. Als sie an diesem Abend in der Kabine der Dornier nebeneinandersaßen und das fantastische Schauspiel des Sonnenuntergangs beobachteten, überkam Thor ein sonderbares Gefühl der Vertrautheit. Joana ähnelte ihrem Vater mehr, als er am Anfang geahnt hatte. Sie sah ihm nicht nur ähnlich, sie war wie eine jüngere, naivere Ausgabe seines Freundes.

Sie hatte die gleiche forsche Art, Probleme anzugehen, wobei sie genau wie ihr Vater manchmal dazu neigte, sich selbst zu über- und die Gefahren, in die sie sich begab, zu unterschätzen. Sie hatte die gleiche Art zu reden und ihre Worte mit kleinen, nervösen Gesten zu begleiten, und sie hatte den gleichen verträumten Ausdruck im Blick, wenn sie von zu lösenden Rätseln, untergegangenen Kulturen und verschollenen Geheimnissen sprach.

Thor hatte das Gefühl, dieses Mädchen nicht erst seit zwei Tagen, sondern bereits seit Jahren zu kennen. Und als sie sich schließlich an seine Schulter kuschelte und den Kopf gegen seinen Hals lehnte, da war es wie das Selbstverständlichste der Welt, dass er den Arm ausstreckte und ihn Joana um die Schulter legte. Natürlich war er sich darüber im Klaren, dass er Joana und vor allem sich selbst belog; aber für diese wenigen kostbaren Momente gelang es ihm tatsächlich, weder an die überstandenen Gefahren zu denken noch an die, die vielleicht noch vor ihnen lagen. Weder an die schießwütigen Indios noch an die Polizei von New Orleans, die vermutlich darauf brannte, ihm gewisse Fragen zu stellen. Weder an seinen Freund José, von dem er gar nicht mehr sicher war, ob er wirklich jemals sein Freund gewesen war, noch daran, dass Joana ihn praktisch erpresst hatte, sie hierher mitzunehmen. Er gönnte sich einfach den Luxus, all dies zu vergessen und nur die Schönheit des Moments zu genießen: den prachtvollen Sonnenuntergang draußen vor dem Kabinenfenster, das angenehme Gefühl, Joanas Gesicht und Wärme an der Schulter zu spüren, und die Schönheit des menschenleeren Sandstrandes, der im letzten Licht der untergehenden Sonne schimmerte, als wäre er mit flüssigem Gold überzogen.

Eine sonderbar angenehme Art von Müdigkeit überkam ihn, eine Entspannung, die er sich viel zu selten erlaubte und die ihm deshalb vielleicht umso angenehmer erschien. So spürte er im ersten Moment gar nicht, wie sich Joana an seiner Schulter bewegte und den Kopf so drehte, dass sie ihn ansehen konnte. Erst als sie die Hand hob und mit den Fingerspitzen fast spielerisch seine Wange berührte, öffnete er wieder die Augen und begegnete ihrem Blick.

Etwas Neues war darin, etwas, was Thor bisher noch nicht bemerkt hatte. Sie lächelte und sie tat es auf eine ganz bestimmte Art und Weise, und in das Gefühl wohliger Mattigkeit, das von Thor Besitz ergriffen hatte, mischte sich eine vage Beunruhigung, ohne dass er ihren Grund im ersten Moment erkannte.

»Bist du nicht müde?«, fragte er.

»Nicht besonders«, antwortete Joana.

»Du solltest versuchen ein wenig zu schlafen«, riet Thor. »Du hast den ganzen Tag hinter dem Steuer gesessen und wir müssen morgen sehr früh raus. Es ist ein schönes Stück Weg bis Havanna.«

»Ich weiß«, antwortete Joana, »aber wir haben Zeit. Das Schiff kann frühestens in drei oder vier Tagen hier sein.«

Thor seufzte. »Es wäre alles sehr viel einfacher, wenn

du mir verraten würdest, was das alles zu bedeuten hat«, sagte er.

Joana lachte leise und schüttelte den Kopf. »Keine Chance. Ich traue Ihnen nicht über den Weg, Mister Garson«, sagte sie spöttisch. »Sie bringen es fertig und schleichen sich mitten in der Nacht weg und lassen ein armes, hilfloses Mädchen völlig allein hier in der Wildnis zurück.«

»Das stimmt«, gestand Thor ernst. »Wenn du nur begreifen könntest, dass ich mir schlicht und einfach Sorgen um dich mache, Joana. Das hier ist kein Spiel.«

Joana lachte erneut. »Was ist los?«, fragte sie. »Die Fußspuren meines Vaters, in die du so gerne treten möchtest, sind dir doch nicht etwa mit einem Mal zu groß geworden? Hast du etwa plötzlich Angst?«

»Ja«, sagte Thor ernst. »Aber nicht um mich, sondern um dich.«

»Ich kann schon auf mich aufpassen«, erwiderte Joana. »Und ich brauche niemanden, der versucht, mich zu bevormunden oder gar die Stelle meines Vaters einzunehmen. Vor allem niemanden, der selbst kaum älter als ich und noch grün hinter den Ohren ist.«

»Vielleicht«, murmelte Thor, und obwohl ihr Spott ihn ein wenig schmerzte, konnte er verstehen, was in ihr vorging. »Ich will bestimmt nicht die Stelle deines Vaters einnehmen, aber er war ein Freund von mir, weißt du? Ein sehr guter Freund. Ich könnte es mir nie verzeihen, wenn dir etwas zustieße. Das hier ist eine Geschichte auf Leben und Tod, und das ist auch für mich nicht gerade alltäglich und macht mir wirklich Angst. Und dabei weiß ich, verdammt, noch nicht einmal, worum es überhaupt geht.« Er schwieg einen Moment. »Es hat mit diesen Anhängern zu tun, nicht wahr?«, fragte er dann. »Und dem, den du hattest?«

Joana nickte. »Ja, und den …«

Sie sprach nicht weiter, sondern zog die Unterlippe zwischen die Zähne und biss sich kurz und heftig darauf. Die Worte waren ihr gegen ihren Willen herausgerutscht.

»Und den?«, fragte Thor.

Aber Joana schüttelte nur den Kopf. »Ich erzähle dir alles«, sagte sie. »Später. Vielleicht morgen. Und jetzt hör auf zu reden. Der Abend ist viel zu schön, um sich Sorgen zu machen. In einem Moment wie diesem gibt es Besseres, was man tun kann.«

Und dann tat sie etwas, das Thor so überraschte, dass er im ersten Moment völlig wehrlos war: Sie richtete sich ein wenig auf, nahm sein Gesicht in beide Hände und küsste ihn.

Im ersten Augenblick war Thor völlig perplex. Ihre Lippen waren weich und warm, und er spürte, dass er ganz gewiss nicht der erste Mann war, mit dem sie das tat. Und für die ersten Sekundenbruchteile genoss er es sogar, schließlich war er selbst ein junger Mann und zudem noch ohne feste Freundin. Doch dann begriff er, was er tat, hob hastig die Arme und schob Joana grob von sich fort.

»Was hast du?«, fragte sie verwirrt. »Hab ich irgendetwas falsch gemacht?«

»Nein«, sagte Thor. »Das ist es nicht.«

Joana wirkte ein bisschen verletzt. »Hat es dir nicht gefallen?«, fragte sie.

»Doch«, gestand Thor. »Sehr. Das ist es ja gerade.«

Einen Moment lang sah Joana ihn verstört an. Dann erlosch das Lächeln in ihren Augen und machte dem Ausdruck von kindlichem Zorn und verletztem Stolz Platz.

»Ich gefalle dir nicht«, vermutete sie. Sie streckte die Hand aus und berührte ihn an der Schulter. Thor rutschte ein Stück von ihr fort, bis er gegen die Tür stieß, und Joana zog den Arm beleidigt zurück.

»Du bist Gregs Tochter«, sagte er halblaut und ohne sie anzusehen.

»Das ist doch Unsinn!« Joana schüttelte zornig den Kopf. Thor sah sie nicht an, aber er sah die Bewegung als matte Reflexion in der Kanzelscheibe. »Ich meine, jede Frau ist irgendjemandes Tochter, oder?«

»Aber nicht alle Frauen sind die Töchter eines toten Freundes«, antwortete Thor. Er kam sich immer hilfloser vor. Es fiel ihm schwer, überhaupt noch zu reden. Warum stellte sie solche Fragen? Warum tat sie das?

»Bitte, Joana«, sagte er. »Hör auf damit. Es ist alles auch so schon schlimm genug.«

»Ich verstehe.« Joanas Stimme klang plötzlich hart.

»Nein, du verstehst überhaupt nichts«, fauchte Thor. Wütend riss er die Tür auf, sprang aus der Maschine und watete durch das knietiefe Wasser ans Ufer. Joana rief ihm irgendetwas nach, das er nicht verstand – was vermutlich auch besser war –, aber er achtete auch gar nicht darauf, sondern entfernte sich ein gutes Stück von der Maschine, ehe er stehen blieb und, zornig auf sich selbst, auf Joana und überhaupt auf die ganze Welt, die Hände in die Jackentaschen rammte.

Was war nur mit ihm los? Es fiel ihm doch sonst nicht schwer, mit unerwarteten Situationen fertig zu werden? Wieso brachte ausgerechnet Joana ihn so aus dem Gleichgewicht?

Sie verwirrte ihn mehr, als ihm bisher klar gewesen war. Er mochte sie. Warum auch nicht – sie war jung, hübsch und sie hatte offenbar eine gehörige Portion vom Abenteuergeist ihres Vaters geerbt, dem gleichen Geist, den Thor auch in sich selbst spürte. Bisher hatte er sich einzureden versucht, dass die tiefe Sympathie, die er ihr gegenüber verspürte, einzig auf der Tatsache beruhte, dass sie Gregs Tochter war, aber vielleicht stimmte das gar nicht, vielleicht war da mehr – und wenn das so war, dann durfte dieses Gefühl einfach nicht sein. Ihr Vater war erst vor wenigen Monaten in seinen Armen gestorben und sein letzter Gedanke hatte seiner Tochter gegolten. Die bloße Vorstellung, mit ihr etwas anzufangen, erschreckte Thor. Es wäre einfach nicht richtig und kam ihm wie ein nachträglicher Verrat an Greg Swanson vor.

Es dauerte lange und die Sonne war längst untergegangen, bis Thor sich wieder so weit in der Gewalt hatte, dass er sich herumdrehte und zum Flugzeug zurückging.

Als er am nächsten Morgen erwachte, war Joana nicht mehr da. Er hatte auch in dieser Nacht nicht besonders gut geschlafen; die Kabine war eng und die unbequemen Sitze waren nicht dazu gedacht, darauf zu übernachten. Im ersten Moment fühlte er sich benommen und hatte Mühe, überhaupt wach zu werden. Blinzelnd und heftig gähnend sah er sich um, starrte den leeren Sitz neben sich volle zehn Sekunden an, ehe er begriff, dass er allein war. Dann fuhr er mit einem so jähen Ruck hoch, dass er mit der Stirn gegen die Metallverstrebung des Fensters prallte und benommen wieder zurücksank.

Alle möglichen Gedanken schossen ihm durch den Kopf. Die Tatsache, dass Joana nicht da war, konnte ein Dutzend verschiedene Gründe haben – aber so, wie sie sich am vergangenen Abend benommen hatte, war ihr durchaus zuzutrauen, dass sie sich einfach entschlossen hatte, den Spieß herumzudrehen und ihn allein hier zurückzulassen, um auf eigene Faust weiterzuforschen.

Hastig riss er die Kabinentür auf, sprang ins Freie und lief um das Flugzeug herum. Der Strand war leer. Thor rief ein paarmal laut Joanas Namen, bekam keine Antwort und rannte mit wachsender Sorge über den schmalen Sandstreifen den angrenzenden Hügel hinauf. Oben angekommen blieb er abermals stehen und rief wieder nach Joana.

Er bekam auch diesmal keine Antwort. Aber dann entdeckte er sie doch: Sie schwamm gute hundert, wenn nicht hundertfünfzig Meter vom Ufer entfernt im Meer. Nur noch ein kleiner, auf und ab hüpfender Punkt mit blondem Haar im glasklaren Wasser.

Thor bildete mit den Händen einen Trichter vor dem Mund und rief wieder ihren Namen, und diesmal verstand sie ihn. Er sah, wie sie im Schwimmen innehielt und den Kopf wandte.

Aber sie machte keine Anstalten, sofort zurückzukommen, sondern schwamm noch ein gutes Stück weiter hinaus, bis Thor sie schon fast nicht mehr sehen konnte, ehe sie sich dann endlich doch entschied umzukehren und mit kraftvollen Schwimmbewegungen wieder auf das Ufer zustrebte.

Thor lief ihr entgegen. Er erreichte den Strand und die Stelle, an der sie ihre Kleider liegen gelassen hatte, fast im gleichen Moment, in dem sie nahe genug herangeschwommen war, um sich im Wasser aufzurichten und den Rest des Weges durch die Brandung watend zurückzulegen.

Sie trug keinen Badeanzug, sondern nur dünne, seidene Unterwäsche, die noch dazu nass war und so an ihrem Körper klebte, dass sie genauso gut auch gar nichts hätte anhaben können. Einen Moment lang wusste Thor nicht so recht, wohin mit seinen Blicken. Dann wandte er sich mit einem Ruck um, vergrub die Hände in den Jackentaschen und begann nervös mit den Füßen im Sand zu scharren, während hinter ihm Joanas Schritte lauter wurden.

»Guten Morgen, Mister Garson«, sagte sie spitz. »Beobachten Sie immer junge Mädchen beim Baden?«

Thor räusperte sich verlegen. Er sah immer noch in die

entgegengesetzte Richtung, aber ihr Schatten zeichnete sich deutlich vor ihm auf dem weißen Sand ab, während sie hinter ihm in die Knie ging, nach ihren Sachen griff und sich aufreizend langsam anzuziehen begann.

»Du warst nicht da, als ich aufgewacht bin«, sagte er. »Ich habe mir Sorgen um dich gemacht.«

»So?«, antwortete Joana. »Sicher, auf kleine Kinder muss man besonders achtgeben, nicht wahr?«

»Joana …«, seufzte Thor. »Bitte versteh doch. Ich …«

»Spar dir deinen Atem, Thor«, unterbrach ihn Joana. »Du kannst dich jetzt übrigens wieder umdrehen.«

Thor gehorchte – und verdrehte eine Sekunde später die Augen. Joana war wieder in Rock, Strümpfe und Schuhe geschlüpft, hatte die Bluse aber nicht zugeknöpft, sondern sie sich nur locker über die Schultern gehängt.

»Lass den Unsinn«, sagte er ärgerlich. »Zieh dich ganz an. Wir müssen weg.« Für einen Moment war er unschlüssig, ob er sich nun über Joanas Benehmen ärgern oder einfach darüber lachen sollte.

Joana schürzte trotzig die Lippen und funkelte ihn unter ihrem nassen Pony hinweg an. »Ich dachte, du machst dir nichts aus mir«, sagte sie.

Thor räusperte sich und sah wieder weg. »Ich bin schließlich nicht aus Holz«, antwortete er.

»Gestern Abend hatte ich das Gefühl, du wärst es«, erwiderte Joana schnippisch.

Thor setzte zu einer scharfen Antwort an, besann sich dann aber im letzten Moment eines Besseren und drehte sich wortlos um, um den Hang hinaufzugehen. Nach kurzem Zögern folgte ihm Joana. Thor ging sehr schnell und er widerstand auch der Versuchung, sich zu Joana herumzudrehen, um sich davon zu überzeugen, ob sie auch Schritt hielt. Joanas Verhalten ärgerte ihn wirklich; aber zu einem

Großteil galt dieser Ärger eigentlich eher ihm selbst. Er war noch immer davon überzeugt, dass er richtig reagiert hatte – aber er hätte es ein wenig diplomatischer tun können. Im Augenblick war es nun einmal so, dass er mehr auf sie angewiesen war als sie auf ihn.

Sie überquerten den Hügel, auf den er vorhin hinaufgestiegen war, um nach Joana Ausschau zu halten, liefen auf der anderen Seite wieder hinab und arbeiteten sich durch einen kaum fünfhundert Meter breiten Streifen dicht wuchernden Dschungels. Dahinter lag die Straße, die nach Havanna führte. Sie hatten sie am vergangenen Abend gesehen, bevor Joana das Flugzeug in der Bucht wasserte.

Als sie das Waldstück hinter sich gebracht hatten, war Thors Vorsprung auf gut hundert Meter angewachsen. Er blieb stehen, sah nun doch kurz zu Joana zurück und wartete geduldig, bis sie zu ihm aufgeholt hatte. Aber sie tat es nicht ganz, sondern kam nur auf etwa zehn Meter heran, ehe auch sie stehen blieb und ihn zornig anfunkelte.

»Zufrieden?«, fragte sie wütend.

Thor verstand nicht einmal genau, was sie mit dieser Frage meinte. Er wollte es auch gar nicht wissen.

»So geht das nicht weiter«, sagte er.

Joanas Gesichtsausdruck verfinsterte sich schon wieder, und Thor beeilte sich, rasch und mit erhobener Stimme fortzufahren: »Ich wollte dich überhaupt nicht beleidigen, gestern Abend. Du gefällst mir, wirklich! Du gefällst mir sogar ein bisschen zu gut, weißt du das?«

»Was meinst du damit?«, erkundigte sich Joana misstrauisch.

»Verdammt – ich habe es dir schon einmal gesagt –, ich bin nicht aus Holz!«, antwortete Thor. »Natürlich sehe ich, dass du eine Frau bist, sogar eine verdammt hübsche Frau. Aber ich … ich.« Er seufzte, suchte einen Moment krampfhaft nach Worten und sagte schließlich: »Du bist Gregs Tochter. Und außerdem zu jung.«

»So, du stehst also nur auf ältere Frauen?«, sagte Joana noch zorniger als zuvor, und er begriff, dass er schon wieder einen Fehler gemacht hatte. »Du bist ja auch selbst schon so welterfahren und um so viel älter als ich, dass du mit einem dummen, kleinen Ding wie mir natürlich nichts anfangen kannst.«

Thor gab auf. Er begriff, dass er im Moment mit vernünftigen Argumenten bei Joana nicht weiterkommen würde. Mit einem Ruck drehte er sich herum, trat auf die Straße hinaus und wartete auf einen Wagen, der auf dem Weg nach Havanna war und den er anhalten konnte.

HAVANNA

Die Straße befand sich in einem heruntergekommenen Viertel Havannas; einem jener Viertel, in dem die Straßen breit, aber nicht asphaltiert waren, sodass sie sich bei jedem Regen in einen schlammigen Pfad verwandelten. Die meisten Häuser waren klein und aus Holz erbaut und wurden mehr von den Gebeten ihrer Bewohner als von der handwerklichen Kunst ihrer Erbauer (die meist identisch waren) zusammengehalten. Früher einmal waren sie vielleicht weiß gewesen, im Laufe der Jahre aber hatten sie die gleiche Farbe angenommen wie die Menschen, die sie bewohnten: schwarz. Es war eine jener Straßen, die man nach Einbruch der Dunkelheit mied; und am liebsten auch am Tage. Obwohl die Häuser zu beiden Seiten dicht an dicht standen, sahen Thor und Joana nur wenige Menschen – hier und da lugte ein Gesicht aus einem Fenster, manchmal blitzte ein hellblaues Augenpaar in einem ebenholzschwarzen Gesicht auf, das ansonsten mit den Schatten verschmolz, aus denen es sie beobachtete.

Das Gebäude stand ganz am Ende dieser Straße und es passte so wenig in diesen Teil der Stadt, wie eine der ärmlichen Bretterbuden ringsum ins Herz von Manhattan passen würde. Mit seinen weißen Arkaden, den mannsdicken Säulen beiderseits des Eingangs und den großen, bleigefassten Fenstern sah es eher aus wie eines jener luxuriösen Hotels der Kolonialzeit als ein Museum. Trotzdem war es genau das – jedenfalls behauptete das das kleine Messingschild neben der Tür.

»Was suchen wir hier überhaupt?«, fragte Thor. Nachdem der Wagen sie bis in die Stadt mitgenommen hatte, waren sie noch eine gute Dreiviertelstunde zu Fuß gegangen, und Joana hatte sich mehrmals an Passanten und Polizisten gewandt, um nach dem Weg zu fragen; offensichtlich war auch sie nie zuvor selbst hier gewesen. Seine Überzeugung, dass es richtig gewesen war, sich Joanas Führung anzuvertrauen, war im gleichen Maße geschwunden, wie der Ausdruck von Unsicherheit auf ihrem Gesicht zugenommen hatte. Und Thor war auch das erleichterte Aufatmen Joanas nicht entgangen, als das Gebäude schließlich vor ihnen auftauchte. Obwohl sie versuchte sich nichts anmerken zu lassen, spürte Thor deutlich, dass sie sich in dieser Gegend ebenso unwohl fühlte wie er.

»Das wirst du schon sehen«, antwortete sie nervös und erst nach einigen Sekunden.

Allmählich reichte es Thor. Joana wollte auf die Tür zugehen, aber er streckte rasch den Arm aus und hielt sie mit einer groben Bewegung zurück.

»Jetzt reicht es!«, sagte er. Joana wollte sich losreißen, aber Thor hielt sie eisern fest. »Du hast jetzt genau zwei Möglichkeiten«, sagte er ernst und deutete auf die Tür. »Entweder du hörst mit dem Unsinn auf und erzählst mir endlich, was das alles wirklich zu bedeuten hat, oder du kannst allein dort hineingehen und sehen, wie weit du kommst.«

»Ohne mich …«

»Suche ich mir ein gemütliches Hotel, in dem ich die nächsten beiden Tage verbringe und darauf warte, dass Josés Schiff einläuft«, unterbrach Thor sie, ruhig, aber in einem Tonfall, der klarmachte, wie ernst er seine Worte meinte. »Ich werde schon herausfinden, was das alles zu bedeuten hat, ob mit oder ohne deine Hilfe.«

Joana sah ihn abschätzend an. Ihre Augen funkelten noch immer zornig, aber sie hatte begriffen, dass er diesmal nicht nachgeben würde. »Das tust du ja doch nicht«, sagte sie schließlich. Aber es klang nur noch trotzig, nicht mehr überzeugt.

»Und ob ich das tue«, erwiderte Thor grimmig. »Ich bin es nämlich allmählich leid, immer tiefer in eine Geschichte hineingezogen zu werden, von der ich nicht einmal weiß, worum es geht, und mit der ich vermutlich überhaupt nichts zu tun habe. Meinetwegen geh dort hinein und spiel allein Räuber und Gendarm. Ich fürchte nur, du wirst nicht allzu lange allein bleiben«, fügte er nach einer winzigen, genau bemessenen Pause hinzu. »Die beiden Herrschaften, denen wir das Flugzeug geklaut haben, versuchen garantiert nicht, den Weg bis hierher zu schwimmen. Und sie dürften alles andere als guter Laune sein, wenn sie dich wiedersehen.«

Diesmal fuhr Joana sichtlich betroffen zusammen und sah rasch nach rechts und links, als erwartete sie, die beiden Indios wie auf ein Stichwort hinter der nächsten Ecke auftauchen zu sehen.

»Also?«

Joana zögerte noch einen Moment, aber schließlich nickte sie abgehackt und biss sich wieder auf die Unterlippe. »Ich suche … Professor Norten«, sagte sie schließlich. »Er ist der Leiter dieses Museums. Er war ein Freund meines Vaters.«

»Und?«, fragte Thor barsch.

»Er wird uns … weiterhelfen«, antwortete Joana stockend, wobei sie weiter auf ihrer Unterlippe herumkaute und Thor abschätzend ansah. Offenbar überlegte sie, wie viel sie ihm erzählen musste, um seine Neugier zu befriedigen; gleichzeitig aber auch, wie wenig, um nicht mehr als unbedingt nötig zu verraten.

»Und weiter?«, fragte Thor mühsam beherrscht.

»Er hat auch einen dieser Anhänger«, rückte Joana schließlich mit der Sprache heraus.

»Eine Kette mit einem Quetzalcoatl-Anhänger?«, vergewisserte sich Thor. »Es gibt noch mehr davon?«

»Ja«, sagte Joana einsilbig.

»Wie viele gibt es insgesamt?«, wollte Thor wissen.

»Das weiß ich nicht«, antwortete Joana. »Wirklich. Das ist die Wahrheit. Ich hab keine Ahnung«, fügte sie hastig hinzu. »Aber Norten weiß es. Ich habe ihn einmal mit Vater über die Kette reden hören. Ich konnte nicht genau verstehen, worum es ging. Wenn ich ehrlich sein soll, interessierte es mich damals auch nicht besonders. Aber es klang sehr wichtig. Die beiden taten ungeheuer geheimnisvoll. Und ich glaube, dass ... José wahrscheinlich zu ihm will.«

Thor zögerte. Er hatte immer noch das Gefühl, dass das Mädchen ihm nicht ganz die Wahrheit sagte, aber er spürte auch, dass er im Moment nicht mehr aus ihr herausbekommen würde.

Er ließ ihren Arm los und unterdrückte den Impuls, sich zu entschuldigen, als er sah, wie sie die Hand hob und sich ihr schmerzendes Gelenk rieb. Sein Griff war fester gewesen als nötig. Es tat ihm leid, dass er so grob zu Joana gewesen war – aber sie musste allmählich begreifen, vielleicht hing ihrer beider Leben davon ab, dass er die ganze Geschichte kannte.

»Also gut«, sagte er, noch immer im gleichen, bewusst unfreundlichen Tonfall. »Dann gehen wir und unterhalten uns mit diesem Professor Norten.«

Joana schenkte ihm noch einen feindseligen Blick, aber sie sagte nichts mehr, sondern drehte sich mit einem Ruck herum und stieß die Museumstür auf.

Das Innere des Gebäudes bestätigte den ersten Eindruck, den Thor gehabt hatte: Hinter der Tür erstreckte sich eine weitläufige, in schwarz-weißem Schachbrettmuster geflieste Halle, von der mehrere Türen und eine gewaltige Treppe aus weißem Marmor abgingen. Zur Linken gab es sogar noch die alte Rezeption. Hinter der Theke befanden sich jedoch jetzt keine Schlüsselbretter und Postfächer mehr, sondern zwei große Glasvitrinen, in denen Handwerks- und Kunstgegenstände ausgestellt waren. Mehrere andere Vitrinen erhoben sich dort, wo früher, als dieses Haus wirklich ein Hotel gewesen war, kleine Sessel und Tische gestanden haben mochten.

Thor sah sich neugierig um. Die Halle war völlig leer, und im Haus herrschte ein so vollkommenes Schweigen, dass es ihm im ersten Moment fast unheimlich vorkam. »Scheint niemand da zu sein«, sagte er enttäuscht.

»Das macht nichts«, antwortete Joana. »Ich weiß, wo Nortens Zimmer ist.« Sie deutete mit einer Kopfbewegung auf die Treppe.

»Du warst schon einmal hier?«

Joana schüttelte den Kopf. »Nein. Aber der Professor hat mir Bilder gezeigt und mir alles erklärt. Er ist sehr stolz auf dieses Museum. Ich glaube, er hat es fast allein aufgebaut. Das hier war einmal ein Hotel, weißt du? Es ging pleite und hat jahrelang leer gestanden und war in einem erbärmlichen Zustand, als Norten es gekauft hat.«

Thor hörte kaum hin.

Die Stille gefiel ihm nicht. Es war nicht die ehrfürchtige Ruhe eines Museums, die sie hier erwartete. Irgendetwas … fehlte. Dieses ganze Gebäude schien ausgestorben, tot. Ohne ein weiteres Wort folgte er Joana, die bereits die Treppe erreicht hatte und, immer zwei Stufen auf einmal nehmend, nach oben lief.

Die unheimliche Stille, die das Gebäude erfüllte, setzte sich auch hier oben fort. Aus den Hotelzimmern waren, indem man immer vier, fünf der ehemals kleinen Räume zusammengefasst hatte, drei lichtdurchflutete Säle geworden, die das gesamte obere Geschoss des Gebäudes einnahmen und mit Schränken und gläsernen Vitrinen angefüllt waren.

Unter normalen Umständen wäre Thor vermutlich hier und da einmal stehen geblieben, um einen Blick auf eine Auslage oder ein besonders interessantes Stück zu werfen. Aber jetzt verschwendete er nicht einmal einen Gedanken daran, sondern lief mit weit ausgreifenden Schritten hinter Joana her. Er spürte einfach, dass hier irgendetwas … nicht stimmte. Er wollte so schnell wie möglich wieder hinaus. Das war alles, was ihn im Moment interessierte.

Am Ende des dritten Saales blieb Joana stehen und öffnete eine Tür, die zwischen zwei Vitrinen verborgen war. Für jemanden, der angeblich noch nie hier gewesen war, kannte sie sich verdammt gut aus, fand Thor. Aber er behielt auch das für sich und trat rasch hinter ihr in den angrenzenden Raum.

Und blieb überrascht stehen.

Das Zimmer war sehr viel kleiner als die davorliegenden Säle und es war eine Mischung aus Büro, Salon und Museum. Aber die Ausstellungsstücke unterschieden sich total von denen, die sie draußen gesehen hatten.

Jedes einzelne Stück war sorgsam hinter Glas verborgen. Da gab es gewaltige, in grellen Farben schimmernde Federkopfschmucke, Dolche und kurze Schwerter aus rasiermesserscharf geschliffenem Obsidian, die in kunstvoll gearbeiteten Lederscheiden steckten; sonderbar geformte Streitäxte mit gebogenen Enden, die an die Schnäbel großer Vögel erinnerten; eine gewaltige Anzahl von Schmuckstücken, die fast allesamt aus Gold gefertigt waren; Tonscherben und Krüge; geflochtene Bastkörbe und bunt bemalte Totenmasken. An der Wand über dem Schreibtisch hing eine originalgroße Kopie des berühmten Maya-Kalenders, und neben dem Fenster stand eine Schaufensterpuppe, die einen bunten Kopfschmuck und einen prachtvollen, rot und grün gemusterten Federmantel trug: das Zeremoniengewand eines Maya-Priesters.

Alles hier drinnen hatte irgendwie mit den Mayas zu tun. Es musste eine der größten – und vermutlich auch wertvollsten – Sammlungen sein, die es auf diesem Gebiet gab. In einer Stadt wie Mexico City zum Beispiel hätte der Anblick Thor zwar beeindruckt, aber kaum überrascht – doch hier?

»Was ist das?«, fragte er erstaunt.

»Professor Nortens Privatsammlung«, antwortete Joana. Sie war wie er stehen geblieben und sah sich staunend um, wirkte aber gleichzeitig auch ein wenig enttäuscht; vermutlich weil Norten nicht hinter dem Schreibtisch anzutreffen war, wie sie wohl erwartet hatte.

»Die Mayas sind sein Hobby. Genau wie das meines Vaters. Die beiden haben nächtelang zusammengehockt und über nichts anderes geredet.«

Thor blieb skeptisch. Das hier war mehr als ein Hobby. Was Norten hier zusammengetragen hatte, das musste nicht nur die Ausbeute ganzer Generationen von Archäologen und Schatzsuchern sein, es war auch unvorstellbar wertvoll. Der Großteil des Schmuckes hier war zweifellos echt. Allein der rein materielle Wert des Goldes musste in die Millionen gehen, vom wissenschaftlichen Wert der Sammlung ganz zu schweigen.

»Beeindruckend«, sagte Thor. Seine Stimme war zu einem fast ehrfurchtsvollen Flüstern herabgesunken, aber er begriff auch im gleichen Moment, dass hier irgendetwas nicht mit rechten Dingen zuging. Es war nicht so, dass er auch nur eine Sekunde an der Echtheit der ausgestellten Objekte zweifelte – ganz im Gegenteil: Er wusste einfach, dass jedes einzelne dieser Teile echt und einmalig war, dass jedes der ausgestellten Schmuckstücke unermesslich wertvoll, dass jedes der sorgsam drapierten Kleidungsstücke vor tausend Jahren wirklich von einem Maya-Priester getragen, dass jede der Waffen wirklich benutzt worden war.

Aber sie gehörten nicht hierher. Nicht in dieses unscheinbare, winzige Privatmuseum, von dessen Existenz so gut wie niemand wusste und das jedem Kunsträuber der Welt wie eine Eintrittskarte ins Paradies vorkommen musste.

Nichts hier war irgendwie gesichert. Die Vitrinen bestanden aus normalem Glas und Thor entdeckte nirgendwo Spuren einer Alarmanlage. Einige der Waffen und Zeremoniengeräte – obschon zum Teil aus purem Gold! – lagen offen auf blauen und roten Samtkissen. Jeder, der hier hereinkam, brauchte nur die Hand auszustrecken und sich zu bedienen!

»Das ist … unfassbar«, murmelte Thor.

Joana nickte ein paarmal. Ihre Augen leuchteten. »Ja«, sagte sie. »Es ist fantastisch, nicht?«

Thor sah sie einen Herzschlag lang verwirrt an, ehe er überhaupt begriff, was sie meinte. Dann schüttelte er den Kopf. »Ich meine nicht die Sammlung«, sagte er. »Oder doch – aber nicht nur. Sie ist fantastisch, aber wieso … liegt das Zeug einfach so hier herum?« Er sah sich demonstrativ in der Runde um. »Und wieso ist hier niemand?«

Joana zuckte mit den Achseln. »Das verstehe ich auch nicht«, sagte sie. »Normalerweise sind immer ein oder zwei Museumsangestellte hier.«

»Und eine ganze Armee von Wächtern«, vermutete Thor.

Joana nickte erneut. »Norten hat einen alten Mann, der abends kommt und auf einem Feldbett unten in der Halle schläft.«

Thor riss ungläubig die Augen auf. »Einen Nachtwächter?«

»Sicher«, antwortete Joana in leicht verwirrtem Tonfall. »Jedes Museum hat einen Nachtwächter, oder?«

Thor starrte sie eine Sekunde lang ungläubig an, dann drehte er sich noch einmal im Kreis und blickte fassungslos auf die ausgestellten Stücke. »Und hier ist … noch nie etwas gestohlen worden?«, fragte er.

»Soviel ich weiß, nicht«, antwortete Joana. »Aber jetzt, wo du es sagst …« Sie schwieg einen Moment und zuckte schließlich mit den Achseln. »Vielleicht weiß einfach niemand von diesem Museum.«

Diese Erklärung überzeugte Thor nicht im Mindesten. Aber sie klang auch kein bisschen weniger unlogisch als alle anderen, die er hätte finden können.

»Wieso ist niemand hier?«, murmelte er.

Unschlüssig machte er ein paar Schritte, rief zwei-, dreimal deutlich »Hallo?« und trat schließlich an eine der Glasvitrinen heran. Auf blauem Samt lag unter der Scheibe ein massiver Armreif aus purem Gold, der mit daumennagelgroßen Rubinen besetzt war.

Hinter ihm schrie Joana spitz und gellend auf. Thor fuhr herum – und erstarrte. Wie er hatte Joana sich einer der Vitrinen genähert, wohl, um eines der ausgestellten Stücke in die Hand zu nehmen und eingehender zu betrachten. Was sie jedoch in den Fingern hielt, war kein Schmuckstück, sondern etwas Dünnes, sich Windendes von giftgrüner Farbe.

»Rühr dich nicht!«, sagte Thor entsetzt. »Keine Bewegung! Bleib ganz still stehen!« Vorsichtig und in einem weiten Bogen um Joana herumgehend, um nicht ins Blickfeld des Tieres zu geraten und es vielleicht durch eine hastige Bewegung zum Zubeißen zu provozieren, näherte er sich dem Mädchen. Joana stand da wie zur Salzsäule erstarrt, kreideweiß, mit angstvoll aufgerissenen dunklen Augen und fest aufeinandergepressten Lippen. Aber sie bewegte sich nicht. Nicht einmal ihre Finger zitterten, obwohl die Schlange jetzt langsam über ihre Hand kroch und sich wie ein bizarres, lebendes Schmuckstück um ihr Gelenk zu winden begann. Ihre winzigen, kaum stecknadelkopfgroßen Augen schienen das Mädchen spöttisch zu mustern, als spüre sie seine Angst und amüsierte sich darüber. Ihre gespaltene Zunge bewegte sich nervös, und obwohl Thor wusste, dass es unmöglich war, glaubte er, ihre winzigen Giftzähne wie kleine spitze Nadeln aufblitzen zu sehen.

»Keine Bewegung!«, flüsterte er noch einmal, während er selbst ganz langsam die Hand zum Gürtel senkte und den Dolch zog. Sein Herz begann zu klopfen. Er spürte, wie sich sein Magen zu einem festen, harten Knoten zusammenzog, und unter seiner Zunge sammelte sich saurer Speichel, sodass er immer heftiger schlucken musste. Kalter Schweiß brach ihm aus, und jedes einzelne Haar auf seinem Körper schien sich zu sträuben.

»Beweg dich nicht!«, flüsterte er zum dritten Mal. »Ganz egal, was passiert!« Langsam, unendlich langsam, Zentimeter für Zentimeter, näherte sich seine Hand mit dem Messer Joanas Arm.

In Joanas Gesicht zuckte ein Muskel, als der kalte Stahl ihre Haut berührte, aber sie bewies ein erstaunliches Maß an Selbstbeherrschung und stand auch jetzt noch völlig erstarrt da. Ganz, ganz langsam schob Thor das Messer an ihrem Unterarm herab und auf die Schlange zu. Seine eigenen Hände zitterten vor Aufregung und sie waren so feucht vor Schweiß, dass er das Messer fest gegen Joanas Arm pressen musste, um es ruhig zu halten, bis es den Kopf der Schlange erreicht hatte. Das winzige Tier musterte den blinkenden Stahl aus seinen kurzsichtigen Augen neugierig, machte eine Bewegung, als wolle es darüber hinwegkriechen, und zog sich dann wieder zurück. Thor drehte die Messerklinge blitzschnell um neunzig Grad herum und riss sie in die Höhe. Er fügte Joana dabei einen Schnitt am Handgelenk zu, aber die Schlange wurde enthauptet und fiel von Joanas

Arm hinunter auf den Boden, wo sich ihr Körper noch einen Moment lang wand.

Joana taumelte keuchend zurück, presste die linke Hand auf den blutenden Schnitt an ihrem Gelenk und blickte Thor mit einer Mischung aus Erleichterung und Angst an. Jedes andere Mädchen an ihrer Stelle wäre jetzt vielleicht hysterisch geworden, hätte geschrien oder wenigstens einen Schmerzenslaut von sich gegeben, denn der Schnitt war nicht harmlos, wie Thor bestürzt erkannte: Zwischen ihren Fingern quoll hellrotes Blut hervor und zeichnete ein bizarres Muster auf ihre Hand, ehe es zu Boden tropfte. Aber Joana starrte ihn nur an. »Was … war das?«, fragte sie schließlich.

Thor blickte schweigend auf den winzigen grünen Schlangenkörper hinab, der sich noch immer vor seinen Füßen wand. »Eine Schlange«, murmelte er angeekelt.

»Das weiß ich auch«, sagte Joana. Ihre Stimme begann nun doch zu zittern, und Thor begriff, dass sie den wirklichen Schrecken vermutlich erst jetzt spürte. »Ich meine … war sie … giftig?«

Thor löste den Blick von dem Schlangenkörper und sah Joana fest an. »Du hast dich verdammt tapfer gehalten«, sagte er.

Joana lächelte verkrampft. »Ich war einfach gelähmt vor Schreck«, gestand sie. »War sie giftig?«

»Ich weiß es nicht«, sagte Thor nach kurzem Zögern.

In die Furcht in Joanas Blick mischte sich etwas anderes und er beeilte sich hinzuzufügen: »Eine Menge Schlangen sind giftig, nicht? Es ist besser, man geht auf Nummer sicher.«

Joanas Augen weiteten sich. »Soll das heißen, du … du weißt nicht einmal, ob sie giftig war?«

Thor schüttelte den Kopf.

»Du hast mir den größten Schrecken meines Lebens eingejagt und mich fast erstochen, nur weil es besser ist, sicherzugehen?«, vergewisserte sich Joana und plötzlich hörte Thor einen eindeutig drohenden Unterton in ihrer Stimme.

»Ich glaube, sie ist giftig«, sagte er hastig. »Ich bin sogar ziemlich sicher. Ich würde mich nicht wundern, wenn diese netten Tiere der Vorstellung dieses sonderbaren Professor Norten von einer preiswerten Einbruchssicherung entsprächen.«

In Joanas Augen blitzte pure Mordlust auf, aber sie sagte zu Thors Überraschung nichts, sondern zog nur die Hand von ihrem Gelenk. Die Wunde war tiefer, als Thor geglaubt hatte, und sie blutete immer noch heftig.

»Es tut mir leid«, sagte er. »Ich wollte dich nicht verletzen.« Er sah sich nach irgendetwas um, das er als Verband benutzen konnte, und begann schließlich in seinen Taschen zu kramen.

»Wo ist sie überhaupt hergekommen?«, fragte er. »Hast du sie nicht gesehen?«

Joana deutete mit ihrer blutigen linken Hand auf die offen stehende Vitrine. »Nein. Sie muss dort drinnen gewesen sein.« Ärgerlich runzelte sie die Stirn. »Ich glaube fast, du hast recht. Irgendjemand muss sie dort hineingesetzt haben.«

»Vermutlich«, sagte Thor, während er weiter heftig in seinen Taschen grub. »Aber wenn, dann werde ich ein paar Worte mit diesem Norten wechseln müssen. So etwas grenzt an Mord.«

»Was suchst du überhaupt?«, erkundigte sich Joana.

»Ein Taschentuch«, antwortete Thor. »Oder etwas Ähnliches. Der Schnitt muss verbunden werden.«

Joana beugte sich vor, streckte die Hand nach ihrem

Rocksaum aus und zog sie dann wieder zurück. »Reiß einen Streifen von meinem Unterrock«, sagte sie. »Wenn ich es selbst mache, mach ich den ganzen Rock blutig.«

Thor trat auf sie zu, ließ sich auf die Knie sinken, streckte die Hände aus – und zögerte. »Bist du sicher …?«, begann er verlegen.

Obwohl sie große Schmerzen haben musste, lachte sie. »Hast du zu große Hemmungen, einem Mädchen unter den Rock zu greifen?«

Thor runzelte ärgerlich die Stirn, antwortete aber nicht darauf, sondern schob ihren Rock mit beiden Händen bis weit über die Knie nach oben und versuchte den Saum ihres Unterrocks abzureißen. Der Stoff war widerstandsfähiger, als er erwartet hatte. Einen Moment lang zerrte er vergeblich mit aller Kraft daran, dann senkte er die Hand wieder zum Gürtel, um das Messer erneut zu ziehen.

Hinter ihm erklangen das Zuschlagen einer Tür und ein überraschter Ausruf, und Thor zuckte erschrocken zusammen, verlor durch die abrupte Bewegung die Balance und fiel halb nach vorn zwischen Joanas Knie. Er fing den Sturz im letzten Moment mit beiden Händen auf, drehte sich überhastet wieder herum und verhedderte sich prompt in Joanas Unterrock.

Von der Tür her hörten sie eine schrille, vorwurfsvolle Frauenstimme, die etwas auf Spanisch sagte, das Thor nicht verstand, und als es ihm endlich gelungen war, sich aus dem Durcheinander zu befreien und Joanas Rocksaum über das Gesicht nach oben zu schieben, da blickte er direkt in das Gesicht einer vielleicht fünfzigjährigen, übergewichtigen Matrone, die unter der Tür stand und abwechselnd Joana und ihn mit einer Mischung aus Entsetzen, Unglauben und heiligem Zorn anstarrte.

»Hallo«, sagte er verlegen. »Ich hoffe, Sie ziehen jetzt keine falschen Schlüsse. Das … das ist alles nicht so, wie es vielleicht aussieht.«

Die Dicke antwortete wieder auf Spanisch. Thor verstand die Worte nicht, aber ihr Klang und der sie begleitende Blick machten klar, dass sie ihn garantiert nicht verstanden hatte. Einen Moment lang blickte sie Joana und ihn noch vorwurfsvoll an, dann kam sie mit kleinen, trippelnden Schritten auf sie zu, begann heftig mit den Händen zu gestikulieren und überschüttete sie beide mit einem schrillen Wortschwall, von dem Thor nur einen Bruchteil verstand. Doch das, was er verstand, reichte vollkommen.

Er versuchte abermals aufzustehen, glitt prompt wieder aus und verlor diesmal vollends den Halt, sodass er nun genau zwischen Joanas Beine stürzte. Joana lachte leise und machte einen hastigen Schritt zur Seite, wobei sie ihm mit dem Absatz eine kräftige Schramme an der Schläfe verpasste. Die dicke Spanierin kam, mit beiden Armen fuchtelnd und mit immer schrillerer, fast überschnappender Stimme, keifend auf sie zu, baute sich drohend über Thor auf und stemmte die Fäuste in die Fettpolster, die sie für ihre Hüften hielt. Ihr Gesicht flammte vor Zorn.

»Hören Sie«, sagte Thor. »Ich weiß, das sieht bestimmt alles sehr seltsam aus, aber …«

Die Dicke hörte gar nicht zu, sondern überschüttete ihn mit einem Schwall von Beschimpfungen und Vorwürfen – und brach dann mitten im Wort ab, als ihr Blick auf Joanas blutendes Handgelenk fiel.

»Genau!«, sagte Thor erleichtert. Hastig stand er auf und machte einen schnellen Schritt zurück, um sich vorsichtshalber aus der unmittelbaren Reichweite der Dicken zu bringen. »Ich wollte sie nur verbinden. Verstehen Sie?« Er beugte sich wieder zu Joanas Knien herab, tat so, als wollte er ihren Rock hochschieben und Stoff zerreißen, und deutete dabei gleichzeitig auf den blutenden Schnitt in ihrem Arm. »Verband, verstehen Sie?«

Die Dicke starrte ihn feindselig an. Ihre Augen wurden schmal.

»Aha«, seufzte Thor. »Sie verstehen nicht.«

Behutsam hob er Joanas Arm an und gestikulierte mit der freien Hand, als würde er ihn verbinden. »Verband, capito?«

Nein, die spanische Zweizentnerdame verstand ganz offensichtlich nichts. Thor seufzte erneut, entschied sich das Einzige zu tun, was er tun konnte – nämlich sie zu ignorieren –, und ließ sich abermals neben Joana auf die Knie sinken. Als er das Messer hob, um den Saum ihres Unterrockes zu zerteilen, legte die Dicke wieder auf Spanisch los und Joana antwortete in der gleichen Sprache.

Thor blickte erstaunt auf. »Du verstehst sie?«

»Ja. Willst du wissen, was sie gesagt hat?«

Thor nickte.

»Wörtlich – oder sinngemäß?« Joana lächelte flüchtig. »Sinngemäß hat sie gesagt, du sollst den Unsinn lassen. Sie geht und holt Verbandszeug.«

Thor blickte unsicher zu der Dicken auf, die wie ein Racheengel über ihm stand und noch immer auf ihn herabblickte, als überlege sie ernsthaft, sich mit ihren ganzen zwei Zentnern Lebendgewicht auf ihn zu stürzen. Aber dann beließ sie es bei einem finsteren Blick, drehte sich auf dem Absatz herum und stampfte aus dem Raum. Thor stand auf und steckte das Messer wieder weg. Verwirrt blickte er die Tür an, durch die die Dicke verschwunden war. Er hörte sie irgendwo im Nebenzimmer lautstark rumoren. »Kennst du diese Frau?«

Joana nickte. »Consuela. Sie ist Nortens …« Sie suchte einen Moment nach den richtigen Worten und zuckte schließlich mit den Achseln. »Sie sieht hier ab und zu nach dem

Rechten. Räumt auf, putzt, bringt ihm etwas zu essen … Alles, was eben so anfällt. Ich kenne sie schon, solange ich lebe.«

»Dann solltest du ihr vielleicht erklären, was hier wirklich … ich meine, was wir eben nicht …«

Thor begann zu stottern und spürte selbst, wie ihm die Röte ins Gesicht schoss, als er das schadenfrohe Grinsen in Joanas Gesicht sah.

»Ja?«, fragte sie harmlos.

Consuelas Rückkehr bewahrte Thor davor, antworten zu müssen. Die Spanierin brachte einen zerschrammten Rote-Kreuz-Kasten mit, aus dem sie eine zusammengerollte Mullbinde hervorkramte, mit der sie Joanas Handgelenk geschickt, aber alles andere als sanft zu verbinden begann. Joanas Lippen zuckten ein paarmal, doch sie ertrug Consuelas Hilfe klaglos und schenkte der Spanierin sogar ein dankbares Lächeln, als sie endlich fertig war.

»Frag sie, ob sie weiß, wo Norten ist«, bat Thor.

Joana übersetzte und Consuela antwortete mit einem feindseligen Blick in seine Richtung in einem wahren Wortschwall und so heftig mit den Händen gestikulierend, dass es Thor sicherer erschien, einen Schritt zurückzugehen.

»Was hat sie gesagt?«, erkundigte er sich, als sie endlich zum Ende gekommen war und wieder herausfordernd die Fäuste in die Hüften stemmte.

»Professor Norten ist schon seit ein paar Tagen nicht mehr hier«, antwortete Joana. »Und die anderen auch nicht. Das Museum ist seit einer Woche geschlossen. Sie sind alle zu seiner Hazienda hinausgefahren.«

»Geschlossen?«, fragte Thor. »Die Tür war offen.«

»Das ist sie immer«, erwiderte Joana. »Ich habe dir doch gesagt – hier wird nichts gestohlen.«

Thor warf einen schrägen Blick auf die tote Schlange, die vor der Vitrine auf dem Boden lag, und antwortete nicht.

Consuela stellte eine Frage und Joana übersetzte: »Sie will wissen, was wir hier wollen.«

»Sag ihr die Wahrheit«, antwortete Thor. »Sag ihr, dass wir den Professor sprechen müssen. Und frag sie, ob sie uns den Weg zu dieser Hazienda beschreiben kann.«

»Ich glaube nicht, dass sie das tut«, sagte Joana. Hörbar schadenfroh fügte sie hinzu: »Irgendwie werde ich das Gefühl nicht los, dass sie dir nicht traut.«

»Dann erzähl ihr irgendeine Lügengeschichte«, antwortete Thor, während er Consuela das freundlichste Lächeln schenkte, das er zustande brachte. »Sag ihr meinetwegen, ich wäre von einem seltenen altperuanischen Käfer gestochen worden und der Professor wäre der Einzige, der das Gegenmittel hat.«

Joana sagte etwas auf Spanisch zu Consuela, und der Gesichtsausdruck der Dicken verfinsterte sich noch weiter. »Das scheint sie mir auch nicht zu glauben«, sagte Joana fröhlich, nachdem Consuela geantwortet hatte. »Sie sagt, der Professor hätte sich auf die Hazienda zurückgezogen, um endlich einmal ein paar Tage wohlverdienten Urlaub zu machen«, antwortete Joana. »Er hat seit Jahren keinen freien Tag mehr gehabt. Niemand darf ihn dort stören.«

»Aber wir müssen zu ihm!«, sagte Thor, einer Verzweiflung nahe. Er lächelte Consuela weiter an und sagte: »Ich drehe ihr den Hals um, wenn sie uns nicht hilft.«

»Soll ich das auch übersetzen?«, fragte Joana.

Thor schenkte ihr einen giftigen Blick. »Mach, was du willst«, sagte er. »Aber bring sie dazu, uns den Weg zu erklären.«

Während sich Joana leise weiter auf Spanisch mit Consuela unterhielt, ging Thor noch einmal zu dem offen stehenden Schaukasten zurück und blickte nachdenklich abwechselnd hinein und auf die tote Schlange.

Der Anblick verwirrte ihn mehr denn je. In der Vitrine gab es absolut nichts, worin die Schlange sich hätte verstecken können; sie war leer bis auf das blaue Samtkissen, auf dem einige Schaustücke lagen. Ein Tier von der giftgrünen, auffälligen Farbe dieser Schlange hätte Joana gar nicht übersehen können. Und es war im Grunde auch ausgeschlossen, dass sich die Schlange durch einen puren Zufall hierher verirrt hatte.

Jemand hatte sie ganz bewusst hier ausgesetzt.

Plötzlich hatte er es sehr eilig, das Museum zu verlassen.

Mit nur noch mühsam unterdrückter Ungeduld wandte er sich wieder zu Joana um und wartete auf eine Gelegenheit, Consuela und sie zu unterbrechen. »Nun?«, fragte er, als Joana seinen nervösen Blick bemerkte und zu ihm aufsah.

»Irgendwie werde ich das Gefühl nicht los, dass sie dich nicht mag«, sagte Joana fröhlich.

Thor schenkte Consuela das herzlichste Lächeln, das er zustande brachte, und antwortete: »Ich sie auch nicht. Aber wir müssen deinen Onkel trotzdem sprechen. Erklär ihr …«

»Das ist gar nicht nötig«, unterbrach ihn Joana. »Ich weiß, wo diese Hazienda liegt.«

Thor blickte sie verärgert an. »Du kennst den Weg?«

»Das habe ich nicht gesagt«, antwortete Joana. »Ich weiß, wo sie liegt. Ich glaube zwar nicht, dass ich den Weg über Land finde. Aber wir können das Flugzeug nehmen.«

Thor blickte sie zweifelnd an. »Es ist ein Wasserflugzeug«, erinnerte er sie.

»Ich weiß«, antwortete Joana spitz. »Die Hazienda liegt direkt an einem Fluss. Kein Problem, dort zu landen.«

»Dann sollten wir das tun«, sagte Thor. »Bevor deine Freundin auf die Idee kommt, doch noch die Inquisition zu rufen und mich verbrennen zu lassen.«

»Und José?«

Thor sah sich demonstrativ um. »Wir haben noch Zeit, ehe er hier sein kann«, antwortete er. »Und ich möchte den Besitzer dieses Etablissements zu gern kennenlernen. Ich bin sicher, er weiß mehr über das Geheimnis dieser Anhänger, als wir ahnen. Zumindest, als ich ahne«, fügte er hinzu.

Joana überging diese Spitze und zuckte mit den Achseln. »Meinetwegen«, sagte sie. Eine Sekunde lang sah sie nachdenklich auf den sauberen weißen Verband hinab, den Consuela um ihr Handgelenk gelegt hatte. »Wahrscheinlich wird er sich freuen mich wiederzusehen«, sagte sie. »Falls er mich überhaupt noch erkennt.«

Thor sah sie fragend an.

»Es ist ziemlich lange her, dass wir uns gesehen haben«, sagte Joana. Mit einem letzten, sehr warmen Lächeln in Consuelas Richtung drehte sie sich um und ging zur Tür.

Als Thor ihr folgen wollte, sagte Consuela in akzentfreiem Englisch: »Sei bitte vorsichtig mit dem Flugzeug, Kind. Und grüß den Professor von mir.«

HAZIENDA DE LA TOIRO

Da Kuba nicht sehr groß und die Hazienda nicht allzu weit von Havanna entfernt war, hätte der Flug dorthin normalerweise nur wenig mehr als eine Stunde gedauert. Aber Joana hatte keineswegs übertrieben, als sie sagte, es sei lange her, dass sie das letzte Mal dort gewesen war – sie verflog sich drei- oder viermal, und obwohl sie es nicht zugab, las Thor an ihrem Gesichtsausdruck deutlich ab, dass sie einer Verzweiflung nahe war. Dazu kam, dass sich der Treibstoffanzeiger der Dornier langsam, aber unerbittlich der Null näherte. Als sie die Hazienda schließlich fanden, flogen sie bereits auf Reserve.

Joana ließ die Maschine tiefer sinken, bis sie nurmehr wenige Meter oberhalb der Wipfel der Bäume hinwegglitten, und flog eine weit gezogene Schleife über das beeindruckende Anwesen. Die Hazienda bestand aus einem großen u-förmig angelegten Gebäudetrakt in spanischem Stil: hellrote Ziegeldächer, die sich über weiß getünchten Wänden und überreichlich vorhandenen Säulengängen und Arkaden spannten. Etliche hundert Meter nördlich davon erhob sich die Ruine einer alten Kirche, deren Turm Thor selbst aus der Höhe viel zu wuchtig und schwer erschien: ein festungsähnliches Gebilde aus groben Felsblöcken, das von einer Reihe fast mannshoher Zinnen gekrönt wurde. Wahrscheinlich ein Überbleibsel aus der Kolonisationszeit dieser Insel.

»Wo ist denn der Fluss, von dem du gesprochen hast?«, erkundigte er sich. Sosehr er sich auch anstrengte, er sah keinen Fluss.

Joana deutete auf ein dünnes, glitzerndes Rinnsal, das sich in zahllosen Kehren und Windungen durch die Weiden und Wiesen schlängelte, die die Hazienda umgaben. Thor ächzte. »*Das* ist ein Fluss?«

»Als was würdest du es bezeichnen?«, gab Joana achselzuckend zurück.

»Als Bach!«, erwiderte Thor heftig. »Allerhöchstens!«

»Das ist Ansichtssache.«

»Du willst doch nicht etwa *darauf* landen?«, erkundigte sich Thor nervös.

»Und ob ich das will«, antwortete Joana. »Es sei denn, du bestehst darauf, dass wir zur Küste zurückfliegen. Wir werden allerdings nicht allzu weit kommen«, fügte sie mit einer Kopfbewegung auf die Treibstoffkontrolle hinzu. »In spätestens fünf Minuten ist der Sprit zu Ende.«

Thor blickte nervös aus dem Fenster. Von hier oben aus betrachtet sah der Bach nicht einmal wie ein Bach aus, sondern allerhöchstens wie ein Rinnsal: vielleicht knietief und einen Meter breit. Mit einem Wasserflugzeug landen? *Darauf!* Lächerlich!

Aber Joana hatte natürlich recht. Der Treibstoff würde nicht mehr annähernd bis zur Küste zurück reichen. »Dann versuch es«, flüsterte er ergeben. »Mehr als den Hals brechen können wir uns ja nicht.«

Joana warf ihm einen flüchtigen Blick zu und lächelte. »Dein Vertrauen ehrt mich«, sagte sie. »Aber keine Sorge. Ich bin schon auf ganz anderen Pfützen gelandet.«

Sie machte allerdings keine Anstalten, diese Behauptung unter Beweis zu stellen, sondern legte die Dornier im Gegenteil in eine scharfe Linkskurve, um eine weitere Schleife über dem Anwesen zu fliegen.

»Worauf wartest du noch?«, erkundigte sich Thor nervös. »Ich denke, unser Treibstoff ist knapp?«

Joana zuckte mit den Achseln, biss sich auf die Unterlippe und ließ die Maschine so weit durchsacken, dass sie fast den Dachfirst der Hazienda berührt hätte. »Ich weiß nicht …«, murmelte sie. »Irgendetwas stimmt hier nicht.«

Thor blickte neugierig aus dem Fenster und richtete sich hastig wieder auf, als er sah, wie dicht der Boden unter den Kufen der Dornier entlangjagte. »Was?«

Abermals zuckte Joana mit den Schultern. »Ich weiß es nicht«, gestand sie. »Es ist so still. Wo sind sie alle? Hier leben an die hundert Menschen. Von den fünftausend Rindern abgesehen, die Professor Norten hält.«

Thor beugte sich erneut vor. Joana hatte recht – das gewaltige Anwesen lag wie ausgestorben unter ihnen, obwohl die Dornier, die im Tiefflug zum dritten Mal über das Dach hinwegjagte, genug Lärm machte, um selbst Tote aufzuwecken. Und nicht nur das menschliche Leben schien das Anwesen verlassen zu haben – unter ihnen rührte sich im wahrsten Sinne des Wortes nichts. Es wurde beinahe unheimlich.

»Vielleicht sind sie alle weggegangen«, murmelte er. »Zur Kirche oder sonst wohin.«

Der Blick, den Joana ihm aus den Augenwinkeln zuwarf, machte deutlich, was sie von dieser Erklärung hielt. Aber sie sagte nichts mehr dazu, sondern ließ die Maschine noch einmal ein wenig höher steigen und setzte dann zur Landung an.

Thor klammerte sich instinktiv fester an seinen Sitz, als das schmale blaue Band des Baches näher rückte. Wenn es auch nicht einmal halb so kräftig schien, wie ihm lieb gewesen wäre.

Es war tatsächlich nur ein Rinnsal – zwar nicht einen, wie er geglaubt hatte, aber doch allerhöchstens zweieinhalb Meter breit und wahrscheinlich nur knietief. Auf Joanas Gesicht erschien ein angespannter Zug und ihre Hände schlossen sich fester um den Steuerknüppel der Dornier. Vorsichtig nahm sie Gas weg, ließ die Maschine tiefer sinken und schloss zu Thors Entsetzen die Augen; einen Sekundenbruchteil, bevor die Schwimmkufen das Wasser berührten.

Der vernichtende Aufprall, auf den er gewartet hatte, kam nicht. Die Dornier begann für einen Moment bedrohlich zu schlingern und zu hüpfen, und zwei- oder dreimal schlug etwas wuchtig von unten gegen die Schwimmkufen, aber das Flugzeug verlor langsam an Geschwindigkeit und hörte schließlich auf zu rütteln und zu bocken. Joana atmete erleichtert auf. »Das wäre geschafft!«

Thor blinzelte misstrauisch zu ihr hinüber. »Ich denke, du bist schon auf ganz anderen Pfützen gelandet?«

Joana nickte heftig. »Sicher. Auf breiteren.«

Thor verlängerte im Geiste die Liste der Dinge, über die er ein ernsthaftes Wort mit ihr reden musste, um einen weiteren Punkt und verwendete den Rest seiner Energie dazu, sich weiter an seinen Sitz festzuklammern. Beiläufig fragte er sich, wie Joana das Flugzeug auf diesem Bach wieder starten wollte, zog es aber vor, nicht weiter über diese Frage nachzudenken, da er das sichere Gefühl hatte, dass ihm die Antwort nicht gefallen würde. Das Flugzeug war immer noch schnell unterwegs, verlor jetzt aber zusehends an Geschwindigkeit. Als sie sich dem Hauptgebäude näherten, glitt es nur noch mit dem Tempo eines Ruderbootes über das Wasser. Knapp hundert Meter vor dem Anwesen kam es völlig zum Stillstand und Joana schaltete den Motor ab. Thor schickte in Gedanken ein Stoßgebet zum Himmel, öffnete die Tür und kletterte mit zitternden Knien auf die Schwimmkufe hinaus. Sein Herz machte einen neuerlichen erschrockenen Hüpfer, als er in das glasklare Wasser des Baches hinabblickte und sah, dass er tatsächlich nur knietief war. Und so schmal, dass er bloß einen Schritt machen musste, um das Ufer zu erreichen.

Er bekam dann doch noch nasse Füße, denn er war auf der falschen Seite aus der Maschine gestiegen und musste um die Maschine herumgehen und durch den Bach waten.

Aber es war so warm, dass seine Hosen wahrscheinlich schon wieder trocken sein würden, ehe sie das Haus erreichten.

»Willst du die Maschine nicht festmachen?«, fragte er, als auch Joana aus der Dornier kletterte.

»Wozu?« Joana schüttelte den Kopf. »Glaubst du, dass sie jemand stiehlt?« Sie machte eine wegwerfende Handbewegung. »Kaum. Und selbst wenn – es ist völlig unmöglich, auf dieser Pfütze zu starten.«

Thor verzichtete auf eine Antwort und schenkte ihr nur einen unheilschwangeren Blick. Als er sich zum Haus umwenden wollte, glaubte er eine Bewegung am Waldrand wahrzunehmen. Aber als er ein zweites Mal und genauer hinsah, lag der Busch so still und regungslos vor ihm wie alles hier. Wie ausgestorben. Nicht einmal ein Schatten bewegte sich zwischen den Bäumen. Und diese Stille folgte ihnen, als sie sich dem Haus näherten. Es war fast unheimlich – die Hazienda lag in einer beinahe paradiesischen Landschaft, an zwei Seiten eingefasst vom Busch und an den beiden anderen an schier endlose Weiden und Wiesen grenzend. Aber all diese Wiesen und Weiden waren leer. Sie hörten nicht den mindesten Laut. Kein Vogel sang, kein Hund kam ihnen kläffend entgegen, nirgends regte sich etwas. Joana hatte recht gehabt, dachte Thor alarmiert. Irgendetwas stimmte hier nicht. Sein Blick glitt nervös über die Gebäudefront. Erst jetzt fiel ihm auf, dass sämtliche Läden vorgelegt waren.

Das hieß – nicht alle. Einige standen einen Spaltbreit offen, und als er genauer hinsah, erkannte er ein gutes halbes Dutzend Gewehrläufe, das drohend auf Joana und ihn gerichtet war.

Abrupt blieb er stehen.

»Was hast du?«, fragte Joana aufgeschreckt.

Thor deutete zum Haus. »Frag mich lieber, was sie haben«, sagte er. »Oder ist das vielleicht das, was Professor Norten unter einer herzlichen Begrüßung versteht?«

Joana sah ihn irritiert an, blickte dann mit gerunzelter Stirn zum Haus hinüber und machte eine hilflose Handbewegung. Offensichtlich sah sie gar nicht, was Thor ihr hatte zeigen wollen. »Ich verstehe nicht ganz, was …«

Die Tür zum Hauptgebäude flog auf und eine Gestalt in einem weißen Leinenanzug und mit Panamahut trat einen halben Schritt heraus und winkte ihnen hektisch zu.

»Seid ihr lebensmüde, ihr beiden?«, schrie sie. »Lauft, bevor sie euch erwischen!«

Thor fand nicht einmal Zeit, sich darüber zu wundern, dass die Gestalt Englisch gesprochen hatte, denn in diesem Moment erwachte der Waldrand schlagartig zum Leben. Ein, zwei Dutzend schattenhafter, geduckter Gestalten traten zwischen den Büschen hervor, und mit einem Mal war die Luft voller schwirrender Schatten. Ein winziger Pfeil verfehlte Thor nur so knapp, dass er spüren konnte, wie die Federn an seinem Ende seine Wange streiften.

Er ergriff blitzschnell Joanas Hand und rannte Haken schlagend los. Rings um sie herum regneten weitere Pfeile zu Boden, und wahrscheinlich hätten sie es niemals bis zum Haus geschafft, hätten die Männer hinter den Fenstern nicht in diesem Moment das Feuer aus ihren Gewehren eröffnet. Der Pfeilregen hörte nicht auf, nahm aber an Intensität ab, während sich Thor und Joana mit verzweifelten Sprüngen dem Haus näherten. Mehrere der kleinen gefiederten Todesboten verfehlten sie im wahrsten Sinne des Wortes um Haaresbreite. Aus den Augenwinkeln sah er, wie zwei der Angreifer mit gewaltigen Sprüngen auf sie zurannten und plötzlich zurückprallten, als die Männer im Haus ihr Gewehrfeuer auf sie konzentrierten. Wie durch ein

Wunder wurden sie nicht getroffen, mussten sich aber hastig in den Schutz des Waldes zurückziehen.

Thor warf sich mit einem verzweifelten Satz durch die Tür, wobei er Joana einfach mit sich zerrte, sodass sie beide gemeinsam den Mann mit dem Panamahut von den Füßen rissen, der ihnen die Arme entgegengestreckt, es aber nicht gewagt hatte, das Haus zu verlassen. Aneinandergeklammert schlitterten sie ein Stück weit über die spiegelblank gebohnerten Fliesen, während jemand hinter ihnen wuchtig die Tür zuwarf und einen Riegel vorlegte. Ein Geräusch wie das Trommeln von Hagelkörnern erklang; eine ganze Salve der kleinen Blasrohrgeschosse, die sich in das Holz der Tür bohrte.

Thor befreite sich mühsam aus dem Durcheinander von Armen, Beinen und Körpern, in dem sie zu Boden gestürzt waren. Vollkommen verwirrt und mit brummendem Schädel sah er sich um. Joana hockte neben ihm auf den Knien und schien die Situation so wenig zu verstehen wie er, und der Mann mit dem weißen Panamahut hatte selbigen verloren, dafür aber beide Hände vor das Gesicht geschlagen, das noch unsanfter als Thors Schädel auf die Fliesen geprallt war. Ein halbes Dutzend weiterer Gestalten in weißen Hosen, ärmellosen weißen Hemden und mit südamerikanisch geschnittenen Gesichtern stand an den verbarrikadierten Fenstern und gab ab und zu einen Schuss ab. Aber offensichtlich gab es draußen nicht mehr sehr viele Ziele; das Feuer wurde immer weniger und das Trommeln der Pfeile gegen Tür und Fenster hatte vollständig aufgehört. Die Angreifer zogen sich zurück, als klar wurde, dass ihre Opfer entwischt waren.

Aber vielleicht waren sie das gar nicht, dachte Thor düster. Vielleicht waren sie nicht entkommen, sondern freiwillig in genau die Falle gelaufen, in der sie sie hatten haben wollen.

»Alles in Ordnung?«, wandte sich Thor an Joana. Das Mädchen nickte, während der Mann ohne Panamahut Thor einen zornigen Blick über seine Hände hinweg zuwarf, die er noch immer gegen Mund und Nase presste. Der schmale Rest seines Gesichtes, der darüber erkennbar war, kam Thor bekannt vor, aber er verschwendete im Moment wenig mehr als einen Gedanken darauf, sondern stand auf und trat neben einen der Mexikaner ans Fenster. Der Mann zielte durch einen schmalen Spalt in den Läden auf den Waldrand. Aber er hatte wie alle anderen aufgehört zu schießen. Die schattenhaften Gestalten, die Thor und Joana gesehen hatten, waren verschwunden. Dort draußen rührte sich nichts mehr.

»Was um alles in der Welt geht hier vor?«, fragte Thor, drehte sich herum – und riss erstaunt die Augen auf.

Joana und der Mann im weißen Leinenanzug hatten sich erhoben, und der Fremde hatte die Hände vom Gesicht genommen, sodass Thor nicht nur sehen konnte, wie heftig seine Nase blutete, sondern ihn auch erkannte.

»José!«, rief er erstaunt.

José blickte ihn finster an, fuhr sich mit der Hand über die Nase und sah dann vorwurfsvoll auf seinen Handrücken hinab, auf dem rotes Blut glänzte. »Es freut mich, dass du mich wenigstens noch erkennst«, sagte er. »Schlägst du Leuten, die dir gerade das Leben gerettet haben, eigentlich immer zum Dank den Schädel ein?«

»Es tut mir leid«, sagte Thor. Dann deutete er über die Schulter zurück auf das Fenster. »Was geht dort draußen vor? Was waren das für Männer?«

»Ich habe keine Ahnung«, antwortete José und zog ein Taschentuch aus der Jacke, wobei er eine Spur hässlicher roter Flecken auf dem weißen Stoff hinterließ. »Und bevor du fragst – das war die Antwort auf beide Fragen«, fuhr er fort, während er mit sehr wenig Erfolg versuchte, mit dem Taschentuch den Blutstrom aus seiner Nase zu stillen.

»Wie kommst du überhaupt hierher?«, fragte Thor. »Ich denke, du bist an Bord dieses Schiffes?«

»Das solltest du auch denken«, antwortete José und presste das zusammengerollte Taschentuch so fest gegen seine Nase, dass Thor seine Worte kaum noch verstand. »Verdammt, was tust du hier? Wir haben auch ohne dich schon genug Ärger!«

»Und du kriegst gleich noch sehr viel mehr davon«, fügte Thor drohend hinzu, »wenn ich nicht eine Menge Antworten auf eine Menge Fragen bekomme, alter Freund.«

»Joana?«

Thor und Swansons Tochter drehten sich gleichzeitig um. Unter einer Tür am anderen Ende des Raumes war ein grauhaariger Mann erschienen, der auf die gleiche Weise wie José gekleidet war: weißer Leinenanzug und Panamahut. Aber dazu trug er einen breiten Patronengurt, aus dessen Halftern die perlmuttbesetzten Griffe zweier langläufiger Colts ragten, hielt in der linken Hand eine Maschinenpistole und in der rechten eine Machete mit einer gut eineinhalb Meter langen Klinge. Zusammen mit seinen grauen Schläfen, dem dünnen, sorgsam gestutzten Oberlippenbart und dem durchdringenden Blick seiner Augen verlieh ihm diese martialische Aufmachung etwas von einem Pistolero, der sich im Jahrhundert geirrt hat; sehr wenig von einem Museumsdirektor. Aber das musste er wohl sein, denn Joanas Gesicht hellte sich bei seinem Anblick schlagartig auf und sie eilte dem Grauhaarigen mit ausgebreiteten Armen entgegen.

»Onkel Norten!«, rief sie. »Gott sei Dank! Dir ist nichts passiert!«

Sie umarmte Norten so heftig, dass er wankte und um ein Haar die Machete fallen gelassen hätte. Der Museumsdirektor ließ ihre stürmische Begrüßung eine halbe Minute lang über sich ergehen, dann löste er sich mit sanfter Gewalt aus ihrer Umarmung und schob sie ein Stück weit von sich fort. »Joana?«, fragte er noch einmal, während er das Mädchen mit einer Mischung aus Erleichterung und Staunen von Kopf bis Fuß musterte. »Bist du es wirklich?«

Joana nickte so heftig, dass ihr kurz geschnittenes blondes Haar flog. »Natürlich«, antwortete sie. »Erkennst du mich denn nicht?«

Norten nickte zögernd. »Doch«, sagte er. »Aber du bist ... groß geworden.«

»Es ist ein paar Jahre her, dass wir uns gesehen haben«, erwiderte Joana.

Norten blickte sie noch einen Moment lang an, dann wandte er seine Aufmerksamkeit Thor zu. »Und wer sind Sie, wenn ich fragen darf?«

»Mein Name ist Garson«, antwortete Thor. Sein Blick wanderte verwirrt zwischen Norten, José und den bewaffneten Männern am Fenster hin und her.

»Garson? Thor Garson?«

»Das ist richtig«, antwortete Thor. »Sie kennen mich?«

»Greg hat einmal von Ihnen erzählt«, antwortete Norten. Aber er hatte eine halbe Sekunde gezögert, bevor er antwortete, und etwas im Klang seiner Stimme verriet Thor, dass sich seine Begeisterung, ihn hier zu sehen, in Grenzen hielt – vorsichtig ausgedrückt.

»Was geht hier vor?«, fragte Thor. »Was sind das für Männer dort draußen? Wieso ... belagern sie Ihre Ranch?«

»Hazienda«, antwortete Norten geistesabwesend. »Man nennt es Hazienda hier auf Kuba, Mister Garson. Und um Ihre Frage zu beantworten: Ich weiß es nicht. Sie tauchten gestern in aller Frühe auf und fingen an, auf alles zu schießen, was sich bewegte. Und seither sitzen wir hier fest.«

»Gestern Morgen?« Thor warf einen zweifelnden Blick in Josés Richtung.

»Eine Stunde nachdem wir angekommen sind«, sagte José und Thor spürte, dass auch das eine Lüge war. Aber bevor er weiter darauf eingehen konnte, drehte sich José um und ging auf die Treppe zu.

»José!«, rief Thor. »Bleib gefälligst hier. Wir sind noch nicht fertig miteinander.«

José blieb tatsächlich stehen, drehte sich aber nicht um, sondern warf ihm nur einen zornigen Blick über die Schulter hinweg zu. »Ich beantworte dir deine blöden Fragen ja«, maulte er. »Doch vielleicht gestattest du, dass ich mich erst einmal um meine Verletzung kümmere. Es sei denn, du bestehst darauf, dass ich verblute. Dann könnte ich dir allerdings nicht mehr allzu viele Fragen beantworten.«

Thor schluckte die ärgerliche Bemerkung hinunter, die ihm auf der Zunge lag, schickte José noch einen bösen Blick hinterher und folgte Joana und ihrem Onkel in den weitläufigen Wohnraum, der sich an die Halle anschloss. Auch hier drinnen herrschte ein schattiges Halbdunkel, denn vor sämtlichen Fenstern waren die Läden vorgelegt. Ein weiß gekleideter Mexikaner und ein hünenhafter Schwarzer, der nur eine verschossene alte Armeehose trug, standen davor und spähten aufmerksam hinaus.

Norten legte die Machete und seine Maschinenpistole achtlos auf einen kleinen Tisch neben der Tür, wies auf eine Sitzgruppe und steuerte selbst eine Ecke neben dem Kamin an, in der sich eine Bar im spanischen Stil befand. »Nehmen Sie Platz, Mister Garson«, sagte er. »Ich denke, nach dem Schrecken können Sie einen kräftigen Schluck gebrauchen.«

Thor setzte sich zögernd und auch erst, nachdem Joana Platz genommen und ihm einen auffordernden Blick zugeworfen hatte. Jetzt, nachdem die unmittelbare Gefahr überstanden und der Schrecken halbwegs von ihm abgefallen war, begann sich sein Misstrauen wieder zu regen. Die Geschichte, die José und anschließend Norten ihm erzählt hatten, klang ungefähr so überzeugend wie das Märchen vom Osterhasen. Die beiden wussten sehr wohl, wer diese Männer dort draußen waren. Und erst recht, was sie von ihnen wollten.

Norten schenkte aus einer Karaffe Whisky in zwei Gläser und aus einem lackierten Tonkrug Milch in ein drittes. »Ich habe Ihre Landung beobachtet, Mister Garson«, sagte er, während er die Gläser auf ein Tablett lud und damit zum Tisch zurückkam. »Das war verdammt gewagt. Aber auch verdammt gekonnt. Meinen Glückwunsch.«

»Das war ich nicht«, sagte Thor.

Norton stellte das Tablett auf den Tisch und sah ihn irritiert an. »Wer dann?«, fragte er, während er sich setzte und sich eines der mehr als zur Hälfte gefüllten Whisky-Gläser nahm. Joana beugte sich rasch vor und griff nach dem zweiten.

»Ich.« In ihren Augen blitzte es schadenfroh, als sie den vorwurfsvollen Blick registrierte, den Thor dem Tablett zuwarf, auf dem jetzt nur noch das Milchglas stand. Dann nahm sie einen so gewaltigen Schluck Whisky, dass vermutlich selbst Thor einen Hustenanfall bekommen hätte. Ihr Gesicht verlor schlagartig jede Farbe und ihre Augen weiteten sich erstaunt. Aber sie gab keinen Ton von sich.

Thor angelte nach dem Milchglas, nippte daran und machte eine bestätigende Kopfbewegung, während er Joana schadenfroh zulächelte. »Sie sagt die Wahrheit«, sagte er. »Sie hat dieses Ding geflogen. Ich weiß nicht einmal, wie man den Motor anlässt.«

Nortens Verblüffung war nicht zu übersehen. Aber Thor war nicht ganz sicher, ob sie seiner Behauptung oder der Schnelligkeit galt, mit der Joana das Whisky-Glas leerte.

»Das war eine Meisterleistung«, sagte er schließlich. »Aber ihr beiden habt trotzdem verdammtes Glück, dass ihr überhaupt noch am Leben seid.«

»Das Gefühl hatte ich in den letzten Tagen mehrmals«, sagte Thor. »Ich hoffe, es bleibt noch eine Weile so.« Er schlug Joana leicht auf die Finger, als sie sich vorbeugen und nach der Karaffe mit dem Whisky greifen wollte, stellte sein eigenes, zu einem Drittel geleertes Milchglas vor sie auf den Tisch und goss sich selbst einen Drink ein, der allerdings kaum halb so groß ausfiel wie der, den Joana hinuntergestürzt hatte.

»Sie behaupten also im Ernst, nicht zu wissen, wer diese Männer sind oder warum sie Ihre Hazienda belagern?«

»Ich behaupte es nicht, Mister Garson«, erwiderte Norten konsterniert. »Es entspricht den Tatsachen.« Er bewegte sich ärgerlich in dem schweren geschnitzten Stuhl, und für den Bruchteil einer Sekunde sah Thor etwas Kleines, Goldenes an seinem Hals aufblitzen. Die Kette mit dem Quetzalcoatl-Anhänger, von dem Joana gesprochen hatte. Aber bevor er genauer hinsehen konnte, beugte sich Norten vor und der Anhänger verschwand wieder im Ausschnitt seines Hemdes. »Ich verstehe Ihre Verwirrung, Mister Garson«, fuhr er fort. »Aber glauben Sie mir – uns allen hier ergeht es nicht anders. Drei meiner Männer wurden getötet, ehe wir überhaupt begriffen, was los war. Und im Grunde verstehe ich es immer noch nicht. Niemand versteht es. Ich habe weder Feinde noch Neider; jedenfalls keine, die mächtig genug wären, so etwas zu tun.«

Er griff in seine Tasche, und als er die Hand wieder herauszog, lag in seinen Fingern ein kaum zehn Zentimeter langer Pfeil mit drei rot und grün und gelb gestreiften Federn am hinteren Ende. Das vordere, spitze Ende war abgebrochen.

»Sie wissen, was das ist?«

»Ein Pfeil«, antwortete Thor überflüssigerweise. »Und wahrscheinlich mit Kurare vergiftet.«

»Nicht wahrscheinlich«, verbesserte ihn Norten. »Auf der anderen Seite des Hauses liegen drei meiner Männer, die von diesen Teufelsdingern getroffen wurden. Einer hat nur einen Kratzer abbekommen. Er starb keine dreißig Sekunden später.« Sein Blick wurde fragend, fast lauernd. »Sie scheinen sich gut mit solchen Dingen auszukennen, Mister Garson.«

»Ich hatte ... vor kurzer Zeit Gelegenheit, eingehende Studien zu betreiben«, antwortete Thor ausweichend. »Kurare ist ein südamerikanisches Pfeilgift«, fügte er hinzu, »das normalerweise nicht auf Kuba verwendet wird.«

»Normalerweise laufen auf Kuba auch keine schießwütigen Verrückten herum, die harmlose Landarbeiter umbringen«, gab Norten im gleichen Tonfall zurück.

Die Spannung, die plötzlich zwischen ihnen herrschte, war beinahe greifbar. Nortens Blick wurde eisig und Thor konnte direkt sehen, wie es hinter seiner Stirn arbeitete. Er spürte, dass Thor mehr wusste, als er zugab, und ganz offensichtlich dachte er krampfhaft über eine Möglichkeit nach, herauszubekommen, was er tatsächlich wusste. Und Thor seinerseits spürte immer deutlicher, dass Norton log. Oder ihm zumindest etwas Wichtiges verschwieg.

»Habt ihr versucht Hilfe zu rufen?«, fragte Joana mit schwerer Zunge. Ihre Augen wirkten leicht glasig und ihr Gesicht hatte sich gerötet. Offensichtlich begann der Whisky, den sie hinuntergestürzt hatte, bereits zu wirken.

Norten nickte betrübt. »Ja. Ich habe zwei Männer losgeschickt. Einen gestern und einen heute Morgen.«

»Aber sie sind nicht durchgekommen«, vermutete Thor. Norten zögerte eine Sekunde. »Ich weiß es nicht«, gestand er. »Es ist ein weiter Weg zu Fuß zur nächsten Hazienda. Aber ich fürchte – nein. Ich werde jedenfalls nicht das Leben eines dritten Mannes aufs Spiel setzen.«

»Wie viele Männer haben Sie hier?«

»Leider nicht annähernd genug«, gestand Norten. »Normalerweise sind es fast hundert. Es ist ein sehr großes Anwesen, müssen Sie wissen.«

»Normalerweise?«

»Ich musste eine Anzahl Angestellter entlassen«, sagte Norten. »Dieses Anwesen war immer nur so eine Art Hobby von mir. Ein sehr einträgliches Hobby, wie ich zugebe, aber in den letzten zwei, drei Jahren sind die Geschäfte immer schlechter gegangen. Im vergangenen Winter hatten wir eine Milzbrandepidemie, die fast zwei Drittel der Herde vernichtet hat. Fast den gesamten Restbestand habe ich vor drei Tagen zur nächsten Bahnstation treiben lassen, um ihn in Havanna zu verkaufen.«

»Und die Männer, die den Treck begleiteten, sind noch nicht zurück«, vermutete Thor.

»Nein«, sagte Norten. »Im Augenblick sind wir noch achtzehn Personen hier – zwanzig, Sie und Joana mitgerechnet.«

»Das klingt nicht so, als würden Sie einer Belagerung noch lange standhalten können«, sagte Thor. Aber Norten schüttelte den Kopf.

»Das müssen wir auch nicht«, sagte er. »Spätestens morgen kommen die Männer zurück, die die Herde weggetrieben haben. Und dann sieht die Situation völlig anders aus.«

»Sie werden sie draußen im Wald überfallen und niedermachen.«

»Unsinn!«, sagte Norten heftig. »Überschätzen Sie diese Irren nicht, Mister Garson. Wir sind hier nicht im Krieg oder in einem Wildwestroman. Es sind nur ein paar Wegelagerer, die vermutlich mitbekommen haben, dass die meisten

Männer das Anwesen verlassen haben. Ich schätze, sie haben geglaubt, sie hätten leichtes Spiel mit uns. Sobald sie sich sechzig Männern gegenübersehen, werden sie schneller verschwinden, als sie aufgetaucht sind.«

»Wegelagerer, die mit Blasrohren schießen?«, fragte Thor zweifelnd.

Norten lächelte humorlos. »Wären Ihnen Maschinenpistolen lieber gewesen, Mister Garson?«

Ein Geräusch an der Tür hinderte Thor daran zu antworten. Er drehte sich herum, darauf gefasst, José zu sehen, der seine blutende Nase endlich versorgt haben musste und zurückgekommen war. Aber es war nicht José. Es war Anita, seine Frau. Thor erschrak, als er ihr Gesicht sah. Ihre linke Wange war angeschwollen und das Auge blau und geschlossen. Sie versuchte zu lächeln, als sie ihn erkannte, aber das, was mit ihrem Gesicht passiert war, machte eine Grimasse daraus. Ihr linker Mundwinkel war aufgeplatzt und dick verschorft.

»Um Gottes willen!«, sagte Thor. »Was ist mit Ihnen passiert?«

»Nichts«, antwortete Anita, entschieden zu hastig, um überzeugt zu klingen. »Ein Unfall. Nichts, worüber Sie sich Sorgen machen müssten. Es sieht schlimmer aus, als es ist.«

Thor wollte aufstehen, aber Anita winkte hastig ab und ging mit schnellen Schritten an ihm vorbei zur Bar, um sich etwas zu trinken zu holen. »Es ist wirklich nichts, Mister Garson«, sagte sie. »Unfälle kommen vor.«

»Heißt dieser Unfall zufällig José?«, erkundigte sich Thor grollend.

Anita tat so, als hätte sie diese Frage nicht gehört, schenkte sich ein Glas Wein ein und kam zum Tisch zurück, wobei sie einen respektvollen Bogen um die geschlossenen Fenster schlug.

»Warum hat er Sie geschlagen?«, bohrte Thor weiter.

»Ich glaube nicht, dass dich das etwas angeht, mein Freund«, unterbrach ihn eine Stimme von der Tür her.

Thor drehte sich verärgert um. José hatte Hemd und Jacke gewechselt, hielt aber immer noch das blutige Taschentuch unter die Nase gedrückt. »Aber du hast dich ja schon immer gern in Dinge eingemischt, die dich nichts angehen.«

»Es war wegen der Kette«, vermutete Thor. »Das warst gar nicht du, der sie mir zurückgeschickt hat.«

José zuckte mit den Schultern, deutete etwas wie die völlig misslungene Karikatur eines Lächelns an und ließ sich zwischen Anita und Joana auf die Couch fallen. »Möglich«, sagte er.

»Wenn das so ist«, sagte Thor, »dann geht es mich sehr wohl etwas an. Immerhin bin ich wegen dieser Kette ein paarmal fast umgebracht worden, und Joana hier ...« Er deutete mit einer Kopfbewegung auf das Mädchen, das José einen Moment lang aus trüben Augen musterte und dann ungeschickt versuchte nach der Whisky-Karaffe zu angeln, »... ebenfalls. Ich finde also schon, dass du uns ein paar Erklärungen schuldig bist.«

»Das ist Ansichtssache«, antwortete José. »Wie gesagt – du hast dich ja schon immer gern in Dinge eingemischt, die dich nichts angehen. Irgendwann wird deine krankhafte Neugier dich noch den Hals kosten.«

»Vielleicht bist du ja dabei, wenn es passiert«, konterte Thor und machte eine Geste zum Fenster. »Ich verwette noch einmal denselben Betrag, den du mir beim Pokerspiel abgenommen hast ...«

»... und den du mir immer noch schuldest«, sagte José, aber Thor ignorierte ihn.

»... dass diese Belagerung etwas mit dem Anhänger zu tun hat. Oder genauer gesagt, mit *den* Anhängern.« Er maß

Norten mit einem langen, durchdringenden Blick. »Sie haben auch einen davon, hörte ich?«

Norten nickte. Mit Blicken führte er ein stummes Gespräch mit José, und die beiden gaben sich nicht einmal Mühe, dies vor Thor zu verbergen. »Ja«, sagte er schließlich. »Ebenso wie Señor Perez und Miss Swanson. Und Sie, Mister Garson.«

»Ich fürchte, da muss ich Sie enttäuschen«, sagte Thor, wobei er sich eines leisen Gefühls von Schadenfreude weder erwehren konnte noch versuchte es zu verbergen.

Norten sah plötzlich sehr alarmiert aus. »Was meinen Sie damit?«

»Ich meine damit«, antwortete Thor, »dass Joana ihren Anhänger nicht mehr hat.«

»Wo ist er?«, fragten José und Norten wie aus einem Mund. Und auch Anita blickte Thor bestürzt an.

Thor deutete wieder zum Fenster. »Ich schätze, sie haben ihn – wer immer sie sein mögen.«

»Das ist völliger Unsinn«, protestierte Norten. »Wir sind hier auf Kuba und sie ...«

»Natürlich nicht die Männer dort draußen«, unterbrach ihn Thor. »Aber irgendjemand hat sie geschickt. Und der gleiche Irgendjemand hat einen Mann nach New Orleans geschickt, der mich um ein Haar umgebracht hätte und Joana überfallen hat.«

»Soll das heißen, sie haben Ihnen den Anhänger abgenommen?«, fragte José, an Joana gewandt.

Sie schwankte leicht auf der Couch hin und her und starrte José aus verschleierten Augen an. Sie schien nicht einmal verstanden zu haben, was er sagte.

»Gib dir keine Mühe«, sagte Thor. »Du erfährst kein Wort. Es sei denn, du beantwortest zuerst mir einige Fragen.«

»Genau«, lallte Joana mit schwerer Zunge, versuchte erneut nach der Whisky-Karaffe zu greifen und warf dabei das Milchglas um, dessen Inhalt sich über Josés Hosenbeine ergoss.

José sprang halb in die Höhe, ließ sich wieder zurücksinken und warf abwechselnd Joana und Thor mordlüsterne Blicke zu. Joana kicherte, tat so, als wolle sie das umgestürzte Glas wieder aufheben, und griff dann blitzschnell nach dem Whisky-Glas des Professors, dessen Inhalt sie hinunterstürzte, ehe Thor sie daran hindern konnte.

Thor schüttelte mit einem lautlosen Seufzen den Kopf, sagte aber nichts mehr dazu, sondern wandte sich wieder an José. »Jetzt hör mir mal zu, mein Freund«, begann er in einer Art und Weise, die das Wort *Freund* fast zu einer Drohung werden ließ. »So wie es aussieht, sitzen wir im Moment alle im gleichen Boot. Und wenn du meine Meinung hören willst, dann hat dieses Boot bereits ein verdammt großes Leck. Ich schätze, wir brauchen jedes bisschen Glück, das wir kriegen können, um hier lebend hinauszukommen. Warum also erzählst du mir nicht, was es mit diesen Anhängern auf sich hat, und ich erzähle dir, was ich weiß? Vielleicht finden wir gemeinsam eine Lösung.«

»Ich glaube nicht, dass Sie irgendetwas von Bedeutung wissen, Mister Garson«, sagte Norten ruhig. »Wäre es so, dann säßen Sie wahrscheinlich nicht hier. Ich möchte sogar sagen: Ich hoffe, dass Sie nichts wissen. Um Ihretwillen. Diese Anhänger sind gefährlich.« Er lächelte flüchtig und vollkommen humorlos. »Leute, die sie über längere Zeit besitzen, entwickeln eine fatale Neigung, auf unerquickliche Weise ums Leben zu kommen.«

»Das ist mir auch schon aufgefallen«, sagte Thor böse. »Ich frage mich nur, wieso.«

»Fragen Sie sich das lieber nicht«, sagte Norten. »Die ganze Geschichte geht Sie wirklich nichts an.«

»Sind Sie sicher?«, fragte Thor. »Vergessen Sie nicht: Ich war dabei, als Greg starb.«

»Was hat er dir verraten?«, schnappte José.

»Eine Menge«, antwortete Thor. Was gelogen war. Aber das konnte José schließlich nicht wissen, und dem Leuchten in seinen Augen nach zu schließen, fiel er auch tatsächlich auf Thors Bluff herein.

Norten nicht.

»Kein Wort mehr, José«, sagte er scharf. »Er blufft. Wenn er irgendetwas wüsste, wäre er nicht hier, sondern auf dem Schiff.«

»Genau«, lallte Joana und fiel von der Couch.

Thor verdrehte die Augen, stand hastig auf, um ihr wieder in die Höhe zu helfen, und ließ sie behutsam neben José auf die Couch sinken. Joana kicherte albern, lehnte sich an José und prallte dabei mit dem Hinterkopf gegen seine Nase, die sofort wieder zu bluten begann. Thor machte sich nicht mehr die Mühe, ein Grinsen zu unterdrücken.

»Joanas Anhänger ist also verschwunden«, nahm Norten das unterbrochene Gespräch wieder auf. Er sah Thor scharf an. »Aber Sie haben Ihren noch?«

Thor antwortete nicht.

»Ich nehme an, Sie haben ihn bei sich«, vermutete Norten.

»Sehe ich wirklich so dumm aus?«

Norten runzelte nur ärgerlich die Stirn, während Josés Augen kleine, zornige Blicke in Thors Richtung verschossen.

»Wo befindet er sich?«, fragte Norten.

»An einem sicheren Ort. Und dort wird er auch bleiben – bis ich weiß, was es damit auf sich hat.«

»Ich glaube nicht, dass Sie das wirklich wissen wollen«, sagte Norten.

»Und wenn doch?«

Norten seufzte. »Bitte, Mister Garson, versuchen Sie mich zu verstehen. Sie bringen sich nur selbst in Gefahr, wenn Sie das Geheimnis dieser Anhänger zu ergründen versuchen.«

Thor zuckte mit den Achseln. »Warum überlassen Sie diese Entscheidung nicht mir?«

»Warum überlässt du *ihn* nicht mir?«, fragte José mit einem drohenden Blick in Thors Richtung. »Fünf Minuten und er verrät mir freiwillig alles, was ich wissen will.«

Thor schenkte ihm ein Lächeln. »Was ich gerade draußen in der Halle gesagt habe, nehme ich zurück, José«, sagte er freundlich.

José runzelte die Stirn und Thor fügte erklärend hinzu: »Das mit deiner Nase, alter Freund. Ich habe gelogen. Es tut mir nicht leid.«

Joana kicherte, schlug die Hand vor den Mund und wurde plötzlich leichenblass. Zwei, drei Sekunden lang schwankte sie so wild hin und her, dass Thor schon fürchtete, sie würde wieder von der Couch fallen. Dann griff José blitzschnell zu, packte sie an den Schultern und hielt sie fest. »Jetzt reiß dich aber mal zusammen«, sagte er ärgerlich. »Du bist ja völlig betrunken!«

»Genau«, lallte Joana zum dritten Mal und erbrach sich würgend in Josés Schoß.

Der Rest des Tages verlief in völliger Ruhe. Aber es war eine Ruhe, die auf ihre Art beinahe schlimmer war, als wenn etwas geschehen wäre. Außerhalb der Hazienda rührte sich nichts, und als wollte er der unheimlichen Szenerie noch den letzten Schliff geben, flaute selbst der Wind ab, sodass sich eine beinahe schon widernatürliche Stille über den riesigen Gebäudekomplex ausbreitete. Und wenn schon nicht die unheimlichen Schattengestalten draußen aus dem Wald, so kroch doch diese Stille durch die Mauern und Türen des Hauses herein und breitete sich in allen Räumen aus. Kaum jemand wagte zu reden, und wenn, so nur im Flüsterton. Jedermann schien bemüht, jedes überflüssige Geräusch zu vermeiden, als fürchte er, dass in dieser Stille etwas lauern könnte. Etwas wie ein unsichtbares, körperloses Raubtier, das nur auf einen unbedachten Laut wartete, um aus seinem Versteck zu springen und sich auf sein Opfer zu werfen.

Anfangs hatte Thor versucht das Gefühl zu ignorieren. Er hatte es seiner eigenen Angst zugeschrieben und der Mischung aus Nervosität und Zorn, mit der ihn die Situation erfüllte. Er hatte versucht eine logische Begründung dafür zu finden: die Gefahr, in der sie alle schwebten, die offenbar aussichtslose Lage, die Tatsache, dass José ihn belogen hatte. Aber das alles war es nicht. Nicht nur.

Er konnte es fühlen. Irgendetwas ... geschah dort draußen. Es waren nicht nur die Männer dort im Busch, die die Hazienda belauerten. Da war noch etwas. Etwas Gewaltiges, ungeheuer Mächtiges und Altes, das langsam, aber unerbittlich auf die Hazienda zukroch.

Und er war nicht der Einzige, der es spürte. Keiner der anderen sprach es aus oder machte auch nur eine entsprechende Andeutung. Aber Thor sah es auf den Gesichtern der Männer, sah es an ihren kleinen, fahrigen Bewegungen und den nervösen Blicken. Und er hörte es vor allem an ihrem Schweigen. Was immer dort draußen lauerte, es war real. Irgendetwas Furchtbares würde geschehen. Bald.

Zusammen mit Anita hatte er Gregs Tochter in eines der Gästezimmer hinaufgebracht und es Josés Frau überlassen, das Mädchen zu entkleiden und ins Bett zu legen. Er war noch einmal zurückgekommen, um sich davon zu überzeugen, dass es Joana wirklich gut ging und sie nichts Schlimmeres als einen gewaltigen Kater zu erwarten hatte. Aber Anita konnte ihn beruhigen. Mit Ausnahme der Schnittwunde an ihrem Handgelenk – Anitas entsprechende Frage über deren Herkunft hatte Thor geflissentlich überhört – war das Mädchen gesund.

Der Rest des Tages schleppte sich quälend langsam dahin. Thor hatte nach einer Stunde eingesehen, dass es wenig Sinn machte, wenn er den Beleidigten spielte und sich in seinen Schmollwinkel zurückzog, und war wieder ins Erdgeschoss hinuntergegangen, um mit Norten – und wenn es sein musste, auch mit José – zu reden. Aber dieses Gespräch war so verlaufen, wie er es erwartet hatte: ohne irgendein Ergebnis. José hatte ihn mit Blicken durchbohrt und schien im Übrigen vergessen zu haben, jemals der englischen Sprache mächtig gewesen zu sein, während Norten darauf beharrte, dass es für ihn besser sei, nichts zu wissen.

Der einzige Hoffnungsschimmer, der ihm blieb, war Anita. José achtete den ganzen Tag über misstrauisch darauf, dass Thor auch nicht eine Minute mit ihr allein war. Aber die Chance kam, als der Abend dämmerte.

Josés Zimmer und das, das Norten ihm selbst zugewiesen hatte, lagen auf dem gleichen Flur im ersten Stockwerk. Thor hatte sich kurz vor Einbruch der Dunkelheit mit der Entschuldigung zurückgezogen, müde zu sein und ein wenig schlafen zu wollen. Und obwohl er eigentlich nicht vorhatte, dies wirklich zu tun, waren ihm die Augen zugefallen, kaum dass er sich auf dem Bett ausgestreckt hatte.

Als er erwachte, herrschte fast vollkommene Dunkelheit im Zimmer. Durch die Tür, die er einen Spaltbreit offen gelassen hatte, drangen flackerndes orangefarbenes Licht und gedämpftes Stimmengemurmel, und über der Hazienda stand ein bleicher Vollmond am Himmel, dessen Licht die Fenster mit einem unheimlichen silbernen Schein erfüllte.

Die Stille schien noch intensiver geworden zu sein. Und das Gefühl, etwas Gefährliches näherte sich, war so dicht geworden, dass er es beinahe körperlich spüren konnte.

Mit klopfendem Herzen richtete er sich auf, sah sich einen Moment im Zimmer um und schlich dann zur Tür. Er lauschte aufmerksam, ehe er wagte, sie vorsichtig zu öffnen und auf den Korridor hinauszutreten. Er identifizierte jetzt die Stimmen aus dem Erdgeschoss – es waren Norten und José, die sich leise unterhielten; auf Spanisch, sodass Thor nicht verstand, worüber sie sprachen. Aber das interessierte ihn im Moment auch gar nicht so sehr. Was ihn interessierte, war die Tatsache, dass José irgendwo dort unten war – und Anita vielleicht nicht. Irgendwie spürte er, dass Josés Frau der Schlüssel zu dieser ganzen Geschichte war.

Er warf einen letzten, sichernden Blick nach rechts und links, überquerte auf Zehenspitzen den Flur und legte das Ohr an die Tür zu Josés Zimmer, um zu lauschen. Er hörte nichts. Behutsam drückte er die Klinke hinunter, öffnete die Tür einen Spaltbreit und schlüpfte schließlich hindurch. Rasch, aber ohne den mindesten Laut drückte er sie hinter sich wieder ins Schloss und blieb eine Sekunde lang mit geschlossenen Augen stehen. Die schweren, gleichmäßigen Atemzüge eines schlafenden Menschen drangen an sein Ohr, sonst nichts.

Einen Moment lang wartete Thor vergeblich darauf, dass sich seine Augen an das schwache Licht gewöhnten; alles, was er überhaupt erkennen konnte, waren blasse Umrisse und Schatten, die im silbergrauen Licht des Mondes ein seltsam bedrohliches Aussehen annahmen. Immerhin erkannte er, dass das Zimmer auf ähnliche Art wie sein eigenes eingerichtet war – der massige Umriss rechts von der Tür war das Bett und von dort kamen auch die Atemzüge.

Ihr Rhythmus veränderte sich, als er einen Schritt machte. Ein Rascheln erklang und dann richtete sich ein verschwommener Umriss in der Dunkelheit vor ihm auf. »Wer ist da?«, fragte eine erschrockene, atemlose Stimme.

»Ich bin es«, antwortete Thor flüsternd. »Thor.«

»Mister Garson?« Anitas Stimme klang kein bisschen verschlafen, sondern aufs Höchste alarmiert.

Thor nickte und legte gleichzeitig mahnend den Zeigefinger über die Lippen, argwöhnte aber im gleichen Moment schon, dass sie beides in dem schlechten Licht wahrscheinlich nicht sehen würde. »Ja«, fügte er in einem gehetzten Flüsterton hinzu. »Ich muss mit Ihnen reden. Allein.«

Abermals das Rascheln und Schleifen, dann glomm neben dem Bett ein brennendes Streichholz auf.

Thor schloss geblendet die Augen und fuchtelte gleichzeitig erschrocken mit den Händen vor dem Gesicht. »Kein Licht!«, sagte er hastig. »Ich möchte nicht, dass José etwas merkt.«

Das Streichholz erlosch und er konnte mehr hören und spüren als wirklich sehen, wie Anita sich vollends im Bett aufsetzte und die Decke über die Knie hochzog.

»Das ist … auch in meinem Sinn«, sagte sie zögernd. Mehr noch als das merkliche Stocken ihrer Stimme verriet ihm die umständliche Wahl ihrer Worte, wie unangenehm ihr sein Besuch hier war.

Thor blieb noch einen Herzschlag lang neben der Tür stehen und lauschte auf den Flur hinaus. Als er nichts hörte, bewegte er sich auf Zehenspitzen auf das Bett zu und ließ sich behutsam auf der Kante nieder, während Anita ein Stück zur Seite rutschte. Obwohl er jetzt kaum noch einen Meter von ihr entfernt war, konnte er ihr Gesicht immer noch nicht deutlich erkennen. Aus irgendeinem Grund machte das Licht des Vollmondes das Zimmer nicht hell. Es vertrieb die Dunkelheit, aber was es stattdessen brachte, das war keine Helligkeit, sondern … etwas anderes, dachte er irritiert. Etwas, bei dem man beinahe schlechter sah als in einer mondlosen Nacht.

Er verscheuchte diesen albernen Gedanken und zwang sich zu einem Lächeln, obwohl sie sein Gesicht vermutlich ebenso wenig erkennen konnte wie er ihres. »Ich möchte nur mit Ihnen reden«, sagte er.

»Ich habe auch nicht geglaubt, dass Sie aus irgendeinem anderen Grund hier sind, Mister Garson«, antwortete Anita. Thor entging der feine Spott in ihren Worten keineswegs, aber er war nicht in der Laune, darauf einzugehen. »Es … tut mir wirklich leid, was Ihnen passiert ist«, begann er.

Anita unterbrach ihn mit einer Bewegung, die er nur hörte. »Das muss es nicht, Mister Garson«, antwortete sie.

»Thor«, verbesserte er sie. »Nennen Sie mich Thor. Das tun alle meine Freunde.«

»Das muss es nicht, Thor«, sagte Anita noch einmal. »Ich wusste, dass José nicht besonders glücklich über das sein würde, was ich tat. Und es war nicht so schlimm, wie es aussieht. Er war sehr wütend. Und, von seinem Standpunkt aus betrachtet, zu Recht. Immerhin habe ich ihn bestohlen.«

»Das haben Sie nicht«, behauptete Thor. »Man kann niemandem etwas stehlen, was ihm gar nicht gehört.«

»Er hat lange gebraucht, um diesen Anhänger ausfindig zu machen«, fuhr Anita in der Dunkelheit fort. »Und noch länger, um ihn zu bekommen.«

»Ja«, maulte Thor. »Und ich Trottel habe ihm auch noch dabei geholfen.«

»Sie hatten gar keine andere Wahl«, behauptete Anita.

»Wie meinen Sie das?«

»Er hat diese Pokerpartie arrangiert, haben Sie das noch nicht begriffen?«

Thor blinzelte überrascht. »Moment mal!«, sagte er. »Wollen Sie damit sagen, dass er mich …«

»… betrogen hat. Ja«, führte Anita den Satz zu Ende. Sie lachte leise. »Wissen Sie, ich kenne José schon eine ganze Weile. Auch wenn es im Moment nicht so aussieht – er hat eine Menge Talente. Aber Kartenspielen gehört ganz bestimmt nicht dazu. Er ist ein miserabler Pokerspieler.«

»Um beim Poker zu betrügen, muss man ein verdammt guter Spieler sein«, erwiderte Thor zweifelnd.

»Oder einen sehr guten Partner haben.« Wieder lachte Anita, was Thor bewies, dass sie offensichtlich besser sehen konnte als er, denn sein fassungsloser Gesichtsausdruck war ihr nicht entgangen. »Der Mann, der neben ihm saß und als Letzter ausgestiegen ist«, fuhr sie nach ein paar Sekunden fort. »Ich weiß nicht, ob Sie auf ihn geachtet haben. Er ist einer der berüchtigsten Kartenhaie von New Orleans. Glauben Sie mir, Thor, Sie hatten von Anfang an keine Chance. Die beiden haben dafür gesorgt, dass Sie den ganzen Abend über gewinnen.«

»Ich verstehe«, sagte Thor düster. »Damit ich leichtsinnig werde und zum Schluss alles auf eine Karte setze.«

»Ganz genau. Und Sie haben es schließlich auch getan – oder?«

»Ja«, gestand Thor zerknirscht. »Ich Idiot.«

»Seien Sie froh, dass Sie es getan haben«, sagte Anita ernst. »José war wild entschlossen, Ihnen diese Kette abzujagen. Ganz egal, auf welche Weise.«

Thor überlegte einen Moment. »Nachdem ich das *Palladium* verlassen habe, hatte ich eine unangenehme Begegnung mit zwei Burschen«, sagte er. »Steckt José vielleicht auch dahinter?«

»Nein«, erwiderte Anita überzeugt. »Warum auch? Er hatte, was er wollte.«

»Damit sind wir beim Thema«, sagte Thor. »Was ist an diesen drei Anhängern so wichtig?«

»Ich weiß es nicht«, antwortete Anita, und obwohl Thor ihr Gesicht in der Dunkelheit immer noch nicht sehen konnte, spürte er einfach, dass sie log. Offensichtlich war es in den letzten drei Tagen zu einer allseits beliebten Freizeitbeschäftigung geworden, ihn zu belügen, zu betrügen und zu hintergehen. Aber er sagte nichts dazu, sondern saß nur schweigend da und wartete darauf, dass sie von sich aus weitersprach.

»Ich weiß nicht, was an diesen Anhängern so wichtig ist«, sagte sie noch einmal. »Aber ich weiß, dass José und Norten sie nicht bekommen sollten.«

»Warum?«

»Weil sie ihnen nicht gehören«, antwortete Anita. Unter fast allen anderen denkbaren Umständen wäre diese Antwort lächerlich gewesen; jetzt nicht. Ohne dass ein einziges Wort der Erklärung nötig gewesen wäre, wusste Thor, was Anita damit meinte. Diese kleinen Schmuckstücke gehörten José und Norten so wenig wie ihm oder Joana – oder wie sie Greg gehört hatten. Es waren alte Dinge, heilige Dinge, Dinge, die irgendwann einmal von ungeheurer Wichtigkeit und Bedeutung für Menschen gewesen waren, Dinge, an die sie ihren Glauben gehängt, die sie verehrt und vielleicht sogar mit ihrem Leben beschützt hatten. Vielleicht waren Menschen gestorben für diese kleinen Schmuckstücke – vor fünfhundert oder tausend oder auch zweitausend Jahren. Und vielleicht hatten einmal die Hoffnungen eines ganzen Volkes an dem gehangen, was sie symbolisierten. Was immer Norten und José damit vorhatten – es war falsch.

»Wenn diese Anhänger wirklich so wertvoll für Ihren Mann und Norten sind«, sagte er, »dann war es sehr tapfer, was Sie getan haben.«

»Vielleicht«, sagte Anita. »Aber vielleicht auch nicht. Vielleicht wollte ich einfach nicht, dass José die Kette hat. Vielleicht hatte ich Angst, dass etwas wie das hier passiert.«

Thor glaubte ihr kein Wort. Auch Anita verschwieg ihm etwas. Aber er hatte das sichere Gefühl, dass sie es aus anderen Gründen tat als ihr Mann oder Norten.

»Sie wissen auch nicht, wer diese Männer dort draußen sind?«, fragte er. »Die Maya-Krieger?«

Er konnte Anitas Zusammenzucken spüren. »Maya-Krieger?«, wiederholte sie. »Wie kommen Sie darauf?«

»Nur eine Vermutung«, sagte Thor. »Die beiden, die in New Orleans hinter mir herjagten, waren Mayas.«

»Aber ich ... ich dachte immer, die Mayas wären ausgestorben«, sagte Anita unsicher, und auch das klang nach dem, was es war – eine weitere, nicht einmal sonderlich überzeugende Lüge.

Trotzdem antwortete er: »Das denken die meisten. Aber es ist falsch. Es gibt noch ein paar Stämme. Nicht viele; insgesamt sind es vielleicht fünf- oder sechstausend Menschen. Reichlich wenig für ein Volk, das einmal einen großen Teil des südamerikanischen Kontinents beherrscht hat. Aber es gibt sie noch.«

»Das ist ... interessant«, sagte Anita, die jetzt hörbar ihre Fassung wiedergewann. Mit spöttisch erhobener Stimme fügte sie hinzu: »Und jetzt glauben Sie, sie hätten ihre Reservate verlassen und das Kriegsbeil ausgegraben, um nach Kuba zu kommen?«

»Ich weiß, wie verrückt das klingt«, antwortete Thor ernst. »Aber diese ganze Geschichte hört sich reichlich verrückt an, nicht wahr?«

»Das stimmt«, antwortete Anita. »Und ich ...«

Sie stockte mitten im Wort, lauschte einen Moment lang angestrengt und fuhr dann erschrocken zusammen.

»Was haben Sie?«, fragte Thor alarmiert.

»Jemand kommt!«, antwortete Anita.

»José?«

»Ich weiß es nicht«, sagte Anita. »Aber wenn, dann … dann darf er Sie auf keinen Fall hier sehen, Thor.«

In diesem Punkt war Thor ausnahmsweise einmal einer Meinung mit ihr. Er wollte aufspringen und zur Tür laufen, aber es hätte Anitas erschrockener Bewegung nicht einmal bedurft, um ihm klarzumachen, dass das die falscheste aller möglichen Richtungen war – auch er hörte die Schritte jetzt und er begriff, dass es viel zu spät war, das Zimmer noch zu verlassen und sich im Ernst einzubilden, dabei nicht gesehen zu werden. Er brauchte ein Versteck.

»Das Bett!«, sagte Anita. »Kriechen Sie darunter! Schnell!«

Eine Sekunde lang war Thor so verblüfft, dass er gar nichts tat. Der Vorschlag erschien ihm so lächerlich, dass er um ein Haar laut aufgelacht hätte. Aber ihm blieb gar keine Zeit mehr, darüber nachzudenken. Er stürmte los, hörte, wie die Schritte dicht vor der Tür abbrachen, und warf sich mit einem lang gestreckten Sprung nach vorn. Als die Klinke hinuntergedrückt wurde, schlitterte er auf dem Bauch und mit eingezogenem Kopf über den spiegelblank gebohnerten Holzfußboden. Seine Füße verschwanden unter dem Rand des Bettes, als die Tür geöffnet wurde und ein schmaler Lichtstreifen vom Flur aus ins Zimmer fiel, und eine Sekunde später kollidierte sein Kopf ziemlich unsanft mit der Wand, vor der das Bett stand.

Für einen Moment sah er nur bunte Sterne. Mit zusammengebissenen Zähnen und so leise, wie er nur konnte, drehte sich Thor herum und blickte zur Tür.

In der nächsten Sekunde kam er sich tatsächlich so albern vor, wie er befürchtet hatte. Die Tür stand noch immer offen, aber die Füße und der Teil der dazugehörigen Beine, den er darüber erkennen konnte, gehörten ganz eindeutig nicht José. Es waren sehr schmale, zierliche Mädchenfüße und -waden.

»Joana!«, hörte er Anitas Stimme. Sein Gesicht wurde unsanft gegen den Boden gepresst, als sich Anita überrascht im Bett aufrichtete und die ausgeleierten Stahlfedern unter der Belastung ächzten und sich durchbogen. »Was machen Sie denn hier?«

Thor hörte das Geräusch der Tür, die wieder geschlossen wurde, und dann das leise Tappen von Joanas Füßen, als sie sich dem Bett näherte.

»Ich … wollte mit Ihnen reden«, sagte Joana. Ihre Stimme klang müde und irgendwie erschöpft. Aber nicht mehr betrunken.

»Jetzt?«, fragte Anita. »Ich … ich bin schon zu Bett gegangen und …«

»Ich hoffe, ich habe Sie nicht geweckt«, unterbrach sie Joana. »Ich bleibe auch nicht lange. Aber … ich habe die Stimme Ihres Mannes gehört, unten im Salon. Und ich wollte allein mit Ihnen reden.«

»Hat das nicht Zeit bis morgen früh?«

»Ich wollte mich nur entschuldigen«, sagte Joana zerknirscht. »Ich glaube, ich … habe mich furchtbar danebenbenommen. Das mit Ihrem Mann tut mir sehr leid.«

»Er wird es überleben«, sagte Anita. »Und er wird Ihnen auch nicht den Kopf abreißen, Kindchen.«

»Es ist mir furchtbar peinlich«, fuhr Joana fort. »Vielleicht … können Sie mit ihm reden. Ich meine, bevor er morgen früh …« Sie stockte abermals und begann verlegen von einem Fuß auf den anderen zu treten.

»Das tue ich, Joana«, sagte Anita. »Ich verspreche es Ihnen. Ich rede noch heute mit ihm, sobald er heraufkommt.

Sie werden sehen, morgen früh ist alles wieder in Ordnung. Aber jetzt seien Sie lieb und lassen Sie mich schlafen: Ich bin sehr müde – und keiner von uns weiß, wie viel Schlaf er in dieser Nacht bekommen wird.«

»Sicher«, sagte Joana hastig. »Es tut mir leid, wenn ich Sie gestört habe. Ich … gehe dann wieder.«

Thor stieß einen lautlosen Seufzer der Erleichterung aus, als Joana sich umwandte und zur Tür ging. Vorsichtig öffnete sie sie und machte einen Schritt – und stockte wieder. Eine Sekunde lang blieb sie völlig reglos unter der Tür stehen. Dann wich sie mit einer raschen Bewegung wieder ins Zimmer zurück und drückte die Tür ins Schloss.

»Was ist?«, fragte Anita.

»Ihr Mann!«, antwortete Joana erschrocken. »Er kommt die Treppe herauf!«

»Dann sollten Sie gehen.«

»Zu spät!«, antwortete Joana. In ihrer Stimme klang ein deutlicher Unterton von Panik mit. »Er würde mich sehen.«

»So schlimm ist das ja nun auch wieder nicht«, begann Anita, aber Joana hörte ihr gar nicht zu, sondern fuhr mit beinahe hysterischer Stimme fort.

»Ich verstecke mich! Schicken Sie ihn unter irgendeinem Vorwand weg – nur für eine Minute.«

Thor hörte das hastige Klatschen nackter Füße auf dem Holzfußboden und dann Anitas erschrockenes Einatmen.

»Nicht dort! In den Schrank!«

Aber es war zu spät. Joana ließ sich mit einer raschen Bewegung zu Boden gleiten, kroch geschickt unter das Bett – und fuhr erschrocken zurück, als ihre tastenden Hände über Thors Gesicht glitten.

»Wer …?«

»Pssst!«, machte Thor. »Keinen Laut!«

Joana verstummte tatsächlich, aber ihre Finger fuhren

prüfend ein zweites Mal über sein Gesicht. Es war so dunkel hier unter dem Bett, dass sie ihn nicht einmal als Schatten wahrnehmen konnte – und er hoffte zumindest, dass sie ihn nicht an dem erkannte, was sie ertastete.

Fast im gleichen Augenblick wurde die Tür geöffnet und José trat ein. Automatisch schloss er sie wieder hinter sich, aber nur, um sie beinahe im gleichen Moment wieder zu öffnen und sich in dem Licht, das vom Flur hereinschien, zu orientieren. Thor hörte seine schweren Stiefelschritte über den Boden poltern, dann zitterte das ganze Bett über ihnen, und die altersschwachen Stahlfedern bogen sich noch weiter durch, als José sich auf die Kante setzte. Thor bekam kaum noch Luft.

»José?«, fragte Anita. Der verschlafene Ton in ihrer Stimme klang überzeugend, dachte Thor. Anita war wirklich eine gute Schauspielerin. Er wusste nur nicht, ob ihn diese Erkenntnis sehr erfreute.

»Du bist noch wach?«, brummte José.

»Ich habe auf dich gewartet«, antwortete Anita.

»Im Dunkeln?« Die Matratze hob sich wieder ein wenig, als José aufstand und polternd zum Tisch ging.

»Nein«, sagte Anita.

Josés Schritte stoppten. »Nein – was?«

»Das Licht«, antwortete Anita. »Mach es bitte nicht an.«

»Aber warum denn nicht?«

»Sie … könnten es von draußen sehen«, antwortete Anita stockend.

José lachte grob. »Unsinn! Die Läden sind vorgelegt, oder?« Thor hörte, wie er ein Streichholz anriss; Glas klirrte leise, und dann erfüllte der bleiche, fast weiße Schein einer Petroleumlampe das Zimmer.

Ihr Licht fiel natürlich nicht unter das Bett, aber es reichte immerhin aus, die Dunkelheit so weit aufzuhellen, dass er

Joanas schreckensbleiches Gesicht und ihre ungläubig aufgerissenen Augen nur wenige Zentimeter vor sich erkennen konnte.

So deutlich wie sie umgekehrt ihn.

Eine Sekunde lang starrte sie ihn einfach nur an, dann sah er, wie in ihren Augen ein düsterer Funke aufglomm, der heller und heller brannte. Gleichzeitig begann sich ihr Gesicht immer weiter zu verdunkeln.

Thor griff im letzten Moment zu und presste ihr die Hand auf den Mund, als sie losschreien wollte. Joana versuchte instinktiv seine Hand beiseitezuschlagen, konnte sich aber in der Enge unter dem Bett ebenso wenig bewegen wie er.

»Was war das?«, fragte José alarmiert und Joana erstarrte mitten in der Bewegung.

»Was?«, fragte Anita harmlos.

»Ich ... ich dachte, ich hätte etwas gehört«, sagte José. »Du nicht?«

Thors Herz machte einen erschrockenen Sprung, als er Anita leise auflachen und antworten hörte: »Vielleicht habe ich ja meinen Liebhaber unter dem Bett versteckt. Warum siehst du nicht nach?«

»Ich habe wirklich etwas gehört«, beharrte José.

Das Bett ächzte hörbar und presste Thor und Joana noch fester gegen den Boden, als Anita heftig den Kopf schüttelte. »Nein«, sagte sie. »Du musst dich getäuscht haben.«

José blieb noch einen Moment unschlüssig stehen und lauschte, ging aber dann zum Bett zurück und ließ sich schwer auf die Matratze sinken. »Wahrscheinlich hast du recht«, sagte er. »Komm – wenden wir uns angenehmeren Dingen zu.«

Thor riss ungläubig die Augen auf und auch Joana blinzelte irritiert. Die Matratze bog sich noch stärker durch und presste sie beide so fest gegen den Boden, dass sie kaum noch Luft bekamen, als José sich über ihnen herumdrehte, um sich seiner Frau zuzuwenden.

»Jetzt nicht«, sagte Anita beinahe grob.

»Wieso denn nicht?«, fragte José. Seine Stimme klang scharf.

»Mir … ist nicht danach«, antwortete Anita. »Und ich bin durstig.«

»Dann trink etwas«, antwortete José. »Auf dem Nachttisch steht eine ganze Karaffe mit Wasser.«

»Ich möchte kein Wasser«, erklärte Anita. »Du könntest mir ein Glas Wein holen.«

»Später«, sagte José. »Hinterher.«

Die Matratze quietschte und bewegte sich weiter, und Thor hatte das Gefühl, langsam, aber unbarmherzig in den Boden hineingestampft zu werden. Dann hörte er José einen unwilligen Laut ausstoßen und sich aufrichten. »Verdammt, was ist los mit dir?«, fragte er barsch. »Zier dich nicht so!«

»Ich habe Kopfschmerzen«, antwortete Anita im gleichen unwilligen Ton.

»Kopfschmerzen, so?«, schnappte José böse. »Pass mal auf, Schätzchen. Dir tut gleich noch sehr viel mehr weh, wenn du dich noch weiter so zickig anstellst.«

»Ich sage ja gar nicht, dass ich nicht will«, antwortete Anita. »Aber ich möchte gern ein Glas Wein. Sei lieb und hol es mir. Und bring dir auch etwas zu trinken mit.«

Sekundenlang antwortete José gar nicht. Dann hörten sie, wie er mit einem ärgerlichen Knurren aufstand, wobei er sich so heftig auf der Matratze abstützte, dass eine der Sprungfedern durch Thors Jacke stach und sich tief in seine Magengrube bohrte. »Weiber!«, maulte José. Aber er ging gehorsam zur Tür, riss sie auf und schmetterte sie hinter sich wieder ins Schloss.

Thor kroch hastig unter dem Bett hervor und richtete sich auf, während sich Joana auf der anderen Seite in die Höhe stemmte und abwechselnd ihn und Anita mit Blicken regelrecht durchbohrte.

»So ist das also!«, begann Joana. »Ich wusste doch, dass …«

»Nicht jetzt!«, unterbrach Thor sie. Mit zwei Schritten war er bei der Tür, presste das Ohr gegen das Holz und lauschte eine Sekunde. Als er nichts hörte, öffnete er sie, spähte vorsichtig durch den Spalt auf den Gang hinaus und schlüpfte schließlich hindurch. Rasch überquerte er den Korridor, öffnete die Tür zu seinem eigenen Zimmer und trat ein.

Mit einem erleichterten Seufzer wollte er sie hinter sich wieder zudrücken, aber er kam nicht einmal dazu, die Bewegung halb zu Ende zu führen. Die Tür wurde so wuchtig aufgestoßen, dass er zwei Schritte vorwärtsstolperte und halb über sein Bett fiel, als Joana hereingestürmt kam.

»So ist das also!«, sagte sie noch einmal. »Deshalb hatte sie es so eilig, mich loszuwerden. Und ich habe mich schon gefragt, wo du bist! Ich habe dich überall gesucht, weil ich mich bei dir entschuldigen wollte! Ich muss verrückt gewesen sein!«

Thor richtete sich unsicher auf dem Bett auf und setzte zu einer Antwort an, aber Joana ließ ihn gar nicht zu Wort kommen.

»Und ich dumme Kuh habe wirklich gedacht, dass es nur deine guten Manieren sind! In Wahrheit hatte der Herr etwas Besseres vor, nicht wahr? Wahrscheinlich sind wir gar nicht wegen des Anhängers hier, sondern wegen dieser dummen Kuh dort drüben!«

»Sie ist keine dumme Kuh«, unterbrach Thor sie, aber Joana hörte gar nicht zu.

»Der Herr steht anscheinend wirklich nur auf ältere Damen!«, fuhr sie aufgebracht fort. Sie kam einen Schritt näher und stemmte herausfordernd die Hände in die Hüfte. »Und ich reise um die halbe Welt mit dir, klaue ein Flugzeug, lasse mich fast von einer Schlange fressen, werde um ein Haar vergewaltigt und entführt und zum Schluss noch beinahe erschossen – und das alles nur, damit Thor Garson möglichst schnell ins Bett dieser schwarzhaarigen Schlampe kommt!«

»Ich war nicht in ihrem Bett«, sagte Thor.

Joana wischte seine Antwort mit einer zornigen Handbewegung zur Seite. »Aber du wärst es gern gewesen, nicht? Fast tut es mir leid, dass ich nicht fünf Minuten später gekommen bin. Oder gar nicht – dann wäre nämlich José aufgetaucht und hätte dich mit seiner Frau erwischt.«

»Jetzt reicht es aber!«, unterbrach Thor sie. Mit einer ärgerlichen Bewegung stand er auf, packte sie an der Schulter und schüttelte sie. »Hör endlich mit diesem Unsinn auf! Es ist alles ganz anders, als du glaubst.«

Joana fegte seine Hand davon. »Natürlich!«, sagte sie spöttisch. »Es ist immer ganz anders, als es aussieht, nicht wahr?« Sie lachte abfällig. »Ich weiß, ich bin ja nur ein dummes Kind, das nichts von alldem versteht.«

»Jedenfalls benimmst du dich im Moment so«, sagte Thor.

In Joanas Augen blitzte es noch ärgerlicher auf. »Und ich wollte mich schon bei dir entschuldigen!«, sagte sie. »Weißt du, dass ich dir fast geglaubt hätte?«

»Jetzt hör endlich auf«, sagte Thor. »Du schreist noch das ganze Haus zusammen.«

»Und?«, gab Joana schnippisch zurück. »Wäre es dir so peinlich, wenn man uns beide zusammen in einem Zimmer treffen würde?« Ihre Augen schleuderten kleine brennende Blitze in seine Richtung. »Dich zusammen mit dieser Anita in einem Bett zu finden, wäre dir offensichtlich nicht so peinlich gewesen.«

»Bitte, hör mir doch einfach nur eine Minute lang zu«, sagte Thor beinahe flehend. »Ich erkläre dir ja alles, aber ...«

»Nein danke«, unterbrach ihn Joana. »Ich verzichte auf deine Erklärungen.«

»Dann sei wenigstens leise«, flehte Thor. »Was soll dein Professor Norten bloß denken, wenn er dich hört – und in diesem Zustand sieht?«

»In diesem Zustand?« Joana blickte an sich hinab. Sie war nur mit einem weißen Herrenhemd bekleidet, das ihr zwar um mindestens fünf Nummern zu groß war, trotzdem aber kaum bis an ihre Oberschenkel hinabreichte. Einen Moment lang starrte sie ihn an, dann runzelte sie die Stirn und nickte. »Oh, ich verstehe. Du meinst, ich wäre unpassend angezogen. Das stimmt sogar. Das Hemd war sowieso für dich bestimmt, glaube ich. Hier – du kannst es haben!«

Und ehe Thor es verhindern konnte, zog sie das Hemd mit einer raschen Bewegung über den Kopf, knüllte es zu einem Ball zusammen und warf es ihm ins Gesicht. In dem Bruchteil einer Sekunde, bevor es Thor traf, konnte er erkennen, dass sie darunter absolut nichts anhatte.

»Gute Nacht«, sagte Joana, drehte sich auf der Stelle um und stolzierte hoch erhobenen Hauptes aus dem Zimmer.

»Joana!«, schrie Thor verzweifelt, während er hinter ihr herstürzte. »Du kannst doch nicht ...«

Aber sie konnte. Vollständig nackt, aber so stolz wie eine Königin auf einem Galaempfang marschierte Joana aus seinem Zimmer und quer über den Flur davon.

Dass José und Professor Norten in genau diesem Moment nebeneinander die Treppe heraufkamen und sowohl sie als auch Thor erblickten, der unter der Tür stehen geblieben war, Joana hilflos hinterhersah und das zusammengeknüllte Hemd noch in der Hand trug, hatte er zwar nicht direkt erwartet.

Aber es überraschte ihn eigentlich auch nicht mehr besonders.

An Schlaf war in dieser Nacht nicht mehr zu denken. Norten hatte – beinahe zu Thors Überraschung – zwar darauf verzichtet, ihn auf der Stelle umzubringen oder zumindest aus dem Haus zu werfen, aber sein Blick und der erstarrte Gesichtsausdruck, mit dem er sich Thors gestotterten Erklärungsversuche anhörte, sagten sehr deutlich, dass sie sich über dieses Thema noch einmal und später und sehr viel gründlicher unterhalten würden.

Trotzdem – als Thor nach einigen Minuten aufhörte Unsinn zu faseln, sagte er nur: »Ich erwarte Sie in ein paar Minuten unten im Salon, Mister Garson. Ich war ohnehin auf dem Weg zu Joana und Ihnen. Es gibt ein paar Dinge, über die wir reden müssen.« Er hob rasch die Hand und machte eine abwehrende Bewegung. »Machen Sie sich keine Mühe. Ich gehe selbst und sage Joana Bescheid.«

Thor blickte ihm betroffen nach, wünschte Joana in Gedanken die Pest an den Hals und überlegte einen Moment lang ernsthaft, ob er Josés Nase wieder in den Zustand vom heutigen Vormittag zurückversetzen sollte, als er dessen schadenfrohes Grinsen bemerkte. Dann kam er zu dem Schluss, dass dieser Trottel die Mühe gar nicht wert war, drehte sich auf der Stelle um und polterte die Treppe in den Salon hinunter.

Das Zimmer war als einziger Raum im ganzen Haus hell erleuchtet. Im Kamin brannte ein gewaltiges Feuer, und auf einer Anzahl kleiner Tische, die scheinbar wahllos im Zimmer verteilt waren, flackerte mehr als ein Dutzend Kerzen. Keine der Petroleumlampen, von denen es auch genug gegeben hätte, brannte. Und Thor begriff auch, warum das so war. Sollte das Haus angegriffen werden und es zum Kampf kommen, konnte eine einzige umgeworfene Petroleumlampe die ganze Hazienda in Brand stecken. Und auch das Feuer diente nicht der Erzeugung von Wärme – die Nacht war so warm, dass man auch im Freien hätte schlafen können –, sondern einzig dem Zweck, gewisse vorwitzige Indianer daran zu hindern, über das Dach und durch den Kamin ins Haus einzudringen; groß genug war er auf jeden Fall. Thors Hochachtung für die Umsicht, mit der Norten vorgegangen war, mischte sich mit einem Anflug von neuerlichem Misstrauen. Entweder Professor Norten hatte eine gewisse Erfahrung darin, belagert zu werden – oder er war nicht das, was er ihn und Joana und wahrscheinlich auch Greg hatte glauben machen wollen.

Wie am Tage standen auch jetzt an zweien der großen Fenster mit Gewehren bewaffnete Männer. Thor nickte ihnen flüchtig zu; erntete aber nur einen eisigen Blick und beeilte sich, sich auf dem am weitesten vom Kamin entfernten Platz niederzulassen. Trotzdem strahlte das Feuer eine unangenehme Wärme aus. Das und … noch etwas.

Im ersten Augenblick versuchte Thor das Gefühl zu ignorieren, aber es war zu stark. Fast gegen seinen Willen drehte er den Kopf und blickte in die lodernden Flammen. Es war Feuer, brennendes Holz, weiter nichts, und doch … Irgendetwas am Tanz der Flammen war falsch. Sie zuckten und hüpften, bebten und wanden sich wie …

Unsinn!

Mit einem Ruck drehte er den Kopf wieder weg und begann nervös mit den Fingerspitzen auf die Lehne des Sessels zu trommeln, bis Norten und in seiner Begleitung auch Joana und José zurückkamen. Joana bedachte ihn mit einem eisigen Blick, aber in Josés Augen glitzerte es noch immer schadenfroh.

Norten betrachtete abwechselnd Thor und Joana einen Moment lang, nachdem er sich gesetzt hatte. Aber er sagte nichts von all dem, was Thor befürchtet hatte, sondern kam übergangslos zur Sache. »Ich habe über unser Gespräch von heute Mittag noch einmal nachgedacht, Mister Garson«, sagte er.

Thor sah ihn fragend an.

»Ich glaube, in einem Punkt haben Sie recht«, fuhr Norten fort. »Ich glaube zwar nach wie vor nicht, dass es sich bei diesen Männern dort draußen um mehr als ein paar Strauchdiebe handelt. Aber ich fürchte, es sind eine Menge Strauchdiebe. Und offensichtlich kommt es ihnen auf ein paar Menschenleben mehr oder weniger nicht an.«

»Das ist mir nicht entgangen«, sagte Thor.

Norten ignorierte ihn. »Außerdem hat sich die Situation mit Joanas Ankunft geändert«, fuhr er ungerührt fort. »Da Greg tot ist, fühle ich mich jetzt für das Mädchen verantwortlich. Ich kann nicht riskieren, dass ihr etwas passiert. Ich bin also zu dem Schluss gekommen, dass wir versuchen sollten hier herauszukommen.«

»Sie wollen nicht mehr auf Ihre Männer warten?«

»Es ist ganz und gar nicht sicher, dass sie wirklich schon morgen früh zurück sind«, erklärte Norten. »Das Vieh ist verladen, sie haben ihre Löhnung bekommen – es ist gut möglich, dass sie noch einen oder zwei Tage in der Stadt bleiben. Normalerweise habe ich nichts dagegen, wenn sie sich ein paar Tage amüsieren. Schließlich arbeiten sie auch das ganze Jahr über hart genug. Und selbst wenn – möglicherweise haben Sie recht, und diese Verrückten legen ihnen einen Hinterhalt. Nicht dass ich glaube, sie könnten wirklich mit sechzig Bewaffneten fertig werden, aber es könnte eine Menge Tote und noch mehr Verletzte geben, und das möchte ich verhindern.«

»Und wie?«

Norten schwieg einen Moment. Dann wandte er sich an Joana: »Traust du dir zu, das Flugzeug bei Nacht zu starten?«

Joana sah ihn einen Moment lang verblüfft an, ehe sie nickte. »Das schon«, antwortete sie. »Aber nicht auf diesem Bach. Das wäre Selbstmord.«

»Der Fluss wird wesentlich breiter«, sagte Norten. »Nicht einmal zwei Meilen entfernt. Und auch tiefer.«

Joana überlegte einige Sekunden. »Ich könnte die Maschine treiben lassen«, sagte sie, »aber da ist noch ein Problem.«

»Ja?«

»Wir haben kaum noch Benzin.«

»Was heißt das genau: kaum noch?«

Joana zuckte mit den Schultern. »Das weiß ich nicht. Vielleicht für fünf Minuten, vielleicht für zehn – aber auf keinen Fall mehr.«

»Das reicht«, sagte Norten. »Es gibt eine Tankstelle, ungefähr zehn Meilen von hier. Sie liegt direkt am Fluss.«

»Zehn Meilen?« Joana dachte einen Moment lang angestrengt nach. »Das müssten wir schaffen.«

»Da ist noch ein kleines Problem«, wandte Thor ein.

Aller Blicke wandten sich ihm zu.

»Wir sind heute Mittag schon fast umgebracht worden«, erinnerte Thor, »als wir gelandet sind. Sie glauben doch nicht im Ernst, dass die da in aller Ruhe zusehen, wie wir in die Maschine steigen und davonfliegen?«

»Im Flugzeug sind wir sicher«, behauptete Joana. »Wenn sie wirklich nur mit ihren Blasrohren bewaffnet sind …«

»Das sind sie«, versicherte Norten. »Wäre es anders, wären wir längst nicht mehr am Leben.«

»Dann können sie uns in der Maschine nichts tun«, fuhr Joana fort. »Außerdem kann ich selbst auf diesem Bach schneller fahren, als ein Mensch rennen kann.«

»Du kommst ja nicht einmal hin«, behauptete Thor.

»Vielleicht schon«, sagte Norten. »Der Himmel bewölkt sich. Es würde mich nicht wundern, wenn wir in einer halben Stunde Regen haben. Auf jeden Fall wird es sehr viel dunkler werden.«

»Wie beruhigend«, sagte Thor mit ätzendem Spott. »Der Bach war schon bei Tage kaum zu erkennen.«

»Was ist los mit dir?«, fragte Joana scharf. »Hast du Angst?«

»Ja«, gestand Thor unumwunden. »Du etwa nicht?«

»Die haben wir alle«, beendete Norten die Diskussion ärgerlich. »Aber wir können auch nicht einfach hierbleiben und darauf hoffen, dass ein Wunder geschieht.«

»Vor ein paar Stunden waren Sie noch ganz anderer Meinung«, sagte Thor.

Norten druckste einen Moment herum. »Das stimmt«, gestand er. »Aber ich habe mich … eben anders entschieden.«

»Um genau zu sein«, verbesserte ihn Thor, »Sie spüren, dass irgendetwas vorgeht, nicht wahr?«

Norten blickte ihn durchdringend an und schwieg.

»Sie spüren es genau wie ich«, fuhr Thor fort. Er deutete auf José. »Und du auch. Jeder hier fühlt es. Das dort draußen sind keine Wegelagerer oder Strauchdiebe. Irgendetwas geht dort vor. Ich weiß nicht, was es ist, aber es macht mir Angst. Und Ihnen auch, Professor Norten.«

»Und wenn?«, fragte Norten mit unbewegtem Gesicht.

»Wenn«, sagte Thor, »dann wäre dies vielleicht der passende Moment, mir endlich die Wahrheit zu sagen.« Er deutete auf die dünne Goldkette an Nortens Hals. »Es hat irgendetwas mit diesen Anhängern zu tun. Was sind sie? Wirklich nur Schmuckstücke? Oder magische Gegenstände?«

»So ein Quatsch!«, sagte José. Aber sowohl Thor als auch

Norten ignorierten seinen Einwurf einfach. Fast eine Minute lang blickten die beiden Männer sich schweigend an, und das, was ihre Blicke sich erzählten, das war mehr, als Worte vermocht hätten.

Trotzdem sagte Norten schließlich: »Sie sind kein Kind mehr und sollten wissen, dass es so etwas wie Magie nicht gibt.«

»Natürlich«, erwiderte Thor ebenso ernst wie Norten. »Aber es gibt sehr wohl Dinge, die wir mit reiner Logik und Wissenschaft nicht erklären können, nicht wahr? Also können wir genauso gut bei dem Wort Magie bleiben – bis wir ein besseres gefunden haben.«

Norten lächelte humorlos. »Wenn Sie so wollen.«

»Das ist aber immer noch keine Antwort auf meine Frage«, beharrte Thor. »Welches Geheimnis umgibt diese Anhänger? Was ist so wichtig daran, dass Menschen dafür sterben mussten?«

»Glauben Sie mir, Mister Garson«, sagte Norten ernst. »Ich weiß es nicht.«

»Und wenn Sie es wüssten, würden Sie es mir nicht verraten«, vermutete Thor.

»Richtig«, sagte Norten.

Thor seufzte tief. »So kommen wir nicht weiter«, sagte er.

»Dann spiel doch einfach den Klügeren und gib nach«, riet ihm José spöttisch.

Thor wollte antworten, aber in diesem Moment fuhr draußen ein greller Blitz nieder und tauchte das Zimmer für eine Hundertstelsekunde in blauweiße, schattenlose Helligkeit. Thor blinzelte, und auch Norten und Joana fuhren sich mit den Händen über die Augen. Im Kamin zersprang knackend ein Holzscheit und ein Schauer winziger Funken regnete auf den Boden.

Thor stand auf und trat mit ein paar Schritten zum Fenster. Der Himmel im Westen hatte sich mit schweren, tief hängenden Wolken bezogen, und in weiter Entfernung konnte er ein dumpfes Donnergrollen hören. Der Waldrand lag wie ein mit dicker schwarzer Tusche gemalter Strich über dem Horizont. Nichts bewegte sich zwischen ihm und der Hazienda – aber was hieß das schon? In den finsteren Schatten dort draußen konnte sich eine ganze Armee verbergen, ohne dass man ihre Anwesenheit auch nur ahnte. Und wahrscheinlich war es auch genau das, überlegte Thor, was dort draußen auf sie wartete. Eine kleine Armee, aber eine Armee.

Er verscheuchte den Gedanken. »Sie hatten recht, Professor Norten«, sagte er. »Es gibt tatsächlich ein Gewitter.«

Norten stand auf und trat neben ihn ans Fenster. Und nach einigen Sekunden gesellte sich auch Joana zu ihnen. Nur José blieb im Sessel vor dem Kamin sitzen.

»Es kommt schnell näher«, sagte Norten. Ein besorgter Schatten huschte über sein Gesicht. »Das sieht nicht gut aus.«

»Haben Sie sich nicht gerade genau dieses Wetter gewünscht?«

Norten nickte und schüttelte fast in der gleichen Bewegung den Kopf. »Die Wolken schon, aber kein Gewitter. Und schon gar keinen Sturm.« Er sah Joana mit eindeutiger Sorge an. »Glaubst du, dass du die Maschine bei diesem Wetter starten kannst?«

»Ich weiß es nicht«, gestand Joana. »Ich bin noch nie bei schlechtem Wetter gestartet. Aber schlimmstenfalls«, fügte sie hinzu, als sie sah, wie sich der Ausdruck von Sorge auf Nortens Gesicht in Enttäuschung verwandelte, »können wir die Maschine immer noch als Boot benutzen. Selbst wenn ich nicht starten kann, brauchen wir keine zehn Minuten für die zehn Meilen.«

»Nein«, sagte Norten düster. »Genau das können wir nicht.«

»Wieso?«, frage Joana.

»Weil der Fluss ...«

In diesem Moment zerriss ein weiterer gleißender Blitz den Himmel, und diesmal so nah und hell, dass nicht nur Thor mit einem schmerzhaften Stöhnen die Lider zusammenpresste.

Es half nicht viel. Er sah den Blitz noch immer; nicht mehr wirklich, sondern als grelles, zuckendes Nachbild auf seinen Netzhäuten, das sich wand und zitterte und ...

Erstaunt riss er die Augen auf, starrte eine Sekunde aus dem Fenster und schloss die Lider dann wieder.

Das in einem unheimlichen grünlichen Farbton leuchtende Nachbild auf seinen Netzhäuten war noch immer da. Aber was sich in seine Retina gebrannt hatte und nur allmählich verblasste, das war nicht das Abbild des Blitzes, den er gesehen hatte.

Es war das Bild einer riesigen, sich windenden Schlange, aus deren Schädel ein gewaltiger Federbusch wuchs.

»Aber das ist doch ... unmöglich!«, hauchte Joana.

Thor riss erstaunt die Augen auf und sah sie an. »Was ist unmöglich?«, fragte er.

»Der Blitz«, stammelte Joana. »Ich meine, die ... die ...« Sie brach ab und blickte hilflos ihn und Norten und dann wieder ihn an.

Und als Thor den Kopf wandte und Norten ansah, erkannte er auf dessen Gesicht den gleichen fassungslosen Ausdruck wie auf dem Joanas und vermutlich auch auf seinem eigenen. Es war keine Einbildung gewesen. Die beiden hatten es auch gesehen.

Ein weiterer, noch grellerer Blitz machte die Nacht draußen für den Bruchteil einer Sekunde zum Tage, und diesmal war das Nachbild so stark, dass Thor es sogar sah, ohne die Augen schließen zu müssen.

»Quetzalcoatl«, flüsterte Norten. Seine Stimme bebte vor Entsetzen. »Das … das ist …«

»Was redet ihr da für einen Unsinn?«, fragte José unwillig. Er stand auf und kam näher, offensichtlich der Einzige im ganzen Raum, der nichts von dem unheimlichen Vorgang bemerkt hatte.

Selbst die beiden Mexikaner waren bleich geworden. Auch sie mussten das Bild der gefiederten Schlange gesehen haben. Und auch wenn sie nicht wussten, was es bedeutete, so erschreckte es sie fast zu Tode. Einer ließ schlichtweg sein Gewehr fallen und stürmte aus dem Raum, während der andere Schritt für Schritt vom Fenster zurückwich, bis er mit dem Rücken gegen die Wand neben dem Kamin stieß.

»Was hat das zu bedeuten?«, fragte Joana aufgeschreckt. »Onkel Norten! Thor! Was geht hier vor?«

»Das solltest du besser den Professor fragen«, antwortete Thor zornig. »Ich bin sicher, er weiß die Antwort.«

»Das ist doch nicht möglich!«, flüsterte Norten. Die Worte galten nicht Thor. Er sah ihn nicht einmal an, sondern starrte aus weit aufgerissenen, vor Angst dunkel gewordenen Augen aus dem Fenster. »Noch nicht jetzt! Sie haben noch nicht –«

»Sie haben noch nicht *was*?«, hakte Thor nach.

Norten fuhr sichtbar zusammen und wurde noch blasser. Aber er fiel nicht auf Thors blitzartig nachgesetzte Frage herein, sondern wechselte übergangslos das Thema.

»José!«, sagte er barsch. »Geh und hol deine Frau! Wir müssen weg hier! Sofort!«

»Ich verlange jetzt endlich eine Erklärung!«, sagte Thor so laut, dass nur noch eine Winzigkeit fehlte, und er hätte wirklich geschrien.

Aber auch jetzt schüttelte Norten nur den Kopf. »Dazu ist keine Zeit«, sagte er. »Wir müssen raus hier!«

Wie um seine Worte zu unterstreichen, zuckte in diesem Moment ein dritter Blitz vom Himmel herab – und dieser richtete mehr Schaden an, als nur flimmernde Nachbilder in Form einer gefiederten Schlange auf ihren Netzhäuten zu hinterlassen. Thor hörte ein unheimliches, berstendes Krachen und dann schien das ganze Haus in seinen Grundfesten zu erbeben. Klirrend zerbrach überall Glas, Menschen schrien und er hörte das schreckliche Geräusch von Holz, das Feuer gefangen hatte. Die Luft stank nach Ozon und brennendem Holz, und kaum eine Sekunde später drang flackernder Feuerschein vom oberen Ende der Treppe herab.

»Raus hier!«, brüllte Norten mit überschnappender Stimme.

Und diesmal reagierte Thor sofort. Blitzschnell fuhr er herum, packte Joana am Arm und stürmte auf den Ausgang zu.

Als sie durch die Halle rannten, traf ein zweiter Blitz das Haus.

Die Erschütterung war so stark, dass sie alle von den Füßen gerissen wurden und übereinanderstürzten. Ein ungeheures Dröhnen und Krachen marterte Thors Trommelfelle, und für Sekundenbruchteile war das gesamte Gebäude von einem unerträglich grellen Leuchten erfüllt. Die Luft knisterte elektrisch, und für einen Moment hatte er das Gefühl, flüssiges Feuer zu atmen. Das ganze Haus zitterte. Putz rieselte von der Decke und weitere Fensterscheiben zerbrachen. Irgendwo stürzten polternd Möbelstücke um, und aus dem oberen Stockwerk drangen Geräusche, als breche der gesamte Dachstuhl zusammen. Thor war noch nie in einem Haus gewesen, das vom Blitz getroffen wurde. Aber er hatte auch noch nie gehört, dass Blitze einschlugen wie Granaten.

Dieser hier tat es. Er setzte das Haus nicht einfach in Brand, er ließ es förmlich *explodieren.*

»Lauft!«, schrie Norten. »Rennt! Zum Flugzeug! Wartet nicht auf mich!«

Was Thor anging, war er nur zu bereit, auf Nortens Wunsch zu hören. Aber Joana riss sich blitzschnell los, sprang auf die Füße und eilte zu Norten zurück. Ohne auf dessen Proteste zu achten, zog sie ihn in die Höhe und auf die Tür zu.

Als sie durch die Halle stürmten, brach der Boden auf. Ein schmaler, gezackter Riss spaltete das schwarz-weiße Schachbrettmuster der Fliesen, erreichte die Wand neben der Tür und zertrümmerte auch sie. Thor prallte mitten im Lauf zurück und riss auch Joana mit sich, als der schmale Spalt sich mit irrsinniger Geschwindigkeit zu einem halbmeterbreiten, bodenlosen Schacht ausweitete, aus dem Staub und ein unheimliches Donnern und Grollen emporstoben.

Und einen Herzschlag später Flammen.

Der Mann, der neben ihnen gelaufen war, hatte weniger Glück gehabt. Auch er versuchte sich mitten im Lauf herumzuwerfen, aber seine Reaktion kam zu spät. Eine Sekunde lang stand er nach vorn gebeugt und mit wild rudernden Armen da, die Augen vor Entsetzen geweitet und einen Schrei auf den Lippen, der im Krachen und Grollen des Gewitters und im Zusammenbrechen des Hauses unterging. Dann schoss eine brüllende Flammenzunge aus dem Abgrund herauf, hüllte ihn ein und riss ihn in die Tiefe.

Und etwas an dieser Flamme war … unheimlich. Thor sah es nur aus den Augenwinkeln, denn alles geschah in Bruchteilen von Sekunden, während er noch stürzte und Joana dabei schützend an sich presste, aber die Stichflamme war eigentlich keine Flamme, sondern eine Schlange; eine sich windende, brüllende, lodernde Schlange aus purer Glut, die sich um den Körper des Mannes wand und ihn dabei versengte, ehe sie ihn mit einem harten Ruck nach vorn und in den Schlund der Erde riss.

Er prallte auf, rollte herum und versuchte, sich instinktiv schützend mit seinem Körper zwischen Joana und die Feuerwand zu werfen, doch sie entschlüpfte seinem Griff und sprang sofort wieder auf die Füße. Thor wollte sie zurückreißen, aber die Flammen strahlten eine so ungeheure Helligkeit ab, dass er geblendet war und kaum noch etwas sah. Er griff daneben.

»Onkel Norten!«, schrie sie. »Wo bist du?«

Thor glaubte eine Antwort zu hören, aber er war sich nicht sicher; binnen Sekunden war die unheimliche Stille, die den ganzen Tag geherrscht hatte, einem wahren Höllenlärm gewichen: dem Brüllen der Flammen, dem unheimlichen Zischen der niederfahrenden Blitze und dem ungeheuerlichen Dröhnen und Krachen des Donners, dem Bersten des zusammenbrechenden Hauses, dem Schreien von Menschen und dem Prasseln von Flammen. Er sah eine Gestalt im Widerschein der zuckenden Blitze, sah Joana darauf zulaufen und riss sie im letzten Moment am Arm zurück, als über ihren Köpfen die Decke einzubrechen begann und ein mannsdicker, brennender Balken niederstürzte. Joana versuchte seine Hand beiseitezuschlagen, aber er hielt sie mit unerbittlicher Kraft fest, stemmte sich selbst auf die Füße und deutete wild gestikulierend zur Tür.

»Wir müssen raus hier!«, schrie er. Der Lärm war so gewaltig geworden, dass er nicht einmal sicher war, ob Joana die Worte überhaupt verstand. Aber sie schien zumindest die Bedeutung seiner Geste begriffen zu haben, denn sie schüttelte wild den Kopf und versuchte abermals sich loszureißen. Thor zerrte sie mit einem harten Ruck ganz zu sich heran und brüllte noch einmal: »Wir müssen raus! Das ganze Haus bricht zusammen!«

»Onkel Norten!«, schrie Joana zurück. »Wir müssen ihn suchen!«

Einen Moment lang war Thor versucht, sie sich schlichtweg über die Schulter zu werfen und loszustürmen; doch in diesem Augenblick erschien eine Gestalt in einem zerfetzten weißen Leinenanzug unter der Salontür und gestikulierte wild. Norten.

»Lauft zum Flugzeug!«, schrie er. »Ich hole José und seine Frau! Lauft!«

Eine Sekunde lang zögerte Joana noch. Aber dann drehte sie sich herum, blickte einen Herzschlag lang aus angstvoll geweiteten Augen auf den mittlerweile gut meterbreiten Spalt im Boden und dann zur Tür, und als Thor danach in ihre Augen sah, erkannte er darin zwar Angst, zugleich aber auch Entschlossenheit.

Er selbst fühlte sich kaum weniger verunsichert als das Mädchen. Der Spalt war nicht so breit, dass es wirklich gefährlich gewesen wäre, ihn zu überspringen – doch er dachte voller Entsetzen an die glühende Schlange aus Feuer, die den unglückseligen Mann verschlungen hatte. Der Spalt spie jetzt keine Flammen mehr, aber Thor hatte nicht vergessen, wie entsetzlich *schnell* die Stichflamme in die Höhe geschossen war.

Doch sie hatten keine Wahl. Das ganze Haus zitterte und bebte jetzt ununterbrochen und das Feuer griff rasend schnell um sich. Vom oberen Ende der Treppe strahlte eine unheimliche, fast weiße Glut zu ihnen herab und die Hitze war beinahe unerträglich geworden. Entschlossen packte er Joanas linke Hand, sammelte alle Kraft – und stieß sich ab.

Ein Hauch höllischer Glut streifte sie, als sie über den Spalt sprangen. Und als Thor nach unten blickte, sah er es:

ein Nest sich windender, ineinandergeschlungener, peitschender Schlangenkörper aus nichts anderem als aus Glut und Feuer, aus dem sich plötzlich ein fast mannsdicker Arm löste, der mit entsetzlicher Schnelligkeit zu ihnen heraufgriff. Es ging ungeheuer schnell, und doch sah Thor alles mit schon fast übernatürlicher Klarheit, als hätte sich die Zeit geteilt und liefe plötzlich auf zwei unterschiedlichen, voneinander unabhängigen Ebenen: Die Schlange reckte sich zu ihnen empor, ein waberndes, weiß glühendes Ding mit Schuppen aus Feuer und kleinen, lodernden Flammenaugen, die Thor voll unstillbarem Hass anstarrten, und ein aufgerissenes Maul wie der Schlund der Hölle.

Die Feuerschlange berührte sein Bein, wand sich darum, versengte die Hose und die Haut darunter – und löste sich wieder, im gleichen Moment, in dem Thor bereits die entsetzliche Kraft zu spüren glaubte, die ihrem lodernden Körper innewohnte. Er spürte, wie etwas ungeheuer *Mächtiges*, ungeheuer *Altes*, *Düsteres* nach seiner Seele griff und sie zu Eis erstarren ließ, so wie die Feuerschlange seinen Körper verbrannte – und jäh zurückprallte.

Mit einem Schmerzensschrei schlug er auf der anderen Seite des Spaltes auf den Boden, strauchelte und stürzte vor der Tür auf die Fliesen. Er versuchte Joana loszulassen, riss sie aber trotzdem mit aus dem Gleichgewicht und sah, wie sie einen ungeschickten, stolpernden Schritt machte und wuchtig gegen den Türrahmen prallte. Halb benommen taumelte sie zurück und sank auf die Knie. Aus einer kleinen Platzwunde an ihrer Schläfe sickerte Blut in einem dünnen, aber beständigen Strom.

Trotzdem kam sie vor ihm wieder auf die Füße, denn Thors Bein brannte wie Feuer und gab unter dem Gewicht seines Körpers nach, als er aufzustehen versuchte. Ein pochender Schmerz trieb ihm die Tränen in die Augen, und der Stoff seiner Hose zerfiel zu Asche, als er ihn mit den Fingern berührte. Die Haut über seinem Knöchel war rot und schon jetzt begannen sich große, nässende Brandblasen zu bilden.

Mit zusammengebissenen Zähnen versuchte er aufzustehen, fiel zum dritten Mal auf die Knie und zog sich schließlich am Türpfosten in die Höhe, ehe er hinter Joana aus dem Haus taumelte.

Das Gewitter tobte jetzt genau über dem Haus. Das sonderbar kranke Licht des Vollmondes war dem stroboskopischen Flackern der Blitze gewichen, die jetzt fast ununterbrochen niederzuckten – und fast ausnahmslos das Haus trafen! Es war, als würden sie magisch davon angezogen. Und Thor brauchte nicht einmal mehr die Augen zu schließen, um jetzt wirklich zuckende Schlangen in diesen Blitzen zu erkennen, gewaltige gleißende Monstren aus purer Energie, die den Zorn uralter Götter auf das Anwesen herabschleuderten.

Thor verscheuchte den Gedanken und sah zum Fluss hinüber. In dem rasenden Flackern der Blitze wirkte das Flugzeug unheimlich und riesig; wie ein bizarrer metallener Vogel, der träge mit den Flügeln schlug. Aber zu Thors Überraschung schien es völlig unbeschädigt zu sein – die Angreifer hatten entweder die Mühe gescheut, es zu zerstören, oder sie wollten es einfach wiederhaben. Letztendlich gehörte es ihnen ja auch.

»Glaubst du, dass du starten kannst?«, schrie er, während sie im Zickzack über den großen Vorplatz auf die Dornier zurannten.

»Nein!«, schrie Joana zurück. »Unmöglich. Aber wir kommen trotzdem damit weg.«

Sie machte keine Anstalten, ihre Behauptung zu erklären – aber es hätte auch sehr wenig Sinn gehabt.

Die nächsten Minuten wurden zu einem wahren Spießrutenlauf. Das Gewitter und der unheimliche Feuersturm hatten sie die Angreifer draußen im Busch beinahe vergessen lassen – aber diese hatten sie nicht vergessen. Sie versuchten nicht, Thor und das Mädchen mit ihren Blasrohren niederzustrecken – was bei den herrschenden Lichtverhältnissen und vor allem dem Wind ohnehin schwer möglich gewesen wäre –, aber sie waren offensichtlich auch nicht gewillt, sie entkommen zu lassen.

Thor sah sich plötzlich einer riesenhaften, grellbunt geschminkten Gestalt gegenüber, die nur mit einem Lendenschurz und einem gewaltigen Federbusch auf dem Kopf bekleidet war und eine beinahe ebenso gewaltige Axt in der rechten Hand hielt. Er duckte sich instinktiv unter dem Beil hindurch, verlor auf dem regennassen Gras den Halt, schlug der Länge nach hin und riss dem Indio dabei mehr aus Versehen die Beine unter dem Leib weg. Der Maya stürzte, und als er sich in die Höhe stemmen wollte, versetzte ihm Joana einen gezielten Fußtritt unter das Kinn, der ihn die Augen verdrehen und bewusstlos ein zweites Mal zu Boden gehen ließ.

Aber es war noch nicht vorbei. Ein zweiter Riese tauchte aus der Dunkelheit auf und warf sich mit weit ausgebreiteten Armen auf Thor und das Mädchen, fünfzehn oder zwanzig Schritte, bevor sie das Wasserflugzeug erreicht hätten. Der Anprall riss sie beide von den Füßen. Thor versuchte den Schwung des Sturzes auszunutzen, um den Angreifer über sich hinwegzuschleudern, aber der Indio schien die Bewegung vorausgeahnt zu haben. Statt ihm den Gefallen zu tun und in hohem Bogen über seinen Kopf zu fliegen, packte er im Gegenteil Thors Fuß und verdrehte ihn so hart, dass er vor Schmerz aufbrüllte und sich krümmte.

Wieder war es Joana, die ihn rettete. Sie versetzte dem Maya einen Tritt vor die Kniescheibe. Der war zwar längst nicht kräftig genug, den Mann wirklich zu Fall zu bringen; wahrscheinlich tat er ihm nicht einmal wirklich weh. Aber er reichte, ihn für einen Moment abzulenken. Und diese Sekunde reichte Thor.

Während der Maya mit einem zornigen Knurren herumfuhr und ausholte, um dem Mädchen eine Ohrfeige zu versetzen, schlug Thor zu.

Es war ein Zufallstreffer, aber er tat seine Wirkung. Der Indio brüllte auf, riss die Hände an den Kopf und stolperte nach vorn. Thor sprang gleichzeitig in die Höhe und riss das rechte Knie hoch. Es landete zielsicher auf der Kinnspitze des Maya, der in diesem Moment nach vorn stürzte.

»Los jetzt!«, schrie Joana, während Thor noch mit schmerzverzerrtem Gesicht dastand und sein geprelltes Knie massierte. »Da kommen noch mehr!«

Thor sparte sich die Mühe, sich herumzudrehen. Stattdessen humpelte er los, so schnell er konnte.

Diesmal schienen die alten Maya-Götter (oder auch pures Glück) ausnahmsweise einmal auf ihrer Seite zu sein, denn sie erreichten die Dornier, ohne von einem weiteren Indianer angegriffen oder von einem Pfeil getroffen worden zu sein. Hastig kletterte Thor neben Joana in die Kabine und schaltete die Innenbeleuchtung ein, während das Mädchen bereits die Instrumente kontrollierte und den Motor zu starten versuchte.

»Das ist Wahnsinn!«, flüsterte Thor. Das Flugzeug zitterte und bebte unter den Hieben des Windes, und die unaufhörlich zuckenden Blitze verwandelten die Welt draußen in ein bizarres Bild aus absoluter Dunkelheit und grellweißem, blendendem Licht, in dem er seine Umgebung mehr ahnen als wirklich sehen konnte. »Du hast keine Chance, das Ding hochzubekommen!«

»Das habe ich auch nicht vor«, antwortete Joana und

drückte erneut auf den Anlasser. Der Motor spuckte, drehte ein paarmal schwerfällig durch, ging wieder aus – und erwachte dann mit einem dumpfen Grollen zum Leben. Der große Propeller vor der Frontscheibe der Kabine verwandelte sich in ein wirbelndes Rad aus Schatten.

Thor blickte mit klopfendem Herzen nach draußen. Die Hazienda brannte lichterloh, und vor den zuckenden Flammen waren die Schatten zahlreicher Menschen zu erkennen, die in ein wildes Handgemenge verstrickt waren. Immer wieder blitzte das Mündungsfeuer von Pistolen und Gewehren auf, aber das Heulen des Sturmes und das unablässige Donnergrollen verschluckten jeden anderen Laut. Vielleicht war es gerade das, was den Anblick des Kampfes so gespenstisch erscheinen ließ.

»Was hast du eigentlich vor?«, schrie er.

Joana antwortete nicht, sondern hantierte mit verbissenem Gesichtsausdruck an den Kontrollen herum. Das Flugzeug zitterte und begann zu ächzen, als Joana die Umdrehungszahl des Motors langsam erhöhte.

Fast widerwillig setzte sich die Dornier in Bewegung. Thors Herz machte einen erschrockenen Hüpfer und schien direkt unterhalb seines Kehlkopfes weiterzuhämmern, als etwas mit einem fürchterlichen Scharren an der Unterseite der Schwimmkufen entlangschrammte. Dann kam die Maschine frei und glitt schneller auf die Hazienda zu.

»Da kommen Onkel Norten und deine Freunde«, schrie Joana und machte eine Kopfbewegung zu dem brennenden Gebäude. »Hilf ihnen herein.«

Tatsächlich hatten sich drei der Schatten aus dem Kampfgetümmel gelöst und rannten im Zickzack und mit weiten Sprüngen auf das Wasserflugzeug zu. Ein halbes Dutzend anderer Schatten verfolgte sie, und Thor sah, wie Norten sich mehrmals im Laufen umdrehte und Schüsse auf sie abgab, augenscheinlich jedoch nicht traf. Dafür nahm der Kampf vor der Hazienda jetzt rasch an Heftigkeit ab. Offenbar hatten es die Indios nicht auf Nortens Männer abgesehen, sondern einzig und allein auf ihn. Oder auf etwas, was er bei sich trug.

Schaudernd dachte Thor noch einmal an jenen schrecklichen Sekundenbruchteil zurück, in dem Joana und er über den Abgrund gesprungen waren. Die klopfenden Schmerzen in seinem Bein erinnerten ihn nachhaltig daran, dass die Feuerschlange keine Einbildung gewesen war. Aber wieso hatte sie ihn nicht in die Tiefe gezerrt wie den Mann, der vor seinen Augen gestorben war? Sie hatte ihn doch schon gehabt. Er hatte die Berührung ihres lodernden Körpers gespürt, ebenso wie den eisigen Griff der uralten Mächte, die sie erschaffen hatten. Ein einziger winziger Ruck noch, und Joana und er …

Und dann wusste er die Antwort.

Die Erklärung war so einfach, dass er sich für einen Moment verblüfft fragte, wieso er nicht schon längst darauf gekommen war. Er …

Der Gedanke entschlüpfte ihm wie eine glitschige Schlange, die sich zwischen seinen Fingern hindurchwand und davonkroch, ehe er sie fassen konnte, und zurück blieb ein Gefühl tiefer Enttäuschung.

Eine Handbewegung von Joana riss ihn in die Wirklichkeit zurück.

Norten, Anita und José hatten den Bach erreicht und rannten jetzt heftig gestikulierend neben der Dornier her, die immer schneller wurde. Thor öffnete die Tür, streckte den Arm heraus und schüttelte den Kopf, als José als Erster nach seiner Hand greifen wollte. Stattdessen ergriff er Anitas ausgestreckten Arm und zog sie mit einem kräftigen Ruck zu sich herein. Erst dann half er Norten und als Letztem

José, in die Kabine zu klettern. Sie quetschten sich auf die schmale hintere Sitzbank.

»Festhalten!«, schrie Joana, kaum dass Thor die Tür zugezogen hatte, und gab rücksichtslos Gas. Die Dornier machte einen regelrechten Satz, und die beiden Gestalten, die mit weit ausgestreckten Armen nach den Tragflächen gesprungen waren, fielen daneben und landeten im Wasser.

»Um Gottes willen – lass das!«, kreischte Thor voller Panik, als Joana das Flugzeug immer mehr beschleunigte. Die Dornier bockte und hüpfte wie ein Achterbahnwagen, der jeden Moment aus den Schienen zu springen droht. Und im flackernden Licht der Blitze konnte er erkennen, dass sich der Bach vor ihnen jetzt heftiger wand; und als wäre dies alles noch nicht genug, wurde er auch merklich schmaler.

»Versuch die Geschwindigkeit zu halten!«, schrie Norten. »Der Bach mündet in den Fluss, zwei Kilometer von hier. Dort können wir abheben!«

»Unmöglich!«, wiederholte Joana. »Der Sprit reicht nicht!«

Norten zerbiss einen Fluch auf den Lippen und drehte sich herum, um nach den Indios Ausschau zu halten. Die Mayas waren ein gutes Stück zurückgefallen, rannten aber mit unvermindertem Tempo hinter ihnen her. Und sie hatten auch allen Grund, das zu tun, dachte Thor. Nur ein ganz kleines bisschen Pech, und der Treibstoff wäre gleich alle, eine der Schwimmkufen würde sich an einem Stein verfangen, sie würden das Bachbett verlieren oder Joana würde eine der wilden Kehren und Windungen des Flüsschens einfach zu spät bemerken und die Maschine auf das Ufer setzen oder …

Thor fielen auf Anhieb ungefähr hundertfünfzig Gründe ein, aus denen ihre wahnwitzige Flucht gar nicht gelingen konnte.

Aber sie gelang.

Obwohl alle Regeln der Wahrscheinlichkeit und der Vernunft dagegen sprachen, schaffte es Joana irgendwie, die Dornier die zwei Kilometer bis zum Fluss hinab durch den seichten Bach zu steuern, und es gelang ihr dabei sogar, noch ein wenig an Geschwindigkeit zuzulegen, sodass die Indios weiter zurückfielen und bald gar nicht mehr zu sehen waren.

»Auf die andere Seite«, sagte Norten hastig. »Versuche am anderen Ufer anzulegen. Die Strömung ist sehr stark. Bis sie hier durchgeschwommen sind, sind wir in Sicherheit.«

»Vielleicht ertrinken ja ein paar von ihnen«, sagte José hoffnungsvoll.

Joana warf einen nervösen Blick auf den Treibstoffanzeiger – die Nadel stand schon unter der Null –, biss sich auf die Unterlippe und nickte, während Thor einen Moment lang ernsthaft darüber nachdachte, José am Kragen zu packen und aus der Maschine zu werfen. In schrägem Winkel glitt das Wasserfahrzeug auf den Fluss hinaus und strebte dem gegenüberliegenden Ufer zu.

Als sie die Mitte des Flusses erreicht hatten, ging der Motor aus.

Joana fluchte und hantierte wie wild an den Kontrollen, während Thor fast erleichtert aufatmete und Norten leichenblass wurde.

»Keine Angst«, sagte Joana. »Wir schaffen das schon. Zur Not lassen wir uns einfach treiben. Unser Schwung reicht aus, das Ufer zu erreichen.«

»Nein«, sagte Norten leise, »dazu reicht er nicht.«

Thor sah verwirrt zuerst in Nortens Gesicht und dann aus dem Fenster – und dann verlor auch sein Gesicht jede Farbe.

Obwohl der Motor nicht mehr lief, bewegte sich das Flugzeug weiter – ja, es wurde sogar schneller!

»Was bedeutet das?«, flüsterte er.

»Hören Sie es nicht?«, gab Norten gepresst zurück.

Thor lauschte einen Moment. Und tatsächlich – unter dem Grollen des Donners und dem unablässigen Zischen und Krachen der Blitze hörte er ein anderes, dunkleres Geräusch: ein tiefes, vibrierendes Donnern wie von einer Felslawine oder einer Million Pferdehufe – oder von Wasser, das aus großer Höhe herabstürzt …

»Ein Wasserfall«, murmelte er.

Norten nickte. »Drei Kilometer von hier. Vielleicht jetzt nur noch zwei.«

»Ein Wasserfall?«, keuchte José. Erschrocken richtete er sich kerzengerade auf der Sitzbank auf. »Wir … wir müssen raus hier!«, schrie er plötzlich. Er versuchte Anita zur Seite zu stoßen, um zur Tür zu gelangen, aber Norten riss ihn mit einer groben Bewegung zurück.

»Das wäre Selbstmord«, sagte er. »Die Strömung ist viel zu stark. Sie würde dich wegreißen.«

»Und in diesem Ding sterben wir auch!«, heulte José.

»Kannst du sie noch einmal starten?«, fragte Thor. »Bitte, Joana – versuch es!«

Joana nickte nervös. »Ich probier ja schon alles«, sagte sie.

»Probieren reicht nicht«, sagte Thor beschwörend. »Tu es! Du musst sie irgendwie ankriegen. Wir müssen das Ufer erreichen!«

»Ich versuch es ja schon!«, antwortete Joana und fuhr sich nervös mit der Zungenspitze über die Lippen. Ihr Gesicht war schweißnass. »Es müsste noch ein winziger Rest im Tank sein. Bete, dass er reicht!«

Thor betete nicht nur, er verpfändete seine Seele in diesen Augenblicken Gott oder dem Teufel oder jedem, der sie haben wollte, wenn er nur ein Wunder geschehen und den Motor noch einmal anspringen ließe.

Aber seine Gebete wurden nicht erhört. Die Dornier, deren Nase sich jetzt genau auf die Flussmitte ausgerichtet hatte, wurde immer schneller und schoss mittlerweile mit dem Tempo eines Schnellbootes über die Wellen. Und wenn Thor genau hinsah, dann glaubte er, vor ihnen – nicht mehr halb so weit, wie er gehofft hatte – eine dünne, verschwommene Linie aus stiebendem Wasser zu sehen, eine Linie, vor der sich die Wellen des Flusses schäumend brachen – und hinter der nichts mehr war.

Die Dornier wurde schneller und schneller, die Linie aus Staub, Schaum und schwarzer Leere wuchs mit rasender Geschwindigkeit heran, Joana hantierte immer heftiger an ihren Kontrollen und presste den Daumen so heftig auf den Startknopf, dass das Blut daraus wich, das Grollen des Wasserfalles wurde immer lauter – und dann hatten sie den Wasserfall erreicht, und unter der Dornier war nichts mehr!

Sie alle schrien gellend auf, als das Wasserflugzeug, vom Schwung seiner eigenen Bewegung getragen, noch ein gutes Stück über die Kante des Wasserfalls hinausschoss und sich seine Nase dann ganz langsam zu senken begann. Tief unter ihnen – entsetzlich weit unter ihnen – erkannte Thor den Hexenkessel aus kochendem Schaum, in dem das Wasser am Fuße der Felswand auseinanderbarst, und er spürte die unsichtbare Hand, die nach dem Flugzeug griff und aus seinem Gleiten binnen weniger Sekundenbruchteile einen unkontrollierten Sturz machen würde.

Und dann sprang der Motor an.

Joana drückte den Gashebel mit einem erleichterten Aufschrei ganz nach vorn, der Propeller drehte sich schneller und schneller, und aus dem Sturz der Dornier wurde wieder ein schnelles, jetzt aber kontrolliertes Gleiten. Im spitzen Winkel und mit viel zu hoher Geschwindigkeit näherte sich das Wasserflugzeug dem Fluss, fing seinen Sturz im allerletzten Moment ab und gewann für einen winzigen Moment sogar noch einmal an Höhe.

Thor wollte gerade erleichtert aufatmen, als der Motor wieder ausging. Und der Laut, mit dem er es diesmal tat, verriet ihm, dass er nicht mehr anspringen würde. Die Tanks waren endgültig leer.

Aber das letzte Anspringen des Propellers hatte gereicht. Sehr hart schlug die Dornier auf der Wasseroberfläche auf, tauchte fast bis zum Rumpf im Fluss unter und sprang wie ein flach geworfener Stein noch zwei-, dreimal hintereinander in die Höhe. Doch es gelang Joana, die Maschine unter Kontrolle zu halten.

Mit einem erschöpften Ausatmen sank das Mädchen über dem Steuerknüppel in sich zusammen.

»O mein Gott«, stöhnte José auf dem Rücksitz und begann leise zu wimmern, während Anita mit starrem Gesicht ins Leere blickte. Norten atmete hörbar auf und Thor wischte sich unauffällig mit dem Handrücken den Schweiß von der Stirn.

»Das war eine Meisterleistung«, sagte er anerkennend. »Fantastisch gemacht, Joana.«

Das Mädchen hob zitternd den Kopf und blickte ihn aus Augen an, die dunkel vor Furcht waren. »Das war pures Glück«, murmelte es. »Weiter nichts.«

»Auf jeden Fall leben wir noch«, sagte Norten. »Ohne dich hätten wir es nie geschafft.«

»Ohne sie«, sagte José böse, »wären wir gar nicht hier!«

Joana zuckte mit den Schultern, setzte sichtbar zu einer geharnischten Antwort an und beließ es dann bei einem abermaligen Achselzucken.

»Hört auf zu streiten«, sagte Norten. »Versuchen wir lieber, von hier wegzukommen.«

»Mit dieser Maschine kommen wir nirgendwo mehr hin«, sagte Joana. »Die Tanks sind völlig leer.«

Norten machte eine verneinende Geste. »Ein paar Kilometer flussabwärts liegt ein Laden«, sagte er. »Sie haben auch Benzin. Wir können dort auftanken.«

Joana wollte widersprechen, doch Norten fuhr mit leicht erhobener, aber sehr eindringlicher Stimme fort. »Sie werden nicht aufgeben, Joana. Sie werden eine Weile brauchen, aber sie werden uns verfolgen, glaub mir.«

Und das war das letzte Wort, das sie aus ihm herausbekamen, bis das Flugzeug mit der Strömung den Fluss hinabgetrieben war und sie den Laden erreichten, von dem er gesprochen hatte.

Wie sich herausstellte, hatten sie diesmal gleich in doppelter Hinsicht Glück: Der Besitzer des kleinen Ladens, in dem es mit Ausnahme eines komplett ausgestatteten Unterseebootes offensichtlich wirklich alles zu kaufen gab, war sowohl anwesend als auch bereit, ihnen gegen einen völlig überhöhten Preis genug Treibstoff zu verkaufen, dass sie die Tanks der Dornier füllen konnten. Und Joana, die die Zeit, die Thor und Norten brauchten, die scheinbar bodenlosen Tanks des Flugzeugs mit Zwanzigliterkanistern aufzufüllen, dazu genutzt hatte, das Flugzeug im Schein einer Taschenlampe zu untersuchen, erklärte zufrieden, dass die Maschine offensichtlich keinen ernsthaften Schaden genommen habe; sah man von den fast zwei Dutzend kleiner Blasrohrgeschosse ab, die in Tragflächen und im Heck steckten.

»Ich denke, nun ist der Moment der Wahrheit gekommen«, sagte Thor, als sie alle wieder ins Flugzeug gestiegen waren und Joana den Motor startete. Er wandte sich mit einem auffordernden Blick an Norten, aber der Professor schüttelte nur den Kopf.

»Zuerst sollten wir uns über unser Reiseziel unterhalten«, sagte er. »Wir müssen einen Ort finden, an dem sie uns nicht aufspüren.«

»Wie wäre es mit dem Mond?«, fragte Thor spöttisch.

Aber Norten blieb ernst. »Was muss noch passieren, damit Sie begreifen, dass diese Männer gefährlich sind, Mister Garson?«

»Oh, ich glaube, das habe ich schon begriffen«, antwortete Thor im gleichen Tonfall, während er abwechselnd Norten und José regelrecht mit Blicken durchbohrte. »Ich bin nur noch nicht ganz sicher, wer gefährlicher ist – diese Wilden oder Sie und Ihr sauberer Freund da.«

José blickte ihn hasserfüllt an, sagte aber nichts, und Norten antwortete: »Wenn Sie das Gefühl haben, dass wir eine Gefahr für Sie darstellen, Mister Garson, dann liegt das einzig und allein an der Tatsache, dass Sie sich ständig in Dinge einmischen, die Sie nichts angehen. Hätten Sie José in New Orleans den Anhänger ausgehändigt und wären Ihrer Wege gegangen, wäre rein gar nichts passiert.«

»Mir nicht«, sagte Thor böse. »Aber Joana, nicht wahr?«

»Wir hätten sie schon beschützt«, erwiderte Norten ärgerlich.

»Das habe ich gesehen«, sagte Thor böse. »Einer dieser Kerle hätte sie um ein Haar umgebracht.«

Joana ließ den Motor etwas schneller drehen und lenkte die Dornier wieder in die Flussmitte hinaus. »Das Beste wäre«, sagte sie, »wir fliegen zur Küste. Ich habe keine große Erfahrung in Nachtflügen. Aber ich denke, wenn ich an der Küste entlangfliege, werde ich Havanna schon wiederfinden.«

»Eine gute Idee«, sagte José. »Nur dass wir nicht nach Havanna fliegen werden.«

Thor blickte ihn stirnrunzelnd an. José lächelte, griff in die Jackentasche und zog einen zerknitterten Zettel heraus, den er Joana reichte.

Das Mädchen nahm ihn entgegen, überflog die daraufgekritzelten Zahlen stirnrunzelnd und warf José einen fragenden Blick zu. »Was ist das?«

»Das sind Längen- und Breitenmaße, mein Kind«, sagte José.

»Das sehe ich selbst«, erwiderte Joana ärgerlich. »Aber was soll ich damit?«

»Dorthin fliegen, Kleines«, sagte José fröhlich. »An dieser Position erwartet uns ein Boot, auf dem wir vor diesen schießwütigen Steinzeitmenschen sicher sein werden.«

»Ich habe nicht vor, dorthin zu fliegen«, sagte Joana ernst. »Aber ich setze Sie gern hier ab und Sie können dorthin schwimmen.«

»Das glaube ich nicht«, erwiderte José und griff abermals in die Tasche.

»Ach?«, fragte Thor lauernd. »Und wieso nicht?«

»Weil ich ein Argument habe, das euch beide ganz bestimmt umstimmen wird«, sagte José, zog einen großkalibrigen Revolver aus der Tasche und drückte den Lauf unsanft gegen Thors rechtes Nasenloch.

USS SARATOGA
10 SEEMEILEN ÖSTLICH VON KUBA

Der Flug dauerte bis lange nach Mitternacht. Und dass Joana das, was José als Boot bezeichnet hatte, schließlich fand, lag weniger an ihren nautischen Fähigkeiten als mehr daran, dass sich das Schiff gute zehn Meilen von der Küste Kubas entfernt auf hoher See aufhielt und sämtliche Positionslichter gesetzt hatte. Das Flugzeug wasserte eine halbe Meile vom Schiff entfernt und legte die restliche Strecke auf seinen Schwimmkufen zurück. Noch bevor sie dem Schiff auch nur nahe gekommen waren, flammte an Deck ein starker Scheinwerfer auf, dessen Strahl die Dornier erfasste und nicht mehr losließ.

Thor blinzelte geblendet und überlegte einen Sekundenbruchteil, dass dies wahrscheinlich seine letzte Chance war, sich herumzudrehen und José den Kinnhaken zu verpassen, den er ihm zugedacht hatte, und das nicht erst seit dem Augenblick, in dem er die Pistole gezogen und auf ihn gerichtet hatte.

Aber er tat es nicht. José hatte die Waffe zwar schließlich aus seinem Gesicht genommen, die Hand mit der Pistole aber so auf den Schoß gelegt, dass er nur abzudrücken brauchte, um ihm durch den Sitz hindurch eine Kugel in den Rücken zu jagen. Thor wäre bereit gewesen, selbst dieses Risiko in Kauf zu nehmen – aber die Gefahr, dass sich ein Schuss löste und in der Enge der Kabine Joana traf, war einfach zu groß. Er verlieh José im Geiste einen weiteren Minuspunkt – die er allesamt bei passender Gelegenheit in körperliche Gewalttätigkeiten einzutauschen gedachte – und entschied sich, auf eine bessere Gelegenheit zu warten.

Außerdem näherten sie sich in diesem Moment dem Schiff, und was Thor im bleichen Mondschein sah, das verblüffte ihn viel zu sehr, als dass er auch noch einen weiteren Gedanken an José verschwendet hätte.

Schon aus der Luft war ihm das Schiff riesig vorgekommen. Aber das stimmte nicht.

Es war nicht riesig. Es war *gigantisch.*

Er hatte eine Jacht erwartet oder allenfalls etwas wie einen alten Bananendampfer, irgendeinen Seelenverkäufer, dessen Kapitän José für ein Schmiergeld gekauft hatte. Aber was vor ihnen auf dem Wasser lag, riesig und finster und so massig wie eine schwimmende Stadt, das war kein Seelenverkäufer – es war ein Kriegsschiff der US-Navy! In riesigen, in der Dunkelheit fast unheimlich leuchtenden Lettern prangte der Name USS SARATOGA am Bug. Seiner Größe nach zu schließen, musste es sich mindestens um einen Kreuzer handeln, wenn nicht um ein Schlachtschiff. Was um alles in der Welt ging hier vor?

Joana schaltete den Motor ab, als sie sich noch zwanzig Meter vom Schiff entfernt befanden. Es war ein sehr großes Schiff – eines jener gewaltigen Schiffe, wie man sie normalerweise nur in Hollywoodfilmen oder als verschwommenen Schemen am Horizont zu sehen bekam. Das Deck war voller Männer, einer kleinen Armee, von denen nicht einer unbewaffnet war, wie Thor voller Unbehagen erkannte.

Eine Tragfläche der Dornier schlug mit einem dumpfen Laut gegen die gewaltige Flanke des Kreuzers. Fast im gleichen Augenblick wurde eine Strickleiter zu ihnen heruntergelassen, und Sekunden später schon polterten Schritte auf den Tragflächen des kleinen Wasserflugzeuges! Ein Mann in der dunkelblauen Uniform der US-Navy band ein Tau um eine der Verstrebungen, ein zweiter kletterte geschickt auf eine der Schwimmkufen hinunter und öffnete die Tür.

»Freu dich bloß nicht zu früh, alter Freund«, sagte José grinsend, als Thor erleichtert aufatmete.

Und eine Sekunde später verstand Thor auch, was diese Worte bedeuteten. Das riesige grau gestrichene Schiffsungetüm und vor allem die Navy-Uniformen seiner Besatzung hatten ihn instinktiv Hilfe erwarten lassen – aber im Moment bestand diese Hilfe aus dem Lauf eines Gewehres, das in den Händen des Marinesoldaten lag und genau auf einen Punkt zwischen seinen Augen zielte.

Thor schenkte José einen letzten bösen Blick, kletterte umständlich als Erster aus der Kabine und handelte sich einen derben Stoß mit dem Gewehrlauf in den Rücken ein, als er eine Sekunde zu lange zögerte, nach der Strickleiter zu greifen und daran hinaufzusteigen.

Kräftige Arme griffen nach ihm und zogen ihn vollends an Deck des Kriegsschiffes, während die anderen hinter ihm die Strickleiter emporzuklettern begannen. Oben erwartete ihn ein halbes Dutzend weiterer Gewehrläufe, das sich drohend auf ihn richtete. Ein Soldat befahl ihm mit einer groben Geste beiseitezutreten und zwei unbewaffnete, dafür aber muskelbepackte Matrosen nahmen ihn in die Mitte. Einer von ihnen tastete ihn rasch und unsanft nach Waffen ab.

Nach und nach kletterten auch die anderen über die Strickleiter an Bord des Kriegsschiffes. Als Erste Joana, dicht gefolgt von Anita und José. Norten bildete den Abschluss. Thor fiel auf, dass er von den Soldaten weit weniger grob als er und die anderen behandelt wurde. Erstaunlicherweise sogar zuvorkommender als José.

Und er war auch der Einzige, der nicht nach Waffen durchsucht wurde. Zu Thors Erstaunen wurde selbst José die Pistole abgenommen. Und auch die beiden Frauen wurden – dezent, und von zwei Matrosen, deren Ohren sich während der Prozedur dunkelrot färbten, aber sehr gründlich – nach Waffen abgetastet.

»Sie sind sauber, Lieutenant«, sagte einer der Matrosen schließlich.

Der mit Lieutenant Angesprochene nickte und deutete auf die Deckaufbauten, die sich in der Dunkelheit wie ein gewaltiges stählernes Gebirge mit rechteckigen Graten und Winkeln hinter ihnen erhoben. »In Ordnung«, sagte er. »Dann folgen Sie mir bitte.«

Thor rührte sich nicht von der Stelle. »Was zum Teufel geht hier vor?«, fragte er ärgerlich. »Wer sind Sie und wieso behandeln Sie uns wie Gefangene?«

»Das wird Ihnen alles unser Kapitän erklären«, sagte der Lieutenant. Mit einem dünnen Lächeln fügte er hinzu: »Und je eher Sie uns folgen, desto eher bekommen Sie auch Antworten auf Ihre Fragen.«

Thor schenkte ihm einen bösen Blick, sagte aber nichts mehr, sondern trat rasch neben Joana und bedeutete ihr mit Blicken, zu tun, was der Mann von ihnen verlangte.

»Keine Sorge«, sagte er. »Jetzt kommt alles in Ordnung.« Er lächelte aufmunternd, griff in die Jackentasche und nahm ein sauberes Tuch heraus, mit dem er die kleine Risswunde an Joanas Stirn betupfte.

Joana sah ihn verwirrt an.

»Sie blutet wieder«, sagte er. »Du solltest dir ein Pflaster geben lassen.« Gleichzeitig rieb er etwas heftiger über Joanas Stirn, sodass der winzige Riss nun wirklich wieder aufbrach und zu bluten begann. Joana verzog schmerzhaft das Gesicht, sagte aber nichts. Entweder sie hatte verstanden oder sie war viel zu verblüfft, um auch nur einen Laut von sich zu geben.

»Ist es schlimm?«, erkundigte sich der Lieutenant und trat besorgt näher.

Thor schüttelte den Kopf. »Nicht schlimm«, sagte er. »Aber wahrscheinlich ziemlich schmerzhaft.«

Der Offizier begutachtete die Schramme. »Unser Bordarzt wird sich sofort darum kümmern«, sagte er.

»Nimm so lange mein Tuch«, sagte Thor, lächelte aufmunternd und drückte Joana das zusammengerollte Taschentuch in die Hand. Für den Bruchteil einer Sekunde blitzte es verräterisch zwischen den Falten des weißen Stoffes auf, dann schloss Joana die Hand fester um das Tuch. Thor warf einen raschen Blick in die Runde und registrierte befriedigt, dass offensichtlich keiner der anderen etwas gemerkt hatte.

Er war nicht einmal sicher, ob Joana wirklich mitbekommen hatte, was er tat. Sie sah vollständig verstört aus. Offensichtlich verstand sie so wenig wie er, was hier vorging – und damit schien sie nicht allein zu sein. Auch Anita wirkte erschrocken und auf Josés Gesicht hatte sich ein zutiefst verwirrter, halb zorniger, halb auch bestürzter Ausdruck breitgemacht. Einzig Norten wirkte völlig gelassen, ja beinahe zufrieden.

Flankiert von einem Dutzend bewaffneter Matrosen betraten sie das Innere des Schiffes. Thor hatte damit gerechnet, zur Brücke hinaufgeführt zu werden, aber stattdessen bewegten sie sich über mehrere Treppen nach unten und schließlich einen langen, nackten Korridor aus Stahl entlang, an dessen Ende sich ein gepanzertes Schott befand, das von zwei Soldaten mit geschulterten Gewehren bewacht wurde. Ihr Führer beschied ihnen mit einer Geste, stehen zu bleiben, klopfte an und trat hindurch. Er blieb eine geraume Weile fort, und als er zurückkam, deutete er nur auf Norten und Thor. »Folgen Sie mir, meine Herren«, sagte er.

»He!«, protestierte José. »Und was ist mit uns?«

»Wir haben bereits Quartiere für Sie vorbereitet«, antwortete der Lieutenant. »Sie werden alles Notwendige für Ihre Bequemlichkeit vorfinden. Und die beiden Damen auch.«

»Ich bleibe nicht allein«, protestierte Joana.

Der Lieutenant lächelte milde. »Sie brauchen wirklich keine Angst zu haben, Miss«, sagte er. »Ich verbürge mich für jeden einzelnen meiner Männer.«

Joana schüttelte trotzig den Kopf. »Ich will bei Thor bleiben«, sagte sie.

»Sie sind hier auf einem Kriegsschiff der US-Navy«, sagte der Offizier mit mildem Tadel. »Nicht auf einem Piratenschiff.«

»Bitte tu, was er sagt«, sagte Thor leise. In Joanas Augen blitzte es schon wieder trotzig auf. Und er fügte hinzu: »Ich werde es kurz machen. In ein paar Minuten bin ich bei dir.«

Dem Blick des Lieutenants nach zu schließen, bezweifelte der das. Aber er enthielt sich jeden Kommentars, öffnete das gepanzerte Schott ein wenig weiter und wiederholte seine auffordernde Handbewegung. »Bitte treten Sie ein, Mister Garson«, sagte er. »Commander Bentley erwartet Sie.«

Thor trat gebückt durch die Tür und fand sich unversehens in einem überraschend behaglich eingerichteten Raum wieder, der weniger an eine Kajüte auf einem Kriegsschiff als mehr an ein luxuriös eingerichtetes Hotelzimmer erinnerte: Auf dem Boden lag ein weicher Teppich, und das nackte Grau der Stahlwände verbarg sich zum größten Teil hinter geschmackvollen Bildern und Drucken, mit denen der Bewohner dieser Kabine versucht hatte, ihr etwas von ihrer kalten Sachlichkeit zu nehmen. Auf einem kleinen Regal neben der Tür stand ein kunstvoll gefertigtes Modell der Mayflower, daneben ein kleines Schränkchen voller Bücher. Der Raum machte einen durch und durch wohnlichen Eindruck. Einzig das runde Bullauge in einer der Wände störte ein wenig.

Während Norten hinter ihm eintrat und der Lieutenant das Schott von außen wieder schloss, betrachtete Thor interessiert den grauhaarigen, kräftig gebauten Mann, der hinter dem gewaltigen Schreibtisch saß und ihn mit unverhohlener Neugier musterte. Er trug eine dunkelblaue Kapitänsuniform mit schmalen goldenen Streifen auf Schultern und Ärmeln und hatte das gleiche graue Haar und das gleiche kantige Gesicht wie Norten. Aber trotz der Härte seiner Züge und des energischen Ausdrucks in seinen Augen wirkte er sympathisch.

»Commander Bentley, nehme ich an?«

Norten nickte. Mit einer erklärenden Geste deutete er auf den Mann hinter dem Schreibtisch und sagte: »Darf ich vorstellen: Commander Bentley Norten. Mein Bruder.«

Thor wollte eine Frage stellen, aber Bentley stand mit einer fließenden Bewegung hinter seinem Schreibtisch auf und bewies damit, dass er tatsächlich so groß war, wie Thor angenommen hatte; er überragte sowohl ihn als auch Norten um mehr als eine Handspanne.

»Aber bitte, Mister Garson, nehmen Sie doch Platz«, sagte er. »Ich kann mir vorstellen, dass Ihnen eine Menge Fragen auf der Zunge brennen. Es redet sich bequemer im Sitzen.« Er deutete auf eine kleine Sitzgruppe neben der Tür, wartete, bis Thor und Norten Platz genommen hatten, und trat dann zu einem Schrank, aus dem er eine Whiskyflasche und drei Gläser herausnahm. »Sie nehmen doch einen Drink mit mir?«

Thor war nicht nach Trinken zumute. Aber er nickte trotzdem und ließ es zu, dass Bentley die drei Gläser einschenkte und ihm über den Tisch hin zuschob, trank aber nicht, sondern drehte seines nur unschlüssig in den Fingern.

»Sie sind also Thor Garson«, begann Bentley das Gespräch. »Greg hat mir von Ihnen erzählt – aber ich muss gestehen, dass ich Sie mir anders vorgestellt habe.«

»Und wie?«, fragte Thor, während er sehr vorsichtig am

Inhalt seines Glases nippte und sich bemühte, sich seine Verwirrung nicht allzu deutlich anmerken zu lassen. Was hatte Swanson mit dem Commander eines US-Kriegsschiffes zu tun gehabt und aus welchem Grund sollte er mit diesem ausgerechnet über ihn sprechen?

Bentley zuckte mit den Schultern und nahm selbst einen gewaltigen Schluck Whisky. »Anders eben«, sagte er. »Aber ich kann nicht sagen, dass ich enttäuscht bin.« Er unterbrach sich für einen Moment und wandte sich an Norten. »Wie ist es auf der Hazienda gelaufen?«

»Gar nicht gut«, gestand Norten. »Wir hatten eine Menge Ärger.«

Bentley deutete mit einer Kopfbewegung auf Thor. »Mit ihm?«

»Nein. Im Gegenteil«, sagte Norten. »Ohne Mister Garson – und vor allem Joana – wäre ich jetzt wahrscheinlich nicht hier. Die Indios haben uns aufgespürt.«

Bentley wirkte ein bisschen erschrocken. »So schnell?«

»So schnell«, bestätigte Norten. »Ich war selbst überrascht. Ich vermute, dass sie José und Anita gefolgt sind. Es würde mich nicht wundern, wenn sie früher oder später auch hier auftauchen.«

»Selbst wenn«, sagte Bentley abwertend, »hier sind wir sicher.«

Er wandte sich wieder an Thor. »Aber ich glaube, wir sind Ihnen jetzt einige Erklärungen schuldig, Mister Garson.«

»Das glaube ich allerdings auch.« Thors Stimme war eisig. Sein Blick wanderte zwischen den Gesichtern der beiden hin und her. Er war verwirrt, um es vorsichtig auszudrücken. Nach den seelischen Wechselbädern, die der Tag gebracht hatte, wusste er schlicht und einfach nicht mehr, was er von Norten und Bentley halten sollte.

»Bevor wir Ihnen Ihre Fragen beantworten, Mister Garson«, begann Bentley, »möchte ich Sie bitten, mir den Anhänger auszuhändigen.«

»Welchen Anhänger?«, erkundigte sich Thor harmlos.

Bentley verzog das Gesicht, als hätte er auf einen Stein gebissen. »Ich bitte Sie, Mister Garson«, sagte er. »Ersparen Sie sich und uns die Peinlichkeit, sich von einem der Matrosen untersuchen zu lassen. Ich weiß, dass Sie den Anhänger bei sich tragen, den Greg Ihnen gegeben hat.«

»Selbst wenn das so wäre«, antwortete Thor kalt, »dann hat er ihn mir gegeben, damit ich ihn seiner Tochter aushändige – nicht Ihnen.«

Bentley lächelte dünn. »Sie können ihn selbstverständlich auch erst Joana geben und die gibt ihn dann uns«, sagte er. »Wenn Ihnen Ihre Zeit für solch alberne Spielchen nicht zu schade ist …« Er zuckte mit den Achseln und sah Thor fragend an.

»Ich habe ihn nicht«, sagte Thor stur.

In Bentleys Augen blitzte es ärgerlich und Thor fügte ruhig hinzu: »Wenn Sie darauf bestehen, rufen Sie einfach einen Ihrer Männer und lassen mich durchsuchen.«

»Wo ist er?«, fragte Norton scharf. »Sie haben ihn Joana nicht gegeben. Jedenfalls behauptet sie das.«

»Sie können sie ja auch durchsuchen lassen«, sagte Thor ruhig. »Falls Sie ihr nicht glauben. Der Anhänger befindet sich an einem sicheren Ort.«

Bentley seufzte tief. »Sie machen es uns nur unnötig schwer, Mister Garson«, sagte er. »Wir stehen auf Ihrer Seite.«

»Ach?«, sagte Thor spöttisch. »Und was ist das für Sie – *meine Seite*?«

»Hast du ihm nichts erzählt?«, fragte Bentley Norten.

Norten schüttelte den Kopf. »Nein. Ich hielt es für … zu gefährlich.«

Bentley musterte Thor einen Moment lang aus seinen dunklen, durchdringenden Augen, dann sagte er: »Ich denke, wir können das Risiko jetzt eingehen.«

Schweigend und sehr schnell stand Bentley auf und ging zu einem Panzerschrank, der neben dem Schreibtisch in die Wand eingelassen war. Seine Finger stellten die Kombination ein, er öffnete die Tür, nahm etwas heraus und kam zum Tisch zurück. Vor Thors überrascht geweiteten Augen legte er acht völlig identische goldene Quetzalcoatl-Anhänger auf die Tischplatte.

»Das wären dann zehn – mit dem, den Mister Garson besitzt«, sagte er, nachdem er sich auch Nortens Anhänger hatte geben lassen und sie alle pedantisch und mit beinahe mathematischer Präzision nebeneinander ausgerichtet und selbst die Ketten gerade gezogen hatte. »Hat José die beiden anderen?«

Norten schüttelte den Kopf und nahm einen weiteren Schluck Whisky. »Ich fürchte, nein«, sagte er. »Einen hat er bei sich.«

»Und der zwölfte?«

»Ich fürchte, den haben die Indios«, antwortete Norten.

Auf Bentleys Gesicht erschien ein zugleich erschrockener wie auch zorniger Ausdruck, und Norten deutete auf Thor und sagte: »Zumindest behauptet er das.«

»Ist das wahr?«, fragte Bentley. Seine Stimme klang ein ganz kleines bisschen kälter und weniger freundlich als bisher.

»Ja«, sagte Thor. »Es war Joanas Anhänger. Sie haben uns überfallen, als ich mich mit ihr in der Anwaltskanzlei in New Orleans getroffen habe.«

»Und Sie konnten es nicht verhindern?«

Thor unterdrückte im letzten Moment ein schrilles Lachen. »Ich konnte mit Mühe und Not verhindern, dass sie uns beide umbringen«, sagte er. »Und hätte ich gewusst, wie sich die Dinge entwickeln, dann hätte ich ihnen den zweiten auch noch gegeben.«

Nortens Gesicht verdüsterte sich, aber Bentley hob rasch und beruhigend die Hand und schenkte sich ein weiteres Glas Whisky ein. Thor schüttelte den Kopf, als er mit einer fragenden Geste die Flasche hob.

»Ich kann Ihren Zorn verstehen, Mister Garson«, sagte er. »Aber er ist unberechtigt, glauben Sie mir. Wenn Sie die Wahrheit kennen, dann werden Sie verstehen, warum Professor Norten so handeln musste, wie er gehandelt hat.«

»Sie meinen – uns belügen, uns in Lebensgefahr bringen und uns entführen?«

»Ich hatte keine andere Wahl«, verteidigte sich Norten. »José ist unberechenbar. Er ist nicht nur verrückt, er ist auch völlig gewissenlos.«

»Haben Sie sich deshalb mit ihm verbündet?«

»Wir haben uns mit ihm verbündet, Mister Garson«, antwortete Bentley, »weil wir nach Gregs Tod einen ortskundigen Mitarbeiter brauchten.«

»Ortskundig?«

»José Perez ist in einer kleinen Stadt in der Nähe von Piedras Negras geboren und aufgewachsen«, sagte Norten. »Wussten Sie das nicht?«

Thor schüttelte verblüfft den Kopf. Noch mehr als diese Eröffnung verblüffte ihn allerdings der Name der Ortschaft. Piedras Negras – das war die Stadt in Yucatán, in der Greg und er zu ihrer letzten, verhängnisvollen Expedition aufgebrochen waren. Trotzdem sagte er: »Ich dachte, Sie selbst seien Spezialist für südamerikanische Kultur?«

»Das bin ich auch«, antwortete Norten mit Stolz in der Stimme. »Ich war mehrfach selbst in Yucatán, aber es ist in diesem Fall leider nicht damit getan, ein paar alte Maya-

Dialekte zu sprechen und ihre Kultur zu kennen, Mister Garson. Sie waren mit Greg dort. Sie wissen, wie schwierig und vor allem unübersichtlich das Gelände ist. Und dazu kommt noch, dass das, was wir suchen, sorgsam versteckt wurde. Ohne einen Mann mit echten Ortskenntnissen hätten wir keine Chance gehabt.«

Er lächelte flüchtig und tauschte einen vielsagenden Blick mit Bentley. »Sehen Sie, nach Gregs Tod waren die Dinge … ein wenig kompliziert geworden. Sie kannten Greg – er war kein Mann, der präzise Aufzeichnungen hinterlassen hat.« Er tippte sich an die Stirn. »Das meiste, was er wusste, hatte er hier aufgeschrieben. Und wir haben leider den Großteil der vergangenen Monate gebraucht, uns aus dem wenigen, was er uns zuvor verraten hat, den Rest der Geschichte zusammenzureimen.«

Thor deutete mit einer Kopfbewegung auf die neun goldenen Anhänger auf dem Tisch. »Und diese neun Anhänger zusammenzustehlen, vermute ich.«

Bentleys Lächeln wurde noch eine Spur kälter. »Ich hätte ein anderes Wort vorgezogen, Mister Garson«, sagte er. »Genau genommen sind diese Anhänger unser Eigentum. Besser gesagt – Gregs und unser gemeinsames Eigentum.«

»Und da Sie sich als seine Erben verstehen …«, sagte Thor zynisch.

Bentley lächelte. »Ich sehe, Sie verstehen, was wir meinen.«

»Zum Teil«, erwiderte Thor. »Was ich nicht verstehe, ist, was es mit diesen Anhängern auf sich hat.«

»Mit diesen Anhängern«, antwortete Bentley, »nichts.« Er fuhr mit der Handfläche über den Tisch und warf seine mühsam zurechtgelegte Ordnung durcheinander. »Sie sind vollkommen wertlos – sieht man von dem geringen Goldwert ab. Das heißt – alle, bis auf einen.«

»Und welcher ist es?«

Bentley zuckte mit den Schultern. »Das weiß ich so wenig wie Sie, Mister Garson«, gestand er freimütig. »Und wir werden es auch kaum herausfinden, bevor wir nicht alle zwölf zusammenhaben und in Piedras Negras sind.«

»Genauer gesagt an einem Ort in der Nähe dieser Stadt«, fügte Norten hinzu.

Thors Blick wanderte immer irritierter zwischen den Gesichtern der beiden und den kleinen goldenen Anhängern hin und her. »Ich verstehe überhaupt nichts mehr«, gestand er.

Bentley lachte leise. »So ging es uns auch eine ganze Weile, Mister Garson«, sagte er. »Dabei ist die Erklärung ganz simpel. Nur einer dieser Anhänger ist echt. Die elf anderen sind Kopien, die Greg kurz vor seinem Tod anfertigen ließ und ziemlich wahllos verteilt hat. Es hat uns eine ganze Menge Mühe gekostet, sie aufzuspüren.«

»Aber warum?«

»Weil dieser eine echte Anhänger etwas ganz Besonderes ist«, antwortete Norten. Etwas ... veränderte sich in seiner Stimme, als er sprach; plötzlich hatte sie einen fast ehrfürchtigen, gedämpften Klang.

»Ich weiß nicht, wie viel Sie von Greg über südamerikanische Kultur gelernt haben, aber ich nehme an, Sie wissen, wen dieses Amulett darstellt.«

Thor nickte automatisch. »Quetzalcoatl«, antwortete er. »Den gefiederten Schlangengott der Mayas. Ihre höchste Gottheit.«

»Ja«, antwortete Norton. »Aber es ist nicht nur ein Abbild Quetzalcoatls. Es ist auch nicht nur irgendein Kultgegenstand. Es ist ...« Er zögerte, schwieg einige Sekunden lang und blickte Thor dann auf sehr sonderbare Art und Weise an. »Glauben Sie an Magie, Mister Garson?«, fragte er.

»Das … kommt darauf an, wie man das Wort definiert«, erwiderte Thor zögernd.

»Ich vermute«, sagte Norton, »Sie definieren es auf die gleiche Art und Weise wie ich. Wir haben ja schon über dieses Thema gesprochen. Aber ich gebe zu, dass ich Ihnen auf der Hazienda nicht die ganze Wahrheit erzählt habe. Dieser eine Anhänger, um den es hier geht, wurde kurz vor dem Untergang des Maya-Reiches von einem ihrer mächtigsten Medizinmänner hergestellt. Sehen Sie, Mister Garson, die meisten Menschen heutzutage halten die Mayas für Barbaren; Wilde, die Menschenopfer vollzogen und niemals wirklich über ein steinzeitliches Niveau hinauskamen, ungeachtet ihrer gewaltigen Bauwerke. Aber das stimmt nicht. Sie hatten eine erstaunliche Kultur; und sie waren in manchen Dingen fast so weit wie wir, in einigen sogar weiter. Ihre Astrologie zum Beispiel …«

»Ich weiß das alles, Dr. Norten«, unterbrach ihn Thor.

Norten lächelte verlegen. »Dieser eine Anhänger also«, fuhr er fort, »wurde vom mächtigsten Zauberer des Maya-Reiches hergestellt. Die Mayas gingen nicht von einem Tag auf den anderen unter. Dem einfachen Volk mag es wie eine Katastrophe vorgekommen sein, aber die weisen Männer dieses Volkes ahnten den Niedergang lange voraus. Und sie ahnten auch, dass sie ihn nicht würden aufhalten können. Also beschlossen sie, auf die Zukunft zu setzen. Ihre astronomischen Kenntnisse waren erstaunlich. Sie konnten den Lauf der Gestirne auf Jahrhunderte, wenn nicht Jahrtausende im Voraus mit einer Präzision berechnen, die selbst wir noch nicht erreichen. Also verglichen sie die Konstellation der Sterne während der Blütezeit ihrer Kultur mit der der Zukunft und kamen zu dem Schluss, dass sie für die nächsten Jahrhunderte ungünstig für die Mayas standen – sehr vorsichtig ausgedrückt. So ungünstig, dass nicht einmal die Macht der Götter ausreichen würde, den Niedergang des Volkes aufzuhalten. Daher schufen sie dieses Schmuckstück. Ihre begnadetsten Künstler arbeiteten ein Jahr an seiner Erschaffung, das Gold wurde in Menschenblut gehärtet. Und sie legten all ihren Glauben und all ihre Magie in dieses winzige Stückchen Metall.«

Seine Stimme wurde leiser, sank zu einem Flüstern voller Ehrfurcht herab. »Was Ihnen und allen anderen Menschen wie ein wertloses Schmuckstück vorkommen mag, Mister Garson, das ist mehr, unendlich viel mehr. Es ist die Magie eines ganzen Volkes. Es ist der Schlüssel, um Quetzalcoatl wieder zum Leben zu erwecken.«

Thor starrte sein grauhaariges Gegenüber sekundenlang völlig fassungslos an. Er hatte begriffen, was Norten meinte, aber alles in ihm weigerte sich, es zu glauben. Und gleichzeitig fühlte er, dass es die Wahrheit war. Irgendwie hatte er es die ganze Zeit über gespürt.

»Sie meinen, dass ... dass ...«

»...Quetzalcoatl wieder zum Leben erwachen wird, wenn dieser Anhänger an einem bestimmten Tag in einen bestimmten Raum im geheimen Maya-Tempel am Fuße des Vulkans zurückgebracht wird, ja«, sagte Norten. »Und dieser Tag ist bald, Mister Garson. Sehr bald.«

»Aber das ... das ist lächerlich«, protestierte Thor. Seine Worte klangen selbst in seinen eigenen Ohren nicht überzeugend. Und Norten machte sich nicht einmal die Mühe, darauf zu antworten.

»Das Volk der Mayas kann zu neuer Größe und Macht auferstehen, Mister Garson«, sagte er. »Oder wieder untergehen und diesmal vielleicht endgültig.«

»Oder«, fügte Bentley hinzu, »und das ist die dritte und im Moment wahrscheinlichste Möglichkeit, die Gewalten, die dieser eine Anhänger entfesseln könnte, geraten in die falschen Hände.«

Thor blickte ihn durchdringend an. »In Ihre zum Beispiel?«

Bentley blieb ruhig. »Ich habe mit dieser Antwort gerechnet, Mister Garson«, sagte er. »Aber glauben Sie mir – Professor Norten und mir liegt nichts ferner, als uns persönliche Vorteile zu verschaffen.«

»Was wollen Sie dann?«, fragte Thor. »Und sagen Sie nicht, es geht Ihnen nur darum, das Rätsel einer untergegangenen Kultur zu lösen. Das würde ich Ihnen nämlich nicht glauben.«

Bentleys Lippen verzogen sich zu einem dünnen, amüsierten Lächeln. »Das habe ich auch nicht erwartet«, sagte er. »Nein – meine Beweggründe sind anderer Natur. Ich gestehe, es hat lange gedauert, bis Norten mich überzeugt hat, als er nach Gregs Tod zu mir kam und mir die ganze Geschichte erzählte. Aber in der Zwischenzeit habe ich so viel Erstaunliches erlebt, dass ich ihm glaube. Was den Professor angeht – er ist durch und durch Wissenschaftler. Er will nur wissen. Er kann gar nicht anders, als dieses Geheimnis zu lüften.«

»Und Sie?«

»Ich möchte verhindern, dass diese Kräfte in falsche Hände geraten«, antwortete Bentley. »Sie kennen José besser als ich. Sie wissen, dass er verrückt genug wäre, sich selbst zum neuen Herrscher oder auch Gott der Mayas auszurufen. Haben Sie eine ungefähre Vorstellung davon, was dann geschehen würde?«

Thor versuchte zu lachen, aber das Geräusch, das er dann wirklich zustande brachte, war eher ein lächerliches Quietschen. »Verkaufen Sie mich nicht für dumm, Bentley«, sagte er schwach. »Sie wollen mir doch nicht im Ernst einreden, dass Sie Angst vor ein paar Mayas mit Steinschwertern und Zaubersprüchen haben.«

»Natürlich nicht«, antwortete Bentley ruhig. »Weder die Vereinigten Staaten noch irgendein anderes Land müssten Angst vor ihm haben. Aber er könnte trotzdem großen Schaden anrichten. Es könnte Tote geben. Hunderte, wenn nicht Tausende oder Zehntausende von Toten.«

»Denken Sie daran, was auf der Hazienda geschehen ist«, fügte Norten hinzu.

Thor glaubte den beiden kein Wort. Ihre Erklärungen klangen einleuchtend, aber vielleicht klangen sie sogar ein bisschen *zu* einleuchtend für seinen Geschmack.

»Deshalb haben wir versucht diese Anhänger zurückzubekommen, Mister Garson«, fuhr Bentley nach einer langen, lastenden Pause fort. »Und deshalb sind Sie hier. Mit dem Anhänger von José besitzen wir jetzt elf der ursprünglich zwölf Stücke. Die Wahrscheinlichkeit, dass der richtige darunter ist, ist also nicht schlecht.«

»José wird Ihnen seinen kaum freiwillig geben«, vermutete Thor.

»Kaum«, bestätigte Bentley. Er lächelte.

»Und Sie haben auch kaum die Möglichkeit, ihn mit Gewalt an sich zu bringen«, fuhr Thor fort. »Sie haben es selbst gesagt – Sie brauchen ihn.«

»Vielleicht«, sagte Norten. »Vielleicht aber auch nicht. Das kommt ganz auf Sie an.«

»Auf mich?«

Bentley nickte. »Vielleicht brauchen wir Perez ja gar nicht. Wir brauchen nur jemanden, der den Eingang zum Tempel finden kann.«

»Und Sie glauben, ich wäre dieser Jemand?«

»Sie waren schon einmal dort«, erinnerte Norten. »Zusammen mit Greg.«

»Ich war in der Nähe dieses Vulkans«, bestätigte Thor. »Aber wir sind nicht sehr weit gekommen.« Er sah ihn durchdringend an. »Sie wissen, was geschehen ist. Vielleicht wollte Greg mir wirklich den Weg zu diesem Tempel zeigen. Aber wenn, dann hat er es nicht mehr geschafft.«

»Ich bin sicher, Sie können ihn finden, wenn Sie es wollen«, erwiderte Norten ruhig. »Und sowohl Commander Bentley als auch ich würden uns in Ihrer Begleitung sehr viel sicherer fühlen als in der eines unberechenbaren Wahnsinnigen.«

Thor schwieg eine ganze Weile. Sein Blick wanderte über die neun winzigen goldglänzenden Anhänger, die sich glichen wie ein Ei dem anderen, dann wieder über die Gesichter der beiden Männer auf der anderen Seite des Tisches und dann noch einmal über die Amulette. Etwas an der Geschichte der beiden störte ihn, aber er wusste noch nicht, was. Und zumindest in einem Punkt hatten sie recht: José war verrückt. Verrückt und unberechenbar.

Trotzdem irritierte ihn der Gedanke, sich José im Federmantel eines Maya-Priesters vorzustellen, wie er Menschenopfer zelebrierte und Armeen voller mit Schwertern und Äxten bewaffneter Maya-Krieger in den Kampf gegen den Rest der Welt schickte.

Er war sogar fast lächerlich.

»Kann ich darüber nachdenken?«, fragte er.

Bentley nickte. »Selbstverständlich. Ich habe bereits eine Kursänderung befohlen, aber wir werden gut eineinhalb Tage brauchen, bis wir Yucatán erreichen. Spätestens bis dahin müssen Sie sich allerdings entschieden haben.«

»Und wenn ich es nicht tue?«, erkundigte sich Thor.

»Geschieht Ihnen auch nichts«, versprach Bentley. »Sie sind kein Gefangener, Mister Garson. Wenn Sie darauf bestehen, setzen wir Joana und Sie im ersten Hafen ab, an dem wir vorbeikommen, und Sie gehen Ihrer Wege.«

»Einfach so?«, fragte Thor zweifelnd.

»Einfach so«, bestätigte Norten. »Das heißt – falls Sie das können. Falls Ihnen das Schicksal der überlebenden Mayas völlig egal ist. Und natürlich die vielleicht größte Reportage, für die Sie jemals Stoff bekommen.« Er lächelte überheblich. »Aber Sie wären nicht der Mann, für den ich Sie halte und als den Greg Sie mir beschrieben hat, wenn Sie das könnten.«

Und damit hatte er ausnahmsweise einmal recht. Im Grunde hatte Thor sich bereits entschieden – wenn auch wahrscheinlich anders, als Norten und Bentley vermuteten.

»Ich werde darüber nachdenken«, sagte er.

»Dein Vater hat mit mir niemals über diesen Professor Norten gesprochen«, sagte Thor später, als er allein mit Joana in der weitläufigen Kabine war, die man ihr zugewiesen hatte.

Joana zuckte fast unbeteiligt mit den Achseln und blickte an ihm vorbei ins Leere. Unter dem frischen weißen Verband an ihrer Stirn sah ihr Gesicht bleich aus. Sie wirkte sehr müde; und nicht nur in körperlicher Hinsicht. Sie hatte schweigend und mit großen Augen zugehört, während Thor ihr berichtete, was er von Norten und Bentley erfahren hatte, aber er hatte regelrecht sehen können, wie etwas in ihrem Blick zerbrach, während er sprach. Er hatte auch fast sofort begriffen, was es war: Obwohl sie nur wenige Stunden auf Nortens Hazienda gewesen waren und Joana kaum mehr als einige Sätze mit ihm gewechselt hatte, hatte er doch gespürt, wie sehr das Mädchen dem Mann vertraute. Dass er sie so hintergangen, ja benutzt haben sollte, das musste ihr Vertrauen nicht nur in ihn, sondern in die ganze Welt erschüttert haben.

Vielleicht war es das erste Mal, dachte Thor, dass sie diese schmerzliche Erfahrung gemacht hat: von einem Menschen, dem sie absolutes und blindes Vertrauen geschenkt hatte, betrogen worden zu sein.

Und auch ihm selbst ging es nicht viel anders. Auch Greg Swanson hatte ihn belogen, ihm zumindest nicht annähernd die ganze Wahrheit über die Expedition gesagt, die nicht nur zu seinem Tod geführt hatte, sondern auch Thor um ein Haar zum Verhängnis geworden wäre.

»Vater hat nie viel über Onkel Norten gesprochen«, beantwortete sie seine Frage mit einiger Verzögerung.

Thor unterdrückte ein Lächeln. Selbst jetzt nannte Joana Norten noch Onkel.

»Ich glaube, er war … so etwas wie sein Lehrer«, vermutete Thor. »Obwohl ich mittlerweile nicht mehr sicher bin, wer hier von wem gelernt hat.« Er seufzte tief. »Du hast den Anhänger noch?«

Joana nickte und wollte aufstehen, aber Thor winkte rasch ab. »Behalt ihn«, sagte er. »Aus irgendeinem Grund scheinen sie dir zu trauen. Wenn ich ihn bei mir hätte, könnte mir … etwas zustoßen.«

»Jetzt übertreibst du aber«, protestierte Joana schwach. »Onkel Norten ist kein Mörder.«

Darüber konnte man geteilter Meinung sein, dachte Thor. Aber im Moment war es vielleicht klüger, das nicht auszusprechen.

»Du wusstest, dass dieser Anhänger etwas ganz Besonderes ist«, sagte Thor nach einer Weile.

Joana nickte, ohne ihn anzusehen.

»Und du wusstest auch, warum es mehr als einen gibt.«

»Das stimmt«, gestand Joana nach einem abermaligen langen Zögern. »Aber ich habe nie erfahren, was er wirklich ist. Das musst du mir glauben, Thor.«

Thor musste sich beherrschen, um nicht plötzlich einen Schwall von Vorwürfen über Joana zu ergießen. Im Grunde, das wusste er sehr wohl, traf Joana weit weniger Schuld an der verfahrenen Situation als ihn selbst.

»Entschuldige«, murmelte er. »Ich war ungerecht. Es tut mir leid.«

»Schon gut.« Joanas Hand kroch über seinen Arm und berührte seine eigene Hand, und für einen Moment verschränkten sich ihre Finger, und diesmal ließ Thor die Berührung zu, denn es war einfach die Berührung eines zitternden, verängstigten Kindes, das Schutz suchte.

»Keine Sorge«, murmelte er. »Es wird schon alles gut werden.«

Joana antwortete nicht und eine Weile saßen sie einfach schweigend da. Aber es war ein sehr unangenehmes, niedergeschlagenes Schweigen, und so wenig wie Thor selbst von der Wahrheit seiner Worte überzeugt war, so sehr musste sie fühlen, dass er sie nur gesprochen hatte, um sie und sich selbst zu beruhigen.

Dabei gab es eigentlich keinen Grund, vor irgendetwas Angst zu haben. Sie befanden sich nicht mehr auf einer belagerten Hazienda, sondern an Bord eines amerikanischen Schlachtkreuzers, dessen Kanonen und Maschinengewehre es mit allen Indianerarmeen der Welt zugleich aufnehmen könnten, sie befanden sich nicht in der Gewalt mordlüsterner Indianer, sondern in der Obhut einer US-Marineinfanterieeinheit, und sie hatten es nicht einmal mehr mit einem verrückten Halbindianer zu tun, der glaubte dazu ausersehen zu sein, den alten Maya-Gott wieder zum Leben zu erwecken, sondern mit zwei sehr vernünftigen Männern, die zwar aus völlig unterschiedlichen Beweggründen, aber doch sehr vorsichtig handelten.

Wenn die beiden ihm die Wahrheit erzählt hatten. Und aus einem Grund, der Thor selbst nicht ganz klar war, glaubte er das immer noch nicht. Vielleicht klang die Geschichte einfach ein bisschen zu glatt. Da war zwar nichts, was ihn wirklich störte, nichts, worauf er den Finger legen konnte – aber möglicherweise war es gerade das: dass ihre Geschichte keinerlei Haken und Ösen hatte. Sie klang einfach nicht echt, sondern – zugegeben perfekt – konstruiert.

Nach einer Weile löste Thor behutsam seine Finger aus Joanas Hand und stand auf.

»Wo gehst du hin?«, erkundigte sie sich. Ihre Stimme klang beinahe erschrocken.

Thor deutete mit einer Kopfbewegung zur Decke. »Nach oben«, sagte er. »Ich möchte einfach ein bisschen frische Luft schnappen. Ein paar Schritte machen und überlegen.«

Zu seiner Überraschung verzichtete Joana darauf, ihn begleiten zu wollen. Dafür war Thor eine Sekunde lang versucht, sie dazu aufzufordern. Er fühlte sich einfach nicht wohl bei der Vorstellung, sie ganz allein hier zurückzulassen – obwohl das eigentlich absurd war. Sie war nicht allein, sondern an einem der vermutlich sichersten Orte, den es auf der ganzen Welt gab; zumindest aber im Umkreis etlicher tausend Meilen. Mit dem neuerlichen Versprechen, bald wiederzukommen, drehte er sich um, verließ die Kabine und trat auf den von schwachem elektrischen Licht beleuchteten Korridor hinaus. Unter seinen Füßen konnte er das sanfte Vibrieren der Planken spüren, und tief unten im Rumpf des Schiffes hörte er das beruhigende Wummern der gewaltigen Dieselmotoren. Weit vor sich, am Ende des Ganges, und kaum mehr als ein Schatten im schwachen Licht, sah er einen Soldaten, der an der Wand lehnte und so zu tun versuchte, als wäre er gar nicht da. Das alles – die fast unzerstörbaren stählernen Wände ringsum, das beruhigende Geräusch der gewaltigen Maschinen, die Wache, die Bentley zu ihrem Schutz abkommandiert hatte – hätte ihn beruhigen müssen. Aber das genaue Gegenteil war der Fall. Aus irgendeinem Grund wuchs seine Nervosität mit jeder Sekunde.

Als er sich dem Wachsoldaten genähert hatte und an ihm vorbeigehen wollte, hob der Mann zögerlich die Hand und vertrat ihm den Weg. »Sir?«

»Ja?« Thor sah den Soldaten fragend an.

»Darf ich fragen, wohin Sie ...« Er brach ab. Seine Verlegenheit war ihm deutlich anzusehen.

Thor lächelte. »Nach oben«, sagte er mit einer entsprechenden Geste. »Ich möchte an Deck. Ein wenig frische Luft schnappen.«

Wieder zögerte der Soldat einen Herzschlag, ehe er mit einem bedauernden Achselzucken den Kopf schüttelte. »Das geht nicht, Sir. Es tut mir leid.«

»Wieso nicht?«, erkundigte sich Thor.

»Befehl des Kapitäns«, antwortete der Mann. »Niemand darf nach Dunkelwerden das Deck betreten.«

Thor wollte auffahren, aber er fühlte sich gleichzeitig auch viel zu müde dazu. Und dieser Soldat konnte schließlich nichts dafür – er führte nur Befehle aus. Trotzdem sagte er: »Bezieht sich dieser Befehl auch auf eventuelle Zivilpersonen an Bord – oder nur auf Marineangehörige?«, erkundigte er sich.

Der Ausdruck auf dem Gesicht des Soldaten wurde regelrecht gequält. »Ich ... bin nicht sicher, Sir«, antwortete er.

»Aber ich«, sagte Thor. »Ich komme gerade von einer Besprechung mit Ihrem Kapitän. Ich bin sicher, er hätte mir gesagt, wenn ich meine Kabine nicht verlassen dürfte.«

Der Posten war sichtlich zwischen Pflichtbewusstsein und der Angst, einen Fehler zu begehen, hin- und hergerissen.

Thor betrachtete ihn etwas aufmerksamer. Er war nicht ganz sicher – aber er glaubte, dass vorhin ein anderer Mann an seiner Stelle gestanden hatte.

»Wie lange tun Sie hier schon Dienst?«, fragte er.

»Noch nicht lange, Sir. Wenige Minuten.«

»Dann behaupten Sie einfach, Sie hätten mich nicht gesehen«, riet ihm Thor. Er lächelte, aber sein Blick fügte etwas ganz anderes hinzu: Oder lass es darauf ankommen, mein Freund, dass ich zu Commander Bentley gehe und mich über dich beschwere.

Einen Moment lang zögerte der Mann noch, dann nickte er unentschlossen und gab den Weg frei; alles andere als überzeugt davon, das Richtige zu tun, aber auch sichtbar erleichtert, dass Thor ihm eine solche Brücke gebaut hatte.

Thor ging schnell weiter und erreichte nach wenigen Minuten den Aufgang zum Deck. Den Weg hinunter hatte er sich gewissenhaft eingeprägt; schon aus Sorge, sich im Inneren des riesigen Schiffes zu verirren. Der Kreuzer war ein schwimmendes Labyrinth aus Räumen, Sälen, Treppen und Gängen, aber ihre Quartiere lagen nur ein Stockwerk unter der Brücke.

Es war fast unheimlich still, als er auf das Deck hinaustrat. Der Wind wehte und trug Kälte und Salzwassergeruch heran, aus dem Rumpf des Schiffes drang noch immer das Dröhnen der Dieselgeneratoren, das hier oben beinahe deutlicher zu hören war als in seinem Inneren, und Thor hörte das machtvolle Rauschen, mit dem sich der gewaltige Schiffskörper seinen Weg durch die Wellen bahnte. Und trotzdem war die Stille da. Sie überfiel ihn wie ein Orkan, traf ihn mit solcher Macht, dass er mitten im Schritt erstarrte und einen Moment lang nahe daran war, in Panik zu geraten, denn es war die gleiche unheilschwangere Stille, die er auch auf Nortens Hazienda gespürt hatte. Das gleiche schwarze Schweigen, in dem etwas Unsichtbares, Gewaltiges heranzukriechen schien, und das zwar nicht seine normalen Sinne, wohl aber etwas Uraltes, tief in ihm Schlummerndes aufschreien ließ.

Unsinn!, dachte er. Du fängst an, Gespenster zu sehen, alter Junge.

Aber die Nervosität blieb. Mit klopfendem Herzen trat Thor aus dem Schatten der Tür auf das Deck hinaus und sah sich um. Der Bug des Schiffes lag wie ein stählernes Fußballfeld vor ihm und nirgends regte sich etwas. Trotzdem gaukelten ihm seine überreizten Nerven für einen Moment Bewegung vor: ein Gleiten und Huschen in den Schatten, ein zuckendes Sichwinden und Kriechen, das ihm einen eisigen Schauer über den Rücken jagte. Und auch das Licht war falsch. Der Mond stand noch immer völlig gerundet am Himmel, obwohl die Nacht sich bereits dem Ende zuneigte, aber er schien noch immer keine Helligkeit zu spenden; der matt gestrichene graue Stahl des Schiffes saugte das bisschen Licht auf wie ein Schwamm einen Wassertropfen, und so, wie irgendetwas alle Geräusche fraß und sie zwar nicht auslöschte, ihnen aber ihre Realität nahm, vernichtete irgendetwas anderes das Licht. Für einen Moment wurde dieses Gefühl plötzlich übermächtig: das Gefühl, sich in der Nähe von etwas ungeheuer Altem, ungeheuer Mächtigem und ungeheuer Gnadenlosem zu befinden.

Ein kaum hörbares Geräusch ließ Thor zusammen- und herumfahren.

Im ersten Moment sah er weiter nichts außer sonderbar rechteckige Schatten und unterschiedliche Flächen voller absoluter und nicht so vollkommener Dunkelheit. Doch das Geräusch war da gewesen. Ganz leise, aber in dieser unheimlichen Stille von einer fast aggressiven Realität. Thors Nerven waren bis zum Zerreißen gespannt, während er sich in die Richtung bewegte, aus der er den Laut zu hören geglaubt hatte. Obwohl er sich bemühte, selbst nicht das mindeste Geräusch zu verursachen, und fast auf Zehenspitzen ging, hatte er fast das Gefühl, dass seine eigenen Schritte wie das Dröhnen von Pferdehufen über das stählerne Deck hallten. Selbst seine Atemzüge und das Klopfen seines Herzens erschienen ihm mit einem Mal laut und verräterisch. Wer immer dort in der Dunkelheit vor ihm lauerte – er musste es einfach hören.

Er schlich weiter, hörte das Geräusch ein zweites Mal – wieder, ohne es identifizieren zu können – und erreichte einen der gewaltigen stählernen Deckaufbauten. Mit klopfendem Herzen und schweißfeuchten Händen presste er sich gegen das kalte Metall und spähte vorsichtig um die Ecke.

Fast auf der anderen Seite des Schiffes vor der Reling, nur als Umriss vor dem helleren, glitzernden Hintergrund des Ozeans, aber beinahe überdeutlich zu erkennen, stand eine Gestalt. Und etwas an ihr war falsch.

Es gelang Thor nicht sofort, das Gefühl in Worte zu kleiden – und als es ihm gelang, da war er nicht sehr sicher, ob er sich darüber freuen sollte. Der Mann war zu groß. Seine Schultern waren zu breit, und auf seinem Kopf saß etwas, was nicht dorthin gehörte.

Es war schwer, in der Nacht und über die große Entfernung seine wirkliche Größe zu schätzen, aber Thor glaubte nicht, dass er kleiner als zwei Meter war; selbst ohne den barbarischen Kopfputz. Das sonderbar eckige Aussehen seiner Schultern aber kam von einem bodenlangen Mantel aus Federn, der ihn einhüllte, und ein gewaltiger Kopfschmuck aus den gleichen, mehr als meterlangen Federn thronte auf seinem Haupt.

So viel zu Bentleys Behauptung, dachte Thor düster, dass sie an Bord dieses Schiffes sicher seien.

Der Maya-Priester schien bisher nichts von seiner Anwesenheit bemerkt zu haben. Hoch aufgerichtet und völlig reglos stand er da und starrte auf das Meer hinaus, als erwarte er etwas – oder beschwöre etwas. Der Wind spielte mit den Federn seines Mantels und des gewaltigen Kopfschmuckes, und dann bewegte er sich, und durch die unheimliche Stille an Deck des Schiffes drang das leise Klimpern von Metall an Thors Ohr. Langsam, in einer zeremoniellen, beschwörenden Geste hob der Maya-Priester die Arme und spreizte alle zehn Finger.

Und unmittelbar hinter Thor erklang ein drohendes Rasseln.

Thors Herz schien zu stocken. Sein Magen zog sich zu einem eiskalten Klumpen aus Glas zusammen, der schmerzhaft in seine Eingeweide zu schneiden schien, und er spürte ein Kribbeln wie von tausend winzigen Spinnenbeinen, die seinen Rücken hinunterliefen. Er kannte diesen Laut!

Schlagartig hatte er den Maya-Priester, das Schweigen und das unheimliche Licht vergessen. Er wusste nicht einmal wirklich, wo er sich befand, geschweige denn, weshalb er hierhergekommen war. Alles, was zählte, war dieses rasselnde Klappern und das Geräusch winziger, harter Schuppen, die über das stählerne Deck glitten.

Langsam, unendlich langsam, mit Bewegungen, die so sacht und vorsichtig waren, dass ein Beobachter sie kaum wahrgenommen hätte, drehte sich Thor Garson um und blickte das Geschöpf an, das hinter ihm herangekrochen war.

Es war die größte Klapperschlange, die er jemals zu Gesicht bekommen hatte.

Auch ohne dass seine Angst sie noch größer machte, musste sie der Urvater aller Klapperschlangen sein; allein die Rassel am Schwanzende war fast so lang wie Thors Unterarm, und der dreieckige Schädel, der sich angriffslustig aufgerichtet hatte und aus dem ihn zwei winzige, bösartig glitzernde Knopfaugen anfunkelten, hatte beinahe die Größe seines Handtellers.

Thor starrte die Schlange wie hypnotisiert an, und die Schlange wiederum starrte ihn an, als wolle sie die Behauptung, dass Schlangen entgegen der landläufigen Meinung ihre Opfer nicht hypnotisieren, verspotten. Ihre gespaltene Zunge bewegte sich mit flinken, kleinen Rucken hin und her und nahm Thors Geruch auf. Sie witterte seine Angst und den kalten Schweiß, der ihm am ganzen Körper ausgebrochen war, und ihr lippenloses Maul öffnete sich einen winzigen Spaltbreit, sodass er die gebogenen, nadelspitzen Giftzähne erkennen konnte. Die Rassel an ihrem Schwanz klapperte wie das Instrument eines höllischen Kastagnettenspielers, und ihr Schädel pendelte langsam von links nach rechts und wieder zurück, als suche sie eine günstige Stelle, um blitzschnell zuzupacken und ihre Zähne in ihr Opfer zu graben. Ungeachtet aller Einwände, die der logische Teil seines Denkens gegen dieses Gefühl vorbrachte, wusste er einfach, dass dies keine normale Schlange war. Normale Klapperschlangen werden nicht so groß. Sie starren ihre Opfer nicht auf diese ganz bestimmte Art und Weise an und sie finden sich normalerweise auch nicht an Bord amerikanischer Schlachtkreuzer, die auf hoher See fahren.

Die Schlange senkte den Kopf ein wenig, ohne Thor dabei aus den Augen zu lassen, und kroch langsam auf ihn zu. Sie befand sich jetzt noch allerhöchstens zwei Meter von ihm entfernt; bei der Schnelligkeit, zu der diese Reptilien fähig sind, würde sie nicht einmal eine Zehntelsekunde brauchen, um zuzustoßen und ihre Giftzähne tief in sein Fleisch zu graben.

Vorsichtig machte er einen Schritt nach hinten und erstarrte mitten in der Bewegung, als die Schlange den Kopf hob und drohend ihre Rassel hören ließ. Er wusste, dass es ein sicheres Todesurteil war, wenn er jetzt eine unbedachte Bewegung machte; oder auch nur überhaupt irgendeine Bewegung.

»Rühren Sie sich nicht!«

Ein Schatten legte sich neben den seinen auf das Deck des Schiffes und er hörte das Geräusch sehr langsamer, vorsichtiger Schritte. »Keine Bewegung, Mister Garson«, wiederholte die Stimme. »Ganz egal, was passiert.«

Die Zeit schien stehen zu bleiben. Thor hörte, wie sich die Gestalt hinter ihm bewegte, und gleichzeitig wandte sich die Aufmerksamkeit der kalten Schlangenaugen von ihm ab und einem Punkt hinter ihm zu. Der riesige Schlangenkopf hob sich, zitterte – und dann zerriss der peitschende Knall eines Gewehrschusses die Nacht, und der Kopf des Tieres explodierte förmlich, keinen Meter mehr von Thor Garson entfernt.

Mit einem erschöpften Keuchen taumelte Thor zurück und schloss die Augen. Plötzlich, von einem Sekundenbruchteil auf den anderen, schlug die Angst mit aller Macht zu. Heiße und kalte Schauer rasten abwechselnd über seinen Rücken, und seine Hände und Knie begannen so heftig zu zittern, dass er an einem der Deckaufbauten Halt suchen musste. Für einen Moment begannen sich das Schiff und der Himmel um ihn herum zu drehen, und es hätte nicht viel gefehlt und er wäre schlichtweg in Ohnmacht gefallen.

»Alles in Ordnung mit Ihnen, Mister Garson?«

Thor nickte schwach und murmelte eine Antwort, die er nicht einmal selbst verstand, ehe er sich zu seinem Retter herumdrehte.

Es war Norten. Er stand zwei Schritte hinter ihm, das Gewehr noch immer auf die tote Schlange gerichtet, und einen Ausdruck im Gesicht, der zwischen Entsetzen und Zorn lag. Seine Finger umklammerten die Waffe so fest, dass alles Blut daraus gewichen war. Seine Hände zitterten so heftig, dass sich Thor für einen Moment fragte, wie er das Tier überhaupt hatte treffen können.

Aber er hatte es getroffen, und das allein zählte.

»Vielen Dank«, murmelte Thor. »Das war verdammt knapp.«

Norten musterte ihn besorgt. »Hat sie Sie gebissen?«, fragte er.

Thor schüttelte den Kopf.

»Sind Sie verletzt?«

»Nein«, antwortete Thor. »Mir ist … nichts passiert.« Er versuchte zu lachen, aber es misslang. »Ich bin mit dem Schrecken davongekommen, wie man so schön sagt.«

Nortens Blick wurde noch eine Spur ernster. »Aber einem gewaltigen Schrecken, wie ich sehe«, sagte er.

Thor nickte stumm. Schaudernd drehte er sich um und blickte noch einmal auf den toten Schlangenkörper hinab. Selbst jetzt wirkte das Tier noch Furcht einflößend und gewaltig und selbst jetzt war seine Wirkung auf Thor hundertmal stärker als die jeder anderen Schlange, der er jemals begegnet war.

Nicht weit von ihnen entfernt flog eine Tür auf und zwei Soldaten kamen herausgestürmt, die Gewehre schussbereit in den Händen. Fast gleichzeitig flammte über ihnen an der Brücke ein starker Scheinwerfer auf, dessen Strahl einen Moment ziellos über das Deck tastete, ehe er Norten und Thor erfasste und festhielt. Offensichtlich war Nortens Schuss gehört worden. Thor begriff, dass seither kaum mehr als fünf oder sechs Sekunden vergangen sein konnten. Ihm war es vorgekommen wie Ewigkeiten.

Norten drehte sich zu den beiden Soldaten herum und machte eine beruhigende Geste. »Alles in Ordnung«, sagte er. »Es war meine Schuld. Ein Schuss hat sich gelöst.« Er lächelte in perfekt geschauspielerter Verlegenheit. »Seien Sie so nett und sagen Sie Ihren Kollegen oben auf der Brücke Bescheid – bevor sie das ganze Schiff in Alarmbereitschaft versetzen.«

Die beiden Soldaten zögerten. Selbst in der schwachen Beleuchtung und geblendet durch das grelle Licht des Scheinwerfers konnte Thor den verwirrten Ausdruck auf ihren Gesichtern erkennen. Aber dann wandten sie sich doch gehorsam um und gingen wieder. Und wenige Augenblicke später erlosch auch der Scheinwerferkegel.

Trotzdem blieben sie nur wenige Sekunden allein, denn die Tür wurde ein zweites Mal geöffnet und Bentley stürmte hinaus. »Was ist passiert?«, fragte er knapp, als er Norten mit dem Gewehr in der Hand neben Thor stehen sah.

Norten deutete auf den Kadaver der riesigen Klapperschlange. »Um ein Haar hätten wir unseren zukünftigen Führer verloren«, sagte er.

Bentley sah ihn irritiert an, kam einen Schritt näher – und stockte mit einem erstaunten Laut mitten im Schritt, als sein Blick auf den gewaltigen, im Tode zusammengerollten Schlangenkörper fiel.

»Was …?«

»Ich glaube, ich muss mich bei passender Gelegenheit beim Kapitän dieses Schiffes beschweren«, sagte Thor in dem ebenso schwachen wie vergeblichen Versuch, einen Scherz zu machen. »Hier wimmelt es von Ungeziefer. Ich hoffe nur, die Kakerlaken in Ihrer Küche sind nicht genauso groß.«

Bentley blieb völlig ernst. »Das ist doch völlig unmöglich!«, sagte er überzeugt.

»Was ist passiert, Mister Garson?«, fragte plötzlich Norten. »Was tun Sie überhaupt hier oben?«

»Ich habe Befehl erlassen, dass niemand nach Dunkelwerden an Deck darf«, fügte Bentley hinzu.

Thor ignorierte diese Bemerkung und deutete in die Richtung, in der er den Maya-Priester gesehen hatte. »Ich bin heraufgekommen, um frische Luft zu schnappen«, sagte er. »Ich wollte über unser Gespräch nachdenken. Dort drüben stand eine Gestalt.«

»Vermutlich eine Deckswache«, sagte Bentley.

Thor schüttelte überzeugt den Kopf. »Es war keiner Ihrer Männer, Commander«, sagte er. »Es war ein Maya.«

Bentleys Augen wurden groß. »Ein Maya? Sie sind verrückt!«

»Sicher«, erwiderte Thor trocken und deutete auf die tote Schlange. »Und das da bilde ich mir auch nur ein.«

»Wie kommen Sie darauf, dass es ein Maya war?«, erkundigte sich Norten.

»Zumindest war er wie ein Maya-Priester gekleidet«, schränkte Thor ein. »Ich konnte sein Gesicht nicht erkennen. Es war zu weit entfernt und es war zu dunkel. Aber er trug einen Zeremonienmantel und einen Kopfschmuck aus Paradiesvogelfedern.«

»José!«, murmelte Norten halblaut.

Thor sah ihn misstrauisch an. »Wie kommen Sie darauf?«

»Wer sollte es sonst gewesen sein? Die Auswahl ist nicht besonders groß.«

»Und diese Schlange?«

Norten antwortete gar nicht, und sein Bruder Bentley sagte nach sekundenlangem Überlegen und mit einer Stimme, die deutlich verriet, dass er nicht einmal selbst an diese Erklärung glaubte: »Vielleicht ist sie im letzten Hafen an Bord gekrochen. Das Schiff ist riesig. Selbst ein so großes Tier kann sich wochenlang darauf verstecken, ohne entdeckt zu werden.«

Thor würdigte ihn nicht einmal einer Antwort.

»Es muss José gewesen sein«, sagte Norten. »Wir hätten ihn sofort in Ketten legen sollen.«

»Oder ihn gleich über Bord werfen«, murmelte Thor mit einem neuerlichen Blick auf die tote Schlange. Die Worte waren nicht ernst gemeint, und er bedauerte sie fast im selben Moment schon wieder, in dem er sie ausgesprochen hatte. Denn der Ausdruck in Bentleys Augen machte klar, dass der diesen Vorschlag für einen Moment ganz ernsthaft erwog.

»Konnten Sie erkennen, was er getan hat?«, erkundigte sich Norten.

Thor schüttelte automatisch den Kopf, aber dann überlegte er einen Moment und deutete schließlich aufs Meer hinaus; die gleiche Richtung, in die der Mann in der Priesterkleidung geblickt hatte. »Ich bin nicht sicher«, sagte er, »aber ich hatte das Gefühl, dass er irgendjemandem Zeichen gibt.«

»Zeichen? Wem um alles in der Welt sollte er Zeichen geben?«, erkundigte sich Bentley verblüfft.

»Vielleicht den Indios«, sagte Norten nachdenklich.

Bentley sah ihn fragend an und Norten fügte erklärend hinzu: »Die Männer, die meine Hazienda angegriffen haben.«

»Wir sind hier auf hoher See«, erinnerte ihn Bentley. »Und das hier ist kein Kriegskanu, Norten, sondern ein Schlachtkreuzer.«

»Ich weiß«, antwortete Norten. »Aber wir sollten trotzdem vorsichtig sein. Lass die Wache verdoppeln.«

»Das ist doch lächerlich!«, protestierte Bentley.

»Ich hoffe, Sie behalten Ihren Humor auch dann noch, wenn einer vor Ihnen steht und Ihnen die Kehle durchschneidet, Commander«, sagte Thor ernst.

Bentley musterte ihn mit unverhohlener Herablassung. Dann lächelte er dünn, drehte sich um und deutete auf einen der gewaltigen Geschütztürme des Schiffes. »Sehen Sie das, Mister Garson?«

Thor nickte.

»Das ist eine Dreißig-Zentimeter-Kanone«, fuhr Bentley

mit unüberhörbarem Stolz in der Stimme fort. »Wir haben allein davon sechs Stück. Außerdem noch sechsundzwanzig andere Kanonen, vierzig Maschinengewehre und fünfhundert ausgebildete Marineinfanteristen, von denen jeder ein ausgezeichneter Schütze ist. Eine einzige Breitseite dieses Schiffes könnte Ihr ganzes sagenhafte Maya-Reich quer über den Ozean pusten.«

»Da wäre ich nicht so sicher«, murmelte Thor halblaut.

Bentley wollte auffahren, aber Norten brachte ihn mit einer besänftigenden Geste zum Schweigen. »Ich glaube nicht, dass der Streit zu irgendetwas führt«, sagte er. »Lasst uns lieber überlegen, was wir mit José machen.«

»Wenn es José war«, sagte Thor.

Norten überging die Bemerkung. »Haben Sie sich entschieden, Mister Garson?«

»Noch nicht«, antwortete Thor. »Warum?«

»Weil dann alles sehr viel leichter wäre«, antwortete Norten. »Wir könnten José in eine Arrestzelle sperren und uns in aller Ruhe überlegen, wie wir mit ihm verfahren wollen.«

»Was haben Sie denn vor?«, erkundigte sich Thor.

»Nichts«, antwortete Norten; eine Spur zu hastig, als dass Thor ihm wirklich geglaubt hätte. »Sobald wir diesen Tempel gefunden und die Gefahr beseitigt haben, gilt für ihn dasselbe, was auch für Sie gilt: Er ist ein freier Mann und kann gehen, wohin er will.«

»Ich lasse ihn auf der Stelle verhaften und in Ketten legen«, sagte Bentley.

Diesmal war es Thor, der ihn zurückhielt. »Ich glaube, das wäre ein Fehler«, sagte er. »Wenigstens im Moment. Geben Sie mir Zeit bis morgen Abend, über Ihre Geschichte nachzudenken.«

»Und dieser Verrückte läuft inzwischen frei auf meinem Schiff herum?«, fragte Bentley empört. »Niemals!«

»Vielleicht hat er recht«, mischte sich sein Bruder ein. »Natürlich werden wir ihn im Auge behalten. Aber eine Gefahr, die man kennt, ist eigentlich keine mehr. Vielleicht erfahren wir von ihm noch etwas über den Verbleib des letzten Anhängers.«

»Er hat ihn nicht«, sagte Bentley.

»Woher wissen Sie das?«, erkundigte sich Thor.

»Ich habe seine Kabine durchsuchen lassen«, antwortete Bentley freimütig. »Ihre übrigens auch, Mister Garson. Und auch die von Joana, und … meinem Bruder, wenn Sie das beruhigt.«

Das beruhigte Thor keineswegs. Aber er zog es vor, zu schweigen und sich ohne ein weiteres Wort umzudrehen und wieder unter Deck zurückzugehen. Er fühlte sich sehr verwirrt. Auf einmal hatte er furchtbare Angst. Und er wusste nicht einmal genau, wovor.

Natürlich verlangte sein Körper schließlich doch sein Recht. Trotz allem fiel Thor in einen tiefen, traumlosen Schlaf, kaum dass er in seine Kabine gegangen und sich angezogen auf dem Bett ausgestreckt hatte, aus dem er erst spät am Vormittag erwachte.

Er blieb noch eine ganze Weile auf dem Bett liegen, starrte die unverkleidete eiserne Decke hoch über seinem Kopf an und versuchte die Geschehnisse der vergangenen Tage Revue passieren zu lassen. Nicht zum ersten Mal hatte er das Gefühl, irgendetwas übersehen zu haben, irgendetwas nicht genug Bedeutung zugemessen, irgendein Detail nicht beachtet zu haben. Vielleicht war es nur eine Kleinigkeit, etwas auf den ersten Blick völlig Unwichtiges, Nebensächliches – aber Thor wusste einfach, dass all diese scheinbar völlig zusammenhanglosen Teile sich zu einem Bild ordnen würden, sobald er nur den passenden Schlüssel gefunden hätte. Aber so lange er auch überlegte – er kam einfach nicht darauf.

Schließlich resignierte er und stand auf. Jemand musste in seiner Kabine gewesen sein, während er schlief, denn auf dem Hocker neben seinem Bett fand er eine sauber gefaltete Marinehose und ein dazu passendes Hemd, von dem die Rangabzeichen entfernt worden waren. In Anbetracht des desolaten Zustandes seiner eigenen Kleidung – seine Hose und sein Hemd zeigten immer noch die Spuren seiner verzweifelten Flucht durch den Aufzugschacht, der unfreiwilligen Schwimmpartie im Hafen von New Orleans und des Feuersturms auf Nortens Hazienda –, war die Verlockung im ersten Moment groß, sich ihrer zu entledigen und die bereitgelegten Sachen überzuziehen. Aber Thor tat es nicht. Stattdessen blieb er fast eine Minute lang völlig reglos auf der Bettkante hocken und sah auf sein rechtes Hosenbein hinunter. Der Stoff war nicht nur zerrissen und völlig verdreckt, er zeigte auch deutliche Brandspuren, die Berührung der glühenden Feuerschlange, die aus dem Abgrund unter Nortens Haus herausgegriffen und sein Bein umklammert hatte. Und plötzlich hatte er erneut das Gefühl, der Lösung ganz, ganz nahe zu sein. Der Gedanke war da – so deutlich, dass er quasi nur die Hand auszustrecken und ihn zu ergreifen brauchte. Aber bevor es ihm gelang, entschlüpfte er ihm wieder, und hinter seiner Stirn herrschte nichts als das gewohnte Durcheinander.

Thor war nicht einmal sonderlich enttäuscht. Es wäre beinahe zu einfach gewesen. Aber immerhin wusste er, dass er auf der richtigen Spur war. Und er kannte sich selbst gut genug, um auch zu wissen, dass es nicht mehr allzu lange dauern würde, bis er von selbst auf die Lösung kam. Und dann würde irgendjemand hier an Bord eine unangenehme Überraschung erleben – entweder Gregs undurchsichtige

Freunde oder sein vermeintlicher Freund José. Vielleicht alle drei.

Er wusch sich, reinigte seine Kleidung, so gut es ging, und verließ seine Kajüte.

Als er halb auf den Gang hinausgetreten war, hörte er neben sich eine Tür ins Schloss fallen. Automatisch wandte er den Kopf und sah José, der ebenfalls auf den Korridor hinausgetreten war und sich mit schnellen Schritten entfernte. Offensichtlich hatte er Thor gar nicht bemerkt.

Im ersten Moment – fast ohne dass er selbst wusste, warum – wich Thor mit einer lautlosen Bewegung in seine Kabine zurück und zog die Tür bis auf einen fingerbreiten Spalt wieder zu. Aufmerksam beobachtete er José, wie er den Korridor hinunterging und schließlich seinen Blicken entschwand. Dann trat er ein zweites Mal auf den Gang, sah sich sichernd nach rechts und links um – und huschte zu der Tür, aus der José gerade herausgekommen war. Eine Sekunde zögerte er noch, dann streckte er die Hand nach der Klinke aus – und die Tür war tatsächlich nicht abgeschlossen.

Die Kajüte hatte kein Fenster, genau wie seine eigene. Thor tastete einen Moment im Dunkeln, nach dem Lichtschalter, fand ihn und blinzelte einen Herzschlag lang in das plötzlich aufflammende, grelle gelbe Licht. Dann schob er die Tür hinter sich hastig wieder zu und sah sich um.

Einen Moment lang überlegte er, was um alles in der Welt er José erzählen sollte, falls dieser unverhofft zurückkäme und ihn beim Durchsuchen seiner Kabine entdecken würde. Dann verscheuchte er den Gedanken. Nach allem, was in den letzten zweiundsiebzig Stunden passiert war, gab es im Grunde nichts mehr, weswegen er sich über ihre ohnehin eher lockere Freundschaft noch Gedanken machen sollte.

Schnell, aber sehr gründlich durchsuchte er Josés Kajüte

– was nun wirklich leicht war, denn sie war so gut wie leer. In den Schubladen und auf den Regalbrettern des eingebauten Wandschrankes fand er nichts; natürlich nicht, schließlich war José mit ebenso leichtem Gepäck wie Joana und er und die beiden anderen hier angekommen. Was hatte er zu finden gehofft?

Thor wollte schon aufgeben, aber dann drehte er sich doch noch einmal herum, ließ sich auf die Knie sinken und sah unter das Bett.

Es war eines der ältesten und lächerlichsten Verstecke, die man sich nur denken konnte – und genau dort wurde er fündig.

Unter dem Bett lag ein großes, in graues Segeltuch eingeschlagenes Bündel. Thor zog es hervor – angesichts seines enormen Umfangs war es überraschend leicht –, legte es aufs Bett und warf einen letzten, sichernden Blick zur Tür, ehe er mit vor Aufregung zitternden Fingern den Knoten des einfachen Stricks löste, mit dem es zusammengehalten war.

Was unter der Plane zum Vorschein kam, überraschte ihn nicht mehr im Mindesten. Trotzdem fuhr er so heftig zurück, als hätte er eine giftige Spinne berührt, und blickte den gewaltigen grünen Federmantel sekundenlang aus erschrocken geweiteten Augen an. Und es kostete ihn enorme Überwindung, schließlich noch einmal die Hände auszustrecken und den Mantel auf dem Bett auszubreiten.

Es war ein wirklich prachtvolles Stück. Zwar nicht der erste Federmantel, den Thor zu sehen bekam, aber der mit Abstand am besten erhaltene. Die grünen Federn bildeten eine dichte, flauschige Decke, die fast nichts wog, den Körper ihres Trägers aber vollkommen einhüllen konnte. Dazu passend, in der gleichen kunstfertigen Art gemacht und vom gleichen Grundton, aber mit gelben und roten und blauen Schwanzfedern des Paradiesvogels durchsetzt, enthielt das

Bündel einen gewaltigen Kopfschmuck, der mit einem Band aus feinem Leder an der Stirn des Trägers befestigt werden konnte. Ein lederner Lendenschutz, ein fast zierliches Messer mit goldenem Griff und einer Klinge, die nicht aus Metall, sondern aus rasiermesserscharf geschliffenem Obsidian bestand, und ein Bündel bunter, mit zahllosen Knoten versehener Stricke vervollständigten die Ausrüstung.

Thor legte bis auf das kleine Fädenbündel alles zurück auf das Bett. Er wusste, was er da in Händen hielt. Die scheinbar sinnlosen Knoten und Bindungen in den gut fünf Dutzend fingerlangen Stricken ergaben sehr wohl einen Sinn – aber nur für den, der sie zu lesen verstand. Was er hier las, war das aztekische Äquivalent des geschriebenen Wortes. Sowohl die Anzahl als auch der Abstand der einzelnen Knoten und auch die Farben der Stricke erzählten jedem, der ihre Anordnung zu deuten wusste, eine Geschichte.

Zutiefst verwirrt legte Thor die Knotenstricke auf das Bett zurück. Es war nicht nur so, dass diese Schrift eigentlich nicht zu den Mayas, sondern zu den Azteken gehörte – Thor war bisher der Überzeugung gewesen, dass diese Schrift zusammen mit dem Volk, das sie benutzt hatte, ausgestorben war und es niemanden mehr auf der Welt gab, der sie lesen konnte. Nun – einen schien es auf jeden Fall noch zu geben. Er glaubte nicht, dass José das Fadenbündel aus purer Langeweile mit sich herumschleppte.

Hinter seinem Rücken wurde die Tür geöffnet, und Thor fuhr erschrocken herum und blickte in Nortens Gesicht.

»Mister Garson!«, sagte Norten überrascht. Dann fiel sein Blick auf das Bett und das, was Thor darauf ausgebreitet hatte, und sein Gesicht verfinsterte sich.

»Was tun Sie hier?«, fragte er mit einer Stimme, die beinahe drohend klang.

Thor deutete auf das Bett. »Sie hatten recht, Norten«,

sagte er. »Es ist Perez. Das sind die Kleider, die der Mann gestern Abend getragen hat.«

Norten wirkte sehr verwirrt. Ein paar Sekunden lang wanderte sein Blick unstet zwischen Thor und dem Federmantel auf dem Bett hin und her, und der Ausdruck darin verwandelte sich von Überraschung zu Erstaunen und Schrecken und dann purer Wut.

»Es tut mir leid, dass ich Ihnen nicht geglaubt habe«, sagte Thor hastig. »Aber ich dachte, ich kenne José. Ich musste mich einfach mit eigenen Augen überzeugen.«

Norten sagte noch immer nichts, sondern schloss die Tür, trat mit zwei raschen Schritten an Thor vorbei ans Bett und blickte auf die darauf ausgebreiteten Stücke herab.

»Das ist die Kleidung eines Maya-Priesters«, sagte er nachdenklich. »Eines sehr hohen Maya-Priesters.«

»Sie kennen sie?«, erkundigte sich Thor.

»Die präkolumbianischen Kulturen Südamerikas sind mein Spezialgebiet«, antwortete Norten in leicht beleidigtem Tonfall. Er deutete auf den winzigen Dolch und das Bündel mit Knotenstricken. »Das da durfte nur der Hohepriester Quetzalcoatls selbst tragen. Jeder andere wäre getötet worden, hätte er es auch nur berührt.«

Thor schauderte. »Dann ist José noch verrückter, als Sie geglaubt haben«, sagte er.

»Ich fürchte«, pflichtete ihm Norten bei. »Anscheinend hält er sich wirklich für die Reinkarnation Mossaderas.«

Thor sah ihn fragend an und Norten fügte mit einer erklärenden Geste auf den Dolch hinzu: »Mossadera war der berühmteste Priester. Angeblich soll er über hundert Jahre gelebt haben, und selbst die drei Könige, die das Maya-Reich in dieser Zeit hatte, fürchteten seine Macht. Es hieß, er wäre ein gewaltiger Zauberer.«

Plötzlich hatte Thor das Gefühl, von einem eisigen Lufthauch gestreift zu werden. Er musste wieder an die unheimliche Stille gestern Nacht an Deck denken und die gewaltige Schlange, die buchstäblich aus dem Nichts erschienen war, nachdem José die Hände gehoben und etwas gemurmelt hatte.

»Ich weiß, was Sie jetzt denken«, sagte Norten ernst. »Aber glauben Sie mir, er ist nichts als ein Verrückter.«

Thor machte eine Kopfbewegung auf den Federmantel. »Und diese Sachen? Wie hat er sie an Bord gebracht? Er hatte nicht mehr Zeit als Sie oder ich, Gepäck mitzunehmen. Von der Schlange ganz zu schweigen.«

Norten zuckte mit den Achseln. »Ich weiß das so wenig wie Sie, Mister Garson«, antwortete er. »Aber ich weiß, dass sich eine Erklärung finden wird, früher oder später.«

»Früher wäre mir lieber«, murmelte Thor. Etwas lauter fügte er hinzu: »Warum fragen wir ihn nicht einfach?«

Norten überlegte einen Moment, schüttelte dann aber den Kopf. »Das wäre nicht klug«, sagte er. »Jedenfalls jetzt noch nicht.«

»Wieso?«, erkundigte sich Thor. »Wie viele Beweise brauchen Sie noch?«

»Keine«, erwiderte Norten. »Aber solange er nicht weiß, dass wir ihn durchschaut haben, sind wir im Vorteil. Er hat immer noch diesen einen Anhänger, Mister Garson. Und ohne ihn sind die übrigen völlig wertlos.«

Thor gefiel das nicht. Die Vorstellung, in Begleitung eines völlig Verrückten, der sich für die Wiedergeburt eines Maya-Zauberers hielt, ins Herz des Maya-Reiches und möglicherweise an einen verbotenen magischen Ort voller unbekannter Gefahren vorzudringen, sträubte ihm alle Haare.

»Lassen Sie uns diese Sachen wieder wegtun, Mister Garson«, sagte Norten. »Und von hier verschwinden – bevor José zurückkommt.«

Die Sonne schien und das Meer lag ruhig wie ein gewaltiger Spiegel aus gehämmertem Silber vor ihnen, als Thor und Joana eine Stunde später nebeneinander aufs Deck hinaustraten. Als Thor hinter dem Mädchen aus der Tür kam, konnte er sich eines raschen Schauderns nicht erwehren und er konnte auch nicht verhindern, dass er einen kurzen, nervösen Blick auf die Stelle warf, an der am Abend zuvor die Schlange gelegen hatte. Natürlich bemerkte Joana das und stellte eine entsprechende Frage.

»Nichts«, sagte Thor ausweichend. »Ich bin ein bisschen nervös, das ist alles.«

Zwischen ihren Brauen entstand eine senkrechte Falte. »Nichts?«, wiederholte sie spöttisch. »Hör auf. Ich kenne dich mittlerweile gut genug, um zu wissen, dass du nicht wegen nichts leichenblass wirst und dich umsiehst, als würdest du hinter der nächsten Ecke ein Gespenst erwarten. Was ist los?«

Thor zögerte noch einen Moment, aber dann erzählte er Joana, was in der vergangenen Nacht geschehen war. Sie hörte schweigend zu, aber die Bestürzung in ihrem Blick wuchs mit jedem Wort.

»José?«, fragte sie schließlich zweifelnd. »Bist du sicher?«

»Wer soll es sonst gewesen sein? Außerdem – der Mantel und der Kopfschmuck waren in seiner Kabine.«

»Aber er hatte überhaupt keine Möglichkeit, sie mitzubringen«, protestierte Joana.

»Ich weiß«, sagte Thor. »Das ist es ja gerade, was mich so erschreckt.«

Es dauerte einige Sekunden, bis Joana begriff. Dann weiteten sich ihre Augen abermals vor Schrecken. »Du meinst, dass er … dass er wirklich ein Zauberer ist?«

Thor deutete ein Achselzucken an und blickte aufs Meer hinaus. Nicht weit vor dem Bug des Schiffes hatte sich leichter Dunst über dem Wasser gebildet, der rasch näher kam.

»Mit solchen Worten sollte man vorsichtig umgehen«, sagte er ausweichend. »Aber ich habe schon Dinge erlebt, die man als Zauberei bezeichnen könnte oder zumindest das Wirken von Kräften, die wir nicht verstehen.«

Er blickte abermals und etwas aufmerksamer auf die leichte Dunstschicht über dem Wasser. Irgendetwas darin irritierte ihn, doch er vermochte noch nicht in Worte zu fassen, was es war.

»Trotzdem«, beharrte Joana und schüttelte wieder den Kopf. »Die Vorstellung passt einfach nicht zu José. Obwohl ich ihn nicht besonders nett finde, wie du weißt.«

Thor gestattete sich ein flüchtiges Lächeln. »Auf der Hazienda hatte ich das Gefühl, du findest ihn zum Kotzen.«

Joana wurde rot vor Verlegenheit und funkelte ihn an, überging das Thema aber geflissentlich. »Trotzdem kann ich mir nicht vorstellen, dass er ein Mörder ist.«

»Wen hat er denn bisher umgebracht?«, erkundigte sich Thor.

»Niemanden«, gestand Joana. »Aber er hat es versucht. Außerdem scheinst du Nortens Männer zu vergessen. Und wenn er wirklich der ist, für den ihr ihn haltet – warum dann der Angriff auf die Hazienda?«

Thor behielt das Meer vor dem Bug des Schiffes scharf im Auge, während er antwortete. Der Dunst hatte sich zu Nebel verdichtet, der mit fast unheimlicher Schnelligkeit heranwuchs; als würde er aus dem Wasser selbst herausquellen. Er begann sich zu fragen, ob so etwas in diesen Breiten normal war. »Aus dem gleichen Grund, aus dem sie uns in Martens Büro überfallen haben«, antwortete er, »und mich später im Hotel. Aus demselben Grund, aus dem sie dich entführt haben. Er wollte die Anhänger. Meinen, Nortens – und dich vielleicht außerdem noch, weil er annahm, dass dein Vater dir irgendetwas über sie erzählt hat.«

Der Nebel hatte sich weiter zusammengezogen. Aus der Nebelbank über dem Wasser war eine graue Wand geworden, die sich von einem Horizont zum anderen zu erstrecken schien und der das Schiff nicht nur entgegenlief, sondern die sich im Gegenteil auch auf das Schiff zubewegte; lautlos und mit fast unheimlicher Schnelligkeit. Für einen Moment hatte Thor das Gefühl, eine Bewegung in diesem Nebel zu erkennen.

»Was hast du?«, fragte Joana plötzlich. Dann drehte sie sich herum, sah wie er den Nebel – und fuhr erschrocken zusammen.

Und sie waren nicht die Einzigen, denen der unheimliche Nebel auffiel. Überall auf dem Deck erschienen plötzlich Männer und blickten nach vorn, und als Thor aufsah, erkannte er einen verzerrten Schatten hinter den großen Fenstern der Brücke: Bentley, der dicht an die Scheibe herangetreten war und ebenfalls nach Westen blickte.

»Das ist … unheimlich«, sagte Joana. Ihre Stimme zitterte ein wenig und verriet mehr von ihren wahren Gefühlen als ihre Worte.

»Ja«, murmelte Thor. »Dieser Nebel gefällt mir nicht.« Er zögerte einen Moment. »Lass uns hineingehen.«

Joana widersprach nicht, und so wandten sie sich auf der Stelle um und traten wieder durch die Tür, durch die sie das Deck erst kurz zuvor betreten hatten. Thor spürte eine immer stärker werdende Beunruhigung. Dieser Nebel war nicht nur unnatürlich und unheimlich – er war gefährlich. Er wusste nicht, woher er dieses Wissen bezog, aber es war absolut sicher.

Daher war er wenig später auch erleichtert, als Joana zustimmte, in ihrer Kabine zu bleiben, während er Bentley aufsuchte.

Er fragte den ersten Matrosen, der ihm über den Weg lief,

nach dem Weg zur Brücke. Nur wenige Minuten später betrat er den Kommandostand des Kreuzers; zu Thors Überraschung, ohne dass er ein einziges Mal aufgehalten worden war. Offensichtlich hatte Bentley Befehl gegeben, ihn zu ihm durchzulassen.

Er brauchte gar nicht zu erklären, warum er hier heraufgekommen war – die wenigen Minuten hatten ausgereicht, dass der Nebel das Schiff fast erreicht hatte. Zwischen dem Nebel und dem Bug des Kreuzers befanden sich jetzt allerhöchstens noch dreißig oder vierzig Meter. Und er näherte sich weiter, obwohl die Maschinen des Schiffes verstummt waren und es sich nicht mehr von der Stelle bewegte.

»Was ist das?«, fragte Thor übergangslos.

Bentley, der noch immer vor dem Fenster stand und mit besorgtem Gesichtsausdruck nach Westen blickte, zuckte mit den Schultern und drehte sich nicht einmal zu ihm herum. »Ich weiß es nicht«, antwortete er.

»Sie haben so etwas noch nie erlebt?«, vergewisserte sich Thor.

»Natürlich habe ich schon Nebel erlebt«, erwiderte Bentley, ohne den Blick von der unheimlichen Erscheinung abzuwenden. »Aber niemals solchen Nebel. Und schon gar nicht bei einem solchen Wetter. Sehen Sie nur, wie schnell er sich bewegt.«

Thor sah tatsächlich hin – und er sah auch noch mehr. Wieder nahm er eine Bewegung hinter der grauen Wand wahr, und diesmal wusste er, dass es keine Einbildung war. Irgendetwas verbarg sich in diesem Nebel.

»Sie sollten beidrehen, Commander«, sagte er.

Bentley wandte nun doch das Gesicht vom Fenster ab und sah ihn an. »Beidrehen? Wegen ein bisschen Nebel?«

Thor lachte humorlos. Der Mann hinter dem Ruder sah kurz und nervös auf und warf ihm einen erschrockenen

Blick zu, senkte aber hastig wieder den Kopf, als Bentley böse in seine Richtung blickte.

»Das ist nicht nur ein bisschen Nebel«, sagte Thor. »Und das wissen Sie genauso gut wie ich, Commander Bentley.«

Bentley verdrehte die Augen, aber wie sein Lachen zuvor wirkte das nicht überzeugend. »Sie reden Unsinn, Mister Garson«, sagte er. »Sie hören sich schon an wie Norten.«

»Und Sie wissen, dass wir beide verdammt recht haben«, fuhr Thor unbeeindruckt fort. »Drehen Sie bei oder legen Sie den Rückwärtsgang ein oder was immer dieses Schiff hat. Ich fürchte, dieser Nebel ist etwas, gegen das Ihnen Ihre heiß geliebten Kanonen nicht helfen werden.«

»Unsinn!«, beharrte Bentley. »Gleich werden Sie mir erzählen, dass da draußen ein Seeungeheuer auf uns wartet, wie?«

Und vielleicht hätte ich damit sogar recht, dachte Thor, wenn auch ein Ungeheuer ganz anderer Art, als du glaubst. Er sprach diesen Gedanken jedoch nicht laut aus, denn er wusste, dass die Worte so wenig nützen würden wie alles, was er zuvor gesagt hatte. Aber er trat dicht neben Bentley ans Fenster und blickte voll banger Erwartung nach Westen.

Die Nebelbank hatte in diesem Moment das Schiff erreicht und begann seinen Bug einzuhüllen. Nein, dachte Thor – nicht einzuhüllen. Es war, als … löse sie ihn auf. Die Konturen des Schiffes wurden unscharf, schienen für einen Moment mit dem grauen Nebel zu verschmelzen und verschwanden dann einfach. Und an ihrer Stelle erschien etwas anderes, etwas Zuckendes, sich Windendes, das er nicht richtig erkennen konnte. Vielleicht weigerte er sich auch einfach nur, es zu erkennen, weil das, was er sah, einfach zu bizarr für den menschlichen Geist war.

Neben ihm atmete Bentley scharf ein und drehte sich mit einem plötzlichen Ruck zu dem Mann am Ruder um.

»Volle Fahrt zurück!«, bellte er. An einen zweiten Mann gewandt, der neben dem Steuermann stand und mit leichenblassem Gesicht in den Nebel hinausblickte, sagte er: »Geben Sie Alarm. Es kann sein, dass wir angegriffen werden.«

Aber es war zu spät. Der Nebel hatte das vordere Fünftel des Schiffes verschlungen und kroch unerbittlich weiter. Einer der gewaltigen Geschütztürme, auf die Bentley so stolz gewesen war, verschwand in der grauen Wand und löste sich einfach auf.

Und dann geschah es. Etwas traf das Schiff.

Es war nicht besonders heftig. Thor spürte nicht einmal eine Erschütterung, aber er hörte es: einen unheimlichen, dumpfen Laut, der in der grauen Unendlichkeit des Nebels unnatürlich lang widerzuhallen schien, dann einen zweiten, dritten und vierten. Und dann kletterte eine Gestalt über die Reling.

Der Mann war im Nebel fast nur als Schatten zu erkennen. Trotzdem erschrak Thor, wie groß und breitschultrig er war. Er war nackt bis auf einen Lendenschurz und einen Federkopfschmuck, der an Josés erinnerte, aber etwas kleiner war. In der linken Hand trug er ein Messer und in der rechten etwas anderes, das Thor für einen Speer gehalten hätte, hätte er es nicht besser gewusst. Mit einer fließenden, ungeheuer kraftvollen Bewegung schwang er sich über die stählerne Reling des Schiffes und verschwand geduckt im Nebel.

Dem ersten Maya-Krieger folgten ein zweiter, ein dritter und vierter, und dann schien der ganze Nebel rechts und links des Schiffes zum Leben zu erwachen, als Dutzende, wenn nicht Hunderte hünenhafter, halb nackter Gestalten auf das Deck stürmten und sich zu verteilen begannen.

Bentleys Gesicht verlor alle Farbe. »Was um Gottes willen geht da vor?«, flüsterte er.

In dem Nebel, der mittlerweile fast die Hälfte des Schiffes verschlungen hatte, blitzte es plötzlich irgendwo auf, und den Bruchteil einer Sekunde später hörte Thor das sonderbar gedämpfte Geräusch eines Gewehrschusses. Fast im gleichen Augenblick begannen überall an Bord die Alarmsirenen zu schrillen. Aber auch dieses Geräusch wirkte gedämpft und zu leise, als nähme ihm etwas seine Kraft; oder als gehöre es einfach nicht in den Teil der Welt, in den das Schiff vorgedrungen war.

Auf dem Vorderdeck des Schiffes entbrannte ein wütendes Handgemenge zwischen den Angreifern und den Matrosen, die jetzt in immer größerer Zahl an Deck strömten. Es war ein unheimlicher, fast bizarrer Anblick – der Nebel, der sich wie ein graues Leichentuch über dem Schiff ausgebreitet hatte, machte nicht nur die Gestalten von Angreifern und Verteidigern zu gleichförmigen, huschenden Schatten, deren Bewegungen etwas fast Tänzerisches zu haben schienen, er verschluckte auch jeden Laut; dann und wann sah Thor das grelle Aufblitzen eines Gewehrschusses, aber er hörte nichts.

»Wir müssen raus hier!«, schrie Bentley plötzlich. Seine Stimme war schrill und kippte fast um; von dem disziplinierten und beherrschten Kreuzerkommandanten, als den Thor ihn kennengelernt hatte, war nichts mehr geblieben. Was er sah, das musste sein Weltbild bis in die Grundfesten erschüttert haben. Vermutlich hatte er recht mit dem, was er Thor noch in der Nacht voller Stolz erklärt hatte: dass nämlich die Kampfkraft dieses Schiffes allein reichte, es mit dem gesamten historischen Maya-Reich aufzunehmen. Und doch musste er jetzt mit ansehen, wie diese gewaltige Vernichtungsmaschine von einer Handvoll halb nackter, nur mit Blasrohren und Äxten bewaffneter Wilder überrannt wurde.

»Raus hier!«, sagte er noch einmal. Er fuhr herum, durchquerte mit zwei, drei gewaltigen Sätzen das Ruderhaus und zerrte Thor einfach mit sich. Erst nachdem sie die Brücke verlassen und auf den schmalen Metallgang davor hinausgestürzt waren, gelang es Thor, sich aus seinem Griff zu befreien und seine Hände abzustreifen.

Der Nebel war so dicht, dass er kaum die sprichwörtliche Hand vor Augen sehen konnte. Alles, was weiter als fünf oder sechs Schritte entfernt war, schien sich in graue Unwirklichkeit aufzulösen. Überall rings um sie herum wurde gekämpft, aber Thor sah nichts anderes als lautlose Schatten, die manchmal aus dem Nebel auftauchten, um sofort wieder von ihm verschlungen zu werden. Einmal krachte ein Schuss unmittelbar in ihrer Nähe; das orangefarbene Mündungsfeuer war allerhöchstens fünf Meter von Thor und Bentley entfernt. Aber er hörte trotzdem nur einen gedämpften, kaum wahrnehmbaren Laut. Selbst das Poltern ihrer Schritte auf der Metalltreppe, die zum Deck hinunterführte, wurde von diesem Nebel verschluckt.

Thor blieb hilflos stehen, als sie das Deck erreicht hatten. Beinahe verzweifelt sah er sich um. Er wusste, dass die Tür, nach der er suchte, ganz in seiner Nähe sein musste – aber der Nebel war hier unten so dicht, dass er einen halben Meter daran vorbeistolpern konnte, ohne sie zu sehen.

Er verscheuchte den Gedanken, drehte sich in die andere Richtung und versuchte den Nebel mit Blicken zu durchdringen. Rings um ihn herum tobte der Kampf mit gespenstischer Lautlosigkeit weiter, aber darauf achtete er kaum. Er musste zu Joana. Wenn sie ihre Kabine verließ und hier heraufkam, um nachzusehen, was der Lärm und die Aufregung zu bedeuten hatten, dann würden die Mayas sie wahrscheinlich umbringen.

Vorerst jedoch fand er nicht einmal den Brückenaufbau

wieder, geschweige denn die Tür. Bentley war irgendwo im Nebel verschwunden. Thor machte einen unsicheren Schritt und blieb erschrocken wieder stehen, als der Nebel einen weiteren, riesigen Schatten ausspie. Aber diesmal wurde er nicht angegriffen – der Indio verschwand ebenso lautlos wieder, wie er aufgetaucht war.

Wie ein Blinder, beide Arme weit ausgestreckt, tastete sich Thor durch die immer dichter werdenden Schwaden vorwärts. Trotzdem stieß er zweimal schmerzhaft gegen Metall und einmal ergriffen seine Hände etwas aus Stoff; er hörte einen spitzen Aufschrei, dann wurden seine Arme beiseitegeschlagen und er taumelte zurück und hätte um ein Haar die Balance verloren.

Schließlich stießen seine tastenden Finger auf Widerstand. Aber es war nicht das Metall der Tür, nach der er suchte, sondern feuchtes, geteertes Holz. Thor machte einen weiteren Schritt und starrte eine Sekunde lang verblüfft auf den unförmigen Schatten, der aus dem Nebel vor ihm aufgetaucht war, ehe er sich eingestand, dass er die Orientierung verloren hatte und statt zurück zur Brücke genau in die entgegengesetzte Richtung gegangen war. Vor ihm lag eines der beiden großen Rettungsboote, die er am Bug des Schiffes gesehen hatte.

Enttäuscht drehte er sich wieder um, tastete einige weitere Sekunden blind im Nebel herum und bekam schließlich etwas zu fassen, was er mit einiger Mühe als die Reling des Schiffes identifizieren konnte. Wenn er sich jetzt nach links und daran entlang tastete, dann musste er den Weg zur Brücke zurückfinden. Thor war sich schmerzlich der Tatsache bewusst, dass er auf diese Weise weitere kostbare Zeit verlieren musste, aber die Gefahr, sich in diesem unheimlichen Nebel abermals zu verirren und dabei noch mehr Zeit – oder vielleicht auch sein Leben – zu verlieren, war zu groß.

Bei alldem hätte er fast die größte Gefahr vergessen, die über diesem Schiff schwebte.

Aber sie hatte ihn nicht vergessen.

Er war noch keine fünf Schritte weit an der Reling vorwärtsgekommen, als der Nebel eine weitere riesige Indianergestalt ausspie. Und diesmal kam seine Reaktion zu spät.

Der Maya war nicht mit einem Blasrohr bewaffnet, sondern schwang eine kurzstielige Axt mit einer Schneide aus schwarzem Stein. Thor wich dem Hieb im allerletzten Moment aus, aber der rasiermesserscharf geschliffene Obsidian hinterließ einen langen, blutigen Kratzer auf seiner Brust, und der Schwung von Thors eigener verzweifelter Bewegung reichte aus, ihn rücklings gegen die Reling prallen und das Gleichgewicht verlieren zu lassen. Eine halbe Sekunde lang stand er in einer fast grotesken Haltung da, ruderte wild mit den Armen und versuchte seine Balance wiederzufinden, dann versetzte ihm der Maya einen Stoß vor die Brust, und Thor schlug einen halben Salto nach hinten und fiel über Bord; für eine halbe, aber entsetzliche Sekunde befanden sich der Himmel unter und das Meer über ihm, dann warf sich Thor mit der Kraft der Verzweiflung weiter herum, vollendete die Drehung und streckte gleichzeitig beide Hände aus. Wie durch ein Wunder bekam er die Reling zu fassen.

Der Ruck war so hart, dass seine linke Hand sofort wieder von ihrem Halt abrutschte und er für einen Moment hilflos an nur einer Hand über dem Nichts schwebte. Thor biss die Zähne zusammen, ignorierte den entsetzlichen Schmerz in seinem rechten Handgelenk und der Schulter und griff hastig ein zweites Mal mit der Linken zu. Er bekam die Reling zu fassen und klammerte sich daran fest.

Für eine Sekunde.

Dann erschien der Maya wieder über ihm, starrte einen

Herzschlag lang ohne eine Spur von Zorn oder gar Hass – aber auch ohne eine Spur von Mitleid – auf ihn herab und schwang seine Axt dann ein zweites Mal. Thor fand gerade noch Zeit, seine Hand hastig zurückzuziehen, als die Schneide Funken sprühend gegen die Reling prallte. Abermals hing er keuchend vor Schmerz und Anstrengung an nur einer Hand über dem Nichts, und seine Augen weiteten sich entsetzt, als er sah, wie der Indio zu einem Hieb nach seiner anderen Hand ausholte. Die Schneide zischte herab, Thor ließ auch mit der linken Hand los und griff im gleichen Moment wieder mit der anderen zu. Er büßte auch diesmal seine Finger nicht ein, aber er hatte das Gefühl, der Arm würde ihm aus dem Gelenk gerissen. Und der Maya holte schon wieder zu einem Axthieb gegen seine Hand aus.

Thor setzte alles auf eine Karte. Nur an einer Hand hängend, griff er mit der anderen blindlings nach oben, um den Indianer zu packen, doch er verfehlte sein Ziel. Im gleichen Moment jedoch, in dem er unter der Wucht seines eigenen Schwungs den Halt verlor, schloss sich eine Hand wie ein Schraubstock um seinen Arm, und gleich darauf wurde Thor plötzlich schneller in die Höhe gezogen, als ihm recht war. Sein Gesicht, seine Brust und seine Knie schrammten unsanft über die Reling, dann stürzte er der Länge nach auf das Deck.

Der Maya trat nach ihm. Thor krümmte sich blitzschnell und nahm dem Tritt so die ärgste Wucht; trotzdem reichte er, ihm die Luft aus den Lugen zu treiben und sekundenlang bunte Sterne vor seinen Augen tanzen zu lassen. Keuchend wälzte er sich herum, stemmte sich auf Hände und Knie hoch und fühlte sich plötzlich von einer gewaltigen Hand im Nacken gepackt und in die Höhe gerissen. Eine zweite ebenso starke Hand krallte sich in seinen Hosenbund und riss ihn vollends vom Deck hoch. Anscheinend mühelos stemmte der riesige Maya ihn in die Höhe, drehte sich herum und trug ihn an ausgestreckten Armen und hoch über dem Kopf zur Reling zurück, um ihn ins Meer zu schleudern.

»Halt!«

Die Stimme kam aus dem Nebel, und obwohl sie nicht einmal sonderlich laut war, war ihr Klang doch so scharf und befehlend, dass der Maya-Krieger mitten in der Bewegung erstarrte. Erst einer, dann zwei und schließlich drei Schatten traten aus den Nebelschwaden heraus. Zwei von ihnen waren Maya-Krieger, die Zwillingsbrüder des Riesen hätten sein können, der Thor immer noch an ausgestreckten Armen hoch über den Kopf hielt; der dritte war José.

»José!«, brüllte Thor und begann heftig mit den Beinen zu strampeln. »Sag diesem Riesenbaby, dass es mich absetzen soll!«

José sagte nichts, sondern musterte Thor nur eine Sekunde lang kalt, machte aber dann eine knappe Handbewegung, und der Indio setzte Thor sehr unsanft auf die Füße zurück. Der riss sich los, stolperte einen Schritt zur Seite und durchbohrte abwechselnd den halb nackten Riesen und José mit Blicken.

»Das war knapp, nicht wahr?«, fragte José. Er lächelte, aber es wirkte so kalt wie das scheinbare Grinsen einer Schlange, die ihr Opfer betrachtet.

»Vielleicht nicht knapp genug«, sagte Thor böse. »Wenn ich das hier überlebe, dann drehe ich dir höchstpersönlich den Hals um, mein Freund. Aber ich schätze«, fügte er nach einer winzigen Pause und mit einem Blick auf den bunt bemalten Giganten neben sich hinzu, »ich werde es nicht überleben. Wolltest du dir das Vergnügen nicht entgehen lassen, mich selbst umzubringen, oder warum hast du ihn zurückgehalten?«

José hielt seinem Blick ruhig stand. »Ich will dich nicht umbringen, Thor«, sagte er. Er streckte die Hand aus. »Gib mir die Kette und dir passiert nichts.«

»Welche Kette?«, erkundigte sich Thor.

Josés Gesicht verdüsterte sich. »Spiel nicht den Narren, Thor! Du weißt genau, wovon ich rede. Den Anhänger! Er gehört mir!«

»Das wäre eine interessante Frage für den Rechtsanwalt«, erwiderte Thor. »Genau genommen gehört er Joana. Ich habe ihn von ihrem Vater bekommen ...«

»Nachdem er ihn unserem Volk gestohlen hat!«, unterbrach ihn José zornig und streckte abermals und in einer herrischen, fordernden Geste die Hand aus. Gleichzeitig traten die beiden Maya-Krieger hinter ihm drohend einen Schritt näher.

»Dein Volk?« Thor versuchte zu lachen, aber es gelang nicht richtig. »Du bist wirklich so verrückt, wie Bentley glaubt. Hältst du dich tatsächlich für die Reinkarnation eines alten Maya-Priesters – oder bist du einfach nur größenwahnsinnig?«

»Wer oder was ich bin, steht hier nicht zur Debatte«, antwortete José wütend. »Gib mir den Anhänger oder er wird zu Ende bringen, was er begonnen hat.« Er deutete auf den Krieger neben Thor.

»Und mich über Bord werfen?« Thor lachte und diesmal klang es wirklich spöttisch. »Davon abgesehen, dass ich die Kette nicht bei mir habe, wäre es ziemlich dumm, so etwas zu tun. Dann würdest du sie nämlich gar nicht mehr bekommen, mein Freund.«

In Josés Augen blitzte es zornig auf. Er ballte die Hände zu Fäusten, und für eine Sekunde rechnete Thor fast damit, dass er sich auf ihn stürzen oder seinen Begleitern einen entsprechenden Befehl geben würde, aber er tat weder das eine noch das andere, sondern trat im Gegenteil plötzlich einen Schritt zurück und maß Thor mit einem langen, verächtlichen Blick. »Du kommst dir sehr schlau vor, wie?«, fragte er.

»Ja«, antwortete Thor.

»Vielleicht bist du es sogar«, sagte José. »Aber ich schwöre dir, ich bekomme die Kette. Du wirst sie mir sogar freiwillig bringen.«

»Warum sollte ich das tun?«, erkundigte sich Thor.

José lachte böse. »Das wirst du schon sehen«, sagte er. »Warte nur ab.« Er trat einen weiteren Schritt zurück, wodurch seine Gestalt schon fast wieder im Nebel verschwand. »Du weißt, wo du mich findest«, sagte er. »Mich – und deine kleine Freundin.« Und damit trat er einen weiteren Schritt in den Nebel zurück und schien sich aufzulösen wie ein Gespenst, das so lautlos wieder verschwand, wie es aufgetaucht war.

Es dauerte einen Sekundenbruchteil, bis Thor überhaupt begriff, was José gemeint hatte. Dann fuhr er wie elektrisiert zusammen, schrie mit vollem Stimmenaufwand: »Joana!« und stürzte mit einem gewaltigen Satz hinter José und den drei Mayas her.

Das Letzte, was er für die nächsten zwei oder auch drei Stunden wahrnahm, war das stumpfe Ende einer Axt, die plötzlich aus dem Nebel auftauchte und gegen seine Stirn prallte.

Er erwachte mit den schlimmsten Kopfschmerzen seines Lebens und auf dem Rücken liegend auf dem Bett in seiner Kajüte. Die Maschinen des Schiffes liefen wieder – das war das Erste, was er bewusst registrierte. Das Licht brannte und jemand saß auf der Kante seines Bettes und presste ihm ein angefeuchtetes, eiskaltes Tuch über Stirn und Augen.

Als er die Lider öffnete, lief ihm Wasser in die Augen.

Thor blinzelte, hob den Arm und versuchte das Tuch samt der Hand, die es hielt, beiseitezuschieben. Er ertastete schmale, kühle Finger von erstaunlicher Stärke, und als sich die Hand nach einem Augenblick von sich aus zurückzog, blinzelte er durch einen Schleier aus Tränen und Wasser in ein schmales, von dunklem Haar umrahmtes Gesicht, das er im allerersten Moment für Joanas hielt.

Er erkannte seinen Irrtum fast im gleichen Augenblick. Es war nicht Joana, die neben ihm saß und sich um ihn kümmerte, sondern Josés Frau.

»Bleiben Sie liegen, Mister Garson«, sagte Anita, als er sich automatisch in die Höhe stemmen wollte. Die Sorge in ihrer Stimme klang echt; ebenso wie die Besorgnis in ihrem Blick nicht geschauspielert war. Mit sanfter Gewalt versuchte sie ihn auf das Bett zurückzudrücken, aber diesmal war Thor stärker und schob ihre Hand beiseite. Mit einem Ruck setzte er sich auf und wäre um ein Haar beinahe wieder zurückgefallen, denn in seinem Kopf erwachte ein grausamer, pochender Schmerz, der so heftig war, dass ihm für einen Moment übel wurde.

»Was ist passiert?«, stöhnte er, während er Daumen und Zeigefinger der Rechten gegen die Nasenwurzel presste, als könne er den Schmerz auf diese Weise besänftigen.

»Ich hatte gehofft, dass *Sie* mir diese Frage beantworten können, Mister Garson«, antwortete Anita. »Zwei von Bentleys Männern haben Sie draußen an Deck gefunden – bewusstlos und in einer riesigen Blutlache. Als sie Sie hereinbrachten, dachte ich im ersten Moment, Sie wären tot.«

Hinter Thors Stirn wirbelten Bilder und Erinnerungsfetzen durcheinander, ohne im ersten Moment einen Sinn ergeben zu wollen. »Die Mayas …«, murmelte er. »José …«

Und dann erinnerte er sich. Schlagartig und mit solcher Klarheit, dass er sich ungeachtet des immer noch rasenden

Schmerzes zwischen seinen Schläfen ein zweites Mal aufsetzte. *»Joana!«*

Er richtete sich weiter auf und wollte die Beine vom Bett schwingen, aber Anita hielt ihn mit einer befehlenden Geste zurück. Thor wollte ihre Hand wegschieben, doch diesmal ließ sie es nicht geschehen, sondern packte ihn im Gegenteil an der Schulter und hielt ihn mit erstaunlicher Kraft fest.

»Lassen Sie mich!«, sagte Thor matt. »Ich muss …«

»Sie müssen überhaupt nichts, Mister Garson«, unterbrach ihn Anita streng. »Sie sind schwer verletzt worden. Das Mindeste, was Sie sich eingehandelt haben, ist eine schwere Gehirnerschütterung; vielleicht Schlimmeres.«

Wie um ihre Worte zu bestätigen, steigerte sich das Dröhnen in seinem Kopf zu einem qualvollen Hämmern, und für einen Moment schien sich die ganze Kabine um ihn herum zu drehen. Er spürte, dass er abermals das Bewusstsein zu verlieren drohte, griff blindlings um sich und ertastete Anitas hilfreich ausgestreckte Hand.

»Ich muss … Joana suchen«, murmelte er.

»Sie ist nicht hier.«

Eine weitere Erinnerung gesellte sich zu den quälenden Bildern hinter seiner Stirn: *Du weißt, wo du mich findest. Und deine kleine Freundin auch.*

»José …«, murmelte er. »Er hat … er hat sie mitgenommen.« Mit einem Ruck sah er auf und starrte Anita an. Es war schwer, auf ihrem immer noch verschwommenen Gesicht irgendeine Regung abzulesen – aber die Betroffenheit und der Kummer in ihrem Blick waren echt.

»Ich weiß«, flüsterte sie.

»Wo hat er sie hingebracht?«, fragte Thor.

»Das weiß ich nicht«, antwortete Anita. »Und ich weiß auch nicht, warum er es getan hat, Mister Garson.«

»Und das soll ich Ihnen glauben?«, fragte Thor. Er sah, wie Anita unter seinen Worten leicht zusammenfuhr, und kam sich selbst ungerecht und grausam dabei vor. Aber er wusste einfach nicht mehr, wem er noch glauben konnte und wem nicht.

»Nein«, sagte Anita nach einigen Sekunden. »Natürlich glauben Sie mir nicht – und ich verstehe das sogar. Aber es ist die Wahrheit: Ich weiß nicht, warum er das getan hat.«

»Aber Sie wissen, warum er hinter diesen Anhängern her ist«, vermutete Thor.

Anita machte eine Bewegung, die eine Mischung aus einem Nicken, einem Kopfschütteln und einem Achselzucken war. »Ich weiß nicht mehr als Sie, Mister Garson«, sagte sie. »Jedenfalls nicht viel mehr. José hat niemals mit mir über diese Dinge gesprochen.«

»Gestern Abend auf der Hazienda klang das etwas anders«, sagte Thor.

»Ich habe Ihnen alles gesagt, was ich weiß«, beharrte Anita. Sie wich seinem Blick bei diesen Worten aus, aber Thor war nicht sicher, ob sie es tat, weil sie log oder weil sie sich einfach für das schämte, was ihr Mann getan hatte.

»Ich habe das eine oder andere aufgeschnappt und mir das eine oder andere selbst zusammengereimt«, fuhr sie nach einer langen, schweren Pause fort. »Ich weiß, dass das, was José getan hat, nicht richtig ist, Mister Garson. Er hat nicht nur Sie belogen, sondern auch mich und seine Freunde. Doch er ist nicht schlecht, glauben Sie mir. Norten und Bentley halten ihn für verrückt, aber das ist er nicht. Er ist vielleicht besessen, fanatisch; besessen von der Idee, sein Volk wieder zu dem zu machen, was es einmal war. Aber nicht verrückt.«

Und plötzlich tat sie Thor nur noch leid. Trotz allem liebte sie José wohl wirklich, und das machte das, was er getan hatte, zumindest zu einem Teil auch zu ihrer Schuld. Behutsam ergriff er ihre Hand und drückte sie leicht.

»Sie brauchen sich keine Vorwürfe zu machen, Anita«, sagte er. »Ich habe nicht vergessen, dass Sie uns geholfen haben. Und ich verspreche Ihnen, dass ich für José tun werde, was ich kann. Immerhin waren wir einmal Freunde.«

Die Worte waren nicht sehr klug gewählt, das begriff er im gleichen Moment, in dem er sie aussprach, denn der Ausdruck von Schmerz in Anitas Blick vertiefte sich. Ihre Finger in seiner Hand schienen merklich kälter zu werden.

»Sind Sie das jetzt nicht mehr?«, flüsterte sie.

Thor deutete ein Achselzucken an. »Ich weiß es nicht«, gestand er. »Vor ein paar Stunden hätten seine Männer mich beinahe umgebracht. Er hat Nortens Hazienda und dieses Schiff überfallen lassen und er hat Joana entführt. Und ich weiß nicht einmal genau, warum.«

»Er wollte diese Anhänger haben«, antwortete Anita. »Er ist besessen von dem Gedanken, sie zu ihrem Bestimmungsort zu bringen. Er glaubt, er müsse es tun.«

»Und Sie?«, fragte Thor leise. »Glauben Sie das auch?«

Endlose Sekunden vergingen, ehe Anita antwortete: »Ich weiß es nicht«, murmelte sie hilflos. »Ich … glaube, dass das, was José vorhat, falsch ist. Aber er glaubt richtig zu handeln. Er ist nicht schlecht.« Die letzten Worte klangen fast verzweifelt; wie etwas, das sie immer und immer wiederholte, als wolle sie es sich selbst auf diese Weise einreden.

»Aber er könnte entsetzliches Unheil anrichten«, sagte Thor ernst.

»Wenn das so ist«, flüsterte Anita, »dann helfen Sie mir, ihn davon abzuhalten. Er ist besessen von dem Gedanken, die alten Maya-Götter wieder zu erwecken. Er glaubt, alles könne wieder so werden, wie es war. Aber er tut es nicht seinetwegen. Es sind nicht Macht oder Reichtum, nach denen er strebt, das müssen Sie mir glauben.«

Und so absurd es Thor beinahe selbst vorkam, nach allem, was geschehen war – er glaubte ihr. Und vielleicht war gerade das das Schlimmste.

Behutsam löste er seine Hand aus der ihren, stand auf und blieb einige Sekunden lang reglos neben dem Bett stehen, bis die Kabine wieder aufgehört hatte, sich um ihn zu drehen. »Ich muss zu Norten und Bentley«, sagte er. »Begleiten Sie mich?«

Anita überlegte einen Moment, schüttelte dann aber den Kopf. »Ich glaube nicht, dass das klug wäre«, sagte sie.

Thor widersprach nicht. Wahrscheinlich war es tatsächlich besser, wenn sie hier blieb. Weder Norten noch Commander Bentley wären im Moment wahrscheinlich sehr glücklich darüber gewesen, sie zu sehen. Es überraschte Thor ohnehin ein wenig, dass Anita sich überhaupt in seiner Kabine aufhielt. Nach dem, was ihr Mann getan hatte, hätte es ihn nicht gewundert, wenn Bentley sie kurzerhand hätte verhaften lassen.

In gewissem Sinne hatte er das auch getan. Als Thor seine Kabine verließ, vertraten ihm zwei bewaffnete und überaus nervös wirkende Matrosen den Weg, die ihn erst passieren ließen, nachdem sie sich davon überzeugt hatten, dass er unbewaffnet und Josés Frau sicher in der Kabine zurückgeblieben war.

Während einer der beiden mit entsichertem Gewehr vor der Tür wachte, begleitete ihn der zweite zu Bentleys Kapitänskajüte.

Hier unter Deck hatte der Kampf keine sichtbaren Spuren hinterlassen; oder wenn, so hatte man sie bereits beseitigt. Aber die Bewegungen und Blicke der Männer, denen sie unterwegs begegneten, waren nervös und fahrig, und jeder einzelne war bewaffnet.

Auch vor der Tür der Kapitänskajüte standen zwei bewaffnete Männer. Thors Begleiter sprach in gedämpftem Ton mit einem von ihnen, woraufhin der sich umwandte, anklopfte und für endlose Sekunden hinter der Tür verschwand, ehe er zurückkam und Thor mit einer knappen Kopfbewegung zu verstehen gab, dass er eintreten dürfe.

In der Kajüte hielt sich außer Commander Bentley auch Professor Norten auf. Während Bentley wie bei ihrem ersten Zusammentreffen mit versteinertem Gesicht hinter seinem Schreibtisch saß, lief Norten unruhig in der kleinen Kajüte auf und ab. Er war leichenblass, und der nicht besonders sorgfältig angelegte Verband an seinem rechten Handgelenk bewies, dass auch er nicht ganz ungeschoren davongekommen war. Als Thor die Kabine betrat, hielt er in seinem unablässigen Auf und Ab inne und maß ihn mit einem wilden Blick.

»Was ist passiert?«, begann Thor übergangslos.

»Er hat sie«, sagte Norten.

»Ich weiß«, erwiderte Thor niedergeschlagen. »Er hat es mir gesagt.«

Trotz allem war er enttäuscht. José hatte ihm nur *gesagt*, dass er Joana entführt habe, und es war ein winziger, verzweifelter Hoffnungsschimmer gewesen, dass er sie vielleicht nicht gefunden hatte oder dass es Bentleys Männern gelungen sein mochte, sie zu beschützen.

»Er hat es Ihnen gesagt?«, wiederholte Norten überrascht, aber auch ein wenig misstrauisch.

»Er sagte, ich wüsste schon, wo ich ihn finde«, bestätigte Thor. »Und Joana auch.«

Norten runzelte die Stirn. »Joana? Ich rede nicht von dem Mädchen.«

»Wovon dann?«

»Die Anhänger!«, sagte Norten. Mit einer ärgerlichen

Geste deutete er auf Bentley. »Dieser Narr hat sie ihm gegeben!«

»Ich hatte keine andere Wahl!«, verteidigte sich Bentley. Seine Stimme war leise, nur ein zitterndes Flüstern, und auch sein Gesicht hatte jede Farbe verloren. Aber anders als bei Norten war es nicht rasender Zorn, der ihn hatte erbleichen lassen. Er war noch immer erschüttert; jetzt vielleicht noch mehr als vorhin während des Überfalls.

»Was ist passiert?«, fragte Thor noch einmal und trat auf den Schreibtisch zu.

Bentley wollte antworten, aber Norten kam ihm zuvor. »Einer dieser Wilden hat ihm das Messer an die Kehle gesetzt, und José hat gedroht ihn umzubringen, wenn er nicht den Safe aufmacht!«, sagte er wütend. »Und dieser Feigling hat natürlich sofort gehorcht!«

Thor maß ihn mit einem halb zornigen, halb verächtlichen Blick. »Was hätten Sie denn an seiner Stelle getan? Sich umbringen lassen?«

In Nortens Augen blitzte es wütend auf. »Jedenfalls nicht sofort klein beigegeben und um mein Leben gebettelt!«, behauptete er. »Wissen Sie überhaupt, was dieser erbärmliche Feigling damit angerichtet hat?«

Er machte eine herrische Handbewegung, als Bentley etwas sagen wollte, und fuhr mit erhobener Stimme fort: »Die Macht der alten Maya-Götter in der Hand dieses Wahnsinnigen – das ist unvorstellbar! Er könnte … er könnte das Angesicht dieser Welt verändern!«

Das zumindest hielt Thor für übertrieben. Aber er verstand auch Nortens Erregung – wenngleich ihn sein Versuch, alle Schuld auf den Commander abzuwälzen, in Rage brachte.

»Immerhin hat er nicht alle Anhänger bekommen«, sagte er.

Norten schnaubte verächtlich. »Sind Sie sicher?«

»Völlig«, erwiderte Thor. »In Ihrem Safe waren nur zehn Ketten, nicht wahr?«

»Plus, die, die seine Männer Joana in New Orleans abgenommen haben.«

Thor antwortete nicht gleich. Er war jetzt weniger denn je davon überzeugt, dass die beiden Mayas in New Orleans wirklich in Josés Auftrag gehandelt hatten. Es hätte überhaupt keinen Sinn ergeben, so etwas zu tun – der Überfall auf ihn selbst wäre einfach nicht zu erklären, denn José hatte schließlich, was er wollte, und der auf Joana war überflüssig – schließlich hätte José einfach nur abzuwarten brauchen, bis Thor und Gregs Tochter freiwillig zu ihm gekommen wären.

Aber er sprach nichts davon aus, sondern sagte nach einer Weile: »Selbst wenn es so ist, fehlt ihm immer noch einer.«

»Vielleicht hat er ihn ja schon«, sagte Norten. »Vielleicht hat er auf eigene Faust danach gesucht, ohne es uns zu sagen, und selbst wenn nicht – er hat elf von zwölf Amuletten. Vielleicht nicht genug, um die Zeremonie korrekt durchzuführen. Aber ganz bestimmt genug, um Schaden anzurichten.«

»Ein Grund mehr, ihn daran zu hindern«, sagte Thor.

Norten schnaubte. »Und wie?«

»Das weiß ich nicht«, antwortete Thor. »Aber ich weiß, wie wir es ganz bestimmt nicht schaffen – wenn wir weiter hier herumstehen und uns gegenseitig Vorwürfe machen. Wir müssen José finden und ihn daran hindern, das Zeremoniell durchzuführen.« Er griff nach Nortens Arm, hob ihn hoch und blickte auf die teure Armbanduhr an seinem Gelenk.

»Wie viel Zeit bleibt uns noch?«

»Nicht einmal ganz zwei Tage«, antwortete Norten.

»Zwei Tage!« Thor erschrak. »So wenig?«

Während Norten nur mit besorgtem Gesichtsausdruck nickte, erwachte Bentley zum ersten Mal aus seiner Lethargie und hob den Blick. »Das ist mehr als genug«, sagte er. »Wir können die Küste von Yucatán bis morgen früh erreichen.«

»Piedras Negras liegt nicht an der Küste«, erinnerte Thor. »Und der nächste Hafen ...«

»Wir werden nicht in einem Hafen einlaufen«, unterbrach ihn Norten.

Thor blickte ihn und den Commander eine Sekunde lang verständnislos an. »Nicht?«, vergewisserte er sich.

Norten lächelte ohne die geringste Spur von Humor. »Ich weiß, dass Sie sich nicht für die große Politik interessieren, Mister Garson«, sagte er abfällig, »Aber selbst Ihnen dürfte klar sein, was geschehen würde, wenn ein amerikanischer Schlachtkreuzer ohne Erlaubnis in einen mexikanischen Hafen einläuft.«

»Ohne ...?« Und erst in diesem Moment begriff Thor. Mit einem Ruck fuhr er herum und starrte Bentley an.

»Ihre Vorgesetzten wissen nichts von dieser Fahrt?«, fragte er. Er machte eine Handbewegung, die das ganze Schiff einschloss. »Das alles hier ist eine reine Privatsache, nicht wahr?«

Bentley schwieg.

»Sie machen das alles hier, ohne dass irgendjemand in Washington davon weiß«, fuhr Thor fort. Ein Gefühl ungläubigen Schreckens hatte ihn ergriffen. In einem Punkt hatte Norten recht: Selbst er wusste, dass die Beziehung zwischen Mexiko und den Vereinigten Staaten von Amerika alles andere als gut war. »Sie müssen völlig verrückt sein!«, sagte er noch einmal. »Ist Ihnen eigentlich klar, was Sie hätten anrichten können?«

»Weniger, als Sie zu unterstellen scheinen, Mister Garson«, unterbrach ihn Norten. »Wir hatten nicht vor, die Drei-Meilen-Zone zu verletzen, wenn es das ist, wovor Sie Angst haben.«

Thor drehte sich mit einem Ruck zu ihm herum. »Ich verstehe«, sagte er spöttisch. »Sie hatten vor, an Land zu schwimmen.«

»Wir hatten vor«, berichtigte ihn Norten kalt, »mit einem der Beiboote nachts an Land zu gehen, und José wollte einen Wagen besorgen, der uns nach Piedras Negras bringt. Jedenfalls hat er uns das gesagt.«

»Ich bezweifle im Moment, dass er das noch tun wird«, sagte Thor spöttisch.

»Das ist auch nicht nötig«, erwiderte Norten mit einer Spur von Ungeduld in der Stimme. »Joana und Sie waren freundlich genug, uns ein viel besseres Transportmittel zur Verfügung zu stellen.«

»Das Flugzeug?«, entfuhr es Thor überrascht.

»Warum nicht?« Norten zuckte mit den Achseln und tauschte einen fragenden Blick mit Bentley. »Es gibt genug Treibstoff an Bord dieses Schiffes, um die Tanks aufzufüllen.«

»Und wer soll es fliegen?«

Norten druckste einen Moment herum. »Ich dachte an Joana«, gestand er schließlich. »Aber so wie die Dinge liegen …«

»Einer meiner Offiziere ist Hobbyflieger«, sagte Bentley. »Er wird es tun.«

»Kennt er sich auch mit Wasserflugzeugen aus?«, fragte Thor.

Bentley zuckte nur mit den Schultern. »Ich werde ihn fragen«, antwortete er. »Aber selbst wenn nicht, der Unterschied wird wohl kaum so gewaltig sein.«

»Das ist doch alles völlig verrückt!«, sagte Thor kopfschüttelnd.

»Trotzdem werden Sie uns begleiten, Mister Garson«, erwiderte Norten. Thor blickte ihn böse an, aber Norten lächelte nur dünn. »Und ich bin sicher, dass Sie den Eingang zu diesem verborgenen Tempel finden werden.«

»So?«, fragte Thor.

Nortens Lächeln wurde noch eine Spur kälter. »Wenn schon nicht der Anhänger wegen, dann um Joana aus der Gewalt dieses Verrückten zu befreien. Oder täusche ich mich?«

Thor starrte ihn eine Sekunde lang voll kaum noch verhohlenem Hass an. Aber er sagte nichts von all dem, was ihm auf der Zunge lag, sondern zwang sich zu einem angedeuteten, abgehackten Nicken und fragte nur: »Wann brechen wir auf?«

Obwohl nichts im Moment so knapp war wie Zeit, mussten sie sich noch eine Stunde gedulden; der Schiffsoffizier, von dem Bentley gesprochen hatte, traute es sich zwar durchaus zu, die kleine Dornier zu fliegen, erbat sich aber eine gewisse Frist, um sich mit den Kontrollen des Flugzeugs vertraut zu machen.

Thor nutzte diese Zwangspause, um noch einmal hinunterzugehen und mit Anita zu reden – genauer gesagt, er versuchte es.

Weder Bentley noch Norten hatten sich etwas Entsprechendes anmerken lassen, aber vor der Tür der Kabine stand ein bewaffneter Posten, der Thor den Zutritt verwehrte und auch auf sein energisches Drängen hin nur sagte, er hätte Befehl, mit Ausnahme des Commanders und Professor Nortens niemanden in die Kabine hinein- und schon gar niemanden herauszulassen.

Enttäuscht und wütend zugleich wandte sich Thor um, um zu Bentley zurückzugehen, besann sich dann aber eines Besseren. Solange Josés Frau in ihrer Kabine eingeschlossen war, konnte er zumindest sicher sein, dass ihr nichts zustieß.

Statt seine Zeit mit einem Streit zu vergeuden, der höchstwahrscheinlich sowieso zu nichts anderem als eben zu diesem Streit führen würde, ging er in die Kabine, die Joana bewohnt hatte, und begann sie gründlich zu durchsuchen. Er rechnete sich keine allzu großen Chancen aus, den Anhänger zu finden. Und er fand ihn auch nicht.

Aber er fand zumindest die Kette, an der er befestigt gewesen war.

Thor war ein wenig enttäuscht, schöpfte aber auch gleichzeitig neue Hoffnung. Josés Worte hatten ihm bewiesen, er hatte keine Ahnung davon, dass sich der letzte noch verbliebene Anhänger in Joanas (und somit bereits in seinem) Besitz befand, und die Tatsache, dass Joana das Schmuckstück von seiner Kette gelöst hatte, ließ Thor zumindest vermuten, dass sie den kleinen goldenen Anhänger ganz besonders sorgsam versteckt hatte.

Er wog die dünne Kette einen Moment lang unschlüssig in der Hand, wollte sie dann schon in die Schublade zurücklegen, in der er sie gefunden hatte, und besah sie sich dann etwas genauer.

Zum ersten Mal fiel ihm auf, wie filigran das winzige Kettchen gearbeitet war. Was auf den ersten Blick wie eine x-beliebige, vielleicht sechzig Zentimeter lange, schmucklose Kette aussah, das entpuppte sich bei genauerem – allerdings nur bei sehr genauem – Hinsehen als ein wahres Meisterwerk. Jedes einzelne Kettenglied war keine schmucklose Öse, sondern in Form einer winzigen Schlange gearbeitet, die sich selbst in den Schwanz beißt. Sogar die einzelnen Schuppen der winzigen Schlangenleiber waren zu erkennen.

Thor betrachtete das Kettchen lange und sehr verwirrt. Er selbst hatte es mehr als ein Vierteljahr um den Hals getragen, ohne dass ihm auch nur aufgefallen wäre, was diese Kette wirklich darstellte. Er fragte sich, ob alle anderen Ketten ebenso aufwendig gearbeitet waren. Und wenn, warum Greg sich solche Mühe damit gemacht hatte.

Aber natürlich fand er auf diese Frage im Moment ebenso wenig eine Antwort wie auf alle anderen, die ihm durch den Kopf geisterten. Nach einer Weile steckte er das winzige Kettchen in die Jackentasche, verließ die Kabine wieder und ging an Deck hinauf, um zu sehen, wie weit der Pilot mit den Startvorbereitungen war.

PIEDRAS NEGRAS/YUCATÁN

Nichts hatte sich in den vergangenen Monaten in der Stadt verändert; die Zeit schien hier nach wie vor stehen geblieben zu sein. Die Häuser rechts und links der schlammigen Straße waren klein und schmutzig, die vornehmlich weiß gekleideten Menschen mit den dunklen Gesichtern und breitkrempigen Sombreros blickten die hellhäutigen Gringos voller Misstrauen und Furcht an, und selbst der Staub in den Gläsern, die der Besitzer der Cantina vor ihnen auf den Tisch gestellt hatte, schien noch derselbe zu sein wie vor drei Monaten.

Es war ein sonderbares Gefühl, hierher zurückzukehren – und nicht nur weil dies der Ort war, von dem aus Greg und er zu ihrer letzten Expedition aufgebrochen waren. Wie schon damals, so hatte er auch jetzt kein gutes Gefühl. Sie waren Fremde hier und sie waren Fremde, die nicht erwünscht waren. Niemand hatte es gesagt, niemand ließ es sie spüren, und doch fühlte Thor es überdeutlich. Sie sollten nicht hier sein. Schon Greg und er hätten nicht herkommen sollen, und Norten und Bentley und er erst recht nicht.

Nortens Rückkehr riss ihn aus seinen düsteren Überlegungen in die Wirklichkeit zurück. Sie waren vor zwei Stunden hier angekommen – er selbst, Professor Norten, Bentley, der Offizier, von dem er gesprochen hatte, sowie zwei breitschultrige Marinesoldaten, an deren Loyalität Bentley gegenüber Thor nicht den Bruchteil einer Sekunde zweifelte.

Obwohl Thor dagegen Einspruch erhoben hatte, hatten Bentley und auch Norten darauf bestanden, dass Anita an Bord der SARATOGA zurückblieb; eingeschlossen in ihre Kabine und bewacht von zwei bewaffneten Matrosen.

Und wahrscheinlich hatte Bentley auch entsprechende

Befehle gegeben, was mit ihr zu geschehen hatte, sollten er und die anderen nicht zurückkehren.

Norten hatte sie hier in diesem schmuddeligen Lokal im Stadtzentrum von Piedras Negras zurückgelassen, um gewisse Erkundigungen einzuziehen, wie er es ausgedrückt hatte. Welcher Art diese Erkundigungen waren, hatte er nicht gesagt – aber dem Ausdruck seines Gesichts nach zu schließen, war das Ergebnis alles andere als zufriedenstellend ausgefallen.

Norten kam an ihren Tisch, gab dem Mann hinter der Theke einen Wink und ließ sich schwer auf einen der wackeligen Stühle fallen, der unter der groben Behandlung protestierend ächzte. Sein Gesicht glänzte vor Schweiß. Auf dem Rücken und unter den Achseln seines weißen Leinenanzugs hatten sich dunkle Flecken gebildet, und in seinen Augen stand ein Ausdruck tiefer Erschöpfung. Nichts davon überraschte Thor. Selbst hier drinnen war es so warm, dass sie alle in Schweiß gebadet waren; draußen war es schlichtweg unerträglich.

»Nun?«, Thor wandte sich fragend an Norten.

Norten seufzte tief und wollte antworten, wartete dann aber, denn im selben Moment trat der Wirt an den Tisch und servierte ihm das bestellte Getränk. Erst als der Mann wieder außer Hörweite war, seufzte er abermals und schüttelte den Kopf. »Es sieht so aus, als wäre José noch nicht hier«, sagte er. »Anscheinend waren wir schneller als er.«

»Oder er und seine Begleiter gehen direkt zum Tempel«, murmelte Thor.

Norten zuckte mit den Achseln und kippte den Inhalt seines Glases in einem Zug hinunter. »Das ist möglich«, sagte er. »Aber ich glaube es nicht. Seine Kanus werden kaum schneller gewesen sein als unser Flugzeug.«

»Und woher kommt diese Niedergeschlagenheit?«, erkundigte sich Bentley.

Norten maß ihn mit einem fast zornigen Blick. »Ich habe versucht einen Lastwagen aufzutreiben«, antwortete er.

»Versucht?«

»Keine Chance«, sagte Norten. »Es gibt nur zwei Wagen im ganzen Ort. Ich habe am Schluss genug geboten, um die beiden Schrotthaufen zu kaufen. Es war sinnlos.«

»Dann beschlagnahmen wir sie«, schlug Bentley vor.

Norten antwortete gar nicht darauf, während Thor nur leise und humorlos lachte. »Wir sind hier in Mexiko, Commander«, sagte er ruhig. »Sie können hier nichts beschlagnahmen.«

»Wenn Ihnen das Wort ›stehlen‹ lieber ist – bitte«, erwiderte Bentley achselzuckend. Er warf den beiden Marinesoldaten einen fragenden Blick zu. »Sehen Sie darin irgendwelche Probleme?«

Die beiden schüttelten fast in einer Bewegung den Kopf. »Keine Probleme, Sir.«

»Sehen Sie, Mister Garson«, grinste Bentley. »Die Transportfrage wäre also geklärt. Ich schlage allerdings vor, dass wir bis nach dem Dunkelwerden warten, ehe wir die beiden Wagen requirieren.«

»Und so etwas aus dem Mund eines amerikanischen Offiziers?«, fragte Thor spöttisch.

Bentleys Gesicht verdüsterte sich. »Ich glaube, es geht hier um mehr als um zwei altersschwache Lastwagen, Mister Garson.«

Thor wollte antworten, aber in diesem Moment fiel ihm eine Bewegung draußen auf der Straße auf und er stockte.

Vor der geöffneten Tür der Cantina stand ein alter Mann. Im grellen Gegenlicht der Sonne war er fast nur ein Schatten, flach und schwarz und mit einem Gesicht, dessen Züge mehr zu erahnen als wirklich zu erkennen waren. Und trotzdem hatte Thor das Gefühl, ihn kennen zu müssen …

Der Mann drehte sich um und schlurfte mit kleinen, mühsamen Schritten und weit vorgebeugten Schultern davon, und im gleichen Augenblick entglitt Thor der Gedanke; so abrupt, als hindere ihn etwas daran, ihn zu Ende zu denken.

»Was haben Sie?«, fragte Norten alarmiert. Auch er blickte auf die Straße hinaus, aber der alte Mann war mittlerweile schon verschwunden, sodass er nichts als die staubige Hauptstraße von Piedras Negras sehen konnte, die in der Mittagsglut stöhnte.

»Nichts«, antwortete Thor verstört. »Ich dachte, ich hätte ... etwas gesehen.«

»Was gesehen?«, hakte Bentley nach. Einer der beiden Soldaten stand auf und warf ihm einen fragenden Blick zu, doch Bentley hob beruhigend die Hand, als Thor abermals den Kopf schüttelte.

»Nichts«, sagte Thor noch einmal. »Ich sagte doch: Ich habe mich geirrt.«

Norten musterte ihn noch eine Sekunde lang sehr misstrauisch, aber dann zuckte er mit den Schultern und wandte sich wieder an Bentley. »Wir sollten uns um Zimmer kümmern«, sagte er. »Bis heute Abend können wir ohnehin nichts unternehmen. Ein paar Stunden Schlaf tun uns sicher allen gut – wer weiß, ob wir heute Nacht welchen bekommen.«

»Das ist schon erledigt«, antwortete Bentley mit einer Kopfbewegung auf den Mann hinter der Theke. »Er hat ein paar Zimmer, gleich hier im Haus.«

Norten seufzte, fuhr sich mit beiden Händen durch das Gesicht und stand mit einer müden Bewegung auf. Auch Bentley, der Offizier und die beiden Soldaten erhoben sich. Nur Thor blieb sitzen.

»Worauf warten Sie, Mister Garson?«, fragte Norten.

»Ich ... bin nicht müde«, antwortete Thor zögernd.

»Aber ich würde hier gerne noch etwas sitzen und trinken – wenn Sie nichts dagegen haben.«

Ein fast mitleidiges Lächeln huschte über Nortens Züge. »Ich habe sehr wohl etwas dagegen, Mister Garson«, antwortete er.

»So?«

»Ja«, bestätigte Norten. »Ich möchte nämlich sicher sein, dass wir alle zusammen heute Abend die Stadt verlassen und versuchen den Tempel zu finden.«

Thor ersparte sich jeden Protest. Norten lächelte zwar weiter und auch Bentleys Gesicht blieb unbewegt, aber einer der beiden Soldaten war hinter seinen Stuhl getreten. Und er sah nicht nur so aus, als wäre er kräftig genug, Thor mit einer Hand zu packen und die Treppe hinaufzuschleifen, sondern auch durchaus willens, dies zu tun, wenn ihm Bentley oder der Professor den entsprechenden Befehl erteilten.

»Einen Versuch war es wert, oder?«, fragte Thor seufzend, während er seinen Stuhl zurückschob und aufstand.

»Sicher«, erklärte Norten ungerührt. »Und damit Sie nicht auf die Idee kommen, noch weitere Versuche in dieser Richtung zu unternehmen, wird einer dieser beiden Herren vor Ihrer Tür Wache halten, bis wir aufbrechen.«

Ohne ein weiteres Wort wandte sich Thor um und ging die Treppe ins erste Stockwerk hinauf.

Die drei Zimmer, die Bentley angemietet hatte, lagen nebeneinander und waren winzig. Thors Kammer bot kaum genug Platz für das wackelige Bett und den nicht minder wackeligen Stuhl, der danebenstand. Den Luxus wie einen Tisch oder gar einen Schrank gab es nicht.

Norten trat hinter ihm ein, machte einen Schritt an ihm vorbei zum Fenster und öffnete es. Ein Schwall stickiger, warmer Luft drang von draußen herein und machte das Atmen noch schwieriger. Norten blinzelte eine Sekunde lang in das grelle Sonnenlicht, dann deutete er mit einer Handbewegung auf die Straße hinab. »Eine hübsche Aussicht, nicht?«

Thor zögerte einen Moment, aber dann tat er ihm den Gefallen, neben ihn zu treten und aus dem Fenster zu sehen.

Die Straße lag wie ausgestorben in der Mittagsglut da. Die Luft flimmerte vor Hitze und das Sonnenlicht war so intensiv, dass es ihm Tränen in die Augen trieb. Trotzdem konnte er die Gestalt, die auf der anderen Straßenseite an einer Mauer lehnte und rauchte, deutlich erkennen. Sie war sehr groß, dunkelhaarig, trug einen mit dunklen Schweißflecken übersäten weißen Leinenanzug und hatte vor zwei Minuten noch neben ihm unten am Tisch gesessen. So viel zu seinem Gedanken, zu warten, bis Norten und die anderen eingeschlafen waren, und dann aus dem Fenster zu steigen.

Mit einem Ruck wandte er sich vom Fenster ab, ließ sich auf das Bett fallen und verschränkte die Arme hinter dem Kopf. Norten sah ihn noch einen Moment lang an, als erwarte er, dass er etwas sagen wolle, aber dann zuckte er nur mit den Achseln und wollte zur Tür gehen.

Als er die Hand nach der Klinke ausstreckte, rief Thor ihn noch einmal zurück. »Norten?«

»Ja?«

»Nur eine Frage«, sagte Thor, ohne den Professor anzusehen. »Und ich hätte gerne eine ehrliche Antwort darauf.«

Norten schwieg.

»Waren Sie wirklich mit Greg befreundet?«, fragte Thor, noch immer, ohne den grauhaarigen Archäologen anzusehen. »Oder haben Sie es ihm nur vorgespielt, weil Sie ihn brauchten – so wie mich?«

»Freunde …« Norten betonte das Wort, als müsse er erst über seine wirkliche Bedeutung nachdenken. Dann zuckte er mit den Schultern. »Ich weiß es nicht«, gestand er. »Das ist ein großes Wort, Mister Garson. Swanson hat bei mir Archäologie studiert und er war einer meiner besten Schüler, möchte ich hinzufügen. Aber langwierige Forschungen und Ausgrabungen waren nicht sein Fall. Bald erlag er der Verlockung des schnellen Geldes, als er merkte, dass es wesentlich abwechslungsreicher und einträglicher war, über die letzten Geheimnisse unserer Welt zu berichten, statt zu versuchen sie zu lösen. Trotzdem – ich mochte ihn. Es muss wohl so etwas wie Freundschaft gewesen sein, was ich für ihn empfand. Warum fragen Sie?«

»Wenn das wirklich die Wahrheit ist«, antwortete Thor, »dann müsste Ihnen das Mädchen doch auch etwas bedeuten.«

»Joana?« Norten nickte. »Sicher. Ich mag sie. Und Sie …«

»Sie hat Sie wirklich gern, Norten«, unterbrach ihn Thor und richtete sich auf die Ellbogen auf, um Norten ins Gesicht zu sehen. »Sie wissen das. Für das Mädchen sind Sie so etwas wie ein zweiter Vater. Ist Ihnen das klar?«

Norten wirkte ein bisschen betroffen. Aber er antwortete nicht, sondern sah Thor nur fragend an.

»Wenn Sie Ihnen wirklich etwas bedeutet«, fuhr Thor fort, »dann verstehe ich nicht, warum Sie ihr nicht helfen wollen. Sie ist in Gefahr, solange sie sich in der Gewalt dieses Verrückten befindet. In Lebensgefahr.«

»Er wird ihr nichts tun«, antwortete Norten. Aber es klang nicht sehr überzeugt. »Nicht, solange er glaubt, sie als Druckmittel gegen Sie benutzen zu können, Mister Garson.«

»So wie Sie?«, hakte Thor nach.

Diesmal war der betroffene Ausdruck auf Nortens Gesicht sehr viel stärker. Drei, vier Sekunden lang blickte er Thor mit einer Mischung aus Bestürzung und Zorn an, seine Lippen wurden zu einem dünnen, blutleeren Strich, und er bewegte die Hände, als wolle er sie zu Fäusten ballen. Aber dann fuhr er wortlos auf dem Absatz herum, stürmte aus dem winzigen Zimmer und warf die Tür hinter sich ins Schloss.

Thor ließ sich enttäuscht zurücksinken. Im Grunde hätte ihm klar sein müssen, wie wenig Sinn es hatte, auf diese Weise mit Norten reden zu wollen. Der Professor war besessen; so verrannt in seine Idee, dass er weder auf sich noch auf andere Rücksicht nehmen würde. Aber Thor war der warme, fast väterliche Blick keineswegs entgangen, mit dem Norten Joana auf seiner Hazienda auf Kuba in die Arme geschlossen hatte. Er hatte es wenigstens versuchen müssen.

Eine gute halbe Stunde blieb er mit offenen Augen auf dem Bett liegen und starrte die schmutzige Decke über sich an. Er sah fünf- oder sechsmal auf die Uhr in dieser Zeit, und jedes Mal kam es ihm so vor, als hätten sich die Zeiger nicht einmal weiterbewegt. Und bis zum Sonnenuntergang waren es noch mindestens sieben oder acht Stunden – Norten hatte schließlich keinen Zweifel daran gelassen, dass sie spätestens bei Dunkelwerden aufbrechen würden, um den Maya-Tempel zu suchen; ob José und Joana bis dahin eingetroffen waren oder nicht.

Schließlich hielt er die Untätigkeit nicht mehr aus, stand auf und ging zur Tür. Vorsichtig drückte er die Klinke herunter, öffnete sie einen Spaltbreit und lugte hindurch.

Das Einzige, was er sah, war der durchgeschwitzte Rücken eines khakifarbenen Hemdes, das sich über einem Paar mit gewaltigen Muskeln bepackter Schultern spannte. Thor überlegte eine Sekunde lang, es einfach zu riskieren und den Mann niederzuschlagen; mit Norten und Bentley fertig zu werden, traute er sich ohne Weiteres zu. Und ehe der zweite Mann von der Straße hereingelaufen wäre, könnte er das Gebäude vielleicht schon verlassen haben.

Aber als hätte er seine Gedanken gelesen, drehte sich der Soldat vor der Tür in diesem Moment herum und blickte ihn an. »Haben Sie irgendwelche Wünsche, Mister Garson?«, fragte er.

»Nein«, antwortete Thor. »Ich wollte nur nachsehen, ob …«

»Ob?«

»Nichts«, sagte Thor. »Es ist schon gut.« Er schloss die Tür wieder, ging zum Fenster und blickte auf die Straße hinab.

Das Bild hatte sich nicht geändert, als wäre die Zeit tatsächlich stehen geblieben. Der Ort lag noch immer wie ausgestorben unter ihm, und das einzige menschliche Wesen, das er sah, war noch immer der Mann, der auf der anderen Straßenseite an einer Wand lehnte und sein Zimmer im Blick behielt. Als er Thor am Fenster entdeckte, hob er die Hand und winkte ihm spöttisch zu.

Thor schenkte ihm einen finsteren Blick und wollte sich schon wieder umwenden, als er doch noch eine Bewegung bemerkte: Am nördlichen Ende der Straße, fast schon außerhalb seines Blickfeldes, hatte sich eine Tür geöffnet und eine weiß gekleidete Frau mit dunklem Haar trat aus dem Haus.

Und es war nicht irgendeine Frau – es war Anita.

Thor riss verblüfft die Augen auf. Was er sah, war vollkommen ausgeschlossen! Er hatte mit eigenen Augen gesehen, wie Bentley Josés Frau in ihre Kabine eingeschlossen hatte. Und selbst wenn es ihr irgendwie gelungen sein sollte, daraus zu entkommen – es war einfach unmöglich, dass sie hier war! Das Schiff befand sich gute dreißig Seemeilen vor der Küste von Yucatán, und der Weg von dort bis hierher betrug noch einmal gute zweihundert Meilen! Selbst mit dem Flugzeug hatten sie fast vier Stunden gebraucht, um herzukommen.

Aber unmöglich oder nicht – sie war es. Es gab überhaupt keinen Zweifel. Es war ihr Gesicht, ihr Haar, ihre Art sich zu bewegen.

Thor beobachtete fassungslos, wie sie weiter auf die Straße hinaustrat, einen Moment stehen blieb und sich aufmerksam nach rechts und links umsah; in der Haltung eines Menschen, der etwas sucht – oder auf jemand wartet. Und es gehörte nicht viel Fantasie dazu, sich auszurechnen, auf wen sie wartete.

Thor blickte noch einmal zu dem Soldaten auf der anderen Straßenseite hinüber. Auch er hatte Anita bemerkt und sah in ihre Richtung; aber er stand weiter völlig entspannt und gegen die Hausmauer gelehnt da. Ganz offensichtlich hatte er sie nicht erkannt, sondern blickte sie einfach nur an, weil sie eine attraktive Frau war.

Thor warf alle Bedenken über Bord und schwang sich mit einer einzigen, entschlossenen Bewegung aus dem Fenster. Seine Finger fanden an dem mürben Holz des Rahmens kaum Halt, aber seine tastenden Füße trafen auf Widerstand. Eine halbe Sekunde lang hing er so fast erstarrt an der Wand, dann löste er mit klopfendem Herzen die rechte Hand von ihrem Halt und suchte nach irgendetwas, woran er sich festhalten konnte, um an der Mauer hinabzuklettern.

»Heda!«

Thor widerstand der Versuchung, sich herumzudrehen und zu dem Mann hinüberzublicken, der seinen Fluchtversuch offensichtlich bemerkt hatte. Mit zusammengebissenen Zähnen kletterte er weiter an der Mauer hinab.

»Mister Garson! Was soll der Unsinn?! Wollen Sie sich den Hals brechen?«

Schwere, schnelle Schritte näherten sich ihm und Thor sah nun doch über die Schulter zurück.

Der Mann hatte seinen Posten auf der anderen Straßenseite verlassen und kam mit weit ausgreifenden Schritten und sehr wütendem Gesichtsausdruck auf ihn zu. Gleichzeitig hörte er, wie im Zimmer über ihm die Tür aufflog und knallend gegen die Wand prallte, und eine halbe Sekunde später erschien ein zweites, ebenso aufgebrachtes Gesicht in der Fensteröffnung über ihm. Eine Hand streckte sich nach ihm aus und versuchte ihn zu packen. Thor drehte hastig den Kopf zur Seite, aber die plötzliche Bewegung war zu viel. Seine Finger- und Zehenspitzen, die sich in winzige Vertiefungen und Risse des Mauerwerks gekrallt hatten, verloren ihren Halt, und er spürte, wie er zu stürzen begann.

Thor tat das Einzige, was ihm noch blieb – er versuchte nicht, sich weiter festzuklammern, sondern stieß sich im Gegenteil mit aller Kraft von der Wand ab und drehte sich gleichzeitig herum.

Der Mann unter ihm war so verblüfft, dass er nicht einmal einen Schreckenslaut hervorstieß, als Thor aus gut vier Metern Höhe auf ihn herunterstürzte und ihn mit sich zu Boden riss.

Der Aufprall trieb Thor die Luft aus den Lungen und ließ bunte Sterne vor seinen Augen tanzen, aber der Soldat verlor auf der Stelle das Bewusstsein.

»Stehen bleiben!«, brüllte der Mann über ihm im Fenster. »Mister Garson, bleiben Sie stehen oder ich schieße!«

Was Thor natürlich nicht tat.

Ganz im Gegenteil sprang er hastig hoch und machte einen Schritt in Anitas Richtung, die bei dem plötzlichen Lärm stehen geblieben war.

Die Bewegung rettete ihm wahrscheinlich das Leben, denn die Worte des Soldaten waren keine leere Drohung gewesen. Über ihm krachte ein Schuss, und da, wo er gerade noch gestanden hatte, riss eine winzige Explosion den Straßenstaub auf.

Thor prallte entsetzt zurück, presste sich eine halbe Sekunde lang gegen die Wand unter dem Fenster und warf sich instinktiv zur Seite, als er eine Bewegung über sich registrierte.

Die zweite Kugel verfehlte ihn nur um Millimeter, riss eine qualmende Furche in den Putz neben seiner Schulter und heulte als Querschläger davon.

Als sich der Soldat fluchend noch weiter vorbeugte, um zum dritten Mal auf ihn zu zielen, schleuderte Thor ihm eine ganze Handvoll Dreck und kleine Steine entgegen.

Die meisten der winzigen Geschosse trafen ihn vermutlich nicht einmal, aber die vermeintliche Gefahr erschreckte den Mann so sehr, dass er zurückwich, in seiner weit vorgebeugten Haltung im Fenster die Balance verlor und mit einem Schrei nach vorne kippte.

Thor wartete nicht einmal, bis er zu Boden gestürzt war, sondern rannte sofort hinter Josés Frau her.

»Anita!«, schrie er. »Bleiben Sie stehen!«

Doch statt auf ihn zu warten, fuhr Anita mit einer erschrockenen Bewegung herum und lief die Straße hinab. Ihr enges Kleid und die hohen Schuhe, die sie trug, behinderten sie, sodass sie nicht sehr schnell laufen konnte. Aber sie hatte einen gehörigen Vorsprung, und ehe Thor diesen auch nur zur Hälfte hatte wettmachen können, wandte sie sich nach links und verschwand in einer schmalen Gasse zwischen zwei Häusern.

Thor fluchte ungehemmt, rannte noch schneller und warf im Laufen Blicke über die Schulter zurück. Einer der beiden Soldaten erhob sich bereits wieder, und genau in diesem Moment flog auch die Tür der Cantina auf und Norten, Bentley und der Offizier der SARATOGA stürmten ins Freie.

Thor verdoppelte seine Anstrengungen, Josés Frau einzuholen. Keuchend hastete er in die Gasse, in der sie untergetaucht war, gerade noch rechtzeitig, um einen Zipfel ihres weißen Kleides in einer Tür verschwinden zu sehen. Mit weit ausgreifenden Schritten setzte Thor ihr nach, sprengte die

Tür kurzerhand mit der Schulter auf und fand sich unversehens in einem dunklen, von angenehmer Kühle erfüllten Hausflur wieder. Ein halbes Dutzend Türen zweigte von diesem Korridor ab, und zur Linken führte eine steile Treppe mit ausgetretenen Stufen in den oberen Teil des Gebäudes.

Thor verschwendete eine Sekunde damit, mit geschlossenen Augen stehen zu bleiben und zu lauschen, aber er hörte nichts. Das Haus schien genauso ausgestorben zu sein wie die Straße und die gesamte Stadt.

Seine Gedanken rasten. Norten und die anderen waren bereits auf dem Weg hierher. Er hatte einfach keine Zeit, eine Tür nach der anderen aufzureißen und die dahinterliegenden Räume zu durchsuchen; ganz davon abgesehen, dass deren Bewohner mit Sicherheit nicht damit einverstanden wären. Einer Panik nahe versuchte er sich in die Lage eines Menschen zu versetzen, der blindlings hier hereingestürzt kam. Wohin würde er sich wenden?

Sein Blick blieb an der Treppe hängen. Er hatte keine Ahnung, wohin sie führte – aber die hatte Anita wahrscheinlich auch nicht gehabt. Kurz entschlossen wandte er sich nach links und lief, jedes Mal drei oder vier Stufen auf einmal mit gewaltigen Sätzen nehmend, nach oben.

Als er den ersten Absatz erreicht hatte, flog die Tür unter ihm mit einem lauten Krachen auf und Norten und die anderen stürmten herein. Thor konnte ihre aufgeregten Stimmen hören und einen Augenblick später ein weiteres Krachen und Poltern, als sie unverzüglich damit begannen, die Türen aufzureißen. Zornige Stimmen erklangen und fast unmittelbar darauf das helle Klatschen eines Schlages, gefolgt vom dumpfen Aufprall eines Körpers. Offensichtlich hielten sich Bentleys Männer nicht damit auf, Fragen zu stellen.

Thor sah sich gehetzt um. Sie würden nur Augenblicke

brauchen, um die unteren Räume zu durchsuchen und Anita entweder aufzuspüren – oder heraufzukommen, um ihre Suche hier oben fortzusetzen. Sein Blick tastete über die geschlossenen Türen, von denen es auch hier oben ein gutes halbes Dutzend gab. Beinahe wahllos entschied er sich für die nächstliegende, ging hin und drückte die Klinke hinunter.

Die Tür rührte sich nicht. Sie war verschlossen. Das Holz machte zwar nicht den Eindruck, als würde es einem ernst gemeinten Versuch, es aufzubrechen, länger als ein paar Sekunden widerstehen. Aber der Lärm, den er dabei machen würde, musste unten gehört werden.

Thor wandte sich der nächsten Tür zu und fand auch sie verschlossen. Plötzlich hörte er ein Geräusch am Ende des Korridors.

Die letzte Tür auf dem Gang hatte sich einen Spaltbreit geöffnet und ein Schimmern von weißem Stoff leuchtete im Halbdunkel dahinter. Ein Paar dunkler, schreckgeweiteter Augen blickte zu Thor heraus. »Mister Garson! Hierher!«

Anitas Stimme war nur ein gehetztes Flüstern, und trotzdem bildete sich Thor für eine Sekunde lang ein, es müsste überall im Haus deutlich zu hören sein. Er warf noch einen sichernden Blick zur Treppe zurück und huschte dann zu ihr, so schnell und so leise er konnte.

Anita öffnete die Tür gerade weit genug, dass er hindurchschlüpfen konnte, drückte sie hastig hinter ihm wieder zu und legte einen Riegel vor, der so aussah, als könnte ihn selbst ein fünfjähriges Kind aufbrechen.

Thor drehte sich verwirrt zu ihr herum und wollte eine Frage stellen, aber Anita winkte ab und legte den Zeigefinger auf die Lippen. »Nicht jetzt!«, flüsterte sie. »Still!«

Thor gehorchte. Während Anita an der Tür stehen blieb und das Ohr gegen das Holz presste, um zu lauschen, trat er einen Schritt zurück und sah sich im Zimmer um. Sie waren nicht allein. An einem dreibeinigen Tisch unter dem einzigen Fenster saßen ein vielleicht dreißigjähriger Mann und eine dunkelhaarige Frau im gleichen Alter, die ein schmuddeliges Kind auf den Knien hielt. Keiner von ihnen gab auch nur einen Laut von sich, aber alle drei blickten Thor und Anita mit einer Mischung aus Verwirrung und tiefem Schrecken an, die er im ersten Moment nicht verstand.

Dann sah er, dass sie gar nicht sie ansahen – ihr Blick war auf einen Punkt irgendwo zwischen Anita und ihm fixiert, auf eine Stelle mitten im Zimmer, wo absolut nichts war, und als er sich bewegte, reagierte keiner der drei. Es war, als wären sie in einem Moment zeitlosen Schreckens erstarrt und nähmen gar nicht mehr wahr, was rings um sie vorging.

Verblüfft riss sich Thor von dem Anblick los und wandte sich wieder Anita zu, aber sie fuchtelte erneut mit der Hand und bedeutete ihm, still zu sein.

Draußen auf dem Gang polterten jetzt Schritte, und Thor konnte hören, wie die Türen eine nach der anderen geöffnet – und zum Teil auch aufgebrochen – wurden. Noch ein paar Sekunden, dachte er, und sie sind hier.

Er sah sich nach etwas um, was er als Waffe gebrauchen konnte. Das Zimmer war winzig und diente zugleich als Wohn- und Schlafraum wie als Küche. Auf dem Herd stand eine schwere gusseiserne Pfanne; vielleicht nicht unbedingt eine elegante Waffe, aber eine sehr wirkungsvolle.

Thor ging hin, nahm sie und trat neben Anita auf die andere Seite der Tür.

Ein flüchtiges Lächeln stahl sich in den Blick der dunkelhaarigen Mexikanerin, als sie sah, was er in den Händen hielt. Sie deutete ein Kopfschütteln an, legte abermals den Zeigefinger auf die Lippen und signalisierte ihm mit Blicken, ein Stück zur Seite zu treten, als sich Schritte der Tür näherten.

Die Klinke wurde hinuntergedrückt und jemand rüttelte heftig an der Tür. Der dünne Riegel ächzte, als wolle er jeden Augenblick zerbrechen. Anita streckte rasch die Hand aus und schob ihn zurück, und die Tür wurde mit einem Ruck halb aufgerissen; das verschwollene Gesicht des Soldaten, den Thor zu Boden geschlagen hatte, erschien in der Öffnung und blickte herein.

Thor holte mit der Bratpfanne aus und spannte alle Muskeln zu einem gewaltigen Schlag, um die Symmetrie dieses Gesichtes durch einen Treffer auf die andere Seite wiederherzustellen, aber Anita hielt ihn mit einer hastigen Handbewegung zurück und sah dem Soldaten ins Gesicht.

»Sie brauchen dieses Zimmer nicht zu durchsuchen«, sagte sie.

Der Soldat blinzelte. Für den Bruchteil einer Sekunde verdunkelte sich sein Gesicht vor Zorn – und dann geschah etwas Seltsames. Irgendetwas in seinen Augen erlosch, seine Züge erschlafften, und Thor konnte regelrecht sehen, wie jedes bisschen Energie aus seinem Körper wich.

Langsam wandte er den Kopf und sah auf den Flur zurück. »Wir brauchen dieses Zimmer nicht zu durchsuchen«, sagte er.

»Mister Garson ist nicht hier«, sagte Anita.

»Mister Garson ist nicht hier«, wiederholte der Mann so gehorsam wie ein Automat, der auf Knopfdruck einen bestimmten Satz wiedergibt. Dann drehte er sich mit langsamen, sonderbar mechanischen Bewegungen um und zog die Tür wieder hinter sich zu.

Anita trat mit einem erleichterten Aufatmen zurück, während Thor verblüfft die Bratpfanne sinken ließ und abwechselnd sie und die geschlossene Tür anstarrte. »Wie … wie haben Sie das gemacht?«

Anita hob den Kopf und blickte ihn an. Ihr Gesicht

glänzte vor Schweiß. Was immer sie getan hatte, schien all ihre Kraft aufgezehrt zu haben.

»Das erkläre ich Ihnen später«, murmelte sie. »Lassen Sie uns von hier verschwinden, Mister Garson. Ich glaube nicht, dass ich sie lange täuschen kann.« Sie deutete auf das Fenster. »Kommen Sie.«

Die drei Menschen am Tisch rührten sich noch immer nicht, als Thor und Anita sich an ihnen vorbeischoben und das Fenster öffneten. Thor musterte ihre Gesichter mit einer Mischung aus Furcht und tiefster Verwirrung. Er wusste nicht, was ihn mehr erschreckte – der unheimliche Zustand dieses Mannes, seiner Frau und des Kindes oder das, was Anita mit dem Soldaten gemacht hatte.

Anita beugte sich vor, warf einen raschen Blick nach rechts und links auf die Straße hinab und sah dann nach oben. »Helfen Sie mir«, sagte sie.

Auch Thor lehnte sich aus dem Fenster. Die Straße lag noch immer wie ausgestorben drei Meter unter ihnen, aber Anita hatte nicht vor, dort hinabzusteigen. Ganz im Gegenteil kletterte sie geschickt auf das Fensterbrett, suchte mit der linken Hand an seiner Schulter Halt und streckte die andere nach oben aus. Mit erstaunlicher Kraft klammerte sie sich an die Kante des flachen Daches, die sich nicht weit über dem Fenster befand, stieß sich ab und schwang sich mit einer eleganten Bewegung nach oben. Einen Herzschlag später erschienen ihr Gesicht und ihre hektisch winkende Hand wieder über der Kante. »Schnell«, sagte sie. »Sie kommen!«

Thor verschwendete keine Zeit mehr damit, sich zu fragen, woher Anita das wusste, sondern streckte die Hand nach der Kante aus und folgte ihr auf das Dach. Beinahe im gleichen Augenblick hörte er, wie die Tür in dem Zimmer unter ihnen zum zweiten Mal aufgerissen wurde und schwere Schritte durch den Raum polterten.

Anita deutete heftig gestikulierend zur anderen Seite des Gebäudes. Über der jenseitigen Kante des Daches war das Ende einer Leiter zu erkennen. So schnell sie konnten, überquerten sie das flache, geteerte Dach. Anita schwang sich ohne zu zögern auf die Leiter und begann rasch in die Tiefe zu steigen. Und Thor folgte ihr, zögerte aber im letzten Augenblick noch einmal und sah zurück – gerade noch rechtzeitig, um eine große Hand zu erkennen, die sich nach der Dachkante ausstreckte und daran festklammerte.

Der Anblick zerstreute auch seine letzten Zweifel, ob Anita wirklich wusste, wovon sie sprach. So schnell er konnte, kletterte er hinter ihr die Leiter hinab, die unter dem Gewicht der beiden Menschen bedrohlich zu ächzen und zittern begann.

Als sie den Boden erreicht hatten, wandte sich Anita wahllos nach links und stürmte los. Thor folgte ihr. Josés Frau bog in eine weitere, kaum einen Meter breite Gasse ein, lief bis zu ihrem Ende und wandte sich dann nach links, in der nächsten nach rechts und dann wieder nach links.

Gute fünf Minuten lang rannten sie durch das Gewirr schmaler, verwinkelter Gässchen und Lücken, das sich wie ein minoisches Labyrinth zwischen den kleinen weißen Häusern von Piedras Negras erstreckte, bis Thor sowohl völlig die Orientierung verloren hatte als auch sicher war, dass ihre Verfolger sie hier nicht mehr aufspüren konnten.

Und ganz davon abgesehen war Anita so schnell gelaufen, dass Thor einfach nicht mehr weiterkonnte.

Seine Lungen brannten und seine Knie zitterten. Keuchend ließ er sich gegen die Wand sinken, wischte sich mit dem Handrücken den Schweiß aus dem Gesicht und versuchte wenigstens genug Luft für eine Frage zu sammeln.

Es blieb bei dem Versuch und einem hilflosen Keuchen.

Auch Anita war stehen geblieben. Trotz des mörderischen

Tempos, das sie vorgelegt hatte, ging ihr Atem nicht einmal schneller und auch der Ausdruck von Erschöpfung war aus ihrem Gesicht gewichen. Sie wirkte nur noch angespannt.

»Ich glaube, wir haben sie abgehängt«, sagte sie, nachdem sie einen langen, prüfenden Blick in die Gasse hinter Thor geworfen hatte.

»Wer zum Teufel sind Sie?«, murmelte Thor erschöpft. »Und wie kommen Sie hierher?«

Anita lächelte amüsiert. »Sie wissen doch, wer ich bin, Mister Garson«, antwortete sie.

»Ja«, murmelte Thor. Seine Lungen brannten noch immer wie Feuer und sein Herz hämmerte, als wollte es zerspringen. »Sie haben mir nur nicht erzählt, dass Sie ganz nebenbei Weltmeisterin im Marathonlauf sind.«

Anitas Lächeln wurde noch etwas spöttischer. »Ich verwende viel Zeit darauf, mich in Form zu halten«, antwortete sie. »Das sollten Sie auch tun, Mister Garson. Wie Sie gerade erlebt haben, hat es gewisse Vorteile.«

Thor blickte sie ärgerlich an und machte eine entsprechende Handbewegung. »Sie wissen genau, was ich meine«, antwortete er. »Wie kommen Sie hierher?«

Anita schwieg einen Moment. »Das Wie ist nicht so wichtig, Mister Garson«, antwortete sie ernst. »Wichtiger ist, *warum* ich hier bin.«

Thor verdrehte seufzend die Augen, fügte sich aber in sein Schicksal. Jetzt war weder die Zeit noch der passende Ort, Spielchen mit Anita zu spielen.

»Wir müssen José aufhalten«, fuhr Anita fort.

»Wissen Sie denn, wo er ist?«

Anita nickte. »Im Tempel, Mister Garson. Ich kenne den Weg. Aber ich fürchte, ich kann ihn nicht allein aufhalten. Ich brauche Ihre Hilfe.«

»Wobei?«

»Er will die Beschwörung durchführen«, antwortete Anita. »Heute Abend, sobald der Mond hoch am Himmel steht. Wir müssen ihn daran hindern.«

»Ach?«, fragte Thor böse, »müssen wir das, so?« Er machte eine zornige Handbewegung, als Anita antworten wollte. »Wissen Sie, Schätzchen, ich bin es allmählich leid, dass mir jedermann sagt, was ich zu tun und zu lassen habe. Von mir aus kann sich Ihr José selbst in die Hölle zaubern und seine sauberen Freunde gleich dazu. Das ist mir völlig egal. Das Einzige, was ich will, ist Joana.«

»Aber es geht doch auch um sie«, antwortete Anita ernst. »Glauben Sie mir, Mister Garson – wenn wir ihn nicht aufhalten, dann wird Joana sterben. Und nicht nur sie, sondern viele andere.«

Thor blickte sie weiter voll brodelndem Zorn an, aber er sagte nichts mehr. Und er wusste im Grunde auch selbst, dass Anita recht hatte. Ebenso wie seine Worte nicht wirklich das wiedergaben, was er empfand. Es war ihm nicht egal, was passierte, nicht einmal mit José. Er war einfach nur wütend und ein guter Teil dieses Zorns galt niemand anderem als ihm selbst. Er kam sich vor, als wäre er plötzlich blind und taub. Was musste noch passieren, bis er endlich begriff, was hier wirklich vorging? Wo war seine Fähigkeit geblieben, logisch zu denken und verborgene Zusammenhänge zu erkennen?

»Also gut«, sagte er resignierend. »Ich helfe Ihnen – unter einer Bedingung.«

»Ja?«

»Sie erzählen mir, was hier eigentlich vorgeht«, antwortete Thor. »Die ganze Geschichte. Ich will alles wissen.«

»Dazu ist jetzt keine Zeit …«, begann Anita, aber Thor unterbrach sie sofort wieder.

»Sie werden sie sich nehmen müssen«, sagte er grob. »Die

Kurzfassung. Nur Tatsachen, keine Hintergründe. Ich habe genug Fantasie, mir den Rest zu denken.«

Anita blickte ihn sekundenlang fast erschrocken an, aber was sie in seinem Gesicht las, schien sie davon zu überzeugen, dass seine Worte ernst gemeint waren. Einen Moment lang zögerte sie noch, dann seufzte sie tief, nickte ergeben – und sog erschrocken die Luft ein.

Es dauerte einen Moment, bis Thor begriff, dass das Entsetzen in ihren Augen nicht ihm galt, sondern etwas hinter ihm.

Er fuhr herum – und prallte ebenso erschrocken zurück wie Anita.

Hinter ihnen war eine Gestalt erschienen. Aber es war weder Norten noch einer seiner Männer. Es war ein riesiger, weit über zwei Meter großer Mann mit sonnengebräunter Haut, einem breiten, scharf geschnittenen Gesicht, leicht fliehender Stirn und einer Hakennase, die aristokratisch gewirkt hätte, wäre sie nicht dick angeschwollen und blau gefärbt gewesen.

Thor wusste, woher das kam. Es war erst ein paar Tage her, dass er diese Nase höchstpersönlich gebrochen hatte. Hinter ihnen stand der riesige Maya, der im Hafen von New Orleans versucht hatte Joana zu entführen.

Dem tückischen Glitzern in den Augen des Maya nach zu schließen, erinnerte sich dieser ebenso deutlich wie Thor an ihre letzte Begegnung. Er lächelte, aber sein Lächeln erinnerte an das Grinsen eines ausgehungerten Wolfes, der seine Beute endlich in die Enge getrieben hat.

Thor machte einen erschrockenen Schritt zurück und stellte sich schützend vor Anita, und das Grinsen des Maya-Kriegers wurde noch breiter. Langsam hob er die gewaltigen Hände und spreizte die Finger, rührte sich aber noch nicht von der Stelle.

Thor war nicht einmal überrascht, als er hinter sich ein Geräusch hörte und auch auf der anderen Seite der Gasse einen braun gebrannten Giganten erblickte, der wie aus dem Nichts dort aufgetaucht war.

»Tun Sie etwas!«, flüsterte er. »Um Gottes willen, unternehmen Sie etwas, Anita.«

»Aber was denn?«, fragte Anita kläglich.

Thors Blick wanderte zwischen den beiden Riesen hin und her. Sie rührten sich nicht, aber allein die stumme Art, in der sie dastanden und sie anstarrten, war Drohung genug. Thor wusste, dass er diesmal nicht mit ein paar blauen Flecken und Kopfschmerzen davonkommen würde. Das Glitzern in den Augen des Riesen mit der gebrochenen Nase war pure Mordlust.

»Dasselbe, was Sie mit Nortens Mann gemacht haben«, flüsterte er. »Hypnotisieren Sie ihn, oder was immer es war.«

Anita schüttelte den Kopf. »Das geht bei ihnen nicht«, sagte sie.

Einer der beiden machte einen Schritt. In seiner Hand lag plötzlich ein Messer, dessen Klinge in seiner gewaltigen Pranke winzig wirkte, es aber ganz und gar nicht war.

Thors Gedanken überschlugen sich. Er wusste, dass er gegen diese beiden Titanen nicht die Spur einer Chance hatte. Selbst wenn es ihm gelingen sollte, einen der beiden niederzuschlagen, würde der andere die Gelegenheit nutzen, über ihn herzufallen, und ihn mit einer einzigen Bewegung umbringen.

»Tun Sie etwas!«, keuchte er, schon beinahe hysterisch. »Sagen Sie einen Zauberspruch oder irgendetwas!«

Anita blickte ihn irritiert an, schwieg aber.

Der Indio mit dem Messer kam näher und stand nur noch zwei Schritte vor ihm. Lächelnd schwenkte er die Klinge von rechts nach links, machte einen spielerischen, nicht ernst gemeinten Ausfall nach Thors Gesicht und lachte böse, als der erschrocken zurückprallte und gegen die Wand stieß.

Hinter dem Indio bewegte sich etwas. Eine dritte Gestalt erschien in der Gasse, längst nicht so groß und breitschultrig wie der Indio und aus irgendeinem Grund nicht richtig zu erkennen. Es kam Thor vor, als stünde nur ein Schatten hinter dem riesenhaften Krieger. Aber irgendetwas an diesem Schatten kannte er.

Der Maya schien die Verwirrung in seinem Blick zu registrieren, denn er starrte ihn eine Sekunde lang misstrauisch an, dann wechselte er das Messer von der Linken in die Rechte, machte vorsichtshalber einen Schritt zurück und drehte sich herum.

Obwohl Thor ihn nicht einmal ansah, registrierte er, wie der Maya entsetzt mitten in der Bewegung erstarrte.

Hinter dem Riesen stand ein alter Mann. Und es war nicht irgendein alter Mann – es war der Alte, den Thor schon zweimal gesehen hatte: vor einer Stunde, als er auf der Straße vor der Cantina stand und zu ihnen hereinblickte, und vor drei Monaten, als er sich Greg und ihm in den Weg gestellt hatte.

Der alte Mann sagte kein Wort. Er bewegte sich auch nicht, sondern stand nur da und blickte die beiden Mayas an. Der Ausdruck auf seinem Gesicht war nicht einmal unfreundlich. Ja, er lächelte sogar – aber er tat es auf die Art eines Vaters, der seine Kinder dabei beobachtet, wie sie etwas Falsches tun, von dem sie allerdings nicht wissen, dass sie es nicht dürfen. Und trotz dieses milden, verzeihenden Lächelns lagen in seinem Blick solch eine Stärke und ein Wissen, dass Thor innerlich erschauerte.

Die beiden Mayas erschauerten nicht nur innerlich.

Der mit dem Messer taumelte Schritt für Schritt zurück, bis er an ihnen vorübergewankt war und neben seinem Kameraden stand. Auf den Gesichtern der beiden breitete sich ein ungläubiges Entsetzen aus; eine Angst, wie Thor sie selten auf dem Gesicht eines Menschen gesehen hatte.

Sekundenlang standen sie einfach da, reglos, scheinbar gelähmt durch den Anblick des alten Mannes, dann hob der Greis die Hand und machte eine knappe, fast nur angedeutete Bewegung – und die beiden Riesen fuhren auf der Stelle herum und rannten davon, als wäre der Teufel persönlich hinter ihnen her.

Thor blickte ihnen verblüfft nach, ehe er sich wieder umwandte und den Alten ansah. Auch dieser Mann war kein Mexikaner, wie er bisher angenommen hatte. Jetzt, als Thor ihm ganz nahe war und sein Gesicht deutlich erkennen konnte, sah er die gleichen Züge darin wie auf denen der beiden Mayas. Das gleiche scharf geschnittene Gesicht, das gleiche markante Kinn, die gleiche leicht fliehende Stirn, was diesem Antlitz ein für die Augen eines Europäers besonderes Aussehen verlieh. Und diese Augen …

Thor hatte niemals solche Augen gesehen. Es waren die Augen eines alten, eines uralten Mannes. Sie waren trübe von den Jahrzehnten, wenn nicht Jahrhunderten, die sie gesehen hatten, und zugleich las Thor ein Wissen und eine Überlegenheit darin, die ihn tief berührte.

»Wer … wer sind Sie?«, flüsterte er.

Es war ihm nicht möglich, laut zu sprechen. Die bloße Nähe dieses alten Mannes schien etwas in ihm zu Eis erstarren zu lassen. Es war das gleiche Gefühl, das er auf Nortens Hazienda gehabt hatte, als ihn die Feuerschlange berührte: das Gefühl, sich in der Nähe von etwas Uraltem, unvorstellbar Mächtigem zu befinden. Doch was hier fehlte, das war der brodelnde, bodenlose Hass, die sinnlose Zerstörungswut, die dem Flammenkörper der Dämonenschlange innegewohnt hatte. Stattdessen spürte er etwas wie … Weisheit.

Die Abgeklärtheit eines Wesens, das Jahrhunderte, wenn nicht Jahrtausende gelebt hatte und wusste, wie nichtig alles war, was Menschen taten.

»Wer sind Sie?«, fragte er noch einmal.

Der alte Mann lächelte sanft, trat an ihm vorbei und wandte sich an Anita. Er sagte ein Wort in einer fremden, Thor völlig unverständlichen Sprache, und sie antwortete auf die gleiche Weise, deutete auf ihn und dann auf sich und machte dann eine Bewegung nach Süden. Der Alte nickte, und in das Lächeln auf seinen greisen Zügen mischte sich eine Spur von Trauer, als er sich zu Thor drehte.

Wieder verging eine Sekunde, in der er ihn einfach nur anblickte, und wieder erschauerte Thor unter diesem Blick wie unter der Berührung einer eiskalten unsichtbaren Hand. »Ich wusste, dass wir uns wiedersehen«, sagte er schließlich.

Er sprach leise und seine Stimme hatte einen sonderbar vollen, wohltuenden Klang; es war nicht die Stimme eines alten Mannes.

»Es ist ... eine Weile her«, antwortete Thor stockend. Er kam sich selbst albern vor bei diesen Worten, aber sie waren das Einzige, was ihm überhaupt einfiel; die einzigen Worte, die er überhaupt zustande brachte.

Der alte Mann maß ihn mit einem weiteren sehr langen und – zumindest versuchte Thor sich das einzureden – durchaus wohlwollenden Blick, dann antwortete er: »Du hättest nicht gehen sollen, damals. Nun musst du gehen.«

»Ich weiß«, flüsterte Thor. Er fühlte sich beinahe betäubt. Sein Kopf war wie leer gefegt. Er stellte keine der hundert Fragen, die er diesem alten Mann hatte stellen wollen, sagte nichts von den tausend Dingen, die er hatte sagen wollen; er stand einfach nur da, blickte den uralten Maya an und erschauerte vor der Aura unvorstellbarer Macht, die den Mann mit dem Greisengesicht umgab.

»Wer … wer sind Sie?«, fragte er mühsam.

Wieder lächelte der alte Mann. »Ich glaube, das weißt du«, sagte er.

»Nein«, antwortete Thor. »Ich …«

»Jetzt ist nicht die Zeit zu reden«, unterbrach ihn der Alte sanft, aber in einem Tonfall, der keinerlei Widerspruch duldete. »Du musst gehen und sie aufhalten. Das Mädchen wird dir den Weg weisen.«

»Ich … ich verstehe nicht ganz …«, stammelte Thor, aber wieder unterbrach ihn der alte Mann:

»Es ist nicht mehr viel Zeit. Geh und tu das, was du tun musst. Tu es, bevor der Mond hoch am Himmel steht.«

»Aber ich …« Thor verstummte verwirrt mitten im Satz, als sich der alte Mann einfach herumdrehte und mit langsamen, gemessenen Schritten und mit nach vorn gebeugten Schultern ging. Alles in Thor schrie danach, ihm nachzulaufen, ihn einfach an der Schulter zu ergreifen und zurückzureißen und ihm all die Fragen zu stellen, die ihm auf der Zunge brannten. Aber er konnte sich nicht rühren. Er war noch immer wie erstarrt.

Erst als der Alte das Ende der Gasse erreicht hatte und verschwunden war, wich die Lähmung aus seinen Gliedern. Zutiefst verstört wandte sich Thor wieder zu Anita um und blickte sie aus großen Augen an. »Wer war das?«, flüsterte er.

»Das kann ich Ihnen nicht sagen, Thor«, antwortete Anita. »Noch nicht. Er hat recht – wir haben nicht mehr sehr viel Zeit. Wir müssen zum Tempel und José aufhalten, ehe ein schreckliches Unglück geschieht.«

»Aber ich weiß ja nicht einmal genau, wo er ist«, protestierte Thor.

»Ich werde Ihnen den Weg zeigen«, antwortete Anita.

»Aber das … das sind fast fünfzig Meilen!«, sagte Thor. »Quer durch den Dschungel und ohne Fahrzeug! Sie können sicher sein, dass Bentleys Männer die beiden Lastwagen bewachen wie ihre Augäpfel!«

»Sie sind mit dem Flugzeug gekommen«, erinnerte ihn Anita. »Trauen Sie sich zu, es zu fliegen?«

Thor schüttelte impulsiv den Kopf. »Fliegen vielleicht, aber nicht starten und schon gar nicht landen.«

»Wir müssen es versuchen«, beharrte Anita. »Ohne ein Transportmittel brauchen wir zwei Tage, um den Tempel zu erreichen. Und die haben wir nicht.«

»Aber das ist Selbstmord«, protestierte Thor.

Anita hörte ihm gar nicht mehr zu. Wie der Alte zuvor drehte sie sich einfach um und ging mit gemessenen Schritten die Gasse hinab. Und nach wenigen weiteren Sekunden folgte Thor ihr dann doch.

Der Fluss verlief drei oder vier Meilen südöstlich der Stadt, und Bentleys Männer hatten das kleine Wasserfahrzeug so geschickt mit Zweigen und Laub getarnt, dass selbst Thor fast eine halbe Stunde brauchte, ehe er es wiederfand. Eine weitere halbe Stunde verging, bis sie die Maschine so weit von ihrer Tarnung befreit hatten, dass Thor einen Start riskieren zu können glaubte.

Der einzige Schönheitsfehler an dieser Einschätzung war, dass er nicht wusste, wie er die Maschine überhaupt starten sollte.

Sie hatten die Stadt in einem weiten Bogen umgangen, um nicht Norten oder einem seiner Männer über den Weg zu laufen. Daher hatten sie aber auch fast zwei Stunden gebraucht, um den Fluss und das Versteck der Dornier zu erreichen, und Thor hatte während dieser Zeit mindestens zwanzigmal versucht Josés Frau davon zu überzeugen, dass es purer Selbstmord war, wenn er versuchte das Flugzeug in die Luft zu bringen.

Aber sie hatte sich nicht beirren lassen, sondern nur beharrlich erklärt, dass er es schon irgendwie schaffen würde. Thor hätte viel darum gegeben, hätte er auch nur ein Zehntel ihres Optimismus verspürt. Ihm selbst brach schon bei dem bloßen Gedanken daran der kalte Schweiß aus.

Aber etwas sagte ihm, dass alles, was geschehen würde, wenn sie nicht rechtzeitig den Tempel erreichen und José aufhalten konnten, sehr viel schlimmer wäre als ein missglückter Startversuch.

Trotzdem zitterten seine Hände, als er neben Anita in die Kabine der Dornier kletterte und die Finger um den Steuerknüppel legte. Vor ihm lag eine geradezu chaotische Ansammlung von Zeigern und Messinstrumenten, von denen er mit viel Mühe und Not gerade die Tankuhr lesen konnte; sie stand im unteren Drittel, mehr als genug Treibstoff also für die fünfzig Meilen zum Vulkan hin und auch wieder zurück.

»Machen Sie sich Sorgen wegen des Benzins?«, fragte Anita, die seinen langen Blick auf die Tankuhr bemerkte und offensichtlich falsch gedeutet hatte.

Thor schüttelte den Kopf. »Nein. Es sind ja nur fünfzig Meilen. Sorgen mache ich mir um die halbe Meile dort hinauf.« Er deutete mit der Hand in den Himmel und Anita lächelte flüchtig.

»Sie werden es schon schaffen, Mister Garson«, lächelte sie zuversichtlich.

Thor verdrehte die Augen, wandte sich wieder den Kontrollen des Flugzeuges zu und kramte verzweifelt in seiner Erinnerung. Er hatte zugesehen, als Joana die Maschine im Hafen von New Orleans gestartet hatte – aber natürlich hatte er nicht wirklich darauf geachtet, was sie tat. Er war viel zu sehr damit beschäftigt gewesen, Angst zu haben. Und außerdem – dass er selbst einmal dieses Flugzeug starten sollte, war so ungefähr das Letzte gewesen, woran er gedacht hatte.

»Ich schaffe das nicht«, murmelte er.

»Das sollten Sie aber, Mister Garson«, antwortete Anita ruhig. »Und sei es nur ihretwegen.«

Thor sah sie einen Moment lang irritiert an, bis er überhaupt begriff, was sie meinte. Sein Blick wandte sich dorthin, wohin ihre ausgestreckte Hand wies.

Weniger als fünfzig Meter von ihnen entfernt waren zwei Gestalten aus dem Unterholz getreten, das den Fluss säumte. Norten und einer von Bentleys Soldaten!

Thor sah, wie der Professor erschrocken zusammenfuhr und dann mit dem ausgestreckten Arm auf das Flugzeug deutete, schluckte selbst einen Fluch hinunter und streckte die Hand nach dem aus, was er für den Startknopf hielt.

Wahrscheinlich war es pures Glück, aber er erwischte auf Anhieb den richtigen Schalter, und das Glück blieb ihnen auch weiter treu: Der Motor der Dornier drehte nur einmal kurz durch und sprang dann an; ein tiefes, beunruhigendes Zittern lief durch den Rumpf des Wasserflugzeugs, und Thors Herz machte einen erschrockenen Hüpfer, als sich die Maschine auf der Stelle zu drehen begann und auf den Fluss hinausglitt. Gleichzeitig bemerkte er aus den Augenwinkeln, dass Norten und sein Begleiter zu rennen begannen. Und der Abstand zwischen ihnen und dem Flugzeug schmolz rasch dahin, während sich die Dornier nur träge vom Ufer fortbewegte.

Thor fuhr sich nervös mit der Zungenspitze über die Lippen, unterdrückte den Impuls, ständig zu Norten und seinem Begleiter zurückzusehen, und konzentrierte sich stattdessen darauf, die Instrumentenpalette vor sich zu mustern. Vorsichtig schob er den Gashebel nach vorne und spürte erleichtert, dass die Maschine schneller wurde. Irgendetwas schrammte aber gleich darauf mit einem hässlichen Geräusch über den Flügel, und für einen kurzen Augenblick war er fast sicher, dass das Flugzeug irgendwo festsaß. Dann kam die Dornier mit einem Ruck frei – und im gleichen Augenblick spürte er, wie etwas Schweres unter ihm wuchtig auf dem Leitwerk landete. Das ganze Flugzeug begann zu zittern und sich mit zunehmender Geschwindigkeit auf der Stelle zu drehen.

»Garson!« Nortens Stimme drang nur gedämpft über den Motorenlärm in die Kabine. »Sind Sie wahnsinnig?«

Thor schob den Gashebel um ein winziges Stückchen weiter nach vorne und blickte gleichzeitig zum Ufer: Norten war bis zu den Knien ins Wasser gewatet, wagte aber nicht weiterzugehen. Er gestikulierte wild mit beiden Armen. »Kommen Sie zurück!«, schrie er. »Sie bringen sich um!«

In diesem Punkt waren Thor und er ausnahmsweise sogar der gleichen Meinung – aber Thor war nicht besonders überzeugt davon, dass er wesentlich länger leben würde, falls er den Motor jetzt abstellte und zum Ufer zurückfuhr und damit Norten und seinem Begleiter in die Hände fiel.

»Wo ist der andere?«, fragte er, während er den Steuerknüppel mit aller Kraft festhielt und versuchte, den Propeller des Flugzeuges auf die Flussmitte auszurichten.

»Welcher andere?«, fragte Anita.

Vom Dach des Flugzeugs erscholl ein dumpfes Poltern und dann das Geräusch schwerer, hämmernder Schritte, unter denen die dünne Holzkonstruktion der Maschine hörbar ächzte.

»Der«, sagte Thor düster.

Das Poltern kam näher und befand sich jetzt genau über der Kabine. Thor sah eine verzerrte Spiegelung auf dem Wasser vor dem Flugzeug, streckte die Hand nach dem Gashebel aus und schob ihn mit einem Ruck ein Stück nach vorn. Den Bruchteil einer Sekunde später ging ein zweiter, sehr viel heftigerer Ruck durch den Flugzeugleib, und aus dem Geräusch von Schritten wurde der dumpfe Aufprall eines schweren Körpers, dem fast unmittelbar darauf ein wütender Schlag folgte.

Aber das Klatschen eines Körpers, der aus drei Metern Höhe ins Wasser fällt, dieses Geräusch, auf das Thor sehnlichst wartete, kam nicht. Stattdessen erscholl über ihm plötzlich ein splitternder Laut, und als er erschrocken den Kopf hob und nach oben blickte, sah er eine gewaltige geballte Faust, die das dünne Sperrholz des Kabinendaches glatt durchschlagen hatte.

Anita schrie erschrocken auf, während Thor noch mehr Gas gab und gleichzeitig den Kopf einzog, denn in dem gewaltsam in das Dach gebrochenen Loch erschien nun ein wutverzerrtes Gesicht, und die Hand hörte auf, nur ziellos hin und her zu fahren, sondern versuchte stattdessen nach seinem Haar zu grabschen. Nur eine Sekunde später war das splitternde Geräusch ein zweites Mal zu hören, und auch die zweite Hand des Soldaten fuhr durch das Kabinendach herunter und tastete nach Thors Gesicht.

Der beugte sich vor wie ein Rennfahrer über den Lenker seines Motorrades, schrie Anita zu, ebenfalls den Kopf einzuziehen, und schob den Gashebel bis zum Anschlag nach vorne. Der Motor der Dornier brüllte auf, und hinter den beiden Schwimmkufen erschienen kleine, schäumende Bugwellen, als das Flugzeug immer schneller und schneller wurde und auf die Flussmitte hinausschoss. Der Mann auf dem Dach der Maschine schrie vor Schrecken, hörte aber nicht auf, wie wild nach Thor zu greifen, und hämmerte nun auch mit den Füßen auf das Kabinendach ein. Thor fragte sich, wie lange die Maschine diese grobe Belastung noch aushalten würde.

Als wäre dieser Gedanke ein Stichwort, erscholl das splitternde Geräusch zum dritten Mal, und im Dach des Flugzeuges erschien ein drittes, ausgezacktes Loch, durch das sich ein gewaltiger Militärstiefel schob. Das ganze Flugzeug schien zu stöhnen, und Thor hatte das Gefühl, er könne es unter seinen Händen auseinanderbrechen spüren.

Er vergaß alles, was er Anita erzählt und selbst gedacht hatte, und zog den Steuerknüppel langsam zu sich heran. Die Dornier zitterte, hob sich eine Handspanne weit aus dem Wasser und fiel mit einem furchtbaren Schlag wieder zurück.

Plötzlich schrie Anita spitz und erschrocken auf, und als Thor aufsah und nach vorne blickte, konnte auch er nur noch mit Mühe einen Schrei unterdrücken. Weniger als eine Meile vor ihnen machte der Fluss einen scharfen Knick. Das Flussbett bog beinahe im rechten Winkel ab – und es war entschieden zu schmal, als dass Thor hoffen konnte, das Flugzeug nicht direkt in die Uferböschung zu rammen. Nicht bei der hohen Geschwindigkeit, die die Maschine mittlerweile erreicht hatte.

Er schloss die Augen, schickte ein Stoßgebet zum Himmel und zog den Steuerknüppel ein zweites Mal sehr viel entschlossener zu sich heran. Wieder zitterte und ächzte die Dornier, als wolle sie auseinanderbrechen, aber dann spürte er, wie sich das Flugzeug langsam vom Wasser hob, und diesmal sackte es nicht wieder zurück. Langsam, quälend langsam hob sich die Nase der Dornier und ebenso quälend langsam begann der Dschungel am Flussufer unter ihnen in die Tiefe zu sacken.

Vom Dach des Flugzeuges drang ein schriller, entsetzter Schrei zu ihnen herab. Thor zog die Nase des Flugzeuges behutsam noch ein wenig höher und schloss erschrocken die Augen, als der Waldrand ihnen regelrecht entgegenzuspringen schien. Irgendetwas fuhr mit einem hässlichen Schrammen über die Unterseite der Maschine; die Dornier bockte und schüttelte sich wie ein störrisches Pferd, und das Schreien auf dem Dach steigerte sich zu einem hysterischen Kreischen. So dicht, dass einige Äste gegen die Kabinenscheibe klatschten, raste die Dornier über die Wipfel des Waldes hinweg und legte sich in eine sanfte Linkskurve, als Thor behutsam am Steuer drehte.

Der unerwünschte Passagier auf dem Dach hörte auf, wie am Spieß zu schreien, und verwandte seine Kräfte lieber darauf, mit aller Gewalt auf das Flugzeug einzuschlagen. Die dünnen Sparren ächzten und knirschten unter der groben Behandlung, und im Sperrholzdach über Thor klaffte plötzlich ein weiterer Riss. Er duckte sich instinktiv, als die Hand des Mannes sein Gesicht nur um Zentimeter verfehlte.

Durch diese plötzliche Bewegung des Piloten geriet die Maschine ins Trudeln. Auch Anita schrie erschrocken auf, als sich die Dornier in eine Linkskurve legte und fast im Sturzflug wieder auf den Fluss hinabstieß. Thor zerrte verzweifelt am Steuer, aber das Flugzeug schien ihm endgültig die Freundschaft gekündigt zu haben und raste nur in einem noch steileren Winkel dem Fluss entgegen.

Der Mann auf dem Dach begann wieder zu brüllen und warf sich wie von Sinnen hin und her. Seine Fäuste fuhren ziellos durch die Kabine, und diesmal kam Thors Bewegung den Bruchteil einer Sekunde zu spät. Die riesige Hand des Soldaten klatschte in sein Gesicht und warf ihn in den Sitz zurück, und Thor klammerte sich automatisch an dem einzigen Halt fest, den er fand: dem Steuer.

Das Wasserflugzeug reagierte höchst unwillig auf diese grobe Behandlung, wenn auch so, wie Flugzeuge vielleicht im Allgemeinen reagieren, wenn man an ihrem Steuer kurbelt wie an einem verklemmten Wasserhahn: es schlug einen

Salto. Thor schrie erschrocken auf, als der Himmel plötzlich unter ihnen war und der Fluss über ihnen, und der Mann auf dem Dach schrie noch erschrockener und klammerte sich mit aller Gewalt an den Rändern der Löcher fest, die er in die Kabine geschlagen hatte.

Eine halbe Sekunde später war er verschwunden, zusammen mit dem größten Teil des Kabinendaches.

Himmel und Erde vollendeten ihre Drehung vor dem Kabinenfenster, und wie durch ein Wunder – vielleicht auch durch pures Glück – gelang es Thor, die Maschine noch einmal in seine Gewalt zu bringen. Das Flugzeug trudelte immer noch wild hin und her, drohte jetzt aber nicht mehr, abzustürzen oder sich in einen völlig außer Kontrolle geratenen Kreisel zu verwandeln, und eine Sekunde bevor er die Nase des Wasserflugzeuges wieder in die Höhe zwang, sah Thor tief unter sich im Fluss eine gewaltige Wassersäule hochspritzen.

Fast eine Minute lang saß Anita völlig erstarrt neben ihm auf dem Sitz und wagte nicht einmal zu atmen. Dann schluckte sie laut und sehr hörbar, drehte ihm ganz langsam das Gesicht zu und starrte ihn aus ungläubig aufgerissenen Augen an.

»Und Sie … Sie behaupten, nicht fliegen zu können?«, murmelte sie. »Das … das war ein Looping!«

»Ich weiß«, antwortete Thor gequält, während er vergeblich versuchte, das flaue Gefühl in seinem Magen niederzukämpfen.

»Großer Gott!«, flüsterte Anita. »Ich habe noch nie gehört, dass man mit einem Wasserflugzeug einen Looping fliegen kann.«

»Ich auch nicht«, antwortete Thor. Aber er tat es sehr leise. So leise, dass er fast sicher war, dass Josés Frau es nicht gehört hatte.

Und wenn doch, so zog sie es augenscheinlich vor, es zu ignorieren.

Seine Hände hatten fast ganz aufgehört zu zittern, als sie sich nach einer knappen halben Stunde dem Krater näherten. Allerdings hatte Thor das Gefühl, dass sie sehr bald wieder damit beginnen würden. Er sah nämlich weit und breit nichts, worauf er das Flugzeug landen konnte.

Sie waren dem Verlauf des Flusses nur wenige Minuten lang gefolgt und dann in südlicher Richtung abgebogen. Eine Weile hatten sich noch Dschungel und scheinbar wahllos hineingerodete Felder unter ihnen abgewechselt, aber seit gut zehn Minuten erstreckte sich unter ihnen nichts als eine gewaltige, undurchdringliche grüne Decke. Thor hatte Anita bisher nicht gefragt, wo er das Flugzeug landen solle. Er hatte das sichere Gefühl, dass ihm ihre Antwort ohnehin nicht gefallen würde.

Statt weiter an die Landung und damit ihren wahrscheinlichen Tod zu denken, hob er den Blick und sah zum Kegel des erloschenen Vulkans hinüber. Der Berg war in den letzten Minuten von einem verschwommenen Schatten am Horizont zu einem gewaltigen Kegel aus Granit und schwarz erstarrter Lava geworden, und in Thors Angst hatte sich immer stärker ein Gefühl von Trauer und Verbitterung gemischt. Dies war der Ort, an dem Greg gestorben war. Er hatte geahnt, dass ihn die Erinnerungen einholen würden, sobald sie sich dem Berg näherten – aber er hatte nicht gedacht, dass es so schlimm sein würde. Während der letzten Minuten hatte er geglaubt, jene schreckliche Stunde noch einmal zu durchleben. Er glaubte sogar Gregs Stimme noch einmal zu hören, die ihn anflehte, zu fliehen und sein eigenes Leben zu retten. Und für einen Moment musste er sich mit aller Gewalt gegen das Bild von Gregs verbranntem Gesicht wehren, das vor seinem geistigen Auge aufstieg, und den entsetzlichen Schmerz, den diese Gedanken mit sich brachten.

Mit aller Macht schob er die Erinnerung von sich und wandte sich an Anita. »Wo zum Teufel sollen wir landen?«, fragte er. »Ich sehe hier nirgends einen Fluss oder einen See.«

Anita warf ihm einen flüchtigen Blick zu und konzentrierte sich dann wieder auf die grüne Dschungellandschaft, die eine halbe Meile unter dem Flugzeug dahinhuschte. Ohne ein Wort deutete sie auf den Berg.

Thor blickte sie irritiert an, begriff aber bald, dass er keine andere Antwort erhalten würde, und ließ die Maschine gehorsam etwas höhersteigen. Die schwarz glänzenden Flanken des Vulkans sackten unter ihnen hinweg – und dann sah er es blau und silbern am Grunde des gewaltigen Kratzers aufblitzen!

Ungläubig riss er die Augen auf. »Der Krater ist ...«

»... voll Wasser gelaufen, ja«, führte Anita den Satz zu Ende, als er nicht weitersprach. »Das ist nicht ungewöhnlich, Mister Garson.«

Thor starrte abwechselnd sie und den kreisrunden See im Herzen des Vulkankraters fassungslos an.

»Sie ... Sie glauben doch nicht ... dass ich darauf landen kann?!«, krächzte er.

»Es ist die einzige Möglichkeit«, antwortete Anita gleichmütig.

Thor bewegte das Steuer und ließ die Maschine in einer lang gezogenen Schleife ein zweites Mal über den Vulkan hinweggleiten. »Sie sind völlig verrückt«, flüsterte er. »Dieser See ist winzig!«

»Er misst mindestens anderthalb Meilen«, korrigierte ihn Anita ruhig.

»Anderthalb Meilen!«, stöhnte Thor. »Verdammt, ich bin

kein Pilot! Ich wäre schon froh, wenn ich die Kiste auf dem Atlantischen Ozean aufsetzen könnte.«

»Das würde uns im Moment wenig nützen«, antwortete Anita lächelnd. Dann wurde sie übergangslos wieder ernst. »Bitte, Mister Garson! Sie müssen es versuchen! Wir haben keine andere Wahl. Ich bin sicher, dass Sie es schaffen«, fügte sie mit einem aufmunternden, aber leicht verunglückten Lächeln hinzu.

Thor blickte sie an, als zweifelte er ernsthaft an ihrem Verstand (was er in diesem Moment auch tat), dann schickte er ein letztes Stoßgebet zum Himmel, wendete das Flugzeug noch einmal und setzte zur Landung an.

Hinterher begriff er sehr wohl, dass es alles in allem nicht einmal fünf Minuten gedauert hatte. Aber während er zu landen versuchte, hatte er das Gefühl, die Zeit würde stehen bleiben. Die scharfkantigen Lavafelsen schienen nur Zentimeter unter den Kufen des Flugzeuges hinwegzuhuschen, während er versuchte, die Maschine in immer enger werdenden Spiralen und immer langsamer in den Vulkankrater hinabzusteuern. Einmal rammte er tatsächlich ein Hindernis, und die Dornier geriet ins Trudeln und näherte sich der Oberfläche des Sees sehr viel schneller, als Thor beabsichtigt hatte. Aber er fand die Kontrolle über das Flugzeug auch diesmal wieder, und endlich setzte die Maschine in einer gewaltigen Gischtwolke auf dem Wasser auf, mit hoher Geschwindigkeit, viel zu hoch, als dass er sich wirklich einbilden konnte, sie noch vor dem jenseitigen Ufer zum Stehen zu bringen.

Irgendwie gelang es ihm trotzdem. Thor wusste hinterher nicht mehr genau, was er getan hatte; er hämmerte einfach wild auf alles ein, was er auf dem Instrumentenpult fand, und zerrte wie besessen am Steuer. Nicht einmal einen halben Meter vor dem mit scharfkantigen Lavaspeeren und

-klingen übersäten Ufer des Kratersees kam die Dornier zum Stehen.

Thor schaltete den Motor aus, starrte eine halbe Minute lang aus weit aufgerissenen Augen und ohne auch nur zu atmen auf das Gewirr tödlicher Felsen und Grate vor ihnen und sank dann mit einem krächzenden Laut über dem Steuer zusammen. Sein Herz begann zu rasen, als wolle es in seiner Brust explodieren, und mit einem Mal zitterte er am ganzen Leib.

»Sie haben es geschafft, Mister Garson«, sagte Anita. Auch ihre Stimme zitterte, und als er nach einigen Sekunden mühsam den Kopf hob und sie ansah, bemerkte er, dass ihr Gesicht alle Farbe verloren hatte. »Sie … Sie haben es tatsächlich geschafft. Jetzt haben wir vielleicht noch eine Chance.«

Sie atmete tief und hörbar ein, deutete auf die Felsen am Ufer und sagte: »Der Eingang zum Tempel ist gleich in der Nähe, aber wir müssen vorsichtig sein. Ich fürchte, José ist bereits hier. Und wenn er unsere Ankunft bemerkt hat, dann könnte es gefährlich werden.«

»Gefährlich!« Thor starrte sie fassungslos an. Plötzlich hatte er alle Mühe, nicht laut und hysterisch loszulachen.

Der Höhleneingang war so perfekt getarnt, dass Thor wahrscheinlich glattweg daran vorbeigelaufen wäre, hätte Anita nicht plötzlich innegehalten und wortlos auf einen Schatten zwischen den kantigen Umrissen der Lavafelsen gedeutet. Thor sah genauer und aufmerksamer hin, konnte aber immer noch nichts Bemerkenswertes erkennen. Schließlich begann Anita – sehr vorsichtig, um sich an den scharfkantigen Steinen und Lavaspitzen nicht zu verletzen – die steil ansteigende Innenwand des Kraters hinaufzuklettern. Und plötzlich war sie verschwunden.

Thor starrte eine Sekunde lang verblüfft auf die Stelle, an der sie eben noch gestanden hatte, bis ihm klar wurde, dass der Schatten, der ihm aufgefallen war, gar kein Schatten war – sondern ein schwarzes Loch in dem schwarzen Felsen, in dem das Sonnenlicht verschwand. Sehr hastig und sehr viel weniger vorsichtig als Anita vor ihm – mit dem Ergebnis, dass er sich Hände und Knie an den scharfen Felsen blutig schrammte – folgte er Josés Frau und fand sich nach Augenblicken im Inneren einer niedrigen, aber sehr großen Höhle wieder, die tief in den Berg hineinreichen musste.

»Wo sind wir hier?«, fragte er. »Führt dieser Weg zum Tempel?«

Anita antwortete nicht sofort, sondern sah sich einen Moment schweigend und sichtlich voller Nervosität um. Es war zu dunkel in der Höhle, als dass Thor ihr Gesicht erkennen konnte, aber er spürte ihre Unsicherheit.

»Ich hoffe es«, sagte sie schließlich.

»Sie hoffen es? Das ist ein bisschen wenig – finden Sie nicht?«

»Möglich«, antwortete Anita ungerührt. »Aber es ist das Einzige, was ich Ihnen im Moment anbieten kann.« Sie ging weiter, ehe Thor Gelegenheit fand zu antworten, und Thor seinerseits schluckte die Bemerkung hinunter, die ihm auf der Zunge lag, und beeilte sich, mit ihr Schritt zu halten, ehe er sie in der Dämmerung der Höhle verlor.

Schon nach einem knappen Dutzend Schritten wurde aus dieser Dämmerung vollkommene Dunkelheit. Thor bedauerte es jetzt, so rasch aus dem Flugzeug gestiegen zu sein. Er hatte sich nicht einmal die Zeit genommen, die Maschine nach einer Lampe, einem Seil oder sonst einem nützlichen Gegenstand zu durchsuchen. So blieb ihm keine andere Wahl, als sich darauf zu verlassen, dass Anita den Weg auch in absoluter Dunkelheit finden würde. Auch der letzte graue Schimmer des Tageslichts war längst hinter ihnen zurückgeblieben, und als sich Thor einmal im Laufen umdrehte und in die Richtung sah, aus der sie gekommen waren, da bedauerte er dies fast augenblicklich wieder, denn hinter ihnen herrschte die gleiche undurchdringliche Schwärze wie vor ihnen. Er sah seine Führerin jetzt auch nicht mehr, sondern orientierte sich nur noch am Geräusch ihrer Schritte und ihren leisen Atemzügen.

»Weiß José von diesem Eingang?«, fragte er in die Dunkelheit hinein.

»Ich hoffe nicht«, murmelte sie. In leicht spöttischem Tonfall fügte sie hinzu: »Aber er wird es bald, wenn Sie weiter so brüllen, Mister Garson.« Sie machte eine Bewegung, die er nur hören, aber nicht sehen konnte. »Er ist jetzt nicht mehr weit. Aber seien Sie vorsichtig. Das letzte Stück ist gefährlich.«

Ungeachtet ihrer Warnung setzte Thor dazu an, nachzubohren, was sie damit meinte – und verlor im gleichen Augenblick den Boden unter den Füßen.

Der bisher in sanfter Neigung in die Erde führende Felsboden ging in eine Geröll- und Schutthalde über, deren Oberfläche unter seinem Gewicht sofort nachgab. Thor unterdrückte im letzten Moment einen Schrei, ruderte sekundenlang vergeblich mit den Armen und stürzte schwer nach hinten. In einer Lawine aus Schutt, Geröll und Felstrümmern rutschte er gute zehn oder zwölf Meter weit in die Tiefe, bis er mit einem schmerzhaften Ruck liegen blieb.

Als er einen Moment später stöhnend den Kopf hob und die Augen öffnete, sah er wenigstens wieder etwas; auch wenn es nur die bunten Sterne waren, die der Schmerz vor seinen Augen tanzen ließ.

»Verstehen Sie das unter vorsichtig oder leise?«, fragte Anita.

Thor schluckte sämtliche Unhöflichkeiten hinunter, die ihm auf der Zunge lagen, und rappelte sich mühsam auf. Die bunten Sterne vor seinen Augen erloschen allmählich, aber ein trüber roter Schein blieb zurück, und es dauerte einen Augenblick, bis Thor begriff, dass er nun wirklich Licht sah. Zum ersten Mal seit Ewigkeiten wieder sah er Anita als verschwommenen Schatten vor sich.

»Sind Sie verletzt?«, fragte sie, plötzlich sehr ernst und ohne die mindeste Spur von Spott oder Hohn.

»Nein«, sagte Thor. »Ein paar Kratzer, das ist alles.«

»Gut«, erwiderte Anita. »Dann folgen Sie mir. Und – *bitte*, Mister Garson: Seien Sie um Gottes willen leise!«

Thor fragte sich flüchtig, von welchem Gott sie wohl gesprochen haben mochte, sprach aber auch diese Frage vorsichtshalber nicht aus, sondern folgte ihr wortlos.

Sie bewegten sich in Richtung des roten Lichtscheins weiter, der rasch an Intensität zunahm und sich bald als der flackernde Schein zahlloser Fackeln entpuppte, die irgendwo vor ihnen brannten. In die kalte, bisher abgestanden riechende Luft der Höhle mischte sich Brandgeruch, und nach einigen weiteren Augenblicken glaubte Thor auch etwas zu hören: ein dunkles, an und ab schwellendes Murmeln, wie das entfernte Rauschen von Wasser oder Gesang.

Anita ging immer zwei, drei Schritte voraus. Dann und wann hob sie die Hand, um ihm mit einer Geste zu bedeuten, auch ja ruhig zu sein, und obwohl Thor ihr Gesicht noch immer nicht erkennen konnte, spürte er ihre Furcht.

Aber vielleicht stimmte das gar nicht. Vielleicht war es gar nicht ihre Angst, deren Nagen er fühlte, sondern seine eigene. Dabei war es nicht diese Höhle, die ihm Angst machte. Er hatte schon in schlimmeren Löchern gesteckt. Er fürchtete weder enge Räumen noch die Dunkelheit, aber er war niemals an einem Ort wie diesem gewesen. Irgendetwas … war hier, was ihm Angst machte. Und es wurde stärker, stärker mit jedem Schritt, den sie sich auf das rote Licht und den Gesang zubewegten.

Und dann wusste er, was es war.

Es war das gleiche Gefühl, das ihn schon zweimal befallen hatte; einmal auf Nortens Hazienda und dann vor wenigen Stunden in Gegenwart des alten Maya. Das Gefühl, sich etwas Uraltem, ungeheuer Mächtigem zu nähern.

Sie blieben stehen, als sie das Ende des Tunnels erreicht hatten. Vor ihnen lag ein etwas mehr als mannshoher, ungleichmäßig geformter Durchbruch in der Wand, hinter dem sich eine gewaltige Höhle erstreckte. Und es war nicht einfach nur eine Höhle, sondern ein gewaltiger Felsendom, eine Kathedrale aus schwarzer, zu bizarren Formen erstarrter Lava, deren Decke sich so hoch über ihren Köpfen befand, wie ihr Boden unter ihnen lag, und die von Dutzenden, wenn nicht Hunderten brennender Fackeln erhellt war. Trotzdem reichte das Licht kaum aus, einen kleinen Teil der riesigen Höhle aus der Dunkelheit zu reißen.

Und als Thor sah, was die Höhle enthielt, sog er ungläubig die Luft zwischen den Zähnen ein.

Unter ihnen erhob sich ein Berg im Berg. Doch dieser gewaltige Keil aus schwarzer Lava war von Menschenhand erschaffen worden. Genau in der Mitte der gewaltigen Höhle erhob sich eine riesige Stufenpyramide. Ihre Form glich der aller anderen Maya-Pyramiden, aber sie war nicht aus rotem Sandstein, sondern aus schwarzer Lava erbaut, und sie bestand auch nicht aus sorgsam aufeinandergetürmten Blöcken, sondern war direkt aus dem Fels des Berges herausgemeißelt worden. Und sie war größer, viel, viel größer als jede andere Maya-Pyramide, die er jemals gesehen hatte. Eine gewaltige Treppe führte zu der Plattform auf ihrer Spitze hinauf, und dort oben brannten zahllose Feuer in kleinen

Metallschalen, die im Kreis um einen gewaltigen Altarstein aufgestellt worden waren.

»Was ist das?«, flüsterte er fassungslos.

Anita fuhr erschrocken zusammen. Obwohl er sehr leise gesprochen hatte, hallten seine Worte in unheimlich verzerrten Echos von der schwarz glänzenden Lava ringsum zurück.

»Der Tempel der Schlange«, flüsterte sie, nachdem sie sich hastig wieder in den Gang zurückgezogen hatten. »Das Heiligtum befindet sich im Inneren der Pyramide.«

Sie sprach sehr leise und ihre Worte kamen nur stockend über ihre Lippen. Auch sie wirkte geschockt. Thor musste sie nicht erst fragen, um zu wissen, dass Anita hier noch nie zuvor gewesen war. Und dass der Anblick sie ebenso erschütterte wie ihn. Der Gedanke beruhigte ihn, obgleich er nicht einmal selbst sagen konnte, warum. Gleichzeitig fragte er sich, wie sie den Weg hierher hatte finden können.

Aber das war jetzt unwichtig. »Wissen Sie, wo Ihr Mann ist?«, fragte er.

Anita machte eine Bewegung, die eine Mischung aus Kopfschütteln und einem Achselzucken zu sein schien. »Wahrscheinlich im Inneren der Pyramide«, sagte sie. »Aber genau weiß ich es auch nicht.«

»Dann müssen wir dort hinein«, entschied Thor. Anita erschrak sichtbar, und auch er fühlte sich nicht halb so selbstsicher, wie er sich gab. Diese unsichtbare, dunkle Präsenz war noch immer zu spüren, und das stärker denn je. Und die schwarze Pyramide im Herzen des Vulkans war der Quell dieser beklemmenden Gefühle.

Er ging zurück zum Durchlass in die große Höhle, suchte mit der Hand nach festem Halt an der Wand und beugte sich vor, so weit er es wagen konnte. Der Anblick ließ ihn schwindeln. Unter ihm stürzte die Wand aus schwarzer Lava sicherlich dreißig, wenn nicht vierzig oder mehr Meter senkrecht in die Tiefe, ehe sie in etwas endete, was aus der Höhe betrachtet wie ein Nadelkissen aus winzigen Spitzen und Graten aussah, in Wirklichkeit jedoch ein Gewirr aus mannshohen Lavaspeeren und rasiermesserscharfen Kanten war. Und die Wand darüber war so glatt, als wäre sie sorgfältig poliert worden. Nur hier und da bemerkte Thor einen Riss, einen Spalt, in dem die Finger eines geschickten Kletterers Halt finden mochten. Aber er fühlte sich im Moment nicht wie ein geschickter Kletterer.

»Gibt es keinen anderen Weg hinunter?«, fragte er leise.

Er musste sich nicht einmal zu Anita umdrehen, um ihr Kopfschütteln zu spüren.

Thor seufzte ergeben, ließ sich auf Hände und Knie hinab und schob die Beine über den Rand des Felsens. Seine Stiefelspitzen fuhren scharrend über die glasharte Wand und fanden Halt in einem winzigen Riss. Mit klopfendem Herzen und schweißnassen Händen kletterte er Zentimeter für Zentimeter weiter in die Tiefe.

Es war ein Albtraum. Die Wand war so glatt wie Glas und seine Hände waren feucht und rutschten immer wieder ab. Zweimal erreichte er eine Stelle, an der es einfach nicht weiterging, sodass er ein gutes Stück weit wieder in die Höhe steigen musste, um einen anderen Weg zu suchen. Seine Muskeln waren bald hart und verkrampft und schmerzten unerträglich, und aus seinen aufgerissenen Fingerspitzen quoll Blut und machte den Felsen noch schlüpfriger. Dass er nicht schon nach Minuten aufgab und wieder zurückkletterte, lag wahrscheinlich einzig und allein daran, dass er das gar nicht mehr gekonnt hätte.

Als er endlich am Fuß der Wand angelangt war, war er so erschöpft, dass er mit einem Keuchen zusammenbrach und minutenlang schwer atmend und mit rasendem Herzen dalag, ehe er wieder weit genug bei Kräften war, um wenigstens die Augen öffnen zu können.

Als er die Lider hob, stand Anita vor ihm. Auch sie wirkte erschöpft, aber längst nicht so sehr wie er. Ihre Hände waren nicht blutig, nicht einmal ihre Kleidung war in Unordnung.

»Wie sind Sie denn hierhergekommen?«, flüsterte er erschöpft. »Geflogen?«

Anita schüttelte den Kopf. »Es gibt Wege, die nur ich gehen kann«, antwortete sie geheimnisvoll.

Mit einem unwilligen Knurren richtete sich Thor halb auf und blickte auf seine zerschundenen Hände. »Wenn das alles hier vorbei ist«, sagte er, »dann werden Sie mir eine Menge Fragen beantworten müssen.«

»Das werde ich, Mister Garson«, antwortete Anita sehr ernst.

Die Worte – und vor allem ihre Betonung – erinnerten ihn wieder daran, warum er diese lebensgefährliche Kletterei überhaupt gewagt hatte. Er stand vollends auf, sah sich sichernd nach allen Seiten um und huschte dann zwischen den bizarren Skulpturen aus Lava hindurch auf die Pyramide zu.

Der unheimliche Gesang wurde lauter, je weiter sie sich der Pyramide näherten. Und Thor sah auch, dass der unheimliche rote Schein, der die Höhle erfüllte, nicht nur von den Fackeln und Feuerschalen herrührte – der Boden, über den sie gingen, war warm, an manchen Stellen sogar heiß, und hier und da drang düster rote Glut aus Rissen und Spalten im Boden. Je mehr sie sich der Pyramide näherten, desto intensiver wurde der Geruch nach Feuer und heißem Stein, und ein paarmal drang dunkles Grollen aus dem Boden. Die Höhle musste direkt über einem noch aktiven Teil des Vulkans liegen.

Schließlich waren sie dicht an das gewaltige Bauwerk herangekommen und Anita deutete auf ein von rotem Licht erfülltes Tor. Das an und ab schwellende Summen des unheimlichen Gesangs war so laut geworden, dass sie in normaler Lautstärke miteinander reden konnten, ohne dass die Gefahr bestand, gehört zu werden. Trotzdem ertappte sich Thor dabei, seine Stimme zu einem fast angstvollen Flüstern zu senken, als er sich an Anita wandte: »Bleiben Sie hier. Ich gehe erst einmal vor und sehe nach, ob die Luft rein ist.«

Anita schüttelte heftig den Kopf, aber Thor ließ sie gar nicht zu Wort kommen. »Ich brauche jemanden, der mir den Rücken freihält«, fuhr er fort. »Also seien Sie ein braves Mädchen und warten Sie hier.«

Rasch und ehe Anita Gelegenheit fand, zu antworten oder ihn zurückzuhalten, stand er auf und huschte geduckt die letzten Meter zur Pyramide hinüber. Er war ganz und gar nicht sicher, dass sie ihm nicht trotzdem folgen würde; aber als er sich unter dem Tor noch einmal umdrehte und zu ihr zurücksah, da entdeckte er den weißen Schimmer ihres Kleides zwischen den Lavapfeilern. Es war ein bizarrer Anblick; sie sah klein und verletzlich aus, wie eine Fee, die sich in einem versteinerten Wald verirrt hat und den Rückweg nicht mehr findet.

Thor verscheuchte den verrückten Gedanken und konzentrierte sich wieder auf das, was vor ihm lag.

Sein Herz klopfte, als er durch das gewaltige Tor in der Flanke der Lavapyramide trat. Er stellte fest, dass sein erster Eindruck nicht getrogen hatte – die Pyramide war nicht aus aufeinandergeschichteten Blöcken errichtet, sondern aus der Lava des Berges herausgemeißelt worden. Allein bei der Vorstellung, welch ungeheuerliche Anstrengung dies bedeutet hatte, schauderte Thor. Mit welchen Mächten hatte er sich da eingelassen?

Langsam ging er weiter. Vor ihm lag ein gewaltiger Tunnel von quadratischem Querschnitt, dessen Wände mit Reliefarbeiten und gemeißelten Bildern übersät waren, die alte Maya-Gottheiten, aber auch Szenen aus dem täglichen Leben dieses untergegangenen Volkes zeigten. Roter Lichtschein und das an und ab schwellende monotone Geräusch des Gesanges schlugen ihm entgegen, und in einiger Entfernung konnte er die Stufen einer Treppe erkennen, die sich in engen Windungen tiefer ins Herz des Berges hinabwand. Allein bei der Vorstellung, dort hinunterzugehen, sträubte sich alles in ihm. Aber er hatte keine andere Wahl, wenn er Joana retten wollte. Und davon abgesehen – Thor hatte das sichere Gefühl, dass er jetzt gar nicht mehr zurückgekonnt hätte; selbst wenn er wollte. So ging er langsam weiter, wobei sein Blick über die in den Stein gemeißelten Bilder und Dämonengestalten glitt.

Die meisten davon kannte er – die Mayas waren ein Volk von erstaunlich weit entwickelter Kultur gewesen, trotz der zum Teil barbarischen Riten, die zu ihrer Religion gehört hatten. Aber sie waren auch ein Volk zahlreicher Götter gewesen, und während er sich langsam den obersten Stufen der Treppe näherte, begann er zu begreifen, dass sie noch sehr viel mehr Götter gehabt und angebetet hatten, als die moderne Archäologie bisher annahm. Er sah Quetzalcoatl, die gefiederte Schlange, in hundert verschiedenen Gestalten, aber er sah auch … Dinge. Zuckende schwarze Wesen, deren Anblick ihm fast körperliches Unbehagen bereitete, gewaltige Scheußlichkeiten mit glotzenden Augen und schrecklichen Schnäbeln, die Menschen verschlangen, während andere Menschen sie anbeteten, geflügelte Kolosse, die über das Land glitten und alles verwüsteten, was Menschen dem steinigen Boden mühsam abgerungen hatten. Und – es war verrückt, aber trotzdem – für einen Moment fragte er sich allen Ernstes, ob all diese Dinge wirklich nur Ausgeburten der Fantasie waren oder ob es sie vielleicht gegeben hatte, keine eingebildeten Götter, die nur in den Köpfen derer existierten, die sie verehrten, sondern lebende Dämonen, die töteten und verwüsteten und von den Gebeten und der Angst derer lebten, über die sie herrschten. Vielleicht, dachte er schaudernd, irrte sich Bentley. Vielleicht war es das, was José in dieser Nacht wiederzuerwecken versuchte, und wenn es so war, dann würden dem Commander all seine Kanonen und Kriegsschiffe nichts mehr nutzen, denn das waren Gewalten, gegen die von Menschen erschaffene Waffen nutzlos waren.

Er streifte auch diese Vorstellung ab und versuchte sie dorthin zu schieben, wo sie hingehörte – ins Reich des Lächerlichen –, und setzte den Fuß auf die oberste Treppenstufe.

Das rote Licht wurde intensiver, als er den Windungen des Treppenschachtes in die Tiefe folgte. Gleichzeitig wurde es wärmer. Der Geruch nach heißem Stein wurde so intensiv, dass ihm das Atmen immer schwerer fiel, und er war am ganzen Leib in Schweiß gebadet.

Um nicht völlig die Orientierung zu verlieren, zählte er die Stufen, die er hinabschritt, gab es aber bei zweihundertfünfzig wieder auf. Er musste sich längst tief, tief unter der Pyramide und der Höhle befinden; auf halbem Weg zum lodernden Herzen des Vulkans; vielleicht auf halbem Weg zur Hölle.

Schließlich endete die Treppe – und diesmal gelang es Thor nicht mehr, einen überraschten Aufschrei zu unterdrücken, der ihn nur deshalb nicht verriet, weil er im monotonen Singsang Hunderter und Aberhunderter Stimmen unterging.

Vor ihm lag eine weitere, kreisrunde Höhle, deren Decke

sich zwanzig oder dreißig Yard über ihm zu einem spitzen, von nadelscharfen Stacheln und Speeren aus Lava gespicktem Dom wölbte. Wie tief ihr Boden unter ihm lag, konnte er nicht sagen – und es spielte auch keine Rolle, denn der Boden war kein Boden, sondern ein See aus kochendem rotflüssigem Gestein, in dem es immer wieder aufblitzte und zuckte, aus dem zischende Blasen aufstiegen und Flammen züngelten. Es gab nur einen schmalen Felsring entlang der Wand, der den Lavasee umlief und auf den der Gang mündete.

Und trotzdem war er im Herzen des Tempels angelangt.

Direkt über dem See aus kochendem Stein, wie das Netz einer fantastischen Albtraumspinne, hing eine Plattform aus schwarzem Obsidian, die von einem Gewirr lächerlich dünner Felsstränge und Pfeiler gehalten wurde. Manche von ihnen waren kaum dicker als ein Finger, andere so breit, dass er bequem darauf hätte gehen können, und sie alle wuchsen völlig waagerecht aus den Wänden der Höhle, sämtlichen Naturgesetzen und allen Regeln der Logik ins Gesicht lachend, um die steinerne Plattform zu halten. Goldene Schmuckstücke, Waffen und rituelle Gegenstände von unvorstellbarem Wert waren überall an den Wänden der Höhle aufgehängt, und als Thor einen weiteren Schritt machte, prallte er erschrocken zurück, denn er sah sich unversehens zwei Wächtern gegenüber, die Federmantel und -krone eines Maya-Königs trugen.

Die beiden Krieger rührten sich nicht. Und das konnten sie auch nicht, denn sie waren keine lebenden Menschen, sondern Statuen aus schwarzer Lava, lebensecht und so kunstvoll gearbeitet, dass Thor verblüfft die Hand hob und über das Gesicht des einen strich, um sich von dem zu überzeugen, was seine Augen ihm sagten. Der Stein war warm. Alles hier war warm. Der Stein unter seinen Füßen war sogar heiß, und die Luft hatte mittlerweile eine solche Temperatur erreicht, dass er bei jedem Atemzug das Gefühl hatte, gemahlenes Glas einzuatmen. Glühendes gemahlenes Glas.

Nur mühsam riss er sich vom Anblick der beiden steinernen Wächter neben dem Eingang los und wandte seine Aufmerksamkeit wieder dem steinernen Spinnennetz über dem Krater zu. Der logische Teil seines Denkens schlug Purzelbäume bei diesem Anblick. Aber da war noch etwas anderes in ihm, etwas viel, viel Älteres, und dieses Andere wusste genau, was er da vor sich hatte, es spürte die uralten, bösen Mächte, die diesem Ort innewohnten, und schrie Thor zu, herumzufahren und zu fliehen, solange er es noch konnte.

Statt auf seine innere Stimme zu hören, schlich Thor geduckt weiter, bis er eine Stelle an der Wand entdeckte, an der er ein Stück hinaufsteigen konnte, um einen besseren Blick auf die Plattform zu haben.

Auf dem schwarzen Rund aus schimmerndem Lavagestein standen Hunderte und Aberhunderte von Mayas, nackt bis auf den Lendenschurz und den Federkopfschmuck ihres Volkes, aber jeder einzelne bewaffnet und manche mit grellen Erdfarben bemalt. Die Mayas bildeten einen weiten, zigfach gestaffelten Halbkreis, in dessen Zentrum sich der quadratische schwarze Block eines Altars befand.

Vor dem Altar stand José.

Thor war viel zu weit von ihm entfernt, um sein Gesicht erkennen zu können, aber er trug den gleichen grünen Zeremonienmantel, in dem er ihn an Bord der SARATOGA erblickt hatte, allerdings einen Kopfschmuck von anderer Farbe. Er stand reglos da, wie erstarrt, und hatte beide Arme in einer beschwörenden Geste erhoben. Nur seine Finger bewegten sich, und obwohl Thor so weit von ihm entfernt war, dass er die Bewegung mehr ahnte, als wirklich sah, ließ sie ihn doch schaudern. Sie bestimmte den Takt des unheimlichen Singsangs, in den die Maya-Krieger eingestimmt hatten, aber sie hatte gleichzeitig auch etwas Schlängelndes, Unheimliches, das Thors kreatürliche Furcht vor diesem Ort noch verstärkte.

Und plötzlich sah er, dass es nicht nur Josés Finger waren, die sich bewegten.

Der Boden, auf dem er stand, zuckte. Glitzernde Schatten huschten hierhin und dorthin, schuppige, schlanke Körper glitten über- und nebeneinander, strichen um Josés Füße und wanden sich an seinen Beinen empor.

Schlangen!

José stand inmitten eines lebenden Teppichs aus kriechenden, zitternden Schlangen. Ein eisiger Schauer lief über Thors Rücken. Er schüttelte den Gedanken an diese widerwärtigen Kreaturen ab und versuchte, sich stattdessen auf die Gestalt im grünen Federmantel zu konzentrieren – doch das fiel ihm nun immer schwerer, denn seine überreizte Fantasie gaukelte ihm plötzlich in jedem Schatten huschende Bewegung vor, in jedem Laut das helle Scharren harter Schuppen auf dem Fels und in jedem Lichtreflex das Blinzeln starrer Reptilienaugen.

José stand noch immer mit erhobenen Armen und bis auf die Bewegungen seiner Hände reglos da, aber in seine Krieger war Bewegung gekommen. Die meisten Mayas hockten noch immer auf den Knien, mit gesenkten Häuptern, die Oberkörper im Takt des unheimlichen Singsangs hin und her wiegend, aber in ihrer Mitte war eine schmale Gasse entstanden, und Thor fuhr erschrocken zusammen, als er sah, wie zwei der Maya-Krieger auf ihren Priester zutraten, wobei sie eine dritte, kleinere Gestalt in einem knöchellangen weißen Gewand zwischen sich führten.

Es war Joana.

Thor konnte den Ausdruck auf ihrem Gesicht noch nicht erkennen, aber sie bewegte sich langsam, mit den eckigen

Schritten eines Menschen, der nicht mehr Herr seines Willens ist. Thors Gesicht verdüsterte sich bei dem Gedanken, was José getan haben mochte, um sie in diesen Zustand zu versetzen.

Sein Blick tastete durch das weite Rund der Kraterhöhle. Er musste näher an José und den Altar herankommen, wenn er Joana helfen wollte – aber wie? Zwar gab es sicherlich ein Dutzend steinerne Stränge, die breit genug waren, um über sie zu der Felsplattform in der Mitte des Kraters zu gelangen, aber sie boten nicht die mindeste Deckung und er hatte sein Glück bisher schon genug strapaziert. Für einen Moment tastete sein Blick sogar über die Decke, und für einen noch kürzeren Moment spielte er ernsthaft mit dem Gedanken, sich an den Graten dort oben entlangzuhangeln, verwarf ihn aber rasch wieder. Es hätte schon der Geschicklichkeit – und der Anzahl von Beinen – einer Spinne bedurft, um sich dort oben festhalten zu können. So tat er das Einzige, was ihm übrig blieb – er sah weiter zu, was vor ihm geschah.

Die beiden Mayas hatten den Altar erreicht und Joana losgelassen. Sie war sehr bleich, und der Ausdruck auf ihrem Gesicht war der von Leere, zugleich aber auch von tiefer Qual, die Thor erschütterte. Der weiße Verband um ihre Stirn schien im blutroten Licht der Kraterhöhle unheimlich zu leuchten.

Langsam wandte sich José um und trat auf das Mädchen zu, dann streckte er die Hand aus.

»Gib mir das Amulett!«, befahl er.

Joana begann zu zittern. Ihre Lippen bewegten sich, als wolle sie etwas sagen, doch kein Laut war zu hören. Langsam, als kämpfe sie mit aller Macht gegen die Bewegung an, hob sie die Arme, stockte, hob sie noch ein Stückchen weiter – und ließ sie wieder fallen.

José sagte nichts mehr. Einen Moment lang starrte er Joana noch durchdringend an, dann wandte er sich mit einer bedächtigen Geste um, trat ganz dicht an den Altar heran und legte die gespreizten Finger beider Hände auf den schwarzen Stein. Thor sah erst jetzt, dass die Oberfläche des Lavaquaders nicht leer war: In einem fast geschlossenen Kreis glitzerten elf winzige goldene Metallscheiben – die Amulette, die José bereits erbeutet hatte. Nur eine einzige Lücke gab es noch.

»Du bist stark, mein Kind«, sagte er mit einer sonderbar sanften Stimme und ohne Joana dabei anzusehen. »Doch deine Stärke nützt dir nichts. Der Tag ist gekommen, an dem Quetzalcoatl erwachen wird. Nichts kann das jetzt noch ändern.« Er wandte mit einem Ruck den Kopf und sah Joana nun doch an. »Willst du wirklich dein Leben wegwerfen nur um einer Geste willen?«

Joanas Lippen begannen stärker zu zittern. Ihre Augen füllten sich wieder mit Leben, aber auch mit Furcht. Mit einer unbeschreiblichen Furcht. Ihre Hände bebten.

»Gib mir das Amulett«, sagte José noch einmal mit dieser sanften und doch fast unwiderstehlichen Stimme. »Ich spüre, dass du es bei dir hast. Zwinge mich nicht, Gewalt anzuwenden.«

Joana rührte sich noch immer nicht. Selbst über die große Entfernung hinweg glaubte Thor, die zwingende Macht von Josés Worten zu fühlen – aber das Mädchen widerstand ihr. Wieder bewegte sie die Arme, als wolle sie die Hände heben, und wieder führte sie die Bewegung nicht zu Ende.

José seufzte tief. »Du enttäuschst mich, Kind«, sagte er. »Dein Leben ist noch zu jung, um es wegzuwerfen. Denn wisse, dass ich die Beschwörung auch ohne dieses Schmuckstück durchführen kann. Gibst du mir nicht das Amulett, so wird Quetzalcoatl dein Blut trinken, um zu erwachen. Erwachen wird er so oder so.«

Ein eisiger Schauer lief über Thors Rücken. José war völlig wahnsinnig, das war ihm jetzt klar. Er würde die Beschwörung durchführen, ob mit oder ohne das zwölfte Amulett, und Gott allein mochte wissen, was dann geschah; und vielleicht nicht einmal er. Langsam griff José unter seinen grünen Federmantel, und als er die Hand wieder hervorzog, hielt sie einen schmalen Dolch mit einer Klinge aus schwarzem Obsidian. Er trat zurück und machte eine befehlende Geste mit der freien linken Hand, und Thor beobachtete aus ungläubig aufgerissenen Augen, wie Joana sich mit starren Bewegungen umwandte und sich nach einer weiteren auffordernden Geste von José auf der Oberseite des Altars ausstreckte. Sie berührte die im Kreis ausgelegten Amulette nicht und ihr Kopf lag so, dass er die Stelle des fehlenden zwölften Anhängers ausfüllte.

»Quetzalcoatl!«, rief José mit schriller, laut hallender Stimme, und die knienden Mayas nahmen den Ruf auf und wiederholten ihn: »Quetzalcoatl!«

Thor schauderte. Aus den Kehlen dieser Männer hörte sich das Wort anders an, völlig anders, als er es jemals gehört hatte. Es war nicht einfach nur ein Name; es war etwas Düsteres, etwas ungeheuer Mächtiges, ein Wort, dessen bloßer Klang schon Furcht und Schrecken und Terror verbreitete, und plötzlich wusste er, dass, was immer er sein mochte, Quetzalcoatl kein gnädiger Gott war, kein Gott des Trostes und der Liebe, kein Gott, der gab, sondern einer, der nur forderte und nahm.

Abermals rief José Quetzalcoatls Namen und abermals intonierte der Chor aus Hunderten und Aberhunderten von Mayas das Wort.

Thors Gedanken überschlugen sich. Er musste etwas tun – *aber was*?!

José trat mit langsamen Schritten um den Altar herum,

blieb hinter Joanas Kopf stehen und ergriff das Messer mit beiden Händen. Langsam, ganz langsam hob er es hoch über den Kopf, und Thor konnte sehen, wie sich seine Muskeln unter dem grünen Federmantel spannten. »Quetzalcoatl!«, schrie José zum dritten Mal.

Aber bevor noch der Chor der Indios das Wort zum dritten Mal aufnehmen und zu einem düsteren Sturm machen konnte, der diesen ganzen Berg zum Erzittern brachte, sprang Thor aus seinem Versteck hervor und schrie aus Leibeskräften: *»Nein!«*

José erstarrte mitten in der Bewegung. Die Köpfe Dutzender, dann Hunderter Maya-Krieger wandten sich mit einem Ruck in seine Richtung, und nicht wenige von ihnen sprangen auf und griffen nach ihren Waffen.

José ließ das Messer sinken und machte eine beruhigende Geste zu seinen Kriegern. »Nein«, sagte er. »Lasst ihn.«

Einige Sekunden lang stand er einfach da und starrte ihn an, und Thor konnte die Mischung aus Überraschung und bösem Triumph in seinen Augen erkennen. Dann senkte er die Hand mit dem Dolch, kam mit gemessenen Schritten um den Altar herum und machte eine auffordernde Handbewegung.

»Du bist also gekommen, Thor. Ich wusste, dass du das Mädchen nicht im Stich lassen würdest.«

»Lass sie in Ruhe!«, rief Thor zornig. »Wenn du ein Menschenopfer brauchst, dann ...«

»Ja?«, fragte José lauernd, als Thor nicht weitersprach.

Thor atmete tief ein. Seine Gedanken drehten sich wild im Kreis und er entwickelte und verwarf in Bruchteilen von Sekunden Hunderte von Plänen. »Dann nimm mich«, sagte er schließlich.

José wirkte nicht einmal sonderlich überrascht. Er lächelte, aber es war ein böses, ein durch und durch böses

Lächeln. Schließlich wiederholte er seine auffordernde Geste und Thor setzte sich mit langsamen Schritten in Bewegung. Er musste all seine Willenskraft aufwenden, um auf den schmalen Felsgrat hinauszutreten. Was ihm bisher wie eine breite, natürlich gewachsene Brücke über die kochende Lava vorgekommen war, entpuppte sich bei näherem Hinsehen als ein kaum handtuchbreiter Streifen aus Stein, der so glatt war wie poliertes Glas. Fünfzig oder auch hundert Meter unter ihm brodelte der Fels in roter Glut, und aus der Tiefe stieg ein erstickender Hauch empor, der ihm das Atmen unmöglich machte. Trotzdem ging er weiter, ohne auch nur einen Schritt innezuhalten.

Die Mayas wichen rechts und links von ihm zur Seite, als er den Steinkreis in der Mitte des Kraters betrat und sich José näherte. Aber hinter ihm schlossen sich ihre Reihen sofort wieder.

»Ich nehme an, du bist gekommen, um mir mein Eigentum zurückzugeben«, sagte José, als er ihn erreicht hatte und zwei Schritte vor ihm stehen blieb.

»Dein Eigentum?«

Ein Schatten huschte über Josés Gesicht. »Spiel nicht den Narren, Thor«, sagte er. »Das Amulett. Gib es mir!« Er streckte fordernd die Hand aus.

Thor schüttelte den Kopf. »Du täuschst dich, José«, sagte er. »Ich habe es nicht.«

»Du lügst!«

»Lass mich von deinen Männern durchsuchen, wenn du mir nicht glaubst«, sagte Thor ruhig. »Ich habe das Amulett nicht. So wenig wie Joana.«

Josés Gesicht schien in einer Maske zu erstarren. Sekundenlang musterte er Thor eindringlich und auf eine Art, als versuche er die Gedanken hinter seiner Stirn zu ergründen, dann sagte er noch einmal: »Du lügst.«

»Ich sage die Wahrheit«, beharrte Thor. »Du hättest dich etwas gründlicher umsehen sollen, mein Freund. Was du suchst, ist auf dem Schiff zurückgeblieben.«

»Dann muss Blut das fehlende Glied der Kette ersetzen«, sagte José.

»Du bist ja vollkommen wahnsinnig«, flüsterte Thor.

José lächelte, als hätte er ihm geschmeichelt. »Vielleicht«, sagte er. »Aber ich will mich nicht mit dir streiten, Thor. Und um unserer alten Freundschaft willen mache ich dir ein letztes Geschenk – du darfst wählen, wessen Blut es ist, das vergossen wird. Deines – oder das des Mädchens.«

Er trat einen halben Schritt beiseite und drehte sich gleichzeitig so, dass er mit einer einladenden Handbewegung auf den Altar deuten konnte. Tatsächlich machte Thor einen Schritt – und blieb wie erstarrt wieder stehen.

Die Schlangen! Sie waren noch immer da, wie von einer unsichtbaren Mauer in einem Kreis zwei oder drei Meter rings um den Altar gehalten. Es waren Hunderte, wenn nicht Tausende dieser Reptilien, die einen lebenden Teppich auf dem Boden bildeten. In Thor zog sich alles schmerzhaft zusammen bei der bloßen Vorstellung, die unsichtbare Grenze zu überschreiten und inmitten dieses wimmelnden, kriechenden Gewürms zu stehen.

Ein Lächeln verzog Josés Lippen, als er Thors Zögern bemerkte. »Was ist los? Angst, mein Freund?«, fragte er spöttisch.

»Nenn mich nicht so«, knurrte Thor böse. Josés Lächeln wurde noch breiter. Thor machte einen weiteren Schritt und blieb wieder stehen. Und wider besseres Wissen versuchte er ein letztes Mal an Josés Vernunft zu appellieren: »Das kann nicht dein Ernst sein!«, sagte er. »Hast du wirklich vor, dieses … dieses Ding zu erwecken?«

Es gelang ihm nicht, José zu erschüttern. Das Lächeln auf

dem Gesicht des Südamerikaners blieb unbeweglich. »Du sprichst von Quetzalcoatl, unserem Herrn und Gott«, sagte er.

»Ich weiß nicht, was das ist!«, erwiderte Thor aufgebracht. »Aber du musst es doch auch spüren. Du musst doch fühlen, was hier geschieht.«

»Natürlich«, antwortete José ruhig.

»Dann bist du noch verrückter, als ich dachte«, erwiderte Thor. »Spürst du es nicht? Was immer an diesem Ort gefangen ist, es ist *böse*. Es ist kein Gott, den du erwecken wirst!«

»Sicher keiner nach deiner Definition, Thor«, antwortete José ruhig.

»Es wird dir nicht gelingen«, sagte Thor. »Du kannst die Beschwörung nicht durchführen ohne das richtige Amulett.«

»Vielleicht habe ich es ja«, sagte José. »Nur eines von zwölf ist das richtige, aber elf davon befinden sich in meinem Besitz. Die Chancen stehen nicht schlecht.«

»Eins zu elf, dass du dich und uns alle hier umbringst, du Narr?«

»Quetzalcoatl wird mein Gebet erhören. Und es ist egal, ob das richtige Amulett dabei ist oder nicht. Blut wird ersetzen, was Metall nicht zu tun vermag. Und nun geh!« Die drei letzten Worte hatte er in herrischem, befehlendem Ton gesprochen, und als Thor abermals zögerte weiterzugehen, traten zwei Maya-Krieger hinter ihn und versetzten ihm einen Stoß, der ihn an José vorüberstolpern ließ.

Ein Schuss krachte.

Der Maya links neben Thor stolperte mit einem krächzenden Schrei nach vorn, brach auf die Knie und fiel dann vornüber in die Masse wimmelnder Schlangen. Genau zwischen seinen Schulterblättern war ein kleines rundes Loch entstanden.

Eine halbe Sekunde lang schien jedermann vor Überraschung den Atem anzuhalten; und dann brach rings um Thor ein heilloses Chaos aus. Ein zweiter, dritter, vierter und fünfter Schuss peitschte, und weitere Maya-Krieger stürzten getroffen zu Boden, aber Thor achtete gar nicht darauf, sondern riss sich mit einem plötzlichen Ruck los, nahm einen Schritt Anlauf und sprang mit aller Kraft. Für einen entsetzlichen Moment hatte er das Gefühl, zu kurz gesprungen zu sein und inmitten der Menge aus glitzernden Schlangenleibern landen zu müssen, dann prallte er unsanft mit der Hüfte gegen die Kante des steinernen Altars, klammerte sich instinktiv fest und zog sich, den Schwung seiner eigenen Bewegung nutzend, auf die Oberseite des Felsblocks hinauf. Unsanft prallte er gegen Joana und brachte den Ring aus münzgroßen Anhängern durcheinander, in dessen Zentrum sie lag.

Noch immer fielen Schüsse, aber als Thor sich aufrichtete, sah er, dass das gesamte gewaltige Maya-Heer ebenfalls zu den Waffen gegriffen hatte und mit Blasrohren, Pfeilen und Äxten auf eine Handvoll Gestalten zielte, die in dem Torbogen zu dem Tunnel erschienen war, durch den auch Thor die Höhle betreten hatte.

Aber keiner der Mayas schoss, denn genau in diesem Moment krachten dicht hintereinander zwei weitere Schüsse, und unmittelbar vor Josés Füßen stoben Funken aus dem Fels, so dicht und so präzise nebeneinander, dass es kein Zufall sein konnte.

»Halt sie lieber zurück, mein Freund«, tönte eine Thor wohlbekannte Stimme vom Rand des Kraters her. »Ich weiß, dass sie uns umbringen können – aber du stirbst gleichzeitig.«

José erstarrte. Thor sah, wie es in seinem Gesicht arbeitete, während er entsetzt auf die beiden Gewehrläufe blickte, die Bentley und einer seiner Matrosen auf ihn gerichtet hatten. Norten und die beiden anderen Männer standen neben dem Schiffskapitän und richteten drohend die Mündungen von zwei klobigen Maschinenpistolen auf das kampfbereite Maya-Heer. Und dann beobachtete Thor ungläubig, wie zwei, drei, schließlich vier weitere Gestalten aus dem niedrigen Tunnel traten. Eine von ihnen war Anita, die sich heftig und vergebens gegen den Griff eines mehr als zwei Meter großen Riesen mit Hakennase und fliehender Stirn zu wehren versuchte. Diesen Riesen gab es gleich dreimal. Es waren die drei hünenhaften Maya-Krieger, mit denen Thor schon mehrmals unliebsame Bekanntschaft geschlossen hatte!

»Das sieht ja so aus, als wäre ich gerade noch im richtigen Moment gekommen«, fuhr Norten mit einem meckernden Lachen fort. »Du wolltest doch nicht etwa dein Wort brechen und das Zeremoniell auf eigene Faust durchführen, alter Freund?« Er schüttelte tadelnd den Kopf.

»Was willst du?«, fragte José ruhig.

Norten lachte. Als gäbe es die gut zwei- oder dreihundert Maya-Krieger gar nicht, die drohend ihre Waffen auf ihn richteten, bewegte er sich auf den Kraterrand zu und trat, ohne zu zögern, auf eines der schmalen Felsbänder hinaus. »Ruf deine Männer zurück«, sagte er. »Sie sollen die Waffen senken oder ich schwöre dir, dass keiner von uns lebend hier herauskommt.«

José rührte sich nicht. Auch seine Krieger senkten ihre Blasrohre und Bogen keineswegs, aber sie zögerten doch, auf Norten zu feuern, obwohl er ein sicheres und wehrloses Ziel bot. Den Männern war offenbar klar, dass sie mit ihren Pfeilen gleichzeitig das Leben des Herrn verspielen würden, denn Bentley und die Soldaten hatten bewiesen, dass sie wahre Meisterschützen waren. Und Thor hatte auf einmal auch den Eindruck, dass die Chancen wirklich so ungleich verteilt waren. Die beiden Soldaten mit den Maschinenpistolen standen ein Stück zu weit entfernt, um von den Blasrohren sicher getroffen zu werden; andererseits gab es auf dem kleinen Rund aus Felsen nichts, wohinter sich die Maya verstecken oder wohin sie fliehen könnten, sodass sie dem Feuer der Maschinenpistolen hilflos ausgeliefert sein würden.

Während Norten mit langsamen Schritten über den Felsen heranspaziert kam, beugte sich Thor über Joana und rüttelte sie an der Schulter. Sie stöhnte leise, ihr Kopf rollte hin und her und ihre Lider flatterten, aber sie wachte nicht auf. Er schüttelte sie noch heftiger, zog sie schließlich an den Schultern in die Höhe und versetzte ihr eine Ohrfeige – das half. Verwirrt öffnete Joana die Augen, hob die Hand an die brennende Wange und blickte ihn mit einer Mischung aus Vorwurf und Überraschung an. »Was …?«

»Jetzt nicht«, unterbrach Thor sie hastig. »Sag kein Wort, bitte!«

Verzweifelt sah er sich um und suchte nach einem Ausweg. Aber es gab keinen. Ringsum drängte sich das Heer der Maya-Krieger, und auf der anderen Seite endete der Felsen in einem Abgrund, unter dem lodernde Lava kochte.

Ohne zu zögern und mit der Selbstverständlichkeit eines Mannes, der sich seiner völligen Unverwundbarkeit bewusst ist, schritt Norten durch die Reihen der Maya-Krieger auf José zu und blieb zwei Schritte vor ihm stehen. »Überrascht, mich wiederzusehen, alter Freund?«, fragte er lächelnd.

José starrte ihn mit unverhohlenem Hass an. »Was willst du?«, fragte er.

Norten schüttelte spöttisch den Kopf. »Ich denke, wir müssen uns unterhalten, mein Freund«, sagte er. »Dass du das alles hier allein machst, war nicht verabredet – glaube ich.«

José schwieg. Hinter seiner Stirn arbeitete es, und es hätte Thor nicht gewundert, hätte er trotz der drohend auf ihn gerichteten Gewehrläufe in diesem Moment das Zeichen zum Angriff gegeben. Auch Norten schien zu dem gleichen Schluss gekommen zu sein, denn er schüttelte erneut den Kopf und machte eine besänftigende, gleichzeitig aber auch drohende Handbewegung.

»Was immer du jetzt vorhast, tu es nicht«, sagte er. »Ich weiß, dass du mich umbringen lassen kannst. Aber dann würden sie« – er deutete auf Bentley und den Soldaten – »dich töten. In der gleichen Sekunde. Und dann wäre niemand mehr da, der die Aufgabe erfüllen kann. Das möchtest du doch nicht, oder?«

»Du bist ein Ungläubiger«, sagte José hasserfüllt. »Deine Anwesenheit hier beleidigt die Götter.«

»Das mag sein«, antwortete Norten mit einem Achselzucken. »Aber ich bin nun einmal hier, nicht wahr?« Er lächelte, trat an José vorbei und blickte auf den Altar. »Ah, Mister Garson«, sagte er mit gespielter Überraschung. »Sie sind auch da, welche Freude.«

»Wie sind Sie so schnell hergekommen?«, fragte Thor.

»Wenn man etwas wirklich will, gibt es immer Mittel und Wege«, erwiderte Norten. »Ich muss Ihnen mein Kompliment aussprechen. Für einen Mann, der angeblich überhaupt nicht fliegen kann, haben Sie das Flugzeug in einer Meisterlandung in den Vulkankessel gesetzt. Der Rückweg wird sich allerdings etwas komplizierter gestalten, fürchte ich.«

Thors Blick wanderte zwischen Nortens und Josés Gesicht hin und her. Seine anfängliche Erleichterung, Norten und die Soldaten zu sehen, machte einem immer heftiger werdenden Unbehagen Platz. Er war mit einem Male nicht mehr sicher, ob er nicht vom Regen in die Traufe geraten war.

Norten trat wieder einen Schritt zurück und machte eine

Handbewegung. »Wenn ich Sie jetzt bitten dürfte, dort herunterzukommen.«

Thor zögerte. Langsam stand er auf, zog Joana mit sich in die Höhe und schätzte die Entfernung ab, in der der Boden mit einem Teppich aus Schlangenleibern bedeckt war. Es waren gute drei Meter – eine Distanz, die er normalerweise ohne Schwierigkeiten übersprungen hätte. Aber Joana war immer noch unsicher und stand nur schwankend auf ihren eigenen Füßen.

»Oh, ich vergaß«, sagte Norten lächelnd. Und dann tat er etwas, was Thor vollkommen überraschte. Lächelnd trat er weiter auf den Altar zu, und da, wo er entlangging, teilte sich die Masse der Schlangen und gab einen schmalen Weg frei.

»Bitte, Mister Garson.«

Thor stieg zögernd von dem Altarblock hinunter, und Norten streckte die Hand aus, um Joana beim Abstieg behilflich zu sein. Ohne von den Schlangen auch nur berührt zu werden, schritten sie durch die Masse aus Tausenden von Tieren hindurch, die sich hinter ihnen so lautlos wieder schloss, wie sich der Weg aufgetan hatte. Und plötzlich hatte Thor das Gefühl, einen fürchterlichen Fehler gemacht zu haben. Etwas war anders, völlig anders, als er bisher angenommen hatte.

Norten wartete, bis sich Thor und das Mädchen ein paar Schritte weit entfernt hatten, dann trat er abermals an den Altar heran und musterte die Anordnung aus Amuletten, die José vorbereitet hatte. Mit bedächtigen Bewegungen schob er sie wieder an ihren angestammten Platz zurück, bis der Kreis fast geschlossen war. Dann drehte er sich zu Joana herum und streckte die Hand aus. »Du hast etwas, das mir gehört, Liebling«, sagte er.

Joana starrte ihn an und schwieg. José sagte: »Sie hat es nicht.«

»Hat sie dir das gesagt?«, fragte Norten lächelnd. José nickte und Nortens Lächeln wurde noch breiter – und eine Spur böser. »Ich fürchte, das liebe Kind hat dich belogen, alter Freund«, sagte er spöttisch. »Sie hatte das Amulett bei sich, als du sie von Bord des Schiffes entführt hast. Ich weiß es.« Er schwieg einen Moment, in dem er Joana weiter durchdringend anstarrte, dann streckte er abermals und diesmal mit einer herrischen Geste die Hand aus. »Bitte!«

Joana rührte sich immer noch nicht. Für einen Moment huschte ein Ausdruck von Zorn über Nortens Gesicht, machte aber sofort wieder diesem bösen, durch und durch zynischen Lächeln Platz. Mit fast bedächtigen Bewegungen zog er ein beidseitig geschliffenes Messer aus dem Gürtel und ließ die Klinge im roten Licht aufblitzen. »Ich könnte dich zwingen, es mir zu geben«, sagte er. »Aber eigentlich möchte ich das nicht. Ein Gesicht wie das deine wäre viel zu schade, um entstellt zu werden – finden Sie nicht auch, Mister Garson?« Bei den letzten Worten hatte er sich herumgedreht und war auf Thor zugetreten. Die Messerklinge näherte sich dessen Kehle.

»Ich denke, ich werde Ihr Gesicht in Streifen schneiden, Mister Garson«, fuhr Norten in einem Tonfall fort, als rede er über das Wetter. »Es ist sicherlich interessant, herauszufinden, wie viel Schmerz Sie ertragen können. Und wie lange Ihre kleine Freundin dabei zuhören kann. Das vor allem.«

Thor wich so weit vor der näher kommenden Messerklinge zurück, wie er konnte, stieß aber schon nach ein paar Schritten gegen die vordersten Maya-Krieger. Kräftige Hände packten ihn und hielten ihn fest, während sich Nortens Messerspitze abermals seinem Gesicht näherte. Ganz leicht, ohne die Haut auch nur zu ritzen, fuhr sie über seine Wange und zielte auf sein linkes Auge.

»Hör auf!«

Norten hielt tatsächlich mitten in der Bewegung inne, zog das Messer aber nicht zurück, sondern wandte nur den Kopf zu Joana um. »Ja?«

»Hör auf, Onkel Norten«, sagte Joana noch einmal. »Ich ... gebe es dir.«

»Ich wusste doch, dass du ein vernünftiges Kind bist.« Norten senkte das Messer, drehte sich vollends zu dem Mädchen herum und streckte wieder die Hand aus. Joana zögerte noch eine Sekunde, dann hob sie die rechte Hand an den Kopf, griff mit den Fingern unter den weißen Verband über ihrer Stirn und zog das winzige Amulett hervor, um es Norten zu geben.

»Nicht schlecht«, sagte Norten anerkennend. »Du hast Fantasie, das muss man dir lassen.«

Er schloss die Hand um das Amulett, blickte José einen Moment lang triumphierend an und trat dann ohne ein weiteres Wort wieder an den Altar. Mit einer raschen Bewegung legte er das letzte Amulett an den noch freien Platz, wodurch der Kreis aus winzigen runden Goldmünzen geschlossen wurde, und trat wieder zurück.

Thor erwartete, dass jetzt irgendetwas geschehen würde. Auch José wirkte mit einem Mal fast sprungbereit, aber nichts änderte sich. Nach einigen Sekunden griff Norten in die Tasche, zog eine Uhr hervor und klappte den Deckel auf. »Es ist noch Zeit«, sagte er. »Nur noch fünf Minuten, aber das sollte reichen.« Er drehte sich zu José herum. »Ich nehme es dir nicht übel, dass du versucht hast mich hereinzulegen«, sagte er. »Um ehrlich zu sein – ich hätte dasselbe getan, hätte ich es gekonnt. Aber so, wie die Dinge liegen, sind wir wohl aufeinander angewiesen, nicht wahr?«

»Es wird dir niemals gelingen, Quetzalcoatl zu erwecken«, sagte José düster.

Norten zuckte mit den Achseln. »Da wäre ich nicht so sicher, mein Freund«, antwortete er. »Und selbst wenn – dann gelingt es eben uns beiden gemeinsam.« Seine Hand machte eine weit ausholende, flatternde Geste, die die ganze Höhle einschloss. »Ich würde sagen, die Situation ist ein klassisches Patt. Wir können uns gegenseitig umbringen oder das große Werk zusammen vollenden. Was ist dir lieber?«

»Das kann nicht Ihr Ernst sein, Norten«, rief Thor entsetzt. Er deutete mit einer Kopfbewegung auf José. »Von diesem Wahnsinnigen habe ich nichts anderes erwartet – aber Sie? Sie sind ein vernünftiger Mann, Norten! Kommen Sie zu sich! Spüren Sie denn nicht, was es mit diesem Ort auf sich hat?«

Norten fuhr herum. Seine Augen flammten auf wie die eines Wahnsinnigen. »Ob ich es spüre?«, wiederholte er. »Was für eine Frage?! Hier liegt der Quell ungeheurer Macht, Mister Garson. Und sie wird mir gehören! Mein Leben lang habe ich danach gesucht und jetzt bin ich am Ziel.«

»Alles, was Sie finden werden, ist der Tod«, murmelte Thor ernst. »Oder etwas Schlimmeres.«

»Das wird sich zeigen«, antwortete Norten. Noch immer lächelnd griff er in die Jackentasche, zog ohne Hast einen kurzläufigen Revolver hervor und schoss José aus allernächster Nähe in den Kopf.

Joana schlug erschrocken die Hand vor den Mund, und aus dem Heer der Maya-Krieger erscholl ein hundertstimmiger entsetzter Aufschrei. Doch ehe auch nur einer der Krieger seine Waffe auf Norten richten konnte, trat dieser mit einer blitzschnellen Bewegung zurück, riss beide Arme in die Höhe – und etwas *Unheimliches* geschah.

Norten sagte kein Wort, trotzdem konnte Thor die zwingende, hypnotische Macht fühlen, die plötzlich von ihm ausging. Seine Augen schienen zu leuchten, als wären sie von der gleichen lodernden Glut erfüllt wie das Herz des Vulkans unter ihnen, und etwas wie eine unsichtbare Aura knisternder Macht umgab ihn. Sekundenlang stand er einfach so da, reglos, mit hoch erhobenen Armen, in einer beschwörenden Haltung, und dann konnte Thor ahnen, wie die Indios hinter ihm einer nach dem anderen ihre Waffen wieder senkten.

»Der Verräter ist tot!«, rief er. »Dieser Mann hat euch belogen! Er war nicht Mossadera. Auch ich bin es nicht, aber ich kann tun, was er niemals vollbracht hätte. Ich werde euren Gott wieder zum Leben erwecken und ihr werdet mächtig und stark sein wie einst.«

Und obwohl Thor sicher war, dass die allermeisten der Maya hinter ihm die Worte nicht einmal verstanden, taten sie doch ihre Wirkung. Einer nach dem anderen fiel auf die Knie, bis alle demütig das Haupt senkten.

Langsam ließ Norten die Arme wieder sinken. In seinen Augen loderte noch immer dieses unheimliche, wahnsinnige Feuer, als er sich an Thor wandte. »Und Sie, Mister Garson«, sagte er, »werden das einmalige Schauspiel erleben, das Erwachen eines wirklichen Gottes mit anzusehen.« Er kicherte. »Ist das nicht der Traum eines jeden Reporters?«

»Sie … Sie sind ja verrückt«, flüsterte Thor erschüttert.

Norten sprach weiter, als hätte er die letzten Worte gar nicht gehört. »Ich fürchte nur, Sie werden dieses Schauspiel nicht überleben, um darüber schreiben zu können«, sagte er. »Aber trösten Sie sich, es würde Ihnen ohnehin niemand glauben.«

Wieder sah er auf die Uhr. Dann hob er die Hand und gab den Männern am Kraterrand einen Wink. Die drei Maya-Krieger, Anita, Bentley und einer seiner Begleiter bewegten sich über den schmalen Felsgrat auf sie zu. Die beiden Männer mit den Maschinenpistolen blieben, wo sie waren. Auch ihre Waffen blieben drohend auf das Maya-Heer gerichtet, wie Thor registrierte.

Die Zeit schien stillzustehen. Norten hatte von fünf Minuten gesprochen, und wenn er die Wahrheit gesagt hatte, dann musste diese Frist jetzt so gut wie abgelaufen sein. Noch wenige Sekunden, dachte Thor – und etwas *Unvorstellbares* würde geschehen. Auf dem Altar lagen jetzt alle zwölf Amulette, und das bedeutete, dass das richtige, das magische Amulett, in dem Quetzalcoatls ganze düstere Macht gefangen war, sich darunter befinden musste. Wenn kein Wunder geschah, dann würde nichts mehr das Erwachen dieses finsteren, urzeitlichen Gottes verhindern können.

Während seine Begleiter langsam durch das Heer der knienden Mayas näher kamen, drehte sich Norten wieder zum Altar herum und hob abermals die Hände. Seine Lippen begannen düstere, unverständliche Worte in einer längst untergegangenen Sprache zu murmeln, und gleichzeitig vollführten seine Hände die gleichen unheimlichen, schlängelnden Bewegungen wie Josés vorhin. Einige Sekunden lang stand er so da, dann senkte er die Arme wieder, trat zurück und ging den drei riesigen Mayas entgegen, die Anita zwischen sich führten. Auf einen befehlenden Wink hin reichte ihm einer der Männer ein in Segeltuch eingeschlagenes Päckchen.

Und im selben Moment, in dem Thor es wiedererkannte, begriff er die volle Wahrheit. Er hatte dieses Paket schon einmal gesehen, und das war noch nicht einmal lange her. Er wusste, was es enthielt, noch bevor Norten es öffnete und den grünen Federmantel und den dazu passenden Federkopfschmuck hervorzog und überstreifte.

»Sie?«, flüsterte er fassungslos, als Norten sich wieder herumwandte und mit einem Lächeln auf ihn zutrat.

Norten nickte. »Ja. Ich gebe zu, Sie haben mir einen gehörigen Schrecken eingejagt, als ich Sie an Bord des Schiffes in meiner Kabine überraschte.«

»Ich Idiot«, flüsterte Thor. »Es … es war gar nicht Josés Kabine. Es war Ihre!«

Norten lächelte amüsiert und schwieg.

»Sie waren der Mann, den ich gesehen habe«, fuhr Thor fort. »Nicht José.« Er deutete auf die hünenhaften Maya-Drillinge. »Und Sie haben diese Männer geschickt, um Joana und mich umzubringen.«

»Nicht umzubringen«, antwortete Norten kopfschüttelnd. »Sie sollten die Anhänger holen, das war alles. Aber das ist heutzutage das Problem mit Bediensteten – sie tun nicht immer, was man ihnen sagt.« Er seufzte spöttisch. »Es ist schwer, gutes Personal zu finden.«

Einen Moment lang wartete er vergeblich darauf, dass Thor antwortete, dann ging er wieder zum Altar zurück und hob abermals die Hände. Wieder begann er mit diesen schlängelnden, beschwörenden Bewegungen und wieder flüsterten seine Lippen diese düsteren Worte in einer Sprache, die Thor nicht verstand, die aber irgendetwas in ihm zum Erstaunen brachte. Und diesmal nahm der Chor der Maya-Krieger die Worte auf, sprach sie nach und wiederholte sie, lauter und immer lauter werdend und dabei in einen unrhythmischen, an und ab schwellenden Gesang verfallend, der aus Worten eine Beschwörung, aus Lauten einen Schlüssel machte, der das Tor in die Vergangenheit, in eine düstere Epoche finsterer Götter öffnete.

Thor spürte, dass etwas geschah, schon eine Sekunde, *bevor* es geschah. Es war nichts Sichtbares. Etwas … schien sich zu regen. Es war, als glitte die ganze Welt ein winziges Stückchen weiter in die Richtung, in der die Schatten und die Albträume wohnen. Das bange Gefühl in Thor wurde zu einem lautlosen, gellenden Schrei, und er sah aus den Augenwinkeln, wie sich auch Joana neben ihm krümmte, war aber nicht fähig, den Blick von Nortens hoch aufgerichteter Gestalt vor dem schwarzen Altar zu wenden.

Der Boden unter ihren Füßen begann zu zittern. Ein dumpfes, unheimliches Grollen drang aus der Oberfläche des Lavasees unter ihnen und es wurde spürbar wärmer. Das rote Licht aus der Tiefe nahm an Intensität zu und der Gesang der Maya-Krieger wurde lauter, hektischer, zwingender.

Die Oberfläche des Lavasees begann Blasen zu werfen. Zischende Linien aus weißem Feuer zuckten in der roten Glut, Flammen erhoben sich brüllend fast bis an den Rand des Felsenkreises, und plötzlich glaubte Thor etwas wie einen gewaltigen, sich windenden Körper zu sehen, etwas wie eine Schlange aus purer Glut, die inmitten des flüssigen Gesteins schwamm.

Nortens Oberkörper begann sich hin und her zu wiegen. Seine Stimme wurde lauter, die Worte, die er hervorstieß, waren jetzt Schreie, unverständliche, kehlige Laute, die keiner von Menschen oder für Menschen gemachten Sprache entstammten, sondern älter waren, unendlich älter. Thor sah, wie Bentley und sein Begleiter immer nervöser wurden, während sich auf den Gesichtern der drei riesigen Mayas ein Ausdruck von Verzückung breitmachte. »Jetzt«, flüsterte er so leise, dass nur Joana es verstehen konnte. »Wenn wir eine Chance haben, dann jetzt.«

Das Mädchen nickte fast unmerklich, und Thor spannte alle Muskeln, um den Griff des Maya hinter ihm zu sprengen. Aber er kam nicht dazu.

Ein dumpfer Schlag erschütterte die Höhle. Das Felsplateau wankte, die schmalen Stränge aus Lava und Stein, die es hielten, knirschten hörbar, Steine brachen von der Decke und stürzten in die Tiefe, um in der auflodernden Lava zu versinken – und plötzlich bäumte sich etwas Ungeheuerliches, weiß Glühendes aus der kochenden Gesteinsmasse empor!

QUETZALCOATL!

Ein gellender Schrei aus Hunderten von Kehlen ließ die Höhle erbeben, als sich Quetzalcoatls feuriger Körper hoch aus der Lava erhob und der Schlangengott mit Augen aus Glut auf die winzigen Menschen herabstarrte.

Langsam, mit pendelnden Bewegungen, wie der Kopf einer Kobra, die ihre Beute mustert, bewegte sich der gewaltige Schädel des feurigen Gottes hin und her, und Norten riss mit einem Schrei die Arme noch höher – und deutete auf die beiden Soldaten am Kraterrand!

Die Männer begriffen wohl im allerletzten Moment, was da geschah, und rissen auch noch ihre Waffen in die Höhe. Das dumpfe Rattern der Maschinenpistolen ging im Tosen des Vulkans und den Schreien der Mayas unter, aber Thor sah das Aufblitzen des Mündungsfeuers – und dann berührte Quetzalcoatl den Fels dort, wo die Soldaten standen, und der Stein glühte in grellem Weiß auf. Die Körper der beiden Männer zerfielen zu Asche, noch bevor sie auch nur aufflammen konnten, und fast in derselben Sekunde starben auch Bentley und der dritte Soldat, getroffen von Dutzenden winziger Blasrohrpfeile, die die Maya-Krieger auf sie abschossen. Alles ging so schnell, dass Thor nicht einmal wirklich erschrecken konnte.

Norten drehte sich herum, blickte einen Moment lang verächtlich auf die beiden reglosen Körper hinab, die neben Josés Leichnam lagen, und wandte sich dann wieder dem Altar zu. Der lodernde Flammenkörper des Maya-Gottes glitt zurück, verschwand für einen Moment völlig in der Lava und richtete sich dann wieder auf, ein ungeheuerliches Etwas aus purer Energie, das eine mörderische Hitze und eine noch mörderischere Wut ausstrahlte. Der Blick seiner kleinen, bösen Augen tastete über die Gestalt im grünen Federmantel, glitt über die Menge der knienden Mayas und richtete sich dann auf den Altar. Selbst Norten wich ein Stück zurück, als sich das glühende Etwas herabsenkte und Quetzalcoatls Schädel den ersten der zwölf Anhänger berührte.

Das winzige Amulett glühte für eine Sekunde weiß auf und zerfiel dann zu Schlacke.

Nortens Hände vollführten weiterhin diese kreisenden, schlängelnden Bewegungen, und Quetzalcoatls Kopf glitt weiter, berührte den zweiten Anhänger und vernichtete auch ihn, den dritten, vierten, fünften. Einer nach dem anderen glühten die kleinen Metallscheiben auf und zerfielen zu Asche, bis nur noch ein einziger übrig war – das Amulett, das Joana bei sich getragen hatte.

Und Thor war kein bisschen überrascht. Tief in sich hatte er es gefühlt, bereits auf Nortens Hazienda, als ihm dieses fürchterliche Wesen schon einmal nahe gewesen war. Er hatte geahnt, dass *er* den einzigen richtigen Anhänger bei sich trug; den, den er von Swanson in der Stunde seines Todes bekommen hatte.

Und dann berührte Quetzalcoatls feuergeborener Schlangenschädel auch dieses Amulett – und vernichtete es.

Norten erstarrte mitten in der Bewegung. Seine Augen quollen vor Fassungslosigkeit fast aus den Höhlen und aus seinem Gesicht wich jedes bisschen Farbe. Auch der Gesang der Mayas verstummte abrupt, und die drei Krieger, die Anita gepackt hielten, fuhren wie unter einem Hieb zusammen.

»Nein!«, stammelte Norten. »Das … das kann nicht sein.«

Die Höllenschlange richtete sich mit einem ungeheuren

Brüllen wieder auf, sodass ihr Schädel gegen die Decke stieß und einen Teil davon in weiße Glut verwandelte, die zu Boden tropfte und einige der Krieger traf. Aus dem beschwörenden Gesang der Männer wurde ein Chor aus entsetzten Stimmen, während sich Quetzalcoatl abermals mit einem noch lauteren zornigen Brüllen herumwarf und Feuer und Tod über die versammelte Menge streute.

»Nein!«, schrie Norten immer wieder. »Nein! Nein!«

Auf dem steinernen Rund brach Chaos aus. Plötzlich sprangen die Männer auf und rannten blind und kopflos durcheinander, Norten schrie immer wieder Quetzalcoatls Namen und streckte dem Ungeheuer die Arme entgegen, als könne er es durch die bloße Kraft seiner Verzweiflung zurückhalten. Entschlossen packte Thor mit der linken Hand Joana und Anita mit der rechten und rannte los. Der Maya, der sie bisher gehalten hatte, war so verblüfft, dass er nicht einmal versuchte sie zurückzuhalten.

Die Höhle bebte. Haushohe Flammen brachen aus dem Schlund des Vulkans und der Boden wurde so heiß, dass Thor vor Schmerz aufschrie. Quetzalcoatl tobte wie ein entfesselter Dämon aus der Hölle, und immer mehr Felsen und flüssiges Gestein stürzten von der Decke, fuhren wie tödliche Geschosse unter die Maya-Krieger oder klatschten in die Lava hinab. Der ganze Berg schien zu wanken. Ein tiefes, mahlendes Grollen drang aus dem Boden, und plötzlich spaltete sich die Rückwand des Felsendoms auf ganzer Länge und spie einen Strahl weißen, kochenden Gesteins aus, der das Felsplateau nur um Meter verfehlte.

Die Lavabrücke begann hinter ihnen zusammenzubrechen, als sie auf den Kraterrand zustürmten. Thor sah voller Entsetzen, wie der Fels unter ihren Füßen barst, wie dünne rote Adern aus flüssigem Gestein wie blutende Wunden auf der Oberfläche des Felsens erschienen, und er spürte, wie sich die schmale Brücke langsam, aber unbarmherzig unter ihnen zu senken begann. Sie waren noch drei Meter vom Kraterrand entfernt, dann noch zwei, einen – und dann brach der Fels zusammen! Thor versetzte Anita und Joana einen Stoß, der sie das letzte Stück weiterstolpern und auf der Sicherheit des Kraterrandes zusammenbrechen ließ, warf sich mit verzweifelter Kraft nach vorn und fühlte, noch während er sprang, dass er es nicht schaffen würde. Seine Hände glitten über den glasglatten Fels, rutschten ab – und klammerten sich irgendwo fest.

Mit einem Ruck, der ihm das Rückgrat in zwei Teile zu reißen schien, kam er zum Halten, suchte mit verzweifelt strampelnden Füßen nach einer Unebenheit in der Wand, an der er sich halten könnte, und spürte, wie er weiter abzugleiten begann. Hinter ihm tobte Quetzalcoatl, spie Tod und Feuer auf die Männer, die gekommen waren, um ihn zu erwecken, und Norten schrie noch immer aus Leibeskräften. Sein Federmantel und sein Kopfschmuck standen in hellen Flammen und seine Stimme klang nicht mehr wie die eines Menschen. Aber es war nicht Quetzalcoatl, dessen feurige Glut ihn versengte. Es waren die Schlangen, die den Altar zu Hunderten und Tausenden umgaben. Wie auf einen lautlosen Befehl hin krochen sie auf Norten zu, glitten an seinen Beinen in die Höhe, krochen über seine Arme und seine Schultern und sein Gesicht, und wo sie seine Haut berührten, da flammte diese auf wie trockenes Holz.

Wieder erzitterte der ganze Berg wie unter einem Schlag, und als Thor in die Tiefe blickte, sah er, dass sich die Oberfläche des Lavasees gehoben hatte. Flammen und Funken und Hitze speiend stieg der brodelnde See in die Höhe und die Hitze wurde unerträglich. Der Fels, an den er sich klammerte, schien zu glühen. Thor roch sein eigenes verschmortes Haar und sah voller Entsetzen, wie sich grauer Rauch unter seinen Fingerspitzen hervorkräuselte. Seine Kräfte versagten. Er ließ los.

Und im gleichen Moment, in dem er zu stürzen begann, ergriffen schmale, aber ungeheuer starke Finger sein Handgelenk und hielten ihn fest.

Thor sah auf und blickte in ein uraltes, von tiefen Falten und Runzeln durchzogenes Gesicht. Mühelos, wie ein Erwachsener ein Kind am Arm in die Höhe zu heben vermag, zog ihn der uralte Maya auf den Kraterrand hinauf und ließ seinen Arm los. Thor wankte, sank vor Erschöpfung gegen die Wand und prallte mit einem Schrei wieder zurück, denn auch hier war der Stein glühend heiß.

Fassungslos starrte er den alten Indio an, suchte vergeblich nach Worten und blickte dann wieder in die Höhle zurück. Auf dem steinernen Rund über dem Krater lebte niemand mehr. Der Fels glühte rot und begann zu schmelzen, und dort, wo der Altar gestanden hatte, pulsierte ein Ball aus unerträglich grellem weißen Licht wie ein riesiges schlagendes, böses Herz. Aus dem Riss in der gegenüberliegenden Wand floss noch immer Lava und füllte den See auf, dessen Oberfläche immer schneller in die Höhe schoss, und die Luft war so heiß, dass Thor das Gefühl hatte, Flammen zu atmen.

»Wer ...?«, begann er, aber der alte Mann hob die Hand und schnitt ihm das Wort ab.

»Du musst gehen, weißer Mann. Schnell. Ich kann dich nicht mehr lange schützen.«

»Mossadera?«, flüsterte Thor. »Du bist ...?«

Der alte Mann lächelte. »Geh«, sagte er. »Nimm das weiße Mädchen und geh, solange du es noch kannst.«

Und wie um seine Worte zu unterstreichen, erzitterte die Höhle unter einem weiteren gewaltigen Schlag, und diesmal brach ein ganzer Teil der Decke zusammen und riss das, was von der Altarplattform geblieben war, mit sich in die Tiefe.

Thor fuhr herum, ergriff Joanas Hand und rannte los. Dicht gefolgt von Anita und dem alten Mann stürmten sie die Treppe wieder hinauf, und hinter ihnen stieg kochendes, zischendes Gestein in die Höhle, verschlang die Höhle und den Tempel und die Stufen der Treppe fast schneller, als sie vor ihm davonlaufen konnten. Es war so heiß, dass der Stein rings um sie herum Blasen zu werfen begann und wie weiches Wachs in der Sonne schmolz, aber irgendetwas schützte sie. Irgendeine Macht, so alt und vielleicht noch stärker als die Quetzalcoatls, ließ sie weiterleben, und sie gab ihnen die Kraft weiterzustürmen, obwohl Thor schon nach wenigen Schritten das Gefühl hatte, in der nächsten Sekunde einfach zusammenbrechen zu müssen. Eingehüllt in eine Woge aus brennender Luft taumelten sie aus dem Ausgang der Pyramide.

Thor wollte sich in die Richtung wenden, aus der sie gekommen waren, aber der alte Mann deutete nach rechts, und er folgte der Geste, ohne auch nur eine Sekunde darüber nachzudenken. Hinter ihnen begann das ganze gewaltige Gebäude zu zerbrechen. Gezackte Risse wie erstarrte glühende Blitze spalteten seine Oberfläche, und auch aus seinen Flanken begann glühende Lava zu tropfen. Selbst die große Höhle, die sich über ihnen spannte, bebte, und auch hier regneten Steine, Felstrümmer und Glut von der Decke, verfehlten sie aber wie durch ein Wunder. Sie durchquerten die Höhle, verfolgt von Rissen im Boden, in denen Glut wie flüssige Schlangen nach ihnen züngelte, geduckt unter einem Bombardement aus glühendem Stein und gepeinigt vom unablässigen Grollen und Krachen des Berges, der rings um sie herum zusammenzubrechen begann. Es wurde zu einem Wettlauf mit dem Tod, und dass sie ihn gewannen, war nicht ihr Verdienst, sondern einzig das des alten Mannes, dessen unfassbare Kräfte sie schützten.

Irgendwann, nach Stunden, wie es Thor vorkam, taumelten sie keuchend ins Freie und fanden sich am Ufer des Kratersees wieder. Das Flugzeug schaukelte vor ihnen auf den Wellen, die das brodelnde Wasser schlug. Gewaltige Gasblasen stiegen aus der Tiefe des Kraters empor und zerplatzten und über dem Wasser hing grauer Dampf.

Thor wollte einfach weiterstürmen, aber als sein Fuß das Wasser berührte, schrie er auf vor Schmerz und prallte zurück. Der See kochte. Weißer Schaum zischte auf den Wellen, und hier und da glühte es rot und drohend aus seiner Tiefe.

Im Zickzack rannten sie am Ufer entlang auf das Flugzeug zu und erreichten es wie durch ein Wunder abermals unverletzt. Joana riss sich los und kletterte hastig durch die offene Tür der Dornier, aber Thor blieb noch einmal stehen und drehte sich um.

Anita und der alte Mann standen hinter ihm. Anita wirkte erschöpft und war verletzt, aber Thor entdeckte auf ihrem Gesicht nicht die mindeste Furcht, und obwohl ihm der Gedanke selbst aberwitzig erschien, wusste er, dass ihr nichts geschehen würde; so wenig wie diesem alten Mann, der älter, viel, viel älter war, als er bisher geglaubt hatte.

Er wollte sich wieder umwenden und ebenfalls ins Flugzeug steigen, doch er spürte, dass noch etwas zu tun war. Abermals wandte er sich um, trat dem alten Mann entgegen und sah ihn an.

»Ihr könnt uns begleiten«, sagte er wider besseres Wissen. »Das Flugzeug ist groß genug.«

Mossadera schüttelte mit einem sanften Lächeln den Kopf. »Uns wird nichts geschehen«, sagte er. »Mach dir keine Sorgen um uns, weißer Mann. Bring das Mädchen in Sicherheit.« Er hob die Hand.

Thor starrte seine schmalen, faltigen Finger einen Moment lang an, dann versenkte er die Hand in die Jackentasche und schloss sie um das, was er darin trug. Für einen Moment fragte er sich, wieso es ihm nicht aufgefallen war; spätestens an Bord des Schiffes. Aber vielleicht hatte es so kommen müssen. Vielleicht hatte irgendetwas dafür gesorgt, dass er es nicht merkte, damit die Dinge ihren vorgegebenen Lauf liefen.

Langsam zog er die Hand wieder hervor, betrachtete einen Moment lang die winzige, unscheinbare Kette, von deren Gliedern jedes einzelne die Form einer winzigen Schlange hatte, die sich selbst in den Schwanz biss, und ließ sie schließlich in die Handfläche des alten Mannes fallen.

»Bedauerst du es?«, frage Mossadera.

Thor dachte einen Moment lang über diese Frage nach, dann schüttelte er den Kopf. »Nein«, sagte er ehrlich. Er hatte das wohl größte Abenteuer seines Lebens erlebt, aber er würde niemals darüber schreiben. In einem Punkt zumindest hatte Norten recht gehabt: Niemand würde ihm glauben und ihm eine so verrückte Geschichte abkaufen. Und vielleicht war es auch gut so. »Es gibt Dinge, die besser vergessen bleiben.«

Der alte Maya-Zauberer lächelte auf eine schwer zu deutende Art und sah auf die Kette in seiner Hand, den magischen Gegenstand, in den er selbst vor Jahrhunderten Quetzalcoatls Zauberkraft gebannt hatte. Und während er das tat, begann sie sich zu verwandeln. Die einzelnen Glieder schienen zusammenzulaufen, verbanden sich zu einem einzigen golden schimmernden Schlangenkörper, aus dessen Schädel zwei winzige Flügel wuchsen. Eine Sekunde später war er verschwunden und die Hand des alten Mannes war leer.

»Geh«, sagte Mossadera. »Nimm meinen Segen und den meiner Tochter und geh. Und vergiss niemals, weißer Mann, was deine eigenen Worte waren und was ich dir sage: Es gibt Geheimnisse, die besser auf ewig ungelöst bleiben.«

Langsam drehte sich Thor um und ging auf das wartende Flugzeug zu. Joana hatte den Motor bereits gestartet und wartete ungeduldig darauf, dass er in die Kabine kletterte, und der See begann immer heftiger zu zittern und zu brodeln. Für eine Sekunde fragte er sich, ob sie es noch schaffen würden, aber schon im gleichen Moment wusste er, wie die Antwort lauten musste. Und ohne die mindeste Hast stieg er an Bord des Flugzeugs und blickte den alten Maya und seine Tochter an, bis Joana das Flugzeug gewendet hatte und die beiden Gestalten im grauen Dunst über dem See verschwunden waren.

Zehn Minuten später jagte die Dornier mit aufheulendem Motor aus der gewaltigen Dampfwolke hervor, die sich aus dem Krater des erloschen geglaubten Vulkans erhob, und nur Augenblicke danach explodierte der Berg in einer brüllenden Feuerwolke, deren Donner noch Hunderte von Meilen entfernt zu hören war. Thor empfand ein leises Bedauern bei dem Gedanken, dass nunmehr unwiderruflich alles vernichtet war, was von der Magie dieses uralten Volkes die Jahrhunderte überlebt hatte. Aber gleichzeitig dachte er noch einmal daran, was er selbst gesagt und Mossadera wiederholt hatte: dass es Geheimnisse gab, die besser ungelöst blieben.

Für alle Zeiten.